어둠의 왼손

THE LEFT HAND OF DARKNESS
by Ursula K. Le Guin

어둠의 왼손

어슐러 K. 르 귄 지음
최용준 옮김

SIGONGSA

찰스에게

그이가 없었으면
이 책은 불가능했으리라

차례

작가노트

40주년 기념판에 부쳐

1976년, 나는 〈성은 필요한가?〉라는 에세이를 발표했다. 그 에세이에는 내가 이 소설을 쓰며 겪은 몇몇 문제들, 내가 왜 이 소설을 이런 식으로 썼는가 하는 이유, 이 소설에 대한 독자와 비평가들의 반응이 담겨 있었다. 1988년, 나는 내가 했던 말을 재고해보았고, 내 생각에서 꽤 급격하게 바뀐 부분을 원문 바로 밑에 코멘트 형식으로 추가했으며, 가능한 개선안과 함께 원글을 다시 발표하며 서문의 마지막에 이렇게 덧붙였다. "1997년에는 재-재고한 글을 발표할 필요가 없기를 바란다. 자책을 하는 것도 이제 슬슬 물리기 때문이다."

그리고 1997년이 되었을 때, 나는 예전을 돌아보며 낡은 성 문제를 다시 질근거리지 않아도 되었다. 하지만 이제 그때로부터 12년이 지났으며 또한 《어둠의 왼손》이 발표되고 40년이 지났다. 아마도 재고해볼 시간이 되었으리라. 하지만 이제는 자책보다는 축하하고 싶은 기분이 든다.

내가 이 소설을 썼던 1968년에 '젠더 구성gender construction'이라는 용어가 이미 나와 있었다 할지라도 나는 그 용어를 들어본 적이 없었다. 페미니즘은 다시 태어나고 있었지만, 버지니아 울프와 함께 시작한 내 자신의 페미니스트 교육은 여전히 전위에 뒤처져 있었다. 나는 언제나 페미니스트였지만, 언제나 배우는 게 느렸다.

동시에, 남자와 여자의 상대적 지위에 대한 질문들이 나오기 시작했고, 그 질문들은 점차 흥미로워졌다. '노동 분담'이 진정 의미하는 것은 무엇이며, 왜 오직 일부 노동자만 급료를 받는가? 왜 종교, 정부, 군대, 대학과 같은 커다란 기관들은 남성에 의해 세워지고 지배되는가? 우리 성에 따른 결과라고 여겨지는 행동들 가운데 사실은 우리 사회가 우리 성에 기대하는 결과로 인한 것은 얼마나 되는가? 등등. 흥미로운 질문들이었다. 나는 흥미가 일었다. 나는 그 질문들에 대해 생각했다. 나는 내 정신이 가장 잘할 수 있는 생각의 형태, 즉 이야기를 통해 그 문제들에 대해 생각해보았다. 만약 내가 성이 없거나 또는 양성을 가진 인간들에 대한 이야기를, 사고 실험을 쓴다면 어떨까? 그런 사람들은 어떻게 행동할까? 그런 사람들로 구성된 사회는 어떤 모습일까?

그래서 나는 그런 사실들을 알아보기 위해 겐리 아이와 함께 게센에 갔다.

나는 대충 이런 과정을 통해 이 책을 쓰게 되었다고 생각했으며, 또한 지금까지 그렇게 설명해왔다. 이제 나는 그런 식으로 일이 진행되지 않았다는 것을 안다.

어쨌든, 나는 게센인의 성적 특징을 전혀 알아차리지 못한 상태에서 빙하기의 게센 행성에 이미 다녀왔다. 나는 〈겨울의 왕〉이라는 단편을 썼고, 그 단편에 등장하는 모든 게센인들은 우리와 마찬가지로 성이 구별되어 있는 듯 보인다. 그렇다면 나는 어떻게 해서 그곳으로부터 《어둠의 왼손》의 게센에 도달하게 되었을까?

이 서문에 무엇을 쓸까 고민하는 과정에서, 나는 '겨울'이라고 표시된 아주 오래된 파일 폴더를 살펴보았다. 그 폴더에는 게센의 빙원을 가로지르는 여행에 대한 기록, 지도와 함께, 책에 대한 초기 메모들이 일부분 들어 있었다. 많은 부분은 북극과 남극의 생존 조건과 전략, 핀란드의 겨울나기, 펭귄과 티에라 델 푸에고 원주민들의 한지 적응, 빙하기의 일반적인 기간과 빙하기 동안 평균 온도, 스콧*의 부하 두 명이 빙판에서 하루에 얼마나 썰매를 끌었나 등등 같은 사실에 입각한 자료였다. 그 모든 것은 겨울의 혹독함에 대한 자료였으며, 성에 대해서는 아무런 자료도 없었다. 다른 메모들에는 지리에 대한 토론, 게센의 동·식물군, 머나먼 과거에 헤인인이 행성에 정착한 내용, 게센의 두 문명 사회인 오르고레인과 카르히데의 기술과 역사에 대한 스

*영국의 군인이자 탐험가로 1901~1904년까지 남극 탐험을 지휘했다.

케치처럼 그 소설을 쓰는 데 필요한 상상과 준비과정이 담겨 있었다. 또한 출간된 소설 플롯과 여러 면에서 꽤 근접한 플롯 아우트라인들도 찾아냈다. 그리고 이 자료 전체에서, 게센인들은 '남자'와 '여자'로 표현되어 있었다.

그리고 그 메모들 사이에 간격이 있었다. 어떤 침묵이.

그러더니 갑자기, 메모들이 간결해지고 글씨는 전보다 엉망이 되었고, 플롯 세부사항과 고찰, 그리고 3장에서 이런저런 내용을 넣는 것을 잊지 말자는 내용 따위가 담겨 있었다. 나는 이야기를 쓰고 있었다. 그리고 지구에서 온 남자를 뺀 모든 등장인물들이 어떤 때는 남자였고 어떤 때는 여자였으며, 대부분은 둘 다 아니었다.

내가 그 간격을 어떻게 뛰어넘은 걸까? 어떻게 그 침묵을 넘어 책의 목소리를 찾게 된 걸까? 40년이 지난 지금, 그 과정에 대한 내 기억은 애매하며 또한 나는 그 기억을 전혀 믿지 않는다. 내가 그 과정을 최대한으로 재구성한 결과는 다음과 같다.

처음에 계획했던 그 이야기는 잘 될 듯했지만, 내게 잘 와 닿지 않았다. 나는 시작을 할 수 없었다. 나는 뭔가 중요한 부분이 빠졌다는 것을 알았다. 어느 순간, 나는 그 중요한 부분이 게센인의 성적 특성이라는 사실을 알게 되었다. 나는 그것을 '아하' 하고 한순간에 계시처럼 깨달았다고 생각하지 않는다. 내가 회상하기로는, 그 과정은 날이 밝을 때처럼 서서히 내게 다가왔다. 이미 내가 말했듯이, 나는 배우는 것이 느리다.

확실한 점이 하나 있다. 그 과정이 찾아온 것은 내가 그것이다가올 길을 준비했기 때문이다. 내가 생각한 혹독한 겨울의 세계는 독특한 면이 있는데, 바로 전쟁이 한 번도 없던 세계란 점이다. 게센인들은 인간의 호전성을 다 가지고 있었으며, 반목, 약탈, 언쟁, 살인 등 모든 것을 했지만 그 호전성을 조직으로 꾸미지는 않았다. 게센인들에게는 군대와 전쟁이 없었다.

전쟁이 없는 세계를 상상하려던 내 마음은 남자가 없는 세상에 도착하게 되었다. 남자 자체가 없는 세상, 늘 남자인 존재, 자신을 증명하려는 존재가 없는 그런 세상에…….

그렇다면, 그 사람들은 어떤 때는 여자가 될 수 있을까?

그리고 그 반대도 가능할까?

이게 내가 거쳤던 대략적인 과정이라 할 수 있다. 나는 내가 한동안 성의 본질을 변화시키길 거부한 것을 안다. 그것이 내 이야기의 본질적인 요소이자 구동점임을 인정하기 꺼려한 것을 안다.

뭐니뭐니해도, 1968년 당시 그것은 무척이나 낯선 개념이었이다.

그 개념은 소설가인 나조차 움찔할 만큼 파격적이었다. 대부분의 시간은 성이 없다가 한 달에 한 번 잠시 열기에 빠졌을 때만 성이 생기며 또한 어떤 때는 여자였다가 어떤 때는 남자가 되는 존재의 성적 특성에 대해 단순히 고찰만 하는 것이 아니라 그러한 사람들에 대한 이야기를 쓴다? 그렇게 낯선 존재의 핵심을 알고 또한 그런 존재를 소설에 등장시키려면 꽤 능력이 있어야 했다. 뻔뻔해야 함은 말할 필요도 없다.

한편으로, 나는 그 소설을 쓰는 내내 이 질문이 내 마음 속에 있었다는 것을 안다. 그 존재들은 정말로 우리와 그토록 다른 것일까? 우리 성이 정말로 그토록 절실할까? 우리 성이 정말로 그토록 명확히 정해져 있으며 그토록 중요할까?

그 낡은 파일 폴더에는 끼적거린 플롯 개발 과정과 더불어, 사실에 입각한 기록들이 몇 개 더 있었다. 그것들은 모두가 동물과 인간의 성적 특성 중 발정에 관련된 자료들이었다. 나는 성적 특성을 발명하면서 동시에 내가 발명하는 것에 대해 읽고 있었다. 이 기록들은 얼마 되지 않았다. 사색은 고사하고, 실제적인 성 차이와 변화에 대해 찾아볼 수 있는 사실들이 너무 적어 당황했던 게 기억난다. 이제 여러분은 30분만 투자하면 내가 당시 도서관 두 곳에서 그 주제에 대해 찾아낸 자료보다 백배는 더 많은 자료를 찾을 수 있을 것이다. 나는 임시변통을 해야만 했다. 시대는 변했고, 우리도 함께 변했다. 내 책은 그 특별한 변화의 요소이자 요인 가운데 하나였다.

내가 게센인의 사회를 얼마나 잘 상상해내고, 그 사람들의 생리/심리를 잘 그려냈는가에 대한 평가는 독자들에게 맡기련다. 당시 내가 여러 가지를 놓쳤으며 이제 와서는 다르게 묘사했을 부분들이 많다는 것을 알고 있다. 하지만 '이제 와서'란 변화가 있은 다음을 뜻한다. 나는 변화가 일어나는 순간에 변화가 일어나는 곳에서 내가 할 수 있는 최선을 다했고, 그렇게 쓴 것은 당시의 변화 중 일부에 해당한다.

'겨울'이라 이름 붙인 그 파일 폴더에서 나는 이 소설을 쓰는 동안 사용했던 개략적인 지도, 그리고 소설을 다 쓰고 난 뒤 한 동안 시간을 들여 만든 좀 더 정교한 행성 지도, 그리고 카르히 데어에 대한 몇 가지 기록을 찾았다. 나는 언어를 제대로 작업하지는 않았다. 단지 이름과 아주 간단한 단어를 만들 수 있는 음소 법칙 몇 가지만 만들었을 뿐이다. 하지만 카르히데어는 은연중에 내 마음 속에서 큰 자리를 차지하게 되었다. 그래서 다음에 무엇을 써야 할지 알게 되기까지 글쓰기를 멈추고 한참을 기다리는 동안, 또는 게센인들이 내 부름에 응해 자신들에 대한 신화나 우화를 내게 설명해주길 기다리는 동안, 한 번인가 두 번인가 나는 게센인들이 자신의 언어로 말하는 것을 듣고 시를 받아 적었다. 이 기념판에는 그러한 몇 가지 기록과 지도가 포함되어 있다.

2009년 8월, 어슐러 K. 르 귄

1976년의 서문

사람들은 흔히 SF과학소설 하면 외삽外插*을 하는 소설이라 설명하고 심지어 그렇게 정의하기까지 한다. SF 소설가란 지금 여기에서 일어나는 일들의 경향이나 현상을 취해, 극적 효과를 위해 그것들을 정제하고 강화시킨 다음 미래로 확장하는 사람들이라고 여긴다. "이렇게 하면 이런 일이 일어날 것이다"와 같은 예언이 나온다. 그리고 그 방법과 결과는 과학자들이 소량의 식품첨가제를 오랫동안 먹으면 어떤 일이 벌어지는지 예측하기 위해 정제되고 농축된 식품첨가제를 쥐들에게 대량으로 복용시키는 방법과, 또 그로부터 얻은 결과와 무척이나 닮아 있다. 결과는 거의

*변역에서 몇 개의 변수에 대한 함숫값이 알려져 있을 때 이를 바탕으로 변역 밖의 변숫값에 대해 함숫값을 추정하는 것. 여기서는 과거의 사회를 통해 미래의 사회를 추정하는 것을 의미한다.

필연적으로 암으로 발전하는 듯하다. 외삽의 결과도 그러하다. 엄격한 외삽을 이용한 SF의 결과물은 대부분이 로마 클럽*이 내린 결론과 비슷한 어딘가에 도달하게 된다. 즉, 인간 자유의 점진적인 소멸과 모든 지상 생물의 멸종 사이 어딘가에.

이는 SF를 읽지 않는 많은 사람들이 왜 그것을 '도피적'이라고 묘사하는지에 대한 설명이 될 수도 있다. 그러나 더 깊이 캐물으면 그런 사람들은 '그 내용이 너무나 우울하기' 때문에 SF를 읽지 않는다고 시인한다.

세상의 거의 모든 것이 논리적 극한에 이르게 되면 설사 암을 유발하지는 않는다 할지라도 우울한 상태에 닿게 마련이다.

다행히, 외삽은 SF의 한 요소이기는 하지만 결코 그 본질은 아니다. 그것은 너무나도 합리주의적이고 단순하기 때문에 작가나 독자의 상상력을 만족시키지 못한다. 변수야말로 인생에서 양념과도 같은 것이다.

이 책은 외삽적이지 않다. 원한다면, 다른 많은 SF가 그러하듯, 하나의 사고실험으로 읽어도 된다. 메리 셸리처럼, 젊은 의사가 자기 실험실에서 인간을 창조한다고 가정해보자. 또는 필립 K. 딕이 그랬듯, 연합군이 제2차 세계대전에서 패배했다고 가정해보자. 혹은 이건 어떻고 저건 어떻고라고 가정하고 무슨 일이 일어나는지 상상해보자……. 그렇게 상상한 이야기 속에서는 현대 소설 고유의 윤리적 복합성을 희생할 필요가 없으며

*1968년에 지구의 유한성이라는 문제의식을 가진 유럽의 경영자, 과학자, 교육자들이 로마에 모여 연 회의.

판에 박힌 진부한 결말을 꾸며낼 필요도 없다. 사고와 직관은 실험 조건에 의해서만 제한된, 실로 광범위할 수도 있는 경계 내에서 자유로이 움직일 수 있다.

슈뢰딩거를 비롯한 다른 과학자들이 사용한 용어인 '사고실험'의 목적은 미래를 예언하는 것이 아니라—사실, 슈뢰딩거의 가장 유명한 사고실험은 '미래'는 양자 수준에서 '예언될 수 없다'는 것이었다—현실을, 현재의 세계를 설명하는 것이었다.

SF는 예언하는 것이 아니라 묘사한다.

예언은 예언가(공짜이다)나 천리안(대개 사례금을 받는다. 따라서 한창 때는 예언가보다 좀 더 존경을 받는다), 또는 미래학자(월급을 받는다)가 한다. 예언은 예언가, 천리안, 미래학자의 몫이지 소설가의 몫이 아니다. 소설가의 본분은 거짓말을 하는 것이다.

기상대는 다음 주 화요일 날씨가 어떨지 말해줄 것이고, 랜드 연구소*는 21세기가 어떨지 말해줄 것이다. 소설가들에게 그런 정보를 기대하지 않았으면 싶다. 그런 건 소설가의 일이 아니다. 소설가가 하는 일이란 자신들이 어떠한지, 당신이 어떠한지 말해주는 것이다. 무슨 일이 일어나는지, 지금, 오늘, 이 순간 날씨가 어떤지, 비가 오는지, 맑은지, 봐요! 눈을 크게 뜨세요, 들어봐요, 들어봐요, 라고 말하는 게 전부다. 그게 소설가들이 하는 말이다. 이들은 당신이 무엇을 보고 무엇을 듣게 될지 말해주

*1948년 미 공군의 지원으로 설립된 미국 최초의 본격적인 싱크탱크.

지 않는다. 소설가들이 말해줄 수 있는 건, 3분의 1은 잠과 꿈으로 보내고 나머지 3분의 1은 거짓말을 하면서 보낸 이 세계의 이 시간 속에서 자신들이 보고 들은 것들뿐이다.

'세상과 타협하지 않는 진리!' 그렇다. 확실히. 소설가들은, 적어도 그들이 용감해지는 순간에만큼은 진리를 갈망한다. 진리를 알고 싶어하고, 말하고 싶어하고, 섬기고 싶어한다. 하지만 소설가들은 독특하며 우회적인 방식을 택한다. 말하자면, 전혀 존재하지 않거나 일어나지 않았던 그리고 앞으로도 그러할 사람들과 장소, 사건을 꾸며내고, 이 허구들에 대해 자세하고 장황하게 감정을 한껏 실어 이야기하는 방법을 쓴다. 그리고 이 거짓말 보따리를 다 써내린 뒤에 말한다, 자! 이것이 진리다!

소설가들은 자신들의 거짓말을 뒷받침하기 위해 온갖 종류의 사실을 이용하기도 한다. 진짜로 존재하는 장소인 마샬시 감옥, 실제로 싸움이 있었던 보로디노 전투, 실제로 실험실에서 행해지는 생체 복제 과정이나 교과서에 설명된 인격 붕괴 과정 등을 기술할 수도 있다. 이렇게 검증 가능한 장소/사건/현상/행위의 무게가 독자로 하여금 순전한 허구, 작가의 마음이라는 어딘지 모를 곳에서가 아니면 결코 그 어디에서도 일어난 적이 없는 역사를 읽고 있다는 사실을 잊게 만드는 것이다. 실제로, 소설을 읽는 동안 우리는 제정신이 아니다. 미쳐 있는 것이다. 우리는 실재하지 않는 사람들의 존재를 믿고, 그 사람들의 목소리를 들으며, 그 사람들과 함께 보로디노 전투를 지켜본다. 심지어 나폴레옹이 되기도 한다. 그러다 책을 덮은 뒤에야 (대부분의 경우) 제정신이 돌아온다.

이제껏 진정으로 훌륭한 사회는 하나같이 예술가들을 신뢰하지 않았다는 사실이 당신은 조금이라도 놀라운가?

하지만 우리 사회는 어수선하고 혼란스러워, 길잡이를 찾는 과정에서 가끔은 예술가들을 신뢰하고 그들을 예언자나 미래학자로 여기는 실수를 저지르기도 한다.

예술가는 영감에 찬 선지자가 될 수 없다고 말하는 것이 아니다. 영감이 내려진다거나 신이 그들을 통해서 말하는 일은 없다는 말도 아니다. 그런 일이 일어난다는 것을 믿지 않는다면 예술가란 대체 무어란 말인가? 자기 안의 신이 자신의 혀와 손을 사용하는 것을 느끼면서도 그것이 일어난다는 것을 모른다면 말이다. 아마도 그런 일은 단 한 번, 그들 일생을 통틀어 한 번뿐일지도 모른다. 하지만 한 번이면 충분하다.

그렇다고 예술가만이 무거운 짐을 졌고 큰 특권을 부여받았다고 말하려는 것은 아니다. 과학자들 또한 예술가들과 마찬가지로 영감을 위해 밤낮으로, 자나 깨나 준비하고 대비하는 사람들이다. 피타고라스가 알았듯이, 신은 꿈의 형태뿐 아니라 기하학의 형태로, 소리의 화음뿐 아니라 순수한 사고의 화음으로, 언어뿐 아니라 수의 형태로 말할 수도 있는 것이다.

골칫거리와 혼란을 유발하는 것은 바로 언어이다. 우리는 지금 언어가 오직 하나의 방식으로, 기호로써 사용할 때만 유용한 것이라고 생각하라는 요구를 받고 있다. 우리네 철학자들, 아니 그들 중 일부는 단어(문장, 진술)가 오직 한 가지 의미를 가질 때만, 그리고 합리적인 지성이 이해할 수 있고 논리적으로 적절하며, 완벽하게 정량화될 수 있는 하나의 사실을 가리킬 때에만 그 가치가 있다고 주장하며 우리의 동의를 얻으려 한다.

빛의 신이자 이성과 비율과 조화와 수의 신인 아폴로는 자신을 숭배해 너무 가까이 다가오는 사람들의 눈을 멀게 한다. 태양을 똑바로 바라보지 말라. 가끔은 어두침침한 술집에 잠깐 들러 디오니소스와 맥주도 한 잔 즐겨라.

비록 신들에 대해 이야기하고는 있지만, 나는 무신론자이다. 하지만 또한 예술가이고, 그러므로 거짓말쟁이다. 내가 말하는 그 어떤 것도 믿지 말라. 나는 진실을 말하고 있다.

내가 이해하거나 표현할 수 있는 유일한 진실은 논리적으로 말하면 거짓이다. 심리학적으로 말하면 상징이며 미학적으로 말하면 은유이다.

아, 시스템 과학이 그 장대한 묵시론적 그래프를 보여주는 미래학 회의에 초대받고, 신문기자들로부터 미국이 2001년에 어떤 모습일지 가르쳐달라는 질문을 받는 따위 일들이 벌어진다면 유쾌하긴 하겠지만, 동시에 그것은 끔찍한 실수이다. 나는 SF를 쓰지만, SF는 미래에 대한 것이 아니다. 나는 미래에 대해 당신보다 더 많이 알지 못하며, 오히려 더 적게 알 가능성이 크다.

이 책은 미래에 대한 것이 아니다. 그렇다. 이 책은 '에큐멘력 1490～1497'이 무대임을 밝히며 시작한다. 하지만 그렇다고 당신이 그것을 곧이곧대로 '믿지는 않을 것 아닌가'.

그렇다, 그곳 사람들은 자웅동체이지만 그렇다고 내가 1년쯤 뒤에 우리가 자웅동체가 되리라고 예언을 한다거나 우리가 저주를 받아 자웅동체가 되고 말 거라고 선언하는 건 아니다. 단지 SF 고유의 독특하고 우회적이며 사고실험적인 방법으로, 당신이 어떤 날씨 아래 어떤 시간들 면면을 살고 있는 우리를 볼 때 우리가 이미 그렇게 되어 있다고 말할 내용을 관측하고 있을 뿐이다. 나는 예언을 하거나 규정하는 것이 아니다. 묘사하는 것이다. 소설가들이 하는 방식으로, 즉 상세한 거짓말들을 정성들여 꾸며내 심리학적 실체의 어떤 양상을 설명할 따름이다.

그게 어떤 소설이 되었든, 소설을 읽는 동안 우리는 그것이 모두 허튼소리라는 것을 숙지해야만 하며, 그러면서도 읽는 동안에는 그 안에 담긴 모든 것을 믿어야 한다. 그래서 마침내 그 소설을 다 읽었을 때, 훌륭한 소설이라면 우리는 그것을 읽기 전과 조금은 달라졌음을, 조금은 바뀌었음을 깨닫게 되리라. 이전에 전혀 가본 적 없는 낯선 거리를 지나다 새로운 사람을 만나 달라지듯 말이다. 하지만 우리가 무엇을 배웠는지, 어떻게 달라졌는지를 '말하기'란 아주 어렵다.

예술가는 언어로 말할 수 없는 것을 다룬다.

소설이 매개인 예술가들은 이것을 '언어'로 한다. 소설가들은 언어로 말할 수 없는 것들을 언어로 말한다.

이렇게 역설적으로 쓰일 수 있는 것은, 언어가 기호론적 용법과 더불어 상징적 또는 은유적 용법도 지니고 있기 때문이다(비록 언어 실증주의자들은 관심 없어 하는 사실이지만, 이에 더해 소리도 있다. 문장이나 문단은 음악에서의 화음이나 화성 진행

과도 같다. 소리 내지 않고 읽더라도 주의 깊은 지성보다는 주의 깊은 청자가 그 의미를 더욱 또렷하게 이해할 것이다).

모든 소설은 은유이다. SF는 은유이다. SF가 기존 소설과 다른 것은, 우리 동시대 삶에서 커다란 지배력을 가진 것들, 즉 과학, 모든 과학과 기술과 상대주의적이고 역사적 견해들로부터 가져온 새로운 은유를 사용하기 때문일 것이다. 우주여행은 이러한 은유 가운데 하나이다. 대안 사회나 대안 생물학도 그렇다. 미래 또한 그렇다. 소설에서, 미래란 은유이다.

그렇다면 무엇을 은유하는 것인가?

만약 내가 은유적으로 말하지 않을 수 있다면 나는 이 모든 말을, 이 소설을 쓰지 않았으리라. 그리고 겐리 아이가 나와 당신에게 다소 엄숙하게, 진리는 상상의 문제라는 것을 알려주기 위해 내 책상 앞에 앉아 내 잉크와 타자기 리본을 소모하지도 않았으리라.

어슐러 K. 르 귄

1. 에르헨랑의 시가행진

헤인의 기록 보관소에서. 앤서블 서류 〈01-01101-934-2-게센〉의 사본: 올룰의 스테빌에게: 게센/겨울 행성의 제1모빌인 겐리 아이로부터의 보고. 에큐멘력 1490~1497, 헤인 사이클 93.

나는 어릴 적 고향 행성에서 진리는 상상의 문제라고 배웠으므로, 이야기식으로 이 보고서를 작성하겠다. 제아무리 굳건한 사실을 이야기한다 할지라도 이야기하는 방식에 따라 전해지지 않을 수도 또는 널리 퍼질 수도 있다. 내 고향의 바다에서만 자라는 유기질 보석처럼 말이다. 그 보석은 어떤 여인이 걸치면 한층 더 빛나 보이지만 어떤 여인이 걸치면 그 빛을 잃어 허섭스레기가 될 뿐이다. 사실 역시 진주처럼 단단하고, 빈틈없고, 둥글고, 진실되다. 그러나 둘 다 민감하다.

이것은 나만의 이야기도 아니고, 나 혼자 하는 이야기도 아니다. 사실, 나는 이게 누구의 이야기인지 잘 모르겠다. 아마 당신이 더 잘 판단할 수 있으리라. 그건 아무래도 좋다. 만일 조작된 목소리로 조작된 사실을 말하는 것 같은 순간이 있다면, 당신 마에 드는 것만 선택하면 된다. 하지만 그 어느 것도 거짓은 아니며, 그것 모두가 하나의 이야기이다.

이야기는 1491년의 44일부터 시작된다. 겨울 행성의 카르히데에서는 이날이 투와 오드하르하하드 또는 원년의 봄 세 번째 달의 22일에 해당한다. 이곳에서 현재는 늘 원년이다. 과거와 미래의 모든 날짜는 정월 초하루를 기준으로 매번 바뀌고, 이곳 사람들은 유일무이한 '현재'를 기준으로 과거와 미래를 헤아려 나간다. 그래서 이야기는 카르히데의 수도인 에르헨랑에서 원년의 봄, 시작된다. 당시 나는 목숨을 잃을 위기에 처해 있었지만 그 사실을 알지 못했다.

나는 행진 대열에 끼어 있었다. 고시워 바로 뒤, 왕 바로 앞에서 걸었다. 비가 내리고 있었다.

검은 탑들 위로 비구름이 드리워 넓은 거리에 비가 내리고, 석조 건축물들이 들어선 도시에는 폭풍이 휘몰아치는 가운데 황금색 행렬이 천천히 나아간다. 맨 앞에선 에르헨랑의 상인과 권력가, 장인들이 화려한 옷을 입고 물고기가 바다를 헤엄치듯 편안하게 빗속을 뚫고 줄지어 걷는다. 얼굴은 맑고 차분하다. 그들은 발을 맞춰 걷지 않는다. 이건 군인들의 행렬이 아니다. 군인 흉내조차 내지 않는다.

그다음은 카르히데의 각 영지와 공동영지에서 한 명이나 5명, 혹은 45명 또는 400명씩 온 영주와 시장과 대표들이 금속 호른과 뼈와 나무로 만든 관악기, 전자 플루트의 건조하고 쾌활한 음악 소리에 맞춰 장관을 이루며 행진한다. 거대한 영지를 상징하는 온갖 깃발이 노란 페넌트와 어울려 비바람 속에서 화려하게 펄럭이고, 각 집단이 연주하는 다양한 음악의 여러 리듬이 서로 부딪히고 섞이며 돌로 포장된 넓은 거리에 울려 퍼진다.

그 뒤로는 던지기 곡예사들이 빛나는 황금빛 공을 하늘 높이 던졌다가 받고는 다시 던지기를 반복하며 행진한다. 높이 솟아오르는 반짝이는 공들이 마치 분수가 뿜어나가는 것처럼 보인다. 태양이 구름을 뚫고 그 모습을 드러내자 순간 황금빛 공들은 그야말로 빛을 잡아챈 듯 유리처럼 눈부시게 반짝인다.

뒤이어 노란 옷을 입은 40명이 고시워를 연주하며 지나간다. 고시워는 오로지 왕이 있을 때만 연주하는 악기로, 묘한 불협화음을 자아낸다. 이들 40명이 함께 연주하는 소리에 사람들의 머리가 어지럽고, 에르헨랑의 탑들이 흔들린다. 거센 바람 속 구름에서 마지막 빗방울을 짜내는 듯하다. 이런 게 왕실 음악이라니 카르히데 왕들이 모두 미친 것도 당연하다.

다음으로 왕실 사람들, 호위대, 시와 궁전의 공무원과 고관, 부관, 상원 의원, 법관, 대사, 제후들이 발을 맞추거나 줄을 맞추지는 않으면서도 근엄하게 걷고 있다. 그 가운데에는 왕인 아르가벤 15세도 있다. 하얀 튜닉에 셔츠와 반바지를 입고, 샛노란 가죽 각반을 차고, 노란 고깔모자를 쓴 차림이다. 왕이 한 유일한 장신구인 금반지는 직위를 상징한다. 이들 뒤로 건장한 이 여덟이 노란 사파이어로 뒤덮이다시피 한 왕실 가마를 메고 따른다. 지난 몇 세기 동안 이 가마를 탄 왕이 아무도 없는, '아주오래전'부터 내려온 의례용 유물이다. 가마 옆에는 '약탈용 총'으로 무장한 호위병 여덟이 걷고 있다. 이 총들은 가마보다 더 옛날부터 내려온 유물이지만, 약실이 비어 있지 않고 연철 탄알이 장전되어 있다. 왕 뒤로는 죽음이 걸어간다. 죽음의 뒤로는 장인 학교와 대학교의 학생, 상인, 왕실 사람들이 따르고, 그 뒤로 흰색, 빨강색, 황금색, 초록색 옷을 입은 아이들과 젊은이들의 행렬이 길게 이어진다. 그리고 마지막으로 어두운 색 차량들이 천천히 행렬을 따라온다.

나는 왕실 사람들과 함께 아직 공사가 끝나지 않은 강 문의 아치 옆쪽 새 목재로 만든 단상에 올랐다. 이번 행사는 5년간에 걸친 준설과 건설, 도로 건설의 대역사를 마무리 짓는 아치의 완공을 기념하기 위한 것이다. 이 공사는 카르히데의 역사에서 아르가벤 15세를 길이 빛낼 업적으로 남을 것이다. 우리는 비에 흠뻑 젖은 화려한 옷차림을 하고 단상에 빽빽이 올라서 있다. 비가 그치고 겨울 행성의 근사하고 찬란하지만 행사를 하기에는 지나치게 더운 해가 우리를 비춘다. 나는 내 왼쪽에 선 사람에게 말한다. "덥군요. 정말로 더워요."

왼쪽에 있던 가무잡잡하고 땅딸막한 카르히데인은 머리털에 윤기가 흐르고 숱이 많으며, 금으로 장식한 두꺼운 녹색 가죽 오버튜닉에 두꺼운 흰 셔츠와 반바지를 받쳐 입고, 손바닥만큼이나 폭이 넓고 묵직한 은사슬 목걸이를 걸고 있었다. 그는 몹시 땀을 흘리며 말했다. "정말 그렇군요."

단상에 빽빽이 올라선 우리를 에워싼 시민들의 얼굴은 둥그런 갈색 조약돌들로 이루어진 여울목처럼 보였으며, 수천의 눈동자들은 거기에 박혀 반짝이는 운모 같았다.

이제 왕이 단상에서 아치 꼭대기로 연결된 통나무 다리를 올라간다. 아치는 아직 양끝이 연결되지 않은 채 군중과 부두와 강 위로 높이 우뚝 서 있다. 왕이 올라서자 군중이 환호성을 지르며 큰 소리로 외친다. "아르가벤!" 왕은 아무 반응도 보이지 않는다. 군중 역시 반응을 기대하지 않는다. 고시워가 우레 같은 불협화음을 한바탕 내뿜고 조용해진다. 정적. 태양은 도시와 강과 군중과 왕 위로 환히 빛난다. 아래에서 석공들이 전기 기중기를 조작하고, 왕이 다리를 올라가는 동안 기중기 줄에 매달려 올라가던 몇 톤은 됨직한 육중한 아치의 쐐기돌은 왕을 지나 더 높이 올라가 벌어진 아치 틈에 거의 소리도 내지 않고 자리 잡으며 마침내 아치를 하나로 연결한다. 흙손과 양동이를 든 석공 한 명만이 비계 위에서 왕을 기다리고, 다른 인부들은 모두 벼룩 떼처럼 줄사다리를 타고 내려온다. 왕과 석공은 강과 태양 사이 높은 공중에서 좁은 널빤지 위에 무릎을 꿇는다. 흙손을 받아든 왕은 쐐기돌의 기다란 연결 부위에 모르타르를 바르기 시작한다. 모르타르를 대충 찍어 바른 뒤 곧바로 석공에게 흙손을 돌려주는 게 아니라, 꼼꼼한 솜씨로 일한다. 왕이 사용하는 시멘트는 다른 모르타르와는 달리 분홍색이다. 나는 왕이 일하는 모습을 5~10분 정도 지켜보다 내 왼쪽 사람에게 묻는다. "당신들은 늘 붉은 시멘트로 쐐기돌을 앉힙니까?" 이 아치 상류 쪽에 아름답게 우뚝 솟은 옛 다리에 딸린 아치들도 쐐기돌은 모두 같은 색으로 되어 있었다.

가무잡잡한 이마의 땀을 닦으며 그 '남자'(앞서 '그'라는 표현을 썼으니 '남자'라고 말하는 게 맞으리라)가 대답한다. "'아주 오래전'에는 늘 뼈를 갈아 피와 섞은 모르타르로 쐐기돌을 앉혔습니다. 인간의 뼈와 인간의 피로요. 피로 반죽하지 않으면 아치가 무너진다고 생각했지요. 요즘에는 동물 피를 씁니다."

그는 종종 이런 식으로, 솔직한 한편 조심스럽고 비꼬는 투로 말한다. 마치 내가 외계인의 눈으로 보고 판단한다는 것을 자신은 늘 염두에 두고 있다는 듯이. 오랫동안 고립되어 있던 종족인 데다 무척이나 높은 지위에 있었기 때문에 생긴 독특한 인식이다. 그는 이 나라 최고의 권력자 가운데 한 명이다. 그의 지위가 우리의 전통적인 지위에 비춰볼 때 장관이나 수상인지 아니면 참의원에 해당하는지는 잘 모르겠다. 여하튼 카르히데에서 그 단어는 '왕의 귀'라는 뜻이다. 그는 한 영지의 영주이자 제후이고 큰일들을 집행하는 이다. 이름은 세렘 하르스 렘 이르 에스트라벤이다.

왕이 작업을 끝낸 듯해 나는 속으로 기뻐한다. 하지만 왕은 아치 아래로 거미줄처럼 널린 다른 널빤지로 건너가 쐐기돌의 다른 면을 바르기 시작한다. 쐐기돌에는 면이 두 개 있으니 당연한 일이다. 카르히데에서는 서두르는 법이 없다. 이들은 아주 느긋한 사람들이다. 고집은 세지만 끈기가 있다. 마침내 연결 부위의 모르타르 작업이 끝난다. 세스 강둑에 모인 군중은 왕이 일하는 것을 보며 만족해하지만, 나는 지겹기 짝이 없고, 덥다. 지금까지 겨울 행성에서 이렇게 더웠던 적은 없었다. 그리고 다시는 이렇게 더울 일도 없을 것이다. 하지만 더위 때문에 나는 이 행사를 전혀 즐기지 못한다. 내가 입은 건 추위를 막기 위해 식물섬유, 인조섬유, 털가죽, 가죽 등을 겹겹이 넣어 만든 빙하기에나 어울릴 옷으로, 지금처럼 해가 날 때 입을 게 못 된다. 그래서 지금 무 잎처럼 축 처져 있다. 나는 지루함을 이기기 위해 군중과 단상 주위에 몰려든 행렬 참가자들을 둘러본다. 햇빛 아래로 이들의 영지와 부족을 상징하는 깃발들이 소리 없이, 환한 모습으로 매달려 있다. 나는 건성으로 각 깃발마다 이 깃발은 뭐고 저건 뭐냐고 에스트라벤에게 묻는다. 깃발이 수백 개는 될 텐데도 그는 내가 묻는 것마다 다 알고 있다. 어떤 것은 멀리 떨어진 영지, 즉 페링 폭풍경계와 케름 랜드의 화로 및 소규모 부족이 가져온 것이다.

내가 그의 지식에 감탄하자 그가 말한다. "저 자신이 케름 랜드 출신입니다. 그리고 어쨌든 각 영지에 대해 알고 있어야 하는 게 제 일이지요. 그 영지들이 곧 카르히데입니다. 이 땅을 다스리는 것은 곧 저 영주들을 다스리는 것이지요. 물론 그렇게 하기가 쉬웠던 적은 없습니다. 혹시 '카르히데는 국가가 아니라 싸우는 가족'이라는 말을 들어본 적이 있으십니까?" 없었다. 그 말은 에스트라벤이 지어낸 것 같았다. 그런 낌새가 느껴졌다.

이때 에스트라벤이 의장으로 있는 '쿄레미', 즉 상원의 의원 가운데 한 명이 사람들을 헤치고 다가오더니 그에게 뭔가 말하기 시작한다. 왕의 사촌인 페메르 하르게 렘 이르 티베이다. 에스트라벤에게 말하는 그의 목소리는 아주 낮고, 태도는 약간 건

방져 보이며, 간간이 싱긋 웃는다. 에스트라벤은 태양 아래 놓인 얼음처럼 땀을 줄줄 흘리면서도 얼음처럼 매끄럽고 냉철하게 답한다. 티베는 중얼거리는 와중에도 힘을 주어 말하고, 그 진부한 정중함은 상대방을 다소 바보처럼 보이게 한다. 왕이 모르타르 작업을 하는 걸 지켜보며 둘의 대화에 귀 기울여보지만, 티베와 에스트라벤 사이에 흐르는 증오심만을 이해할 수 있을 뿐이다. 어쨌든 나와는 상관없는 일이지만, 나는 나라를 낡은 방식으로 다스리는 사람들, 2천만 명의 운명을 지배하는 이 사람들의 행동에 흥미가 있다. 에큐멘에서는 권력이라는 것이 지극히 미묘하고 복잡하기 때문에, 명석한 정신의 소유자만이 그 움직임을 감지할 수 있다. 여기에서도 비록 제한적이기는 하지만 그 권력이 나타난다. 예를 들어 에스트라벤의 경우, 사람들은 권력을 그의 일부로 받아들인다. 그는 의미 없는 행동을 하거나 상대가 들어서는 안 될 말을 해서는 안 된다. 에스트라벤 자신도 그 점을 잘 알고 있으며, 그 사실은 그가 대부분의 사람들과는 다른 면모, 즉 확고한 인격과 신뢰, 인간으로서의 위대함을 갖추고 있다는 것을 의미한다. 성공이 성공을 낳는다. 나는 에스트라벤을 신뢰하지 않는다. 그 동기가 늘 불명확하기 때문이다. 나는 에스트라벤을 좋아하지 않는다. 하지만 태양의 온기를 느끼듯 그의 권위를 느끼고 반응한다.

내가 이런 생각을 하고 있을 때, 구름이 모여들어 이 행성의 태양을 가리고, 곧 하늘이 시커메지면서 상류에 돌풍과 함께 비가 쏟아져 강둑에 모였던 사람들을 흩어버린다. 왕이 널빤지에서 내려올 때 잠시 해가 구름을 뚫고 하늘에서 빛을 내리비치자 왕의 흰 자태와 거대한 아치가 태풍이 몰려오는 시커먼 남쪽 하늘을 배경으로 장엄하고 화려하게 그 모습을 드러낸다. 구름이 해를 가린다. 차가운 바람이 항구와 왕궁 사이에 뻗은 '항구와 궁전 거리'에 거세게 불어닥친다. 강물은 잿빛으로 변하고, 강둑의 나무들이 몸부림친다. 행렬은 끝났다. 30분 뒤, 눈이 내리고 있다.

왕이 탄 차가 항구와 궁전 거리를 빠져나가고 군중이 완만한 조류에 굴러가는 조약돌처럼 움직인다. 에스트라벤이 다시 나를 바라보며 말한다. "저와 함께 저녁 식사를 하지 않으시겠습니까, 아이 씨?" 나는 기쁘다기보다는 놀라워하며 그 초대를 받아들인다. 에스트라벤은 지난 6개월 혹은 8개월 동안 나를 위해 여러 가지 편의를 봐주었지만, 나는 그의 집에 초대받는 것과 같은 개인적인 호의는 기대하지도 바라지도 않았다. 하르게 렘 이르 티베가 여전히 우리 가까이에 머물러 있다가 우연히 대화를 듣게 되었고, 나는 그가 엿들을 목적이었다고 느꼈다. 이런 당당하지 못한 음모의 기운에 짜증이 난 나는 단상에서 내려와 군중 속에 몸을 숨겼다. 나는 몸을 웅크리고 고개를 숙여야 했다. 게센인의 평균 신장보다 아주 큰 편은 아니지만 군중 속에 있으면 금방 눈에 띌 정도로는 차이가 났기 때문이다. '저기 봐, 저 사람이 특사야.' 물론 그게 내 직업의 일부이기는 하지만, 시간이 갈수록 익숙해지기는커녕 더 어려워져만 갔다. 점점 더 나는 이명성을, 동일성은 원하게 되었다. 다른 사람과 같아졌으면 하고 갈망했다.

양조장 거리를 따라 두 블록을 걸어 내 숙소가 있는 곳으로 가려고 방향을 바꾸었을 때, 지나는 사람들의 수가 줄었고, 정신 차려보니 어느새 티베가 내 곁에서 걷고 있었다.

"완벽한 행사였습니다." 왕의 사촌이 싱긋 웃어 보이며 내게 말했다. 그의 길고 깨끗하고 누런 치열이 슬쩍 보였다가 주름 가득한 누런 얼굴 속으로 사라졌다. 늙었다고 하기엔 이른 나이였지만, 얼굴에 잔주름이 가득했다.

"새 항구의 성공을 위해 좋은 징조입니다." 내가 말했다.

"아무렴요." 그가 다시 치열을 드러냈다.

"쐐기돌 의식은 정말로 인상적이었습니다……."

"아무렴요. 그 의식은 '아주 오래전'부터 우리에게 전해 내려오는 겁니다. 에스트라벤 경께서 자세히 설명해주셨으리라고 생각합니다만."

"에스트라벤 경은 정말로 친절하신 분입니다." 아무 감정을 담지 않고 말하려 애썼지만, 티베는 내가 하는 말에는 모두 다른 뜻이 담겨 있다고 여기는 듯했다.

티베가 말했다. "암요, 그렇고말고요. 에스트라벤 경은 외국인들에게 친절하기로 유명하지요." 티베가 다시 싱긋 웃었고, 치아가 드러날 때마다 그의 말은 2중, 3중, 32중의 서로 다른 의미를 지니고 있는 것처럼 들렸다.

"저처럼 먼 곳에서 온 외국인은 드물지요, 티베 경. 저는 그분의 친절에 굉장히 고마워하고 있습니다."

"암요, 그렇겠지요! 고마움이란 시인들이 칭송하는 참으로 고귀하고, 드문 감정입니다. 여기 에르헨랑에서는 그 무엇보다도 보기 드뭅니다. 아무도 그렇게 하지 않으니까요. 우리가 사는 시대는 험난합니다. 배은망덕한 시대지요. 모든 것이 우리 선조들 시대와는 다릅니다. 안 그렇습니까?"

"저는 아는 바가 거의 없답니다. 하지만 다른 세계에서도 똑같은 한탄을 들은 적이 있습니다."

티베는 광기 어린 눈으로 잠시 나를 쏘아보았다. 이윽고 그는 길고 누런 치열을 다시 드러냈다.

"아, 그렇군요! 암요, 그렇겠죠! 당신이 다른 행성에서 왔다는 사실을 계속 깜빡한다니까요. 물론 당신이 그걸 잊고 안 잊고는 아무 문제가 되지 않아요. 하지만 당신이 그 사실을 잊을 수 있다면 이곳 에르헨랑에서 당신의 인생은 훨씬 더 건전하고 단순하고 안전할 겁니다. 그렇겠죠? 암요, 그렇죠! 여기 제 차가 있습니다. 방해되지 않도록 길 밖에 세워두었지요. 마음 같아선 당신 섬까지 태워다드리고 싶지만, 곧 왕궁에 들어가봐야 하니 다음을 기약해야겠군요. '사소한 일은 나중에'라는 말도 있잖습니까? 암요, 그렇고말고요!" 왕의 사촌은 검은색 작은 전기차에 오르더니 어깨 너머로 고개를 돌려 잔주름의 베일 속에 자리 잡은 두 눈으로 나를 보며 다시 한 번 치열을 드러냈다.

나는 걸어서 내 섬*으로 돌아왔다. 겨울의 마지막 눈이 녹으며 섬 앞 정원이 모습을 드러냈고, 지상 10피트 높이에 있는 겨울문은 봉해져 있었다. 가을이 지나 다시 폭설이 내릴 때까지 몇 달 동안 그 상태를 유지할 터였다. 진흙과 얼음, 봄이 되어 빠르게 돋아나는 부드러운 새싹에 둘러싸인 건물 옆에 젊은 연인 한 쌍이 서서 속삭이고 있었다. 둘은 서로 오른손을 잡고 있었다. 케메르의 첫 단계에 접어든 것이다. 둘은 손을 꼭 잡은 채 서로의 눈을 바라보며 맨발로 차가운 진흙 위에 서 있었고, 함박눈이 둘 주위에서 춤을 추었다. 겨울 행성에 봄이 온 것이다.

나는 내 섬에서 저녁 식사를 했고, 레미 탑에서 제4시를 알리는 종소리가 울릴 때는 왕궁에서 만찬을 할 준비를 하고 있었다. 카르히데인들은 하루에 네 번, 아침, 점심, 저녁, 만찬 식사를 하며, 그사이에도 틈만 나면 음식을 입에 넣고 우물우물 게걸스럽게 먹어댔다. 겨울 행성에는 몸집이 큰 육식동물이 없으며, 포유동물로부터 만들어내는 우유, 버터, 치즈 같은 제품도 없었다. 고단백, 고탄수화물 식품이라고는 온갖 종류의 알과 생선, 견과류와 헤인에서 건너온 곡식이 전부였다. 혹독한 기후 때문에 음식의 질이 낮았고, 그래서 수시로 먹어야만 했다. 나 역시 그러한 식사 습관에 익숙해져서, 몇 분마다 뭔가를 먹는 듯했다. 이곳에 온 해 하반기가 되어서야 나는 끊임없이 먹지만 끊임없이 배가 고파지는 게센인들을 이해하게 되었다.

눈이 계속 내렸다. 온화하고 부드러운 봄의 눈보라는 막 끝난

*[원주] 카르호시, 즉 섬은 카르히데의 도시 사람들 대부분이 거주하는 아파트식 건물을 가리키는 단어이다. 섬에는 20~200개의 개인용 방이 있고, 식사는 공동으로 한다. 호텔처럼 운영되거나 협동농장처럼 운영되며, 이 두 형태가 결합된 모습으로 운영되기도 한다. 비록 가정과 같은 가계 안정성은 없다 해도, 섬은 분명 카르히데의 기본적인 가정 제도의 도시적 형태이다.

해빙기의 혹독한 비보다 훨씬 더 상쾌했다. 나는 눈 내리는 조용하고 창백한 어둠 속을 걸었고, 도중에 길을 한 번 잃을 뻔했지만 무사히 궁에 도착했다. 에르헨랑 궁은 몇 세기에 걸친 편집광적 산물인 궁전과 탑, 정원, 뜰, 수도원, 지붕 덮인 다리와 지붕이 없는 터널 보도, 작은 숲, 성곽으로 둘러싸인 도심부였다. 그리고 이 모든 것을 제압하듯 장엄하고 아름답게 치장된 붉은 벽이 우뚝 솟아 있었고, 그 안의 왕가에선 오로지 왕 혼자만 살았다. 시종과 보좌관, 귀족, 장관, 의원, 호위병들은 성벽 안의 다른 궁이나 성채, 요새, 막사나 집에서 살았다. 왕의 총애를 받고 있다는 걸 한눈에 알 수 있는 에스트라벤이 사는 '붉은 모퉁이 저택'은 440년 전에 엠란 3세가 사랑하던 애인 하메스를 위해 지은 것이다. 지금까지도 그 미모가 명성이 자자한 하메스는 내륙 파벌의 하수인들에게 유괴되어 손발이 잘리는 고초를 겪고 백치가 되었다고 한다. 엠란 3세는 그로부터 40년 뒤에 세상을 떠났으나 아직도 그의 불행한 운명과 왕국에 대한 원한은 남아서 그는 '불운한 엠란'이라고 불렸다. 그 비극은 너무나 오래되어 공포감은 색이 바랬고 비정과 우수의 그림자만이 집 안의 돌과 그늘에 서려 있었다. 정원은 작고 담이 둘렸으며, 돌로 장식한 연못 주위로는 세렘나무들이 비스듬히 서 있었다. 집의 창에서 흘러나오는 희미한 빛줄기가 비치는 어두운 연못 위로 눈송이와 실처럼 생긴 하얀 나무 포자들이 날리는 모습이 보였다. 이 추위에도 에스트라벤은 모자도 쓰지 않고 외투도 입지 않은 채, 어둠 속에서 은밀하고도 끊임없이 내리는 눈과 포자들을 바라보며 나를 기다리고 있었다. 에스트라벤은 나를 보자 말없이 인사한 뒤 집 안으로 안내했다. 다른 손님은 없었다.

나는 왜 다른 손님이 없을까 궁금했지만, 우리는 곧바로 식탁으로 갔다. 이곳에서는 식사 중에 일에 대해 이야기하지 않는다. 게다가 식사가 무척이나 훌륭해서 궁금증은 곧 사라졌다. 심지어 늘 그 맛이 그 맛이라고 생각했던 빵사과가 요리사에 의해 완전히 다른 예술 작품이 되어 나왔고, 나는 진심으로 칭찬을 아끼지 않았다. 식사를 마친 뒤 우리는 화롯가에서 뜨거운 맥주를 마셨다. 마시는 사이에도 맥주가 얼어붙는 탓에 얼음을 깨기 위한 작은 도구가 식탁에 늘 준비되어 있는 세계에서 뜨거운 맥주는 정말로 감사해야 할 음료였다.

에스트라벤은 식사 중에는 붙임성 있게 이야기를 했지만 화로를 사이에 두고 앉아서는 조용히 있었다. 겨울 행성에 온 지 2년이 다 되었지만 나는 아직도 주민들의 눈으로 이곳 사람들을 볼 수가 없었다. 그렇게 해보려곤 했지만, 이곳 게센인들을 처음에는 남자로, 다음에는 여자로 보려고 의식적으로 애를 쓰는 식으로, 내게는 중요하지만 그들의 본성과는 전혀 상관없는 범주에 꿰어 맞추는 식이 되고 말았던 것이다. 나는 김이 무럭무럭 피어오르는 시큼한 맥주를 홀짝이며, 식사 중 에스트라벤의 행동을 떠올려보았다. 여성스러웠고 세련미와 재치가 넘치는 태도였지만, 뭔가 실체가 빠진 듯하며 꾸민 듯 능수능란하다는 느낌이 들었다. 내가 에스트라벤을 싫어하고 신뢰하지 못하는 건 바로 이러한 부드럽고 나긋나긋한 여성스러움 때문이 아닐까? 에스트라벤처럼 음울하고 신랄하고 강력한 존재를 여자로 생각하는 것은 불가능했다. 하지만 에스트라벤을 남자로 생각할 때마다 나는 속은 듯한, 뭔가 잘못되었다는 듯한 느낌이 들었다. 에스트라벤이 문제인 걸까, 아니면 그를 향한 나의 태도가 문제인 걸까? 에스트라벤의 목소리는 부드럽고, 약간 울림이 있긴 하나 깊이는 없어서 남자의 목소리라고 하긴 어렵지만, 그렇다고 여자의 목소리라고 할 수도 없었다……. 그런데 지금 그 목소리가 뭐라 말하고 있는 거지?

에스트라벤이 말하고 있었다. "진작 제 집에 초대했어야 하는데 그러지 못해 죄송합니다. 그리고 덧붙여 말하자면, 적어도 그 점에 관해서라면, 이제 우리 둘 사이에 더는 후원자와 피후원자의 문제가 없으니 기쁘군요."

나는 그 말에 잠시 어리둥절했다. 에스트라벤은 지금까지 왕궁 내에서 분명히 나의 후원자였다. 내일 자신이 마련한 왕의 알현으로 인해 내가 자신과 대등해질 거라는 뜻인가? "무슨 말씀이신지 잘 모르겠군요." 내가 말했다.

내 말에 에스트라벤은 잠자코 있었지만 그 역시 어리둥절한 게 분명해 보였다. 마침내 에스트라벤이 입을 열었다. "에, 아실 거라고 생각했습니다. 이제부터…… 저는 더 이상 폐하에게 당신을 대표하는 존재가 아니라는 뜻입니다."

에스트라벤은 그게 마치 자신이 아니라 내게 부끄러운 일이라는 듯이 말했다. 분명 이번 초대엔 중요한 의미가 담겨 있는데 내가 그것을 눈치채지 못하고 그냥 받아들인 것이다. 하지만 내

실수가 예의의 문제라면 에스트라벤의 실수는 도의상의 문제였다. 맨 처음 든 생각은 역시 에스트라벤을 믿지 않길 잘했다는 것이었다. 에스트라벤은 능수능란하고 권력이 있었지만, 신의는 없었다. 에르헨랑에서 지낸 몇 달 동안 에스트라벤은 내 이야기에 귀를 기울였고 내 질문에 답했다. 내 신체와 우주선이 외계에서 왔다는 것을 증명하기 위해 의사와 공학자들을 보내주었고, 내가 만나고 싶어하는 사람들을 소개해주었으며, 도착한 첫 해에는 고도의 상상력이 빚어낸 괴물로 여겨지던 나를 신비스러운 특사라는 현재의 위치까지 끌어올려 마침내 왕이 인정하기 직전 단계까지 오게 한 것도 에스트라벤이었다. 그런데 이제 이런 위험한 위치까지 나를 끌어올려 놓고 갑자기 냉정하게 후원의 손길을 거두려는 것이다.

"그동안 당신만을 믿고 따랐습니다……."

"일이 잘 풀리지 않았습니다."

"그 말은, 이번 알현과 관련해 왕에게 제 임무에 대해 말하지 않으셨다는 건가요? 당신은……." 나는 '약속을 했습니다'라는 말을 차마 하지 못하고 말을 마쳤다.

"할 수가 없었습니다."

나는 아주 화가 났지만 에스트라벤은 화를 내지도 사과를 하지도 않았다.

"왜 그런지 그 이유를 말씀해주시겠습니까?"

잠시 뒤 에스트라벤이 말했다. "네." 그리고 다시 침묵이 이어졌다. 침묵이 흐르는 동안, 나는 어리석고 힘없는 외국인이 한 나라 권력의 근원이나 그 왕국의 정부가 어떤 식으로 작동하는지 잘 알지도 못하면서 그 나라 수상에게 이유를 다그쳐 물을 수는 없다는 생각이 들기 시작했다. 의심할 여지 없이, 이것은 '시프그레소', 즉 위신과 체면, 지위와 자존심이 복합적으로 얽힌, 말로 옮길 수 없는 카르히데의 사회적 권위와 게센 문명의 가장 중요한 원칙에 관계된 문제였다. 그리고 만약 그렇다면, 말해준다 해도 나는 그것을 이해하지 못할 터였다.

"폐하께서 오늘 기념식에서 제게 말씀하시는 것을 들었습니까?"

"아니요."

에스트라벤은 화로 앞으로 몸을 숙이더니 뜨거운 재 위에 올려놓은 맥주 주전자를 들어 내 잔에 가득 따랐다. 에스트라벤은 더는 말하지 않았고, 그래서 나는 부연 설명을 했다. "폐하께서 당신에게 무언가 말씀하시는 건 듣지 못했습니다."

"저도 못 들었습니다." 에스트라벤이 말했다.

나는 마침내 내가 또 다른 신호를 놓치고 있다는 사실을 깨달았다. 좀 사내답게 말하면 어디 덧이라도 난단 말인가? 내가 말했다. "혹시 왕의 신뢰를 잃었다고 말씀하시는 겁니까, 에스트라벤 경?"

나는 그 순간 에스트라벤이 화가 났다고 생각했지만, 그는 전혀 그런 기색을 보이지 않고 단지 이렇게만 말했다. "아무 말씀도 드릴 게 없습니다, 아이 씨."

"제발, 말씀해주십시오."

에스트라벤은 이상하다는 듯이 나를 바라보았다. "음, 그렇다면 이렇게 말씀드리지요. 당신 말대로 왕궁에는 폐하의 총애를 받는 사람들이 있습니다. 하지만 그 사람들은 당신의 존재와 당신이 이곳에서 수행해야 할 임무를 달가워하지 않습니다."

그리고 당신은 자신의 안녕을 위해 그 사람들과 한패가 되겠다는 거로군, 하고 생각했지만 그걸 말로 해봐야 소용이 없을 터였다. 에스트라벤은 왕의 신하이자 정치가였으며, 그런 사람을 믿은 내가 바보일 뿐이었다. 심지어 양성 사회에서도 정치가는 비열한 경우가 흔했다. 에스트라벤이 나를 만찬에 초대한 것은 자신이 배반을 한 것만큼이나 쉽사리 내가 그 사실을 받아들이리라고 생각했기 때문이다. 체면이 정직보다 더 중요한 게 분명했다. 그래서 나는 이렇게 말했다. "제게 보이신 친절 때문에 곤란해지셔서 유감입니다." 용서를 해주리라. 나는 순간 도덕적 우월감을 맛보았지만 그리 오래가지는 않았다. 에스트라벤의 속을 가늠할 수 없었기 때문이다.

에스트라벤은 등받이에 기댔고, 화로의 불빛이 무릎과 작고 강하고 섬세한 손, 그리고 그 손이 든 은빛 맥주잔을 붉게 비쳤다. 하지만 얼굴은 그림자에 가려져 있었다. 거무스름한 얼굴은 굵고 낮게 자란 머리털, 짙은 눈썹과 속눈썹, 온화하면서 동시에 음침한 표정 때문에 한층 더 어두워 보였다. 고양이의 표정을 읽을 수 있을까? 바다표범의 표정은? 수달의 표정은? 게센인들은 밝은 눈동자를 가진 동물과도 같아서 말을 할 때 전혀 표정을 바꾸지 않는다.

에스트라벤이 대답했다. "제가 자초한 일입니다. 당신과는 아무 관계도 없습니다, 아이 씨. 아시겠지만, 카르히데와 오르고레인은 사시노스 근처의 높다란 '북쪽 큰비탈'에서 국경 분쟁을 벌이고 있습니다. 아르가벤 폐하의 조부께서는 시노스 계곡이 카르히데 땅이라고 주장했지만 친교체는 그 주장을 절대로 인정하지 않았습니다. 구름 하나가 많은 눈을 뿌리고, 그 눈은 점차 쌓여가는 법이지요. 저는 그 계곡에 사는 카르히데 농부들에게 옛 국경선을 넘어 동쪽으로 이주하도록 설득해왔습니다. 그곳에서 수천 년 동안 살아온 오르고레인 사람들에게 그 땅을 넘겨주면 분쟁이 끝날 거라고 생각했기 때문입니다. 저는 몇 년 전까지만 해도 북쪽 큰비탈의 행정부에 있었습니다. 그때 그곳 농부들을 알게 되었지요. 그 사람들이 약탈당하고 살해되고 오르고레인의 자원농장에 보내지는 걸 생각만 해도 마음이 아픕니다. 왜 분쟁의 소지를 없애려하지 않는 걸까요? 하지만 이건 애국자가 할 생각은 아니지요. 사실 겁쟁이나 할 만한 짓이며, 왕의 시프그레소를 욕보이는 짓입니다."

나는 에스트라벤의 모순, 그리고 오르고레인과의 밀고 당기는 국경 분쟁에는 관심이 없었다. 우리 문제로 화제를 돌렸다. 에스트라벤을 믿든 안 믿든, 여전히 그에게서 유용한 정보를 얻어낼 수 있을지 몰랐다. 내가 말했다. "미안합니다만, 그래도 몇몇 농부들 때문에 왕의 알현이 미루어진다는 건 안타깝군요. 몇 마일의 국경보다 더 중요한 문제가 있습니다."

"네, 훨씬 더 중요한 문제지요. 하지만 국경 간의 거리가 100광년이나 되는 에큐멘이라면 좀 더 기다려주실 수 있겠지요."

"에큐멘의 스테빌들은 아주 인내심이 많은 사람들입니다, 에스트라벤 경. 그 사람들은 카르히데를 비롯한 게센 사람들이 전 인류에 합류할지 여부를 고민할 동안 100년이고 500년이고 기다릴 겁니다. 저는 단지 제 개인의 희망과 실망에 대해 말하는 것뿐입니다. 고백컨대, 제 생각엔 당신의 후원이 있다면 저는……."

"저 역시 그렇다고 생각했습니다. 하지만, 빙하라는 게 하룻밤에 어는 건 아니니까요." 에스트라벤은 진부한 말로 위로했지만 마음은 다른 곳에 가 있었다. 에스트라벤은 뭔가 곰곰이 생각했다. 나는 에스트라벤이 권력 쟁탈전에서 다른 졸들과 함께 나를 이리저리 움직이고 있다고 여겼다. 마침내 에스트라벤이 말했다. "당신은 미묘한 때에 우리 나라에 오셨습니다. 상황이 바뀌고 있습니다. 우리는 새로운 전환기를 맞이하고 있지요. 아니 전환기라기보다 지금까지 우리가 온 것과는 너무나도 다른 길을 가고 있다고나 할까요. 저는 당신의 존재와 임무가 우리가 잘못된 길로 가는 것을 막아주고 우리에게 완전히 새로운 기회를 줄 수 있다고 생각했습니다. 하지만 적당한 시기와 장소에서 말입니다. 그게 언제이고 어디냐는 누구도 알 수 없지요, 아이 씨."

에스트라벤의 일반론에 나는 성급해졌다. 내가 말했다. "당신 말은 지금이 적당한 때가 아니라는 뜻입니다. 알현을 포기하라고 충고하는 건가요?"

나의 결례는 카르히데에서는 더욱더 심각한 것이었지만, 에스트라벤은 웃거나 움찔하지 않았다. 에스트라벤이 말했다. "제 말은, 오직 왕만이 그 결정권을 가지고 있다는 겁니다."

"오 맙소사, 당연하지요. 저는 그런 뜻으로 말씀드린 게 아닙니다." 나는 두 손으로 머리를 감싸 쥐었다. 지구의 개방되고 자유로운 사회에서 자란 나는 카르히데인들이 그토록 가치를 두는 외교적 말투나 태연함을 이해할 수 없었다. 나는 왕이 무엇인지 알고 있었다. 지구에도 과거엔 왕이 잔뜩 있었지만, 나는 그들의 특권을 피부로 경험한 적이 없었고 그걸 간파해 나 자신을 맞출 임기응변도 부족했다. 나는 맥주잔을 들고 뜨겁고 독한 맥주를 마셨다. "이제 당신에게 의지할 수 없으니, 왕을 알현하면 처음에 의도했던 것보다 할 수 있는 말이 적어질 것 같습니다."

"잘됐군요."

"잘됐다니, 그게 무슨 말씀이신가요?" 내가 캐물었다.

"그게, 아이 씨, 당신은 미치지 않았습니다. 저도 미치지 않았고요. 하지만 우리는 왕이 아닙니다. 아시다시피…… 저는 당신이 아르가벤 폐하를 알현하면 당연히 게센과 에큐멘 사이에 동맹을 맺자고 말할 거라고 생각합니다. 그게 당신의 임무니까요. 그리고 당연히, 폐하는 그 점에 대해 이미 알고 계십니다. 당신도 아시다시피, 제가 말을 했으니까요. 저는 폐하께 당신에게 관심을 가져야 한다고 촉구했습니다. 그런데 잘 안 되었습니다. 시기가 나빴죠. 게다가 전 그 일에 너무 몰두한 나머지 그분이 왕이라는 사실을, 그리고 왕으로서 사태를 이성적으로 보지 못한다는 사실을 잊었습니다. 결과적으로 제가 폐하께 했던 말을 폐하께서는 자신의 권력이 위협받고 있으며, 왕국이 우주에서는 티끌 하나에 지나지 않으므로 수백 개의 행성을 지배하는 사람들에게 그분의 왕권은 농담거리에 지나지 않는다는 뜻으로 받아들이셨습니다."

"하지만 에큐멘은 지배하지 않습니다. 조화를 이루게 할 뿐입니다. 그리고 에큐멘의 권력이라는 것도 엄밀하게 말하면 동맹 국가들과 행성들의 권력입니다. 에큐멘과 동맹을 맺음으로써 카르히데는 영원히 위협받지 않고 그 중요성을 더욱더 인정받게 될 것입니다."

에스트라벤은 잠시 대답을 하지 않았다. 그는 화롯불을 물끄러미 바라보았다. 깜박이는 불빛이 에스트라벤의 맥주잔과, 어깨에 걸려 그의 직위를 나타내는 넓고 빛나는 은사슬 목걸이에 반사되었다. 고택의 정적이 우리 주위를 감쌌다. 식사 때는 시중드는 사람이 한 명 있었지만, 이젠 모두 집에 돌아가고 아무도 없었다(카르히데에는 노예나 인신매매 제도가 없었고, 노동력이 필요하면 사람을 고용했다). 카르히데에서는 암살이 잦았기 때문에 에스트라벤 같은 사람들은 경호원을 두었을 게 분명했지만, 그 어디에서도 경호원은 보이지 않았으며 소리도 들리지 않았다. 그곳에는 오직 우리 둘뿐이었다.

나는 외계 행성의 빙하시대 한가운데에, 눈 쌓인 낯선 도시의 어두운 성벽 안에서 낯선 이와 함께 단둘이 있었다.

갑자기, 오늘 밤 그리고 내가 겨울 행성에 온 이후 말했던 모든 것들이 어리석고 터무니없는 것처럼 느껴졌다. 어째서 나는 저 우주 어딘가에 다른 세계와 종족과 막연하게 자비로운 정부가 있다는 내 이야기를 이 사람과 다른 사람들이 믿으리라고 기대했던 걸까? 이곳 사람들 귀에 내 주장은 모두가 터무니없는 것이었다. 나는 카르히데에 이상한 배를 타고 나타났으며, 게센인들과 신체적으로도 다른 면이 있었다. 거기엔 설명이 필요했다. 하지만 이곳 사람들에게 내 설명은 이치에 닿지 않았다. 그리고 당시엔 나 자신이 이곳 사람들을 믿지 않았다…….

"전 당신을 믿습니다." 나와 함께 단둘이 있던 낯선 이가 말했다. 그리고 자기소외감에 푹 빠져 있던 나는 어리둥절해 에스트라벤을 바라보았다. "아르가벤 폐하도 당신을 믿을 거라고 생각합니다. 하지만 그분께서는 당신을 신뢰하진 않습니다. 무엇보다 더는 저를 신뢰하지 않으니까요. 저는 실수를 저질렀고 부주의했습니다. 또한 당신을 위험에 빠뜨렸으니 더는 당신에게 신뢰를 요구할 수 없습니다. 저는 왕이 어떤 존재인지를, 왕의 관점에서 왕은 곧 카르히데라는 사실을, 애국심이 무엇인지를, 그리고 폐하는 필연적으로 철저한 애국자라는 사실을 잠시 잊었습니다. 묻고 싶은 게 하나 있습니다, 아이 씨. 당신의 경험에 비추어볼 때, 애국심은 뭐라고 생각하십니까?"

갑자기 내게 오롯이 집중된 에스트라벤의 강렬한 시선과 기운에 놀란 내가 말했다. "글쎄요. 잘 모르겠습니다. 조국에 대한 사랑을 말씀하시는 거라면 좀 압니다만 그게 아니라면 말입니다."

"아니요, 제가 말하는 애국심은 사랑이 아닙니다. 공포입니다. 타인에 대한 두려움입니다. 그리고 그것은 정치적인 것이지

시적인 것이 아닙니다. 증오, 분쟁, 침략. 그 공포는 우리 안에서 자랍니다. 해마다 커지지요. 우리는 너무 멀리까지 나갔습니다. 그리고 당신은 이미 수 세기 전에 국가의 범주를 초월한 다른 세계에서 와 제가 말하는 것을 제대로 이해할 수 없으며, 우리에게 새로운 길을……." 에스트라벤이 말을 멈췄다. 잠시 흥분을 가라앉힌 에스트라벤은 침착하고 정중하게 다시 말을 이었다. "제가 당신의 알현을 추진하길 거부하는 이유는 바로 이 공포 때문입니다. 하지만 저 자신에 대한 공포가 아닙니다, 아이 씨. 저는 애국적으로 행동하고 있는 게 아닙니다. 적어도, 이곳 게센에는 다른 나라들도 있으니까요."

나는 에스트라벤이 무슨 말을 하는지 종잡을 수 없었지만, 자신이 말하려던 내용을 말하고 있는 게 아닌 것만은 분명했다. 에스트라벤은 내가 이 황량한 도시에서 만난 어둡고 폐쇄적이고 알 수 없는 사람들 가운데에서도 가장 어두운 사람이었다. 그자의 미로에 발을 디디는 모험을 하고 싶지 않았다. 나는 아무 대답도 하지 않았다. 잠시 뒤, 에스트라벤은 다소 조심스럽게 입을 열었다. "제가 당신을 제대로 이해했다면, 에큐멘은 인류 전체의 이익에 헌신하고 있습니다. 하지만 예를 들어, 오르고레인은 전체의 이익을 부분의 이익에 앞세운 경험이 있지만, 카르히데는 그런 경험이 거의 전무합니다. 그리고 오르고레인 친교체는 지성은 없어도 대부분 제정신인 사람들인 데 반해, 카르히데의 왕은 제정신이 아닐뿐더러 멍청하기까지 합니다."

에스트라벤에게 충성심이 전혀 없다는 것은 명확했다. 나는 혐오감이 살짝 밴 목소리로 말했다. "사정이 그렇다면 왕을 섬기는 게 고역이겠군요."

왕의 수상이 말했다. "지금까지 왕을 섬겼는지 모르겠습니다. 아니, 그러려고 했는지조차 모르겠습니다. 저는 그 누구의 하인도 아닙니다. 사람은 각자가 자신의 그림자를 드리워야 하는 법입니다……."

레미 탑의 종이 제6시, 자정을 알렸다. 나는 그걸 핑계로 자리에서 일어났다. 복도에서 외투를 입고 있을 때 에스트라벤이 말했다. "제가 알현을 신청할 기회를 놓친 건 당신이 에르헨랑을 떠날 거라고 생각했기 때문입니다……." 왜 그렇게 생각한 것일까? "……하지만 언젠가 제가 당신에게 다시 질문할 날이 분명 올 거라고 믿습니다. 알고 싶은 게 너무나도 많습니다. 특히 당신의 마음으로 하는 언어에 대해서요. 당신은 그에 대해 제게 설명해주려는 시도조차 거의 하지 않으셨습니다."

에스트라벤의 호기심은 진짜인 듯했다. 에스트라벤은 권력자들 특유의 뻔뻔함을 갖춘 인물이었다. 또한 나를 돕겠노라고 했던 약속 역시 당시에는 진짜처럼 보였다. 나는 원하면 언제든 물어보라고 답했고, 그렇게 저녁의 만남은 끝났다. 에스트라벤은 정원 너머까지 나를 배웅했다. 흐릿한 적갈색을 띤 커다란 달이 정원의 흰 눈을 비추고 있었다. 밖으로 나온 나는 몸을 떨었다. 영하 한참 아래였다. 에스트라벤이 놀라움을 담아 정중하게 묻는다. "추우십니까?" 물론 에스트라벤에게는 포근한 봄밤에 불과했다.

피곤하고 우울했다. 나는 대답했다. "이 세계에 온 후로 하루도 춥지 않은 날이 없었습니다."

"이 세계를 당신네 말로는 뭐라고 부릅니까?"

"게센입니다."

"당신들이 직접 붙인 이름은 없고요?"

"있습니다. 1차 조사대가 붙인 이름이 있지요. 그 사람들은 이곳을 '겨울'이라 불렀습니다."

우리는 벽으로 둘러쳐진 정원의 문 앞에서 걸음을 멈췄다. 여기저기 쌓인 눈들이 난반사한 희미한 빛, 그리고 높낮이가 다른 건물들의 길고 좁은 창을 통해 나오는 황금색 빛을 받아 궁전의 지면과 지붕이 어렴풋이 모습을 드러냈다. 나는 좁은 아치 아래에 서서 힐긋 위를 쳐다보며 저곳의 쐐기돌에도 뼈와 피로 반죽한 모르타르가 발려 있을까 궁금해했다. 에스트라벤은 나를 배웅하고 돌아섰다. 에스트라벤은 만날 때나 헤어질 때 인사말을 길게 늘어놓는 법이 없었다. 나는 고요한 궁전의 뜰과 오솔길을 걸었다. 부츠 신은 발로 달빛에 반사되어 빛나는 얇은 눈을 사박사박 밟으며, 도시의 중심가를 지나 집으로 향했다. 춥고 불안했으며, 불신과 고독과 공포가 나를 짓눌렀다.

2. 눈보라 속의 궁전

에르헨랑 역사대학 자료보관소에 있는 북부 카르히데의 〈화롯가 이야기〉라는 녹음테이프에서 옮김. 화자 미상. 아르가벤 8세 통치 시절에 녹음되었음.

약 200년 전, 페링 폭풍경계에 있는 사스의 화로에 서로에게 케메르를 맹세한 형제가 있었다. 지금과 마찬가지로, 그 당시에도 같은 부모의 피를 나눈 형제는 어느 한쪽이 아이를 가질 때까지 케메르를 유지하는 것이 허락되었지만, 아이를 낳은 뒤에는 헤어져야만 했다. 그렇기에 평생 케메르를 맹세하는 건 절대 허락되지 않았다. 하지만 이들은 그런 금기를 어겼다. 한쪽이 임신을 하게 되자 사스의 영주는 그 둘에게, 맹세를 깨고 케메르 중에는 절대로 만나지 말라고 명령했다. 이 명령을 듣고 아이를 밴 이는 낙담해, 위로나 상담을 구하지 않고 독약을 먹고 자살했다.

그러자 화로의 사람들이 다른 이를 질책했고, 자살을 하게 한 책임을 물어 화로와 영지 밖으로 쫓아냈다. 영주에게서 쫓겨났고 그 이유에 대한 소문도 돌았기에 아무도 그를 받아들이려하지 않았으므로, 추방당한 이는 사흘 밤낮을 문전박대만 당했다. 그는 그렇게 이리저리 떠돌아다니며 자신의 나라에서 그 어떤 인정도 기대할 수 없음을 알게 되었으며, 죄도 영원히 용서받지 못할 터였다.* 하지만 어려움을 모르고 자란 데다 다정다감하고 젊었기에 그는 자신의 행동이 이러한 결과를 불러오리라고는 믿지 않았었다. 하지만 이 일이 현실이 되었다는 것을 깨닫자 그는 추방자의 신분으로 사스로 돌아와 바깥 화로의 문 앞에 섰다. 그리고 화로 친구들에게 이렇게 말했다. "저는 얼굴이 없습니다. 사람들에게 보이지도 않습니다. 말을 해도 듣는 이가 없습니다. 어딜 가도 환영해주는 사람들이 없습니다. 화로에는 제가 있을 곳이 없고 식탁에는 제가 먹을 음식이 없으며 누울 침대도 없습니다. 그러나 아직 이름만은 있습니다. 게세렌, 그것이 제 이름입니다. 저는 제 불명예와 함께 그 이름을 이 화로에 저주로 남겨두고 떠나려 합니다. 저를 위해 그 이름을 간직해주십시오. 이제 저는 이름 없는 몸이 되어 죽음을 찾아가겠습니다." 그러자 화로 사람 몇몇이 고함을 지르고 달려들어 그를 죽이려 했다. 자살보다는 살인이 마을에 더 옅은 그림자를 드리우기 때문이다. 그는 추적자들을 피해 북쪽 빙원으로 향했다. 추적자들은 낙담해 사스로 돌아왔다. 하지만 게세렌은 계속 나아갔고, 이틀 뒤 페링 빙원 지역에 도착했다.** 이틀 동안, 그는 빙원을 향

*〔원주〕 상대가 자살을 하게 되면서 근친상간을 관장하는 규약을 위반한 것이 범죄가 되었다(겐리 아이).
**〔원주〕 페링 빙원 지역은 카르히데의 가장 북쪽 지역을 뒤덮은 얼음 지대로, 구센 만이 얼어붙는 겨울에는 오르고레인의 고브린 빙원과 이어진다.

해 북쪽으로 걸었다. 먹을 것도 쉴 곳도 없었으며, 있는 것은 외투뿐이었다. 빙원 위에는 풀 한 포기, 짐승 한 마리 보이지 않았다. 때는 수스미 달이었고, 첫 번째 폭설이 며칠 밤낮으로 내렸다. 그는 태풍을 뚫고 혼자 나아갔다. 이틀째 되는 낮, 그는 몸이 약해진 것을 깨달았다. 그날 밤, 그는 어디선가 누워서 잠시 잠을 자지 않으면 안 될 상태였다. 사흘째 아침, 잠에서 깬 그는 손에 동상이 걸렸다는 것을 깨달았다. 발에도 걸린 듯했지만 손이 말을 듣지 않아 부츠 끈을 풀고 살필 수가 없었다. 그는 무릎과 팔꿈치로 기어가기 시작했다. 그렇게까지 할 필요도 없이 얼음판 위 여기서 죽으나 저기서 죽으나 아무 상관이 없었지만, 그는 꼭 북쪽으로 가야만 할 것 같았다.

한참이 지나자, 펑펑 쏟아지던 눈이 그치고 바람이 멈추었다. 해가 모습을 드러냈다. 그는 기어갔으므로 털가죽 두건의 털이 눈앞을 가리는 통에 멀리까지 볼 수가 없었다. 발도 팔도 얼굴도 이미 추위를 느끼지 못해, 그는 동상으로 인해 온몸의 감각이 없어진 것이라 여겼다. 하지만 여전히 움직일 수 있었다. 빙원 위에 쌓인 눈은 마치 얼음 위로 돋아난 하얀 잔디처럼 기묘하게 보였다. 그것들은 마치 풀잎처럼, 그가 만지면 구부러졌다 손을 떼면 다시 똑바로 섰다. 그는 기는 것을 멈추고 몸을 일으켜 앉았다. 그리고 주위를 볼 수 있도록 두건을 뒤로 제쳤다. 사방으로 시선이 닿는 끝까지 눈 풀밭이 펼쳐져 하얗게 빛나고 있었다. 하얀 잎이 달린 하얀 나무들도 보였다. 태양이 빛났고, 바람 한 점 없었으며, 모든 것이 하얬다.

게세렌은 장갑을 벗고 손을 바라보았다. 손이 눈처럼 하얗게 변해 있었다. 하지만 동상은 사라져 손가락을 마음대로 움직일 수 있었고 일어설 수도 있었다. 아무런 고통도 없었다. 추위도, 배고픔도.

그는 얼음 지대 북쪽을 보았다. 저 멀리로 영지의 탑처럼 보이는 흰 탑이 있었고, 그곳에서 누군가가 자신을 향해 걸어오고 있었다. 잠시 뒤 게세렌은 그자가 벌거벗었으며 피부가 눈처럼 하얗고 체모도 하얗다는 걸 알아보았다. 그 사람은 점점 가까이 다가왔고, 마침내 말을 할 수 있는 거리까지 가까워졌다. 게세렌이 말했다. "당신은 누구입니까?"

하얀 사람이 말했다. "나는 너의 형이자 케메르인 호드야."

호드는 자살한 그의 형 이름이었다. 게세렌은 그 하얀 사람의 몸과 얼굴이 형임을 알아보았다. 하지만 형의 배 속에는 더는 생명이 없었으며, 목소리는 얼음이 갈라지는 것처럼 가늘었다.

게세렌이 물었다. "이곳은 어디지?"

호드가 대답했다. "이곳은 폭설 한가운데야. 우리같이 스스로를 죽인 자들이 사는 곳이지. 이곳에서 너와 나는 우리 맹세를 지킬 수 있어."

게세렌은 겁이 나 말했다. "나는 이곳에 있지 않을 거야. 만약 네가 나와 함께 남쪽으로 달아났더라면 우리는 함께 지내며 맹세를 지킬 수 있었을 거고, 우리가 법을 어겼다는 사실을 아무도 몰랐을 거야. 하지만 너는 네 맹세를 깨뜨렸고, 목숨과 함께 그것을 저버렸어. 이제 넌 내 이름을 부를 자격이 없어."

그건 사실이었다. 호드는 하얀 입술을 움직였지만 동생의 이름을 말할 수가 없었다.

호드는 재빨리 게세렌에게 다가와 팔을 뻗어 왼손을 잡았다. 게세렌은 그 손을 뿌리치고 도망쳤다. 게세렌은 남쪽으로 도망쳤고, 그때 눈보라가 하얀 벽처럼 앞을 막았다. 그 안으로 들어가자 게세렌은 다시 무릎을 꿇고 쓰러지게 되었으며, 더는 달릴 수가 없었다. 그는 기었다.

게세렌이 빙원을 헤맨 지 아흐레째 되는 날, 사스 북동쪽에 있는 오르호츠 화로 사람들이 자기 영지에서 그를 발견했다. 그 사람들은 게세렌이 누구이며 어디에서 왔는지 알지 못했다. 눈 위를 기던 게세렌을 발견했을 당시, 그는 굶주린 데다 설맹 상태에 얼굴은 햇빛과 동상으로 시커멓게 변해 있었고, 말을 할 기력조차 없었기 때문이다. 하지만 왼손을 제외하곤 영구적인 상해를 입은 곳은 없었다. 왼손은 동상에 걸려 잘라내야만 했다. 몇몇이 그가 사스의 게세렌이라고 말했다. 소문은 이미 이곳까지 퍼져 있었다. 어떤 이들은 그럴 리가 없다고 맞섰다. 게세렌은 가을의 첫 눈보라를 맞으며 빙원으로 갔으니 분명히 거기서 죽었을 거라고 했다. 게세렌은 자신이 게세렌이 아니라고 그 이름을 부정했다. 기력을 회복하고 나서는 오르호츠와 폭풍경계를 떠나 남쪽으로 가 에노크라는 이름으로 살았다.

에노크가 노인이 되어 레르의 평원에 살고 있을 때, 그는 자기 나라에서 온 이를 만났다. 에노크가 물었다. "사스는 어떻습니까?" 그러자 나그네는 사스가 병들었다고 대답했다. 화로에는 불이 피어오르지 않고 땅은 메말랐으며, 작물은 병에 걸려 시들고, 봄에 뿌린 씨는 땅속에서 얼어 죽고, 추수할 곡식들이 썩는 등 오랫동안 재앙이 계속되었다고 했다. 마침내 에노크가 나그네에게 말했다. "저는 사스의 게세렌입니다." 게세렌은 그에게 자신이 어떻게 빙원에 갔으며, 그곳에서 누구를 만났는지 말해주었다. 그리고 이야기 마지막에 덧붙였다. "사스에 가서 사람들에게 제가 제 이름과 그림자를 되찾았노라고 말해주십시오." 그러고 나서 얼마 안 있어 게세렌은 병들어 죽었다. 나그네는 게세렌의 말을 사스에 전했고, 그런 뒤로 사스는 다시 번창하기 시작했으며 들판과 집과 화로의 모든 것이 그 역할을 다했다고 전해진다.

3. 미치광이 왕

나는 늦게 잠들었고, 아침 끝 무렵에는 궁전의 예절에 대해 내가 작성해둔 기록과 나보다 앞서 왔던 조사대원들이 남긴 게센인들의 심리와 관습에 대한 보고서를 읽었다. 하지만 읽어도 내용이 머릿속에 들어오지 않았다. 이미 잘 아는 내용이었기에 상관없었지만, 굳이 읽은 이유는 끊임없이 '다 글러버렸어'라고 속삭이는 마음의 소리를 잠재우기 위해서였다. 그래도 그 소리가 사라지지 않자 나는 에스트라벤의 도움 없이도 꼭 해보이겠노라고, 아니 오히려 더 훌륭하게 해보이겠노라 다짐하며 그 목소리와 실랑이를 벌였다. 결국 이곳에서 내가 맡은 일은 혼자서 처리해야만 하는 것이었다. '첫 번째 모빌'은 오직 한 명뿐이다. 어떤 세계에 에큐멘에 대한 최초의 소식을 전할 때는 한 명이 그곳에 직접 가 머무르며 음성을 통해 전달한다. 물론 타우르스-4에서 페렐지가 그랬듯 살해될 수도 있고, 가오에서 최초의 모빌 세 명이 차례차례 당했던 것처럼 미친 사람으로 간주되어 감금될 수도 있다. 하지만 시도는 계속된다. 결국은 성공하기 때문이다. 시간만 주어진다면, 충분한 시간만 주어진다면, 진실을 말하는 하나의 목소리는 함대나 군대보다도 더 강력하다. 그리고 에큐멘에게 시간은 얼마든지 있다……. '아니, 너에겐 없어.' 내면의 목소리가 말했지만, 나는 그 목소리를 침묵시켰고, 평온함과 결의로 가득 차 제2시에 왕을 알현하러 왕궁으로 갔다. 왕을 만나기도 전, 대기실에서부터 나는 완전히 지쳐 있었다.

왕궁 경비대와 시종들이 왕궁의 긴 홀과 복도를 지나 나를 대기실로 데려갔다. 측근 한 명이 기다리라고 말한 뒤 천장이 높고 창이 없는 방에 나를 홀로 두었다. 왕을 만나기 위해 잔뜩 치장한 채로 나는 그곳에 서 있었다. 나는 네 번째 루비(조사대원들은 게센인들이 지구인들처럼 탄소 계열의 보석을 귀하게 여긴다고 보고했고, 나는 겨울 행성에서 여비로 쓰기 위해 보석을 한 주머니 가져왔다)를 팔았고, 그 돈의 3분의 1을 써서 어제의 시가행진과 오늘 있을 왕의 알현을 위한 의상을 샀다. 옷은 카르히데에서 제조한 것으로, 모두 새것에 아주 두껍고 잘 만들어져 있었다. 하얀 뜨개털 셔츠, 회색 반바지, 오버튜닉처럼 생긴 기다란 외투, 청록색 가죽으로 만든 히에브, 새 모자, 히에브의 느슨한 벨트 아래 적당한 각도로 꽂혀 있는 새 장갑, 새 부츠……. 잘 차려입은 의상은 내가 느끼는 평온함과 결의를 더욱 크게 해주었다. 나는 평온하고 결의에 차 주위를 둘러보았다.

모든 왕궁이 그러하듯 대기실은 천장이 높고, 붉은 기운이 감돌고, 오래되고 휑뎅그렁했으며, 다른 방이 아니라 마치 다른 세기에서 불어오는 듯한 외풍에는 곰팡이 냄새가 섞인 냉기가 감돌았다. 화로에서 불이 활활 타올랐지만 별 도움이 되지 않았다. 카르히데에서 화롯불은 몸이 아니라 정신을 따뜻하게 하기 위한 것이다. 카르히데의 기계·산업적 발명 시대는 적어도 3천 년을 거슬러 올라가며, 이 3천 년 동안 이들은 증기와 전기 그리고 다른 원리를 이용한 매우 우수하고 경제적인 중앙난방 장치를 개발했다. 하지만 그것을 주택에 설치하진 않았다. 아마도 타고난 내한성을 잃을까 두려웠는지도 모른다. 따뜻한 텐트에 있던 북극 새가 풀려나면 발에 동상이 걸리듯 말이다. 하지만 열대새인 나는 추웠다. 밖에 있으면 밖에 있는 대로 추웠고, 안에 있으면 또 안에 있는 대로 추웠다. 정도의 차이만 있을 뿐 끊임없이 추웠다. 나는 몸을 덥히기 위해 대기실 안을 이리저리 걸었다. 기다란 대기실에는 나와 화로 말고는 거의 아무것도 없었다. 걸상 하나, 조각한 나무에 은과 뼈를 상감한 고색창연한 라디오(장인 정신이 깃든 귀한 물건인 듯했다)와 핑거스톤으로 만든 대접이 놓인 탁자가 있을 뿐이었다. 라디오가 뭔가 속삭였고, 나는 소리를 높이고 채널을 바꿔 방송 중인 찬송인지 노래인지 대신 궁정 뉴스를 들었다. 일반적으로 카르히데인들은 글을 별로 읽지 않으며, 뉴스와 문학 작품도 읽는 것보다 듣는 것을 더 좋아한다. 책과 영상 매체는 라디오만큼 보급되어 있지 않으며 신문은 존재하지 않는다. 오늘 아침 나는 집에서 뉴스를 듣지 못했고, 지금도 건성으로 들었다. 다른 생각을 하던 차에 에스트라벤의 이름이 몇 번 반복되는 걸 듣고서야 걸음을 멈추었다. 에스트라벤에게 무슨 일이 있는 걸까? 포고문이 다시 낭독되고 있었다.

"케름 랜드 에스트레의 영주, 세렘 하르스 렘 이르 에스트라벤은 이 포고령이 발표되는 순간부터 왕국에서의 지위와 의원 자격이 박탈되며, 카르히데 영토에서 떠나야 한다. 만약 사흘 안에 카르히데의 모든 영토에서 떠나지 않거나 살아생전에 다시 왕국에 돌아온다면 재판 없이 곧바로 사형에 처해질 것이다. 카르히데의 모든 국민은 하르스 렘 이르 에스트라벤에게 말을 걸어서도 안 되고, 집에 들이거나 자기 땅에 머무르게 해서도 안 된다. 이 명령을 위반하는 자는 투옥될 것이다. 또한 카르히데의 모든 국민은 하르스 렘 이르 에스트라벤에게 돈이나 물건을 빌려주어서는 안 되며 그자에게 진 채무를 갚아서도 안 된다. 이를 위반한 자는 벌금을 내고 투옥될 것이다. 카르히데의 국민들은 하르스 렘 이르 에스트라벤이 추방되는 것이 그자가 반역죄를 저질렀기 때문임을 명심하라. 그자는 왕에 대한 충성을 가장하여 의회와 궁정에서 은밀히 그리고 공공연하게 카르히데가 주권을 버리고 인간 연합이라는 곳의 종속국이 되어 열등한 존재가 되어야 한다고 주장했지만, 그러한 연합은 존재하지 않으며 카르히데 왕의 권위를 약화시켜 현존하는 적을 이롭게 하려는 반역자들이 날조한 근거 없는 거짓임을 카르히데 국민들은 알아야 한다. 투와 오드구이르니, 제8시, 에르헨랑의 궁전에서, 아르가벤 하르게."

명령은 인쇄되어 주요 출입문과 대로 게시판에 나붙었다. 위의 것은 그 내용을 요약한 것이다.

내가 처음 느낀 충동은 간단했다. 나는 마치 내게 불리한 증거를 없애려는 듯이 라디오를 끄고 서둘러 문으로 갔다. 물론, 문 앞에서 걸음을 멈췄다. 그리고 화로 옆 탁자로 돌아와 섰다. 더는 평온하고 결의에 차 있지 않은 상태였다. 가방을 열고 앤서블을 꺼내 헤인에 '조언/긴급!'이라고 보내고 싶었다. 나는 이 충동 역시 꾹 눌렀다. 처음 든 충동보다 더 멍청했기 때문이다. 다행히도, 더는 충동이 들 시간이 없었다. 대기실 저쪽 편의 양쪽 문이 열리면서 아까의 시종이 나타나더니 내가 지나갈 수 있도록 옆으로 비켜서서 "겐리Genry 아이" 하고 불렀기 때문이다. 내 이름은 Genly지만 카르히데인들은 L 발음을 하지 못해 Genry라고 발음한다. 시종은 나를 아르가벤 15세가 있는 '붉은 방'으로 안내한 뒤 물러갔다.

왕궁의 붉은 방은 거대하고 천장이 높았으며 길이도 긴 방이었다. 화로까지 반 마일이나 되었다. 반 마일 위쪽 서까래에는 오래되어 너덜거리는 붉은 휘장과 깃발들이 먼지를 잔뜩 안고 걸려 있었다. 창문은 두꺼운 벽에 가늘고 긴 구멍처럼 나 있었고, 몇 개 되지 않는 조명은 천장 높이 달려 있어 실내가 침침했다. 방을 가로질러 왕이 있는 곳까지 반년쯤은 걸리지 않을까 싶을 정도로 먼 거리를 걸어가는 동안, 내 새 부츠에서는 저벅, 저벅, 저벅 소리가 났다.

아르가벤은 커다랗고 낮은 단상인지 연단인지 위에 설치된 세

개의 화로 가운데 가장 큰 중앙 화로 앞에 앉아 있었다. 어둑어둑한 붉은 빛에 비치는 왕의 모습은 작은 몸집에, 약간 튀어나온 배, 꼿꼿이 편 등, 가무잡잡한 피부를 하고 있었고, 엄지 손가락에 낀 커다란 인장 반지를 제외하고는 별다른 특징이 없었다.

나는 교육받은 대로 단상 가장자리에 멈춰 아무 말도 않고 가만히 있었다.

"어서오게, 아이 특사. 앉지."

나는 그 말에 복종해 중앙 화로의 오른쪽 의자에 앉았다. 이 모든 동작은 미리 연습해둔 것이었다. 아르가벤은 앉지 않았다. 왕은 밝게 이글거리는 불을 등지고 내게서 10피트 정도 떨어진 곳에 서 있었다. 곧 왕이 말했다. "내게 해야 하는 말을 하도록, 아이 특사. 듣자하니 전할 말이 있다더군."

왕은 내 쪽으로 얼굴을 돌렸다. 화로 불빛에 붉게 물들고 여기저기 팬 흔적이 도드라진 얼굴은 겨울 행성의 흐릿한 적갈색 달만큼이나 단조롭고 잔인해 보였다. 멀리서 시종들에 둘러싸여 있을 때에 비해 아르가벤은 왕다운 위엄도 없었고 남자다운 느낌도 적었다. 목소리가 가늘었고, 흉악하고 광기 서린 머리를 거만하게 비스듬히 세우고 있었다.

"폐하, 제가 말씀드리고자 했던 말은 모두 잊어버렸습니다. 조금 전에 에스트라벤 경의 불명예에 대해 들었기 때문입니다."

아르가벤은 내 말에 입가에 웃음을 머금었다. 나를 노려보는 듯한 웃음이었다. 재미있어하는 척하지만 사실은 분노한 여자처럼 소름 끼치는 웃음이었다. 아르가벤이 말했다. "그자에게 저주가 있을진저. 저 혼자 잘난 척하는, 신의를 저버린 반역자! 그대는 어제 그자와 저녁을 같이했더군, 안 그런가? 그자는 자신이 얼마나 권세가 있고 왕을 얼마나 솜씨 있게 다루고 있는지 떠벌리며, 자신이 그대에 대해 내게 미리 말해두었으니 나와 협상을 하는 건 식은 죽 먹기라는 식으로 말했겠지, 안 그런가? 그자가 그대에게 그렇게 말하지 않았는가, 아이 특사?"

나는 망설였다.

"알고 싶다면 그자가 그대에 대해 내게 뭐라고 했는지 말해주지. 그자는 내게 그대의 알현을 허락하지 말라고 했지. 그대를 계속 기다리게 하다가 오르고레인이나 섬들로 쫓아버리라고 말이야. 이번 반달 내내 그렇게 말했어. 무례한 놈! 하지만 오르고레인으로 쫓겨난 건 반대로 그자가 됐지. 하하하!" 아르가벤은 다시금 가식적이고 소름 끼치게 웃었고, 웃으며 손뼉을 쳤다. 단상 끝 커튼 사이로 경호원이 소리도 없이 즉각 나타났다. 아르가벤이 경호원을 향해 호통을 치자 경호원은 곧 사라졌다. 여전히 소리 내어 웃으며, 한편으로는 여전히 호통을 치며 아르가벤은 내게 다가와 내 얼굴을 뚫어져라 바라보았다. 그의 눈 속 음산한 홍채가 엷은 오렌지빛으로 이글거렸다. 예상했던 것보다 훨씬 더 무서운 느낌이었다.

나는 솔직하게 말하는 것 말고는 이 엉망진창인 상황에 대처할 방법이 없다는 것을 깨달았다. 내가 말했다. "폐하, 저는 폐하께서 에스트라벤의 범죄에 저도 관련이 있다고 생각하시는지가 궁금할 뿐입니다."

"그대가? 아니." 아르가벤은 더욱 가까이서 나를 응시했다. "나는 그대가 누군지 전혀 몰라. 변태인지, 인조 괴물인지, 진공의 영역에서 온 방문객인지 뭔지 모르겠어. 하지만 반역자는 아니야. 그대는 단지 도구에 지나지 않아. 그리고 나는 도구는 벌하지 않아. 도구는 쓰는 사람이 나쁠 때만 해를 입히거든. 내가 조언을 좀 해주지." 아르가벤은 '조언'이라는 단어를 기묘하게 강조하며 만족스러워했고, 나는 문득 지난 2년 동안 내게 조언을 해준 이가 아무도 없었다는 사실을 깨달았다. 이곳 사람들은 내 질문들엔 대답해주었지만 솔직하게 조언을 해준 적은 단 한 번도 없었다. 가장 도움이 되었던 에스트라벤조차도. 그것은 시프그레소와 관련이 있는 게 분명했다. "그 누구도 그대를 이용하게 하지 말게, 아이 특사." 왕이 말했다. "어떤 분파에도 끼어들지 말고. 거짓말을 하려거든 그대 자신의 거짓말을 하고, 행동을 하려거든 그대 자신의 행동을 해. 그리고 그 누구도 믿지 마. 내 말 알겠나? 그 누구도 믿지 마. 그 거짓말쟁이, 냉혈한, 반역자. 난 그자를 믿었지. 그자의 목에 은 목걸이를 걸어주기까지 했어. 그걸로 목을 매달았어도 시원찮았을 텐데. 나는 그자를 절대로 믿지 않았어. 절대로. 그 누구도 믿지 마. 그자는 굶주리며 미시노리의 오물 구덩이에서 쓰레기를 뒤질 거고, 창자가 썩어 들어갈 것이며 절대로……." 아르가벤 왕은 경련을 일으키며 숨 막혀했고, 숨을 가쁘게 몰아쉬며 내게서 등을 돌렸다. 그러고는 커다란 화로에서 불타는 통나무를 발로 찼다. 불꽃들이 소용돌이치며 얼굴 쪽으로 잔뜩 날아올라 머리며 검은

튜닉에 떨어졌고, 아르가벤은 손을 벌려 그것들을 잡으려 했다.
계속 등을 돌린 채, 아르가벤은 날카롭고 고통스러운 목소리로 말했다. "하고 싶은 말을 해봐, 아이 특사."
"질문을 하나 해도 되겠습니까, 폐하?"
"좋아." 화로를 바라보며 선 아르가벤은 한 발에서 다른 발로 무게중심을 옮겨가며 몸을 흔들었다. 나는 아르가벤의 등을 향해 말을 해야만 했다.
"폐하는 제가 저 자신에 대해 하는 말을 믿으십니까?"
"에스트라벤은 의사들이 그대에 대한 테이프를 수도 없이 내게 보내게 했지. 그리고 그대의 탈것을 가져간 공장의 기술자들로부터 더 많은 자료가 왔고. 여기저기서 그대에 대한 정보를 받았지. 그것들이 모두 거짓말일 리는 없을 테고, 보고에 따르면 그대는 인간이 아니라더군. 그렇다면 그대는 누구인가?"
"그런데, 폐하, 저와 같은 사람들이 더 있습니다. 다시 말해, 저는 대표입니다……."
"연방인가 정부인가의 말이지. 그래, 좋아. 그러면 그자들이 그대를 보낸 이유는 뭐지? 그대가 내게 청하려는 게 뭔가?"
아르가벤은 비록 제정신도 아니고 기민하지도 않았지만, 고차원적 시프그레소 관계의 성취와 유지만을 인생 최고의 목표로 삼고 살아온 사람들의 대화에 담긴 핑계와 도전, 교묘한 수사학적 표현에는 오랫동안 닳고 닳은 이였다. 나는 그들의 시프그레소 관계에 대해 전부 다 알지는 못했지만 그렇다고 그들 간의 경쟁적 권력 추구와 거기에서 비롯한 끊임없는 설전에 대해서까지 전혀 모르는 바는 아니었다. 하지만 내가 지금 설전을 벌이려는 것이 아니라 진심으로 대화하려 애쓴다는 사실을 아르가벤에게 이해시키는 건 불가능했다. "그 점에 대해 저는 숨기는 게 없습니다, 폐하. 에큐멘은 게센의 국가들과 동맹을 맺고 싶어합니다."

"무엇 때문에?"

"물질적인 이익. 지식의 확대. 지적 생명체의 활동 분야 증대를 위해서입니다. 조화를 증폭시키고 신께 영광을 더하기 위해서입니다. 호기심과 모험심, 환희를 위해서입니다."

나는 지배자들, 왕과 정복자, 독재자와 장군들의 언어로 이야기하지 않았다. 그자들의 말에는 아르가벤의 질문에 대한 답이 없기 때문이다. 아르가벤은 우울한 표정으로 뭔가 생각에 잠긴 듯 화롯불에 시선을 둔 채 계속 두 발에 번갈아 중심을 옮겨가며 몸을 흔들었다.

"'어딘지 모르는 곳'에 있는 그 에큐멘이라는 왕국이 얼마나 크지?"

"에큐멘은 83개의 거주 행성으로 이루어져 있으며 그 안에는 약 3천 개의 국가 또는 민족 그룹들이……."

"3천 개라고? 알았어. 그렇다면 왜 우리가 진공에 있는 저 괴물 같은 3천 개의 국가들과 관계를 맺어야만 하는지 그 이유를 말해봐." 아르가벤은 다시 몸을 돌려 나를 바라보았다. 아르가벤은 여전히 나와 설전을 벌이는 중이었고, 수사적인 질문을 거의 농담처럼 던졌다. 하지만 그 속까지 농담은 아니었다. 에스트라벤이 경고했던 것처럼, 아르가벤은 나를 불편해하고 경계하고 있었다.

"83개의 행성에 3천 개의 국가가 있습니다, 폐하. 하지만 게센에서 가장 가까운 곳도 아광속 우주선으로 17년이 걸려야 갈 수 있습니다. 만약 게센이 이 이웃들로부터 약탈이나 침략을 당할까 걱정이시라면 그들이 얼마나 멀리 떨어져 있는지 생각해 보십시오. 약탈을 하기 위해 우주를 가로질러 온다는 건 아무런 가치도 없는 짓입니다." 나는 전쟁에 대해서는 말하지 않았다. 그럴 만한 이유가 있었다. 카르히데어에는 '전쟁'에 해당하는 단어가 없기 때문이다. "하지만 무역은 사정이 다릅니다. 사상과 기술은 앤서블을 통해 전달됩니다. 물자와 예술품들은 유인 또는 무인 우주선으로 운반할 수 있습니다. 대사와 학자, 상인들이 이곳에 올 수 있고 또한 여기 주민들 가운데 그곳에 갈 수 있는 분들도 있을 겁니다. 에큐멘은 왕국이 아니라 협력 기구로, 무역과 지식의 교환소 같은 곳입니다. 그것이 없으면 인간이 사는 행성들 사이 왕래에 큰 혼란이 야기되고, 폐하께서도 짐작하시겠지만 무역이 크나큰 위기를 겪게 됩니다. 만약 네트워크와 그것의 구심점이 없다면, 그래서 통제도 없고 작업의 연속성도 없다면 인간의 짧은 생명으로는 행성과 행성 사이 시간 장벽을 뛰어넘을 수 없습니다. 그러므로 그 사람들은 에큐멘의 일원이 되었습니다……. 우리는 모두 똑같은 인간입니다, 폐하. 우리 모두, 전 우주의 인간들은 무한히 먼 과거에 헤인이라는 하나의 세계에서 퍼져나와 정착했습니다. 우리는 다양하지만 여전히 같은 화로의 아들인 것입니다…….”

그러나 이 말은 왕의 호기심을 끌지도, 왕에게 위안을 주지도 못했다. 나는 좀 더 이야기를 끌어가며 에큐멘의 존재가 왕이나 카르히데의 시프그레소를 강화시키면 시켰지 위협하는 일은 없을 거라고 설명을 거듭했지만 결과는 헛수고였다. 아르가벤은 이를 드러내고 고통스러운 웃음을 지으며, 우리에 갇힌 늙은 암수달처럼 우울한 표정으로 무게중심을 실은 발을 계속 바꿔 몸을 앞뒤로 흔들며 서 있었다.

“그곳 사람들은 모두 그대처럼 검은가?”

게센인들은 대체로 황갈색이나 적갈색 피부였지만 나처럼 검은 피부의 사람들도 많았다. 내가 말했다. “저보다 더 검은 이들도 있습니다. 다양한 피부색의 사람들이 있습니다.” 그리고 나는 앤서블과 그림이 몇 점 담긴 상자(붉은 방에 오는 동안 네 번이나 왕궁 경비대가 정중하게 조사를 했다)를 열었다. 필름과 사진, 회화, 그리고 큐브 몇 장으로 구성된 그림들은 인간에 대한 조그만 화랑이었다. 헤인, 치페와르, 세티, S, 테라, 알테라, 어터-모스트, 캡테인, 올룰, 타우르스-4, 로캐넌, 엔스보, 키메, 그데, 시셀 헤이븐…… 왕은 무관심한 표정으로 몇 장을 보았다. “이건 뭔가?”

“키메 출신 사람입니다. 여자입니다.” 나는 게센인들이라면 케메르의 정점에 달한 사람에게나 썼을 법한 단어, 즉 동물의 암컷에 해당하는 존재를 표현하는 단어를 써야만 했다.

“늘?”

"네."

아르가벤은 상자를 내려놓고 몸을 흔들흔들하며 서서 나를 빤히 보거나 내 뒤쪽 근처를 바라보았다. 화로의 불빛이 얼굴에 어른거렸다. "그곳 사람들은 모두 이런가? 그대처럼?"

이 질문에 대한 답은 알아듣기 쉽게 해줄 수가 없었다. 이 사람들은 결국 자신의 신체적 특수성을 스스로 깨달아야만 했다.

"네. 게센인들의 성적 특성은 제가 아는 한 인간 종족 가운데 유일합니다."

"그렇다면 이 행성 밖의 모든 인간은 영원히 케메르 상태에 있단 말인가? 변태들 집단이란 말인가? 티베 경이 말한 대로군. 난 농담인 줄 알았지. 뭐, 사실일 수도 있겠지만 생각만 해도 끔찍하군, 아이 특사. 나는 우리가 그런 괴물 같은 종족들과 왜 교류를 해야만 하는지, 그걸 참아야 할 이유가 무엇인지 모르겠어. 물론 그대는 내게 그에 대한 선택의 여지가 없다는 것을 알리러 여기 왔겠지만."

"카르히데를 위한 선택은 폐하께서 하시는 겁니다."

"만약 내가 그대 역시 쫓아낸다면?"

"그러면 떠나야죠. 그리고 다시 시도하겠죠, 다음 세대에요……."

이 말이 왕의 마음을 찔렀다. 왕이 재빨리 다그쳐 물었다. "그대는 불사신인가?"

"아니요, 전혀 그렇지 않습니다, 폐하. 하지만 시간 도약이 이럴 때 쓸모가 있지요. 만약 제가 지금 게센을 떠나 가장 가까운 행성인 올룰에 간다면, 그곳에 도착하는 데는 이 행성 시간으로 17년이 걸립니다. 하지만 빛에 가까울 정도로 빠르게 여행을 하면 시간 도약이 그 기능을 발휘합니다. 만약 제가 빛에 준하는 속도로 그곳에 갔다가 곧장 돌아온다면 우주선 시간으로는 몇 시간 정도밖에 걸리지 않습니다. 하지만 이곳에서는 34년이 지나가버리지요. 그러면 저는 다시 처음부터 일을 진행할 수 있겠지요." 시간 도약이라는 개념에 담긴 불사에 대한 헛된 암시는 지금까지 내 말을 들었던 모든 이들, 호르덴 섬의 어부에서부터 수상에 이르기까지 모든 이들을 매혹시켰지만 아르가벤만은 냉담했다. 아르가벤은 소름 끼치는 거친 목소리로 앤서블을 가리키며 말했다. "저건 뭐지?"

"앤서블 교신기입니다, 폐하."

"무전기인가?"

"이것은 전파를 사용하지 않으며 그 어떤 형태의 에너지도 사용하지 않습니다. 이것이 작동하는 원리는 동시성 상수에 의한 것으로, 중력과 어느 정도 닮은 면이 있습니다……." 나는 이야기하는 상대가 나에 대한 모든 보고서를 읽고 내 설명에 진지하게 지적 호기심을 가지고 귀를 기울이던 에스트라벤이 아니라 내 말을 지루해하는 왕이라는 사실을 다시 한 번 잊고 있었다. "앤서블이 하는 일은, 폐하, 두 지점에 동시에 메시지를 만드는 것입니다. 그곳이 어디든 말입니다. 한 지점은 어느 정도 질량이 있는 행성에 고정되어 있어야 하지만 다른 한쪽은 이동이 가능합니다. 그리고 이곳이 그 다른 한쪽에 해당합니다. 저는 중심 행성인 헤인의 좌표를 설정해두었습니다. NAFAL* 우주선으로는 게센에서 헤인까지 가려면 67년이 걸립니다. 하지만 제가 그 자판에 메시지를 쓰면 제가 글을 쓰는 동시에 헤인에서 수신을 하게 됩니다. 헤인의 스테빌들과 교신하고 싶으신 것이 있으십니까, 폐하?"

"나는 진공의 말을 할 줄 몰라." 왕이 지루한 표정으로 이를 드러내며 악의 서린 웃음을 웃어 보였다.

"제가 연락을 해두었으니 그쪽에서 카르히데어를 말할 수 있는 통역을 준비할 겁니다."

"무슨 말이지? 어떻게?"

"폐하께서 이미 아시다시피, 저는 게센에 온 첫 번째 외계인이 아닙니다. 저보다 먼저 조사대가 왔었지요. 조사대는 자신들의 존재를 알리지 않고, 게센인이 놀라지 않도록 최대한 정체를 숨기며 1년에 걸쳐 카르히데와 오르고레인, 다도해 지역을 여행했습니다. 그리고 돌아와 에큐멘 위원회에 보고를 했습니다. 그게 약 40년 전, 폐하의 조부께서 통치하시던 때의 일입니다. 보고서는 무척이나 호의적이었습니다. 그래서 저는 조사대가 모아온 정보와 녹음해온 언어를 학습하고 이곳에 왔습니다. 이 장치가 작동하는 걸 보고 싶으십니까, 폐하?"

"난 속임수를 좋아하지 않아, 아이 특사."

"속임수가 아닙니다, 폐하. 폐하의 과학자들이 이미 실험을

*Not As Fast As Light의 약자. '빛만큼 빠르지 않다'라는 뜻으로, 여기서는 아광속을 뜻한다.

해보았……"

"난 과학자가 아니야."

"하지만 통치자십니다, 폐하. 에큐멘의 중심 세계에 있는 폐하의 동료들이 폐하의 말을 기다리고 있습니다."

아르가벤은 험상궂은 눈으로 나를 바라보았다. 아르가벤을 치켜세우고 흥미를 불러일으키려 하다가 오히려 그가 체면을 구길 수밖에 없는 궁지에 몰아넣은 것이다. 일이 영 잘못되고 말았다.

"좋아. 그대의 기계에게 사람을 반역자로 만드는 게 무엇인지 물어봐."

나는 카르히데 문자가 새겨져 있는 키들을 천천히 눌렀다. '카르히데의 아르가벤 왕이 사람을 반역자로 만드는 게 무엇인지 헤인의 스테빌들에게 묻습니다.' 문자들은 이글거리며 조그만 스크린을 가로질러 사라졌다. 아르가벤은 계속 흔들어대던 몸의 움직임을 잠시 멈추고 화면을 지켜보았다.

침묵이, 아주 긴 침묵이 흘렀다. 72광년 떨어진 곳의 누군가가, 비록 철학 능력을 가진 컴퓨터는 아닐지라도 카르히데어를 번역하기 위해 언어 컴퓨터에 열심히 입력을 하고 있을 게 분명했다. 마침내 밝은 문자가 스크린에 환하게 나타났다가 천천히 사라졌다. '게센 카르히데의 아르가벤 왕에게 인사드립니다. 저는 무엇이 사람을 반역자로 만드는지 모릅니다. 그 누구도 자신을 반역자라고 여기지 않으며, 이것이 문제를 더욱 어렵게 만듭니다. 93/1491/45, 헤인의 사이레에서 스테빌들을 대표하여,

스피몰 G. F.가.' 테이프에 문장이 기록되자 나는 그것을 뽑아 아르가벤에게 건넸다. 아르가벤은 테이프를 테이블에 내려놓고 중앙 화로로 걸어가더니 안으로 들어가기라도 할 듯한 자세로 불길이 이글거리는 통나무들을 발로 차고는 손으로 불꽃을 털어냈다. "유용한 답이기는 하지만 그 정도는 예언가들을 통해서도 얻을 수 있어. 충분한 답이 아니야, 아이 특사. 그대의 가방과 거기에 있는 그대의 기계도 그렇고. 그대가 타고 왔다는 우주선도 마찬가지야. 그 모든 것은 협잡꾼의 음모에 불과하지. 그대는 내가 그대의 이야기와 메시지들을 믿길 원하지. 하지만 왜 내가 그것들을 믿어야 하지? 왜 내가 그대의 말에 귀를 기울여야 하지? 설령 저 밖에 괴물들로 가득 찬 세계가 8만 개가 있은들, 그게 뭐 어쨌다는 건가? 우리는 그자들에게서 아무것도 원하지 않아. 우리는 우리의 길을 선택했고, 오랫동안 그 길을 따라왔어. 카르히데는 새로운 시대, 위대한 신세계의 문턱에 와 있어. 우리는 우리의 길을 갈 거야." 아르가벤은 논쟁의 실마리를 잃은 듯 허둥거렸다. 아마 처음부터 관심도 없는 논쟁이었으리라. 에스트라벤이 더는 왕의 귀가 아니라면 누군가 그 자리를 대신하고 있을 터였다. "그리고 만일 에큐멘 사람들이 우리에게 원하는 게 있다면 그대 혼자만 보내지 않았을 거야. 이건 말도 안 돼. 사기지. 외계인들이 천 명은 있을걸."

"하지만 문 하나를 열기 위해 천 명이나 필요하지는 않습니다, 폐하."

"계속 열어두자면 그 정도는 있어야 하지."

"에큐멘은 폐하께서 문을 열 때까지 계속 기다릴 겁니다. 그 어느 것도 강요하지 않을 겁니다. 저는 여기에 혼자 왔고, 혼자 남아 있습니다. 폐하께서 저를 두려워하지 않도록 말입니다."

"그대를 두려워해?" 왕이 그늘진 얼굴을 내 쪽으로 돌리더니 이를 드러내며 크고 높은 목소리로 말했다. "솔직히 말하자면, 나는 그대가 두려워, 특사. 그대를 보낸 그 사람들이 두려워. 나는 거짓말쟁이를 두려워하고, 협잡꾼을 두려워하지. 하지만 무엇보다도 두려운 건 가혹한 진실이야. 그렇기 때문에 내 나라를 잘 다스릴 수 있는 것이고. 왜냐하면 오로지 공포만이 사람들을 다스릴 수 있거든. 다른 방법은 소용없어. 그리 오래가지 않거든. 자신이 외계에서 왔다는 그대의 주장은 그대의 정체를 그대로 밝힐 뿐이야. 그대는 거짓말쟁이요, 사기꾼인 거지. 별들 사이에는 진공과 공포와 어둠뿐이며, 그대는 나를 겁주기 위해 그곳에서 홀로 이곳에 온 거야. 하지만 나는 이미 두려우며, 나는 왕이야. 공포는 곧 왕이란 말이야! 그러니 그대의 덫과 속임수를 거두어 돌아가시게. 더는 긴말 않겠어. 그대가 카르히데를 떠날 때까지 자유로이 두라고 명령을 해두었어."

그렇게 나는 왕의 앞에서 물러났다. 저벅, 저벅, 저벅. 어슴프레 붉은 기운이 도는 붉은 방의 긴 복도를 따라 걸었고, 여닫이문이 마침내 등뒤로 굳게 닫혔다.

나는 실패했다. 모든 면에서 실패였다. 하지만 왕궁을 나와 궁전 뜰을 걷는 동안 임무가 실패했다는 사실보다는 그 실패의 원인에 에스트라벤이 얽혀 있다는 사실이 더 걱정되었다. 만약

(왕의 설명대로) 에스트라벤이 에큐멘에 반대하는 입장을 보였다면, (포고문에 따르면) 어째서 왕은 에큐멘의 입장을 옹호했다는 이유로 에스트라벤을 추방한 걸까? 에스트라벤이 나와 면담을 하지 말라고 왕에게 권유한 건 언제부터일까? 그리고 왜 그랬을까? 왜 에스트라벤은 추방된 반면 나는 자유로이 풀려난 걸까? 왕과 에스트라벤, 둘 가운데 누가 더 거짓말쟁이이며 무엇 때문에 거짓말을 하는 걸까?

에스트라벤은 자기 목숨을 구하기 위해서, 그리고 왕은 자기 체면을 구하기 위해서라고 나는 결론지었다. 그 결론은 모든 걸 설명해주었다. 하지만 에스트라벤이 내게 거짓말을 한 적이 있던가? 나는 그 또한 알지 못한다는 사실을 깨달았다.

붉은 모퉁이 저택을 지나고 있었다. 정원 문은 열려 있었다. 나는 어두운 웅덩이 위로 기울어진 하얀 세렘나무들 사이로 오후의 고요한 잿빛 해가 드리운 인기척 없는 분홍색 벽돌길을 힐긋 보았다. 웅덩이 옆 바위 그늘에는 아직도 흰눈이 약간 남아 있었다. 지난밤 눈을 맞으며 그곳에서 나를 기다리던 에스트라벤을 생각했다. 권력을 과시하는 화려한 옷을 입고 기념식에서 늠름한 모습으로 땀을 흘리던 그, 막강한 권력을 누리며 출세가도를 달리던 그, 이제는 몰락해 여기에 없는 그에게 순수한 연민의 정이 느껴져 가슴이 아파왔다. 사형까지 사흘 남은 지금, 에스트라벤은 국경을 향해 열심히 도망치고 있을 것이며, 그런 그에게 아무도 말조차 걸지 않을 터였다. 카르히데에서 사형은 드문 일이다. 겨울 행성에서의 삶은 몹시 힘겹기 때문에 사람들은 대개 법이 아니라 자연, 혹은 노여운 자들의 손에 죽음을 맡겼다. 나는 사형의 위협에 쫓기는 에스트라벤이 어떻게 이곳을 빠져나갈 수 있을지 궁금했다. 자동차를 쓸 순 없었다. 모든 자동차는 왕궁 재산이기 때문이다. 배나 육상보트가 그를 태워줄까? 아니면 가능한 많은 것을 꾸려 짊어지고 걸어가고 있을까? 카르히데 사람들은 대개 걸어다녔다. 짐을 실을 짐승도 없고, 비행기도 없었으며, 날씨 때문에 1년 중 대부분은 동력을 이용한 이동수단들을 쓸 수 없었다. 그리고 사람들도 서두르지 않았다. 나는 서쪽의 만을 향해 추방의 긴 여정을 따라 한 걸음씩 무겁게 발걸음을 옮기는 자부심 가득한 사람을 상상했다. 이 모든 것이 붉은 모퉁이 저택의 문을 지나는 동안 내 머릿속에 떠올랐고, 에스트라벤과 왕의 행동과 동기에 대한 온갖 헷갈리는 추측들과 함께 뒤죽박죽으로 섞였다. 나는 이들과 더는 할 수 있는 게 없었다. 나는 실패했다. 그럼 다음은?

나는 카르히데의 이웃이자 적국인 오르고레인으로 가야 했다. 하지만 일단 그곳에 가면 카르히데로 돌아오기가 쉽지 않을 테고, 나는 여기에서 아직 마치지 않은 일이 있었다. 에큐멘을 위한 내 임무를 완성하려면 내 전 생애가 걸릴지도 몰랐다. 그리고 아마도 그만큼 걸릴 터였다. 그러니 서두를 필요는 없었다. 카르히데에 대해, 특히 성채에 대해 더 정보를 모으고 난 뒤에 오르고레인으로 떠나도 충분했다. 지난 2년 동안, 나는 주로 질문들에 답을 해왔지만, 이제는 물어야 할 때였다. 그러나 에르헨랑에서는 아니었다. 나는 에스트라벤이 내게 경고한 것을 마침내 이해할 수 있었다. 믿을 수 없는 경고였지만, 무시할 순 없었다. 에스트라벤은 내가 이 도시와 궁을 떠나야 한다고 간접적으로 내게 말한 것이다. 무슨 이유에서인가 나는 티베 경의 누런 이를 떠올렸다……. 왕은 내게 자유를 주었다. 그것을 최대한 활용해야 할 터였다. 그리고 나는 행동이 도움이 되지 않을 때는 정보를 모으고, 정보가 도움이 되지 않을 때는 잠을 자두라는 에큐멘 학교의 가르침을 따를 생각이었다. 하지만 아직은 졸리지 않았다. 성채를 향해 동쪽으로 가리라. 그리고 예언자로부터 정보를 모으리라.

4. 열아홉 번째 날

토보르드 초하와가 고린헤링 화로에서 들려준 동부 카르히데 이야기를 겐리 아이가 기록함. 에큐멘력 1492, 헤인 사이클 93.

베로스티 렘 이르 이페 영주는 산게링 성채에 와서 녹주석 40개와 반년치 과수원 수확물을 주겠다고 제의했다. 가격은 괜찮은 편이었다. 영주는 베 짜는 이 오드렌에게 물었다. "내가 죽는 날이 언제인가?"

예언자들이 모여 어둠을 맞이했다. 어둠이 끝날 무렵, 오드렌이 답했다. "그대는 오드스트레스(각 달의 19일에 해당한다)에 죽을 것이다."

"어느 달? 어느 해?" 베로스티가 외쳤지만 신탁의 연결은 끊어졌고, 더는 답이 없었다. 베로스티는 신탁의 원 안으로 달려 들어와 베 짜는 이 오드렌의 목을 조르며 만약 더 답을 하지 않으면 목을 부러뜨리겠노라고 외쳤다. 베로스티는 힘이 셌지만, 다른 사람들이 베로스티를 뜯어 말렸다. 사람들에게 붙잡혀 꼼짝 못하는 베로스티가 외쳤다. "답을 하란 말이다!"

오드렌이 말했다. "답을 했고, 대가를 받았다. 가라."

베로스티 렘 이르 이페는 격분한 채 가족의 세 번째 영지인 차루세로 돌아왔다. 그곳은 북부 오스노리네르의 척박한 땅이었다. 예언의 값을 치룬 베로스티는 더욱 가난해졌다. 베로스티는 화로-탑의 가장 높은 곳에 있는 가장 튼튼한 금고방에 틀어박혀 친구가 오든 적이 오든, 파종을 하거나 수확을 할 때가 되어도 케메르의 때가 되거나 약탈의 때가 와도 밖으로 나오지 않았다. 그렇게 한 달이 가고 다음 달이 가고 또 다음 달이 가고, 6개월이 가고 10개월이 갔지만 베로스티는 죄수처럼 방에 틀어박혀 꼼짝 않고 기다렸다. 오네세르하드와 오드스트레스(18일과 19일)가 되면 아무것도 먹거나 마시지 않았고 잠도 자지 않았다.

베로스티와 사랑을 맹세한 케메르는 게가네르 사람 헤르보르였다. 헤르보르는 그렌데 달에 산게링 성채로 가서 베 짜는 이에게 말했다. "예언을 구합니다."

"무엇으로 값을 치르겠는가?" 오드렌이 물었다. 헤르보르의 옷차림이 허름한 데다 신발도 볼품없었으며, 썰매도 낡았고 가지고 있는 모든 게 수선을 요하는 상황이었기 때문이다.

"제 목숨을 드리겠습니다."

"다른 것은 없습니까? 달리 주실 건 없습니까?" 오드렌은 이제 귀족을 대하듯 공손하게 물었다

헤르보르가 말했다. "다른 것은 없습니다. 하지만 제 목숨이 당신에게 어떤 값어치가 있을지 모르겠군요."

오드렌이 말했다. "없습니다. 당신의 목숨은 우리에게 아무 가치도 없습니다."

그러자 헤르보르는 수치심과 사랑에 무릎 꿇고 오드렌을 향해 외쳤다. "제발 제 질문에 답해주십시오. 저를 위해서가 아닙니다."

"그럼 누굴 위해서입니까?" 베 짜는 이가 물었다.

"제 주인이자 케메르 상대인 애시 베로스티를 위해서입니다." 그가 흐느끼며 말했다. "그이는 이곳에 와 대답 아닌 대답을 들은 뒤로는 사랑도 기쁨도 영주다움도 모두 잃었습니다. 그이는 그 때문에 죽을 겁니다."

"그 때문에 죽는다니, 자신의 죽음 말고 어떻게 다른 것 때문에 죽을 수 있단 말입니까?" 오드렌이 말했다. 하지만 베 짜는 이는 결국 헤르보르의 열정에 감탄했고, 마침내 답했다. "당신이 요구한 질문의 답을 찾아보겠습니다, 헤르보르. 그리고 대가는 요구하지 않겠습니다. 하지만 명심하십시오. 세상에 공짜란 없습니다. 질문자는 지불해야 할 것을 지불하게 됩니다."

그러자 헤르보르는 감사의 표시로 오르덴의 손을 자신의 두 눈에 가져다 댔고, 예언이 시작되었다. 예언자들이 모여 어둠을 맞이했다. 헤르보르는 예언자들과 함께했고, 질문을 했다. 질문은 "애시 베로스티 렘 이르 이페가 얼마나 오래 살겠습니까?"였다. 며칠 또는 몇 년이 남았다는 답을 얻으리라 생각했고, 확실한 답을 알게 되면 연인의 마음이 안정되지 않을까 여겼기 때문이다. 이윽고 예언자들이 어둠 속에서 나왔고, 마침내 오르덴이 불에 데인 듯 몹시 고통스러운 목소리로 외쳤다. "게가네르의 헤르보르보다 오래 살리라!"

기대했던 답이 아니었지만 헤르보르가 얻은 답은 그것뿐이었다. 그는 조바심 내지 않고 그렌데의 눈보라를 헤치고 차루세의 집으로 돌아갔다. 영지로 돌아와, 탑을 올라 금고방으로 들어갔다. 그곳에는 케메르 상대인 베로스티가 불씨만 남은 잿더미 옆에서 붉은 돌로 만든 테이블 위에 팔을 기댄 채 머리를 가슴에 파묻고 앉아 있었다.

헤르보르가 말했다. "애시, 산게링 성채에 가서 예언자들에게 답을 받아 왔어. 네가 얼마나 오래 살 건지 물었고, '베로스티는 헤르보르보다 오래 살리라'라는 답을 들었어."

베로스티는 때마침 목에 달린 경첩에 녹이라도 슨 것처럼 천천히 고개를 들고 헤르보르를 쳐다보았다. 그리고 말했다. "그러면 내가 언제 죽을지 물어본 거야?"

"네가 얼마나 오래 살겠느냐고 물었어."

"얼마나 오래? 이 멍청이! 예언자들에게 내가 언제 죽을지, 어느 해, 어느 달, 어느 날에 죽을지, 죽기까지 며칠이나 남았는지 물었어야지, 그냥 '얼마나 오래' 살지 물었단 말이야? 오, 이 멍청이, 돌대가리 멍청이. 너보다 오래 산다고, 그래, 너보다 오래 살 거다!" 베로스티는 커다란 붉은 돌로 된 상판을 종이처럼 가볍게 들어 헤르보르의 머리를 향해 던졌다. 헤르보르는 쓰러졌고, 돌에 깔리고 말았다. 베로스티는 한동안 미친 듯이 화를 내며 서 있었다. 이윽고 베로스티는 돌 상판을 치웠고, 헤르보르의 두개골이 으깨진 것을 보았다. 그는 돌 상판을 테이블 받침대 위에 다시 올려두었다. 그리고 죽은 이의 옆에 앉더니 마치 둘이 케메르 중이며 모든 것이 아무 문제 없다는 듯 두 팔로 헤르보르를 껴안았다. 나중에 차루세의 사람들이 탑의 방문을 부수고 들어가 둘을 발견했다. 베로스티는 그 후 미쳤고, 감금되었다. 헤르보르가 영지 어딘가에 있을 거라고 생각했는지 늘 그를 찾으러 돌아다녔기 때문이다. 베로스티는 그렇게 한 달을 더 살다가 오드스트레스, 즉 세른 달의 열아홉 번째 날에 목매달아 죽었다.

5. 예감 길들이기

수다스러운 나의 섬 관리인은 동부 여행을 떠날 나를 위해 여러 가지를 준비해주었다. "성채를 방문하려면 카르가프를 넘어가야 해요. 산을 넘어 고대 카르히데로, 고대 왕의 도시였던 레르로 가야 하지요. 제 화로 동기 한 명이 육상보트 캐러밴을 꾸려 에스카르 협로를 넘으려하는데, 어제 오르시를 마시며 말하길, 오스메 게세니에 올 여름 첫 번째 여행을 떠날 예정이라더군요. 봄이 아주 따뜻했으니 이미 엔고하르까지 길이 뚫렸을 테고, 며칠 안으로 제설기가 다른 길의 눈들도 치울 거라면서요. 제가 카르가프를 넘는 건 무리지요. 저는 에르헨랑에 딱 맞고, 이곳에 머리를 둘 지붕이 있으니까요. 하지만 저는 요메시 교인이고, 900년 동안 권좌를 지켜온 이들을 찬미하라! 메시의 젖에 축복이 있을진저, 사람은 어디에서든 요메시 교인이 될 수 있어요.

새로 요메시 교인이 되는 이들이 많지요. 아시다시피 우리의 주 메시는 2202년 전에 태어났어요. 하지만 한다라의 고대의 길은 그보다 만 년이나 더 거슬러 올라가지요. 만일 당신이 고대의 길로 가려한다면 고대의 땅으로 돌아가야만 해요. 자, 그리고 알려드리는데, 아이 씨, 저는 당신이 돌아올 때까지 이 섬에 방을 하나 비워두겠어요. 당신은 현명하신 분이니 에르헨랑을 잠시 떠나 계시려한다고 생각해요. 왕궁에서 반역자가 여러 모로 당신 편을 들었다는 사실을 모두가 다 아니까요. 이제 티베 경이 왕의 귀가 되었으니 다시 모든 일이 잘 풀릴 거예요. 지금 새로운 항구로 가시면 제 고향 친구를 만나실 수 있어요. 그리고 제가 당신을 보냈다고 말씀하시면……."

이런 식이었다. 말했듯이 그는 달변인 데다가, 내게 시프그레소가 없다는 것을 알고 기회만 잡으면 조언을 해주려 안달이었다. 물론 '만일' 또는 '혹시라도'라는 단서를 달아 조언이 아닌 척하는 것도 잊지 않았다. 그는 내 섬의 관리인이었다. 처음에 나는 그를 섬의 주인 아줌마라 생각했다. 살찐 엉덩이를 씰룩이며 걸었고, 부드러운 얼굴에 살이 쪘으며, 엿보고 엿듣고 천한 면이 있었지만 천성은 착했다. 내게 잘 대했으며, 내가 없는 동안에는 약간의 요금을 받고 구경꾼들에게 내 방을 보여주었다. "보세요, 여기가 수수께끼의 특사가 쓰는 방입니다!" 그의 외모며 행동이 너무나도 여성적이어서 나는 그에게 아이가 몇이나 되는지 물었다. 내 질문에 그는 시무룩해졌다. 아이를 낳아본 적은 없다고 했다. 하지만 그는 네 아이의 아버지였다. 나는 이런 경험을 할 때마다 매번 약간 충격을 받는다. 하지만 내가 받은 문화적 충격은 삶의 6분의 5를 남녀 양성을 가진 중성인으로 지내는 사람들 속에서 남성으로서 겪는 생물학적 충격에 비하면 아무것도 아니다.

라디오 뉴스는 새로운 수상인 페메르 하르게 렘 이르 티베의 행적에 대한 내용으로 가득했다. 뉴스 상당 부분이 시노스 계곡 북부의 사건에 관한 것이었다. 티베는 그 지역에 대한 카르히데의 소유권을 주장하려는 게 분명했다. 다른 문명 세계에서라면 당연히 전쟁으로 치달을 만한 행동이었다. 하지만, 게센에서는 그 어느 것도 전쟁을 불러오지 않았다. 언쟁, 살인, 반목, 약탈, 복수, 암살, 고문, 혐오가 이들이 인간으로서 행하는 주요 레퍼토리이기는 했지만, 거기에 전쟁은 포함되지 않았다. 내가 보기에, 이들은 '군대를 동원할' 여력이 없었다. 그런 관점에서 그들은 동물처럼, 또는 여성처럼 행동했다. 남자나 개미처럼 행동하지 않았다. 그들은 그런 적이 단 한 번도 없었다. 오르고레인에 대해 더 잘 알게 되면서 나는 지난 5, 6세기에 걸쳐 오르고레인이 점차 군대 동원이 가능한 사회, 즉 실직적인 국가 형태가 되었다는 것을 알았다. 주로 경제적인 동기에 의해 발생한 특권 경쟁은 카르히데가 더 커다란 이웃 국가를 흉내내게 만들었고, 그것은 에스트라벤의 말처럼 가족 간의 다툼을 넘어 국가의 모습을 갖추게 했으며, 또한 에스트라벤이 말했듯 애국심을 유발했다. 그러므로 게센인들은 전쟁에 필요한 모든 조건을 다 갖춘 셈이었다.

나는 오르고레인으로 가서 이 점에 대한 내 추측이 맞는지 확인하고 싶었지만, 우선 카르히데에서 몇 가지 마쳐야 할 일이 남아 있었다. 그래서 엥그 거리에 있는, 얼굴에 흉터가 난 보석상에게 루비를 하나 더 팔았다. 그리고 돈과 앤서블, 도구 몇 개와 옷가지 몇 점만 챙겨 여름 첫 달의 첫날에 무역 캐러밴의 승객으로 합류했다.

육상보트들은 동이 틀 무렵 새 항구의 바람 부는 야적장을 출발했다. 그들은 아치 밑을 지나 동쪽으로 향했다. 바지선 모양의 무한궤도를 장착한, 덩치 큰 트럭 스무 대가 한 줄로 새벽 어스름 속 에르헨랑의 시가를 조용히 빠져나갔다. 보트들에는 렌즈, 녹음 테이프, 구리선과 백금선 꾸러미, '서쪽 큰비탈'에서 생산된 직물, 만에서 잡은 건어물, 볼베어링과 다른 작은 기계 부품, 트럭 열 대 분량의 오르고레인산 카르딕 곡물이 담긴 상자들이 실려 있었다. 이것들은 모두 북동쪽 끝에 있는 페링 폭풍경계로 보내지는 것이었다. 거대 대륙 내 카르히데 지역의 육상 수송은 모두가 이런 전동 트럭을 통해 이루어졌고, 강이나 운하에 이르면 화물선으로 옮겨졌다. 눈이 많이 내리는 달에는 스키와 사람이 직접 끄는 썰매를 제외하고는 느린 트랙터 제설기, 전동 썰매, 얼어붙은 강 위를 비정기적으로 운항하는 얼음배가 유일한 수송 수단이었다. 해빙기에는 그 어떤 운송 수단도 쓸모가 없었다. 그래서 대개 여름이 다가오면 화물이 부쩍 늘었고, 도로는 캐러밴으로 북적였다. 교통이 통제되고, 모든 차와 캐러밴은 항상 무선으로 검문소와 교신하여 자신이 가려는 방향의 상황을 확인해두어야만 했다. 비록 붐비기는 하지만, 모두가 함께 움직이며, 한 시간(테라 기준)에 25마일의 속력으로 꽤 꾸준히 움직인다. 더 빨리 이동할 수도 있지만, 게센인들은 그러지 않는다. 왜 빨리 가지 않느냐고 물으면 이렇게 반문한다. "무슨 이유로요?" 테라인들에게 왜 그리 차를 빨리 모느냐고 물으면 우리는 아마 "안 될 이유는 뭡니까?"라고 대답할 것이다. 이것은 논쟁할 여지가 없는 취향의 문제이다. 테라인들은 남보다 앞서가는 걸 진보라 여기는 경향이 있다. 하지만 늘 윈년을 사는 겨울 행성 주민들에게는 진보보다 현재가 더 중요하다. 내 취향은 테라인들에 더 가까워 에르헨랑을 떠난 뒤 캐러밴의 굼뜬 속도가 답답했다. 나는 차에서 내려 달리고 싶었다. 경사가 급한 검은 지붕과 무수히 많은 탑들로 둘러싸인 길고 긴 석조 거리를, 내 모든 기회가 두려움과 배신으로 바뀐 저 태양 없는 도시를 빠져나오니 뭐라 할 수 없으리만큼 기뻤다.

카르가프 구릉 지역을 오르며 캐러밴은 길가 여관에서 식사를 하기 위해 잠깐씩이기는 하지만 자주 쉬었다. 오후에는 능선을 따라 나아갔기 때문에 처음으로 주변 경관을 한눈에 볼 수 있었다. 우리는 기슭에서 꼭대기까지 4마일에 이르는 코스토르 산을 바라보았다. 거대한 서쪽 비탈면이 북쪽 정상을 가리고 있었는데, 3만 피트에 이르는 봉우리도 있었다. 코스토르에서 남쪽으로는 잿빛 하늘을 배경으로 하얀 봉우리들이 연이어 솟아 있었다. 나는 봉우리 수를 열셋까지 셌고, 그 뒤로는 안개 때문에 흐릿해 더는 셀 수가 없었다. 운전사는 내게 열세 봉우리들의 이름을 알려주었고, 눈사태가 났던 이야기며, 육상보트들이 바람에 날려간 일, 제설기 승무원들이 구조의 손길이 닿지 않을 정도로 높은 곳에 고립되었던 일 따위를 반은 겁주기 위해, 반은 재미로 이야기해주었다. 또한 자기 앞을 가던 트럭이 천길 낭떠러지로 떨어지는 걸 목격한 이야기도 해주었다. 운전사가 말하길, 놀랍게도 그 트럭이 느릿느릿 떨어지더라고 했다. 마치 오후 내내 지옥의 심연으로 떨어지는 것 같았으며, 낭떠러지 아래 40피트나 쌓인 눈 속으로 마침내 트럭이 소리 없이 사라지는 광경을 보고서야 마음이 놓이더라는 것이었다.

제3시에 우리는 저녁 식사를 하기 위해 커다란 여관에 멈췄다. 활활 타오르는 커다란 화로들, 거대한 기둥이 있는 방들, 그리고 그 안에 맛있는 음식이 가득 차려진 테이블들이 가득한 넓고 큰 여관이었다. 하지만 우리는 그곳에서 묵지 않았다. 우리 것은 침대차가 있는 캐러밴으로, 상인들은 이익을 많이 내기 위해 시즌 초에 페링 폭풍경계에 들어가려고 (카르히데식으로) 서둘러 움직이고 있었다. 트럭 배터리를 재충전하고 운전사를 교대한 뒤 우리는 길을 떠났다. 캐러밴의 트럭 한 대가 침대차로 배정되어 있었지만, 오직 운전사들을 위한 것이었다. 승객용 침대는 없었다. 나는 추운 차 안의 딱딱한 의자 위에서 밤을 보냈고, 차는 자정이 다 되어서야 구릉 지역 높은 곳에 있는 조그마한 여관에 저녁을 먹기 위해 멈췄다. 카르히데는 편안함과는 거리가 먼 나라였다. 동이 틀 무렵, 잠이 깬 나는 바위와 얼음과 빛 외에는 아무것도 없는 좁은 산길을 타고 위로 오르고 또 올라야 한다는 사실을 깨달았다. 추위에 몸을 떨며, 나는 노파나 고양이가 아니라면 편안함보다 중요한 게 있는 법이라고 생각했다.

눈과 화강암으로 뒤덮인 무시무시한 산비탈에는 이제 더는 여관도 없었다. 식사 시간이 되자 육상보트들은 눈이 침식되어 생긴 30도 비탈면에 한 대씩 조용히 멈추었고, 사람들은 실내에서 나와 침대차 주위로 모여들었다. 뜨끈뜨끈한 수프, 두껍게 잘라 말린 빵사과 조각, 머그에 담긴 시큼한 맥주가 제공되었다. 우리는 눈 위에 발을 동동 구르며 서서 반짝반짝 빛나는 마른 눈이 섞인 세찬 바람을 등지고 음식을 게걸스레 먹었다. 그리고 육상보트로 돌아가 다시 앞으로, 위로 나아갔다. 정오에는 대략 14000피트 높이의 위호스 산길을 지났는데, 해가 난 곳은 화씨 82도, 그늘은 화씨 13도였다. 전기 엔진은 너무나 조용해서 20마일 떨어진 협곡 건너편의 푸르스름한 거대한 비탈에서 눈사태가 나는 소리까지 들을 수 있었다.

그날 오후 늦게, 우리는 15200피트 높이의 에스카르 정상을 통과했다. 우리가 하루 종일 조금씩 기어 올라온 코스토르의 남쪽 경사면을 바라보다가 나는 4분의 1마일 정도 위쪽에서 성처럼 툭 튀어나온 이상한 형태의 바위를 발견했다. “저 성채가 보이십니까?” 운전사가 말했다.

“저게 건물입니까?”

“저것은 아리스코스토르 성채입니다.”

“하지만 이런 곳에서는 아무도 살 수 없을 텐데요.”

“아, ‘고대인’들은 가능합니다. 늦여름이면 저 캐러밴에 합류해 에르헨랑에서부터 그 사람들의 식량을 운반해주곤 했습니다. 물론 1년 가운데 10~11개월은 꼼짝달싹할 수 없지요. 하지만 고대인들은 별로 걱정을 안 합니다. 거주인 일고여덟 명 정도가 살고 있지요."

나는 저 높이에서 홀로 외롭고 쓸쓸하게 서 있는 거친 바위로 된 부벽들을 바라보았다. 운전사의 말이 믿기지 않았다. 하지만 믿기로 했다. 카르히데인들이라면 이렇게 꽁꽁 얼어붙은 고지에서도 살 수 있으리라는 생각이 들었기 때문이다.

내려가는 길은 멀리 북쪽과 남쪽 절벽을 따라 구불구불 이어졌다. 카르가프의 동쪽 비탈은 서쪽보다 훨씬 가팔라 산맥이 형성되던 당시에 만들어진 단층이 거대한 계단처럼 뚝뚝 떨어지며 평원으로 연결되었기 때문이다. 해질 무렵, 우리는 7000피트 아래에서 거대한 하얀 그림자를 통과해 작은 점들이 줄지어 가는 모습을 보았다. 우리보다 하루 앞서 에르헨랑을 떠난 육상보트 캐러밴이었다. 이튿날 느지막이, 우리는 앞 팀이 갔던 눈 쌓인 그 비탈을 눈사태가 나지 않도록 조심하며, 재채기 소리 하나 내지 않고 살금살금 나아갔다. 그곳에서 우리는 잠시나마 동쪽 아래 펼쳐진 광대한 땅을 어슴푸레 볼 수 있었다. 구름과 구름의 그림자, 은빛 강줄기로 얼룩진 그곳은 바로 레르의 평원이었다.

에르헨랑을 떠난 지 나흘 째 되는 날 황혼 무렵, 우리는 마침내 레르에 도착했다. 두 도시 사이에는 1100마일의 거리와 몇 마일 높이의 장벽, 2~3천 년의 시간이 가로놓여 있었다. 캐러밴은 서쪽 문 밖에서 행진을 멈추었고, 우리는 짐배로 갈아탔다. 육상보트나 자동차는 레르로 들어갈 수 없었다. 그곳은 카르히데인들이 전동 자동차를 쓰기 전에 축조한 도시였고, 이들은 이미 2천 년 넘게 짐배를 사용해왔다. 레르에는 차들이 다닐 만한 길이 없었다. 그곳에는 여름에 그 안으로 가거나 원한다면 위로 걸어다닐 수 있는 터널 같은 길이 곳곳에 깔려 있었다. 집과 섬과 화로들이 어지럽게 뒤섞여 있었고, 그 가운데에 장엄의 극치를 이루는 화려한 건물이(카르히데에서라면 무질서하게 여겨지는 방식으로) 난데없이 우뚝 솟아 있어 사람을 혼란스럽게 했다. 피처럼 붉고 창문이 없는 운 궁宮의 거대한 탑들이었다. 1700년 전에 지어진 그 탑들은 현 왕조의 첫 왕인 아르가벤 하르게가 카르가프를 넘어 서쪽 큰비탈의 거대한 계곡에 자리 잡을 때까지 천 년 동안 카르히데 왕들이 지내던 곳이었다. 레르의 모든 건축물은 매우 크고 기초가 깊었으며, 비바람과 물에 잘 견디게 지어져 있었다. 겨울에는 평원의 바람이 도시의 눈을 말끔히 날려버리지만, 눈보라가 몰아쳐 눈이 잔뜩 쌓일 때는 아무도 거리를 치우지 않았고, 치울 수도 없었다. 그럴 때면 돌 터널을 쓰거나 눈 속에 임시로 굴을 뚫어 사용했다. 지붕만이 눈 위로 뾰족이 보일 뿐 다른 부분은 모두 눈에 파묻혀버려, 겨울문은 마치 지붕창처럼 처마 밑이나 지붕에 나 있었다. 해빙기는 강이 많은 그곳 평원에서는 힘든 시기였다. 터널들은 급류가 흐르는 하수구가 되고, 건물 사이는 운하나 호수가 되기 때문에 레르의 주민들은 보트를 타고 떠밀려 오는 얼음 조각들을 노로 밀쳐 대며 출근을 해야 했다. 그리고 언제나처럼, 여름의 먼지가 물러

갔는가 싶으면 어느새 겨울이 와 지붕까지 눈에 파묻혔고, 겨울이 갔는가 싶으면 봄의 홍수가 밀려왔다. 그럴 때면 붉은 탑들마저 아련해 보였고, 도시의 중심가는 텅 비곤 했다.

나는 탑들의 위용에 눌려 웅크린 듯 보이는, 시설에 비해 터무니없이 비싼 여관에 묵었다. 밤새 온갖 악몽에 시달리다가 동틀 무렵에 일어나서는 숙박료와 아침 식사비, 정확하지 않은 길 안내의 대가로 터무니없이 비싼 요금을 치른 뒤 레르에서 그리 멀지 않은 고성 오세르호르드를 찾아 나섰다. 그리고 여관에서 50야드도 멀어지기 전에 길을 잃었다. 뒤쪽의 탑들과 오른쪽에서 희미하게 빛나는 거대한 카르가프를 기준해 남쪽으로 걸어 도시를 벗어났고, 길에서 만난 농장 아이가 오세르호르드로 가는 길을 알려주었다.

나는 정오에 그곳에 도착했다. 아니, 어딘가에 도착하긴 했지만 그곳이 어딘지는 알 수 없었다. 주위에는 숲이 울창하고 수풀이 우거졌지만, 나무들은 산림 관리자가 있는 카르히데의 숲보다 훨씬 더 잘 가꾸어져 있었고, 길은 숲 오른쪽으로 언덕 비탈을 따라 나 있었다. 얼마쯤 갔을까, 내 오른쪽, 길을 바로 비켜서 꽤 커다란 목조 건물이 나타났다. 그리고 어디선가 생선 튀기는 맛있는 냄새가 났다.

살짝 불안했지만 천천히 길을 따라 계속 걸었다. 나는 한다라 교인이 여행객을 어떻게 생각할지 알지 못했다. 사실, 한다라 교인에 대해 아는 게 거의 없었다. 한다라는 사원도, 성직자도, 조직 체계도, 서원이나 교의도 없는 종교였다. 심지어 그들에게 믿는 신이 있는지 없는지에 대해서조차 아직까지도 잘 모르겠다. 정체를 알기 어려운 종교였다. 그것은 늘 손에 잡히지 않는 어딘가 다른 곳에서 존재했다. 이 종교의 유일한 구현물은 성채였고, 그곳은 교도들이 하룻밤 또는 일생을 보낼 수 있는 은둔처였다. 만약 내가 조사대가 풀지 못한 의문을 해결할 마음을 먹지 않았다면, 신비롭고 손에 잡히지 않는 종교 집단을 찾아 이 비밀스러운 곳까지 오지는 않았을 것이다. 예언자들은 누구일까? 그리고 그들은 진짜로 무엇을 하는 걸까?

나는 조사대보다 카르히데에 더 오래 머물렀지만, 예언자 이야기나 그들이 했다는 예언에 대해서는 믿을 수가 없었다. 예언의 전설은 전 인류의 역사에서 흔한 일이었다. 신이 말한다, 영혼이 말한다, 컴퓨터가 말한다. 신탁의 모호함이나 통계적 확률은 허점투성이고, 모순은 신앙에 의해 가려지는 법이다. 하지만 전설은 탐구할 가치가 있었다. 나는 아직 카르히데인들에게 텔레파시로 의사소통을 할 수 있다는 사실을 확신시키지 못했다. 그들은 그것을 '눈으로 보기' 전에는 믿으려 들지 않았다. 한다라의 예언자들을 대하는 나의 태도 역시 그들과 똑같았다.

길을 따라가며 나는 마을의 집들이 비탈진 숲 속 그늘에 흩어져 있다는 것을 깨달았다. 레르와 마찬가지로 무질서했지만, 그럼에도 신비롭고 평화로웠으며, 전원적인 분위기가 감돌았다. 모든 지붕과 길 위쪽으로 겨울 행성에서 가장 흔히 볼 수 있는, 두꺼운 연홍색 바늘잎이 달린 우람한 헤멘나무의 가지들이 뻗어 있었다. 헤멘 방울들은 은빛을 뿌렸고, 바람은 꽃가루 향기를 실어왔다. 집들은 모두 색이 짙은 헤멘목으로 지어져 있었다. 마침내 걸음을 멈추고 어느 집 문을 두드려볼까 망설이고 있을 때, 한 젊은이가 나무 사이에서 나오더니 예의 바르게 인사를 했다. "머무실 곳을 찾으시나요?" 젊은이가 물었다.

"예언자들에게 질문을 하러 왔습니다." 우선은 카르히데인처럼 보이기로 결심했다. 조사대원들과 마찬가지로, 나는 마음만 먹으면 이곳 원주민으로 행세하는 데 아무 어려움이 없었다. 카르히데에는 온갖 방언이 있기에 내 억양을 알아차리기가 쉽지 않았고, 내 성적 특징은 두꺼운 옷으로 가린 상태였다. 나는 평범한 게센인처럼 머리털이 가늘거나 숱이 많지 않았으며, 눈꼬리도 밑으로 쳐지지 않고 대부분의 사람들보다 피부도 더 검은 데다가 키도 더 크긴 했지만, 그래도 정상인의 범주 내에 들었다. 수염은 내가 올룰을 떠나기 전에 이미 뽑았다(당시 우리는 '털북숭이' 페룬테르족에 대해 알지 못했는데, 그들은 수염뿐 아니라 테라의 백인들처럼 온몸에 털이 나 있었다). 종종 어쩌다가 코가 부러졌었냐는 질문을 받았다. 내 코가 납작했기 때문이다. 게센인들의 코는 가늘고 뾰족했으며, 콧구멍도 작았다. 영하의 찬 공기를 들이마시기에 알맞게 적응된 것이다. 오세르호르드의 길에서 만난 그 젊은이는 신기하다는 눈으로 내 코를 바라보며 대답했다. "정말로 베 짜는 이에게 이야기하고 싶은 겁니까? 그분은 지금 숲 속의 빈터에 있습니다. 나무 썰매를 타지 않을 때는 늘 그곳에 있습니다. 그보다 독신자 중 한 명에게 먼저 말하는 것이 낫지 않겠습니까?"

"잘 모르겠습니다. 제가 터무니없을 정도로 무지한 탓에……."

젊은이는 허리를 접어가며 크게 웃었다. 젊은이가 말했다. "영광입니다. 저는 여기에서 3년을 살았지만 아직 그렇게 말할 수 있을 정도로 무지해지지 못했거든요." 젊은이는 아주 재미있어했지만 태도가 공손했고, 나는 한다라에 대한 지식을 간신히 떠올려 실상 내가 한 말이 마치 그 청년에게 다가가 '제가 너무 잘생겼기 때문에……'라고 말한 것과 마찬가지로 나 자신을 뽐내는 말이었다는 것을 기억해냈다.

"제 말은, 예언자들에 대해 아는 바가 별로 없다는 뜻입니다……."

"부럽습니다!" 젊은 거주인이 말했다. "어디론가 가려면 눈밭에 발자국을 남기지 않을 수 없는 법 아닙니까. 제가 숲 속 광장까지 안내해드릴까요? 저는 고스라고 합니다."

그게 그의 이름이었다. 나는 L 발음을 포기하고 '겐리Genry'라고 소개했다. 그리고 고스를 따라 숲이 드리운 서늘한 그늘 속으로 들어갔다. 좁은 길이 구불구불거리며 비탈을 따라 오르락내리락했다. 거대한 헤멘나무 사이를 이리저리 왔다 갔다 하는 동안, 우리는 숲과 같은 색을 띤 작은 집들이 있는 곳에 도착했다. 모두가 빨간색이나 갈색이었고, 축축하고 고요하고 향기가 나며 울적한 느낌이 들었다. 어느 집에선가 카르히데 플루트의 달콤한 소리가 희미하게 흘러나왔다. 고스는 몇 야드 앞에서 가볍고 빠른 걸음걸이로 소녀처럼 우아하게 걸었다. 순간 고스의 흰 셔츠가 이글거리더니 어느새 나 또한 고스를 따라 그늘진 곳에서 밝은 태양이 비치는 넓은 녹색 풀밭으로 나와 있었다.

우리에게서 20피트 정도 떨어진 풀이 높이 자란 곳에 밝은 에나멜로 상감이라도 해놓은 듯 녹색과 확연히 대비되는 주홍색 히에브와 하얀 셔츠를 입은 이가 미동도 않고 꼿꼿하게 서 있었다. 그의 뒤쪽으로 100야드쯤 떨어진 곳에는 파란색과 흰색 옷을 입은 이가 서 있었다. 그 사람은 우리가 첫 번째 사람과 이야기를 나누는 내내 꼼짝도 하지 않았으며 우리를 보지도 않았다. 이들은 한다라의 현존법을 수행하고 있었다. 그것은 감각의 수용과 자각을 극단으로 몰아 자아의 망각(자아의 확대?)에 이르는 일종의 몽환 상태(부정적인 경향이 있는 한다라 교인은 이를 반대로 비황홀경 상태라 불렀다)였다. 비록 기법상으로는 대부분의 신비주의와 정반대였지만, 그 역시 내적 존재의 체험을 추구한다는 점에서는 신비주의적 수행법이었다. 하지만 한다라의 수행 방식을 딱히 뭐라고 정의할 순 없다. 고스는 주홍색 히에브를 걸친 사람에게 말을 걸었다. 그는 정지 동작을 풀고 우리를 바라보더니 천천히 우리에게 다가왔다. 순간 나는 그에게 경외심을 느꼈다. 한낮의 태양 아래에서 자신만의 광채를 내고 있었던 것이다.

그는 키가 나만 했으며, 몸이 좀 마르기는 했지만 얼굴이 깨끗하고 거짓없고 아름다웠다. 그의 두 눈을 보자 나는 갑자기 겨울행성에 온 이래 한 번도 사용한 적이 없는, 또한 사용해서도 안 되는 마음의 언어로 그와 대화를 나누고 싶은 충동을 느꼈다. 그 충동을 억제할 수 없었다. 나는 그에게 마음으로 말을 걸었다. 반응이 없었다. 아무런 접촉도 일어나지 않았다. 그는 계속 나를 똑바로 바라보았다. 잠시 후 그가 싱긋 웃으며 부드럽고 약간 높은 음성으로 말했다. "당신이 바로 그 특사로군요, 그렇지요?"

내가 머뭇거리며 대답했다. "네."

"제 이름은 파세입니다. 당신을 맞게 되어 영광입니다. 저희와 함께 오세르호르드에 잠시 머무르시지 않겠습니까?"

"기꺼이 그러겠습니다. 저는 여러분의 예언에 대해 배우고 싶습니다. 그리고 그 대가로 제가 누구이고 어디서 왔는지 아시고 싶다면 기꺼이 말씀드리겠습니다."

"원하시는 대로 하십시오." 파세가 잔잔한 웃음을 머금고 말했다. "당신이 우주의 대양을 건너, 그리고 다시 천 마일이나 되는 카르가프를 횡단하여 이곳에 오시게 되어 정말 기쁩니다."

"저는 진작부터 예언의 명성을 듣고 오세르호르드에 오고 싶었습니다."

"그렇다면 저희가 예언하는 것을 보고 싶으시겠군요. 아니면 혹시 뭔가 직접 묻고 싶은 거라도 있으십니까?"

그의 맑은 눈이 진실을 요구했다. "모르겠습니다." 내가 말했다.

파세가 말했다. "누수스. 상관없습니다. 아마, 머무르는 동안 당신이 질문을 가지고 있는지 아닌지 스스로 깨닫게 될 겁니다……. 그렇지만 예언자들은 정해진 기간에만 모일 수 있다는 걸 이해하셔야 합니다. 어쨌든 저희와 함께 잠시 머무르시지요."

나는 그의 말대로 그곳에 머물렀고, 무척 즐거운 나날이었다. 공동 작업, 들일, 정원 가꾸기, 벌목, 유지 보수와 같은 일을 하는 때 외에는 자유로웠고, 나같이 잠시 머무르는 사람은 그때그때 필요한 곳의 일을 돕는 게 전부였다. 일할 때 빼고는 하루가 종일 아무 대화 없이 지나가곤 했다. 내가 대화를 가장 많이 나눈 이는 젊은 고스와 베 짜는 이인 파세였다. 파세는 아주 맑은 우물처럼 투명하고 헤아릴 수 없는 지혜의 소유자로, 그곳에서 가장 중요한 인물이었다. 저녁이 되면 숲에 둘러싸인 집들 가운데 하나의 화로방에 모이곤 했다. 그들은 대화를 나누고, 맥주를 마시고, 음악을 연주했다. 그 음악은 카르히데의 활기찬 음악으로, 멜로디는 단순하지만 리듬이 복잡했고 늘 즉흥적으로 연주되었다. 어느 날 밤, 머리가 하얗게 세고 팔다리가 삐쩍 마른 데다 눈두덩 바깥쪽이 처져 검은 눈동자를 절반이나 가릴 정도로 나이가 든 거주인 두 명이 춤을 추었다. 느리지만 정확하고 절제된 동작이었다. 눈과 마음을 환상의 세계로 이끄는 춤이었다. 둘은 저녁 식사 후 제3시에 춤을 추기 시작했다. 절묘하게 박자를 바꾸어가며 끊임없이 북을 치는 연주자 외에 다른 연주자들은 자유롭게 연주에 참가했다 빠지곤 했다. 두 노인은 테라 시간으로 다섯 시간 뒤인 자정, 제6시에도 계속 춤을 추고 있었다. 이것이 내가 본 첫 번째 '도스' 현상이었다. 그것은 우리가 '병적 흥분 상태에 기인한 체력'이라 부르는 것을 자유로이 조절해 사용하는 것이었다. 그 뒤로 나는 한다라의 고대인에 대한 이야기를 더 쉽사리 믿을 수 있었다.

그것은 한다라 교인들이 소중하게 여기는, 내적이고 자기 충만하고 정적이며 무위와 불간섭이라는 그들의 규칙을 따르는 삶이었다. '누수스('상관없다' 정도로 옮길 수 있겠다)'라고 표현되는 그 규칙은 내가 그것을 충분히 이해했다고는 할 수 없지만, 이 종교의 핵심인 것만은 분명했다. 오세르호르드에 반달 동안 머물면서 나는 카르히데를 더 잘 이해하게 되었다. 카르히데의 정치와 시가행진, 열정들에는 고대의 수동적이고 무정부적이며 조용한 어둠이, 한다라의 풍요로운 어둠이 흐르고 있었다.

그리고 저 침묵으로부터 불가해한 방식으로 예언자들의 목소리가 울려나왔다.

고스는 내 안내인으로 행동하게 된 것을 기뻐했으며, 내가 알고 싶은 것을 원하는 대로 예언자들에게 물으면 된다고 말해주었다. 고스가 말했다. "질문이 정제되고 명료할수록 답 역시 더 정확합니다. 모호한 질문은 모호한 답을 낳지요. 그리고 당연한 얘기지만, 어떤 질문에는 답이 오지 않습니다."

"만약 제가 그런 질문을 한다면 어떻게 되는 겁니까?" 내가 물었다. 이러한 제한은 복잡하긴 하지만 낯선 것은 아니었고, 딱히 그의 답을 기대하고 한 질문은 아니었다.

"베 짜는 이들은 그 질문을 거부할 겁니다. 대답할 수 없는 질문은 예언자 집단을 파멸로 이끄니까요."

"파멸로 이끈다고요?"

"쇼르스 영주 이야기를 아십니까? 아센 성의 예언자들에게 '인생의 의미는 무엇인가'라는 질문을 한 자이지요. 수천 년 전 일입니다. 예언자들은 6일 밤낮을 어둠 속에서 머물렀습니다. 그리고 마침내 모든 독신자가 미쳐버리고, 광대는 죽었습니다.

성도착자는 쇼르스의 영주를 돌로 쳐 죽였습니다. 그리고 베 짜는 이도요……. 그분이 메시였지요."

"요메시교의 창설자 말입니까?"

"그렇습니다." 고스가 말하더니 마치 아주 재미난 이야기라는 듯이 소리 내어 웃었다. 하지만 나는 그 웃음이 요메시교의 창설자 때문인지 아니면 나 때문인지 알 수 없었다.

나는 네, 아니요로 대답할 수 있는 질문을 하기로 했다. 그렇게 하면 적어도 질문 내용을 평이하게 하면서 불확실성이나 모호함을 피할 수 있을 것 같았기 때문이다. 고스가 이미 말했듯이, 파세는 질문 내용에 따라 예언자들이 답을 전혀 모를 수도 있음을 확인해줬다. 나는 S 행성 북반구에서 올해 훌름의 수확이 어떻게 될지 물을 수 있었다. 그러면 예언자들은 S라는 행성이 있는지조차 모르는 상황에서 대답을 해야 할 터였다. 그것은 서양톱풀 줄기나 동전을 가지고 점을 치는 것과 마찬가지로 그냥 단순한 우연에 의지하는 것에 지나지 않았다. 하지만 파세는 우연이 절대로 개입하지 않는다고 말했다. 실제로, 모든 과정이 우연과는 정반대라는 것이다.

"사람의 마음을 읽는 거로군요."

"아닙니다." 파세가 솔직하고도 잔잔한 웃음을 머금고 말했다.

"그렇다면 아마도 그렇게 하는 걸 모르면서 사람의 마음을 읽는 걸 겁니다."

"그런 게 무슨 소용이 있겠습니까? 만약 질문자가 이미 답을 알고 있다면 뭐하러 대가를 지불하겠습니까?"

나는 내가 답을 모르는 질문을 선택했다. 내 예상과 달리 그 어떤 결과에도 끼워 맞출 수 있는 놀라운 능력을 지닌 전문 예언가들의 예언이 아니라면, 이들의 답이 옳은지 그른지는 오직 시간만이 입증해줄 터였다. 간단한 질문은 아니었다. 오세르호르드 아홉 예언자들의 생명을 앗아갈 수도 있는 어렵고 위험한 일이라는 걸 알게 되고 나서는 비가 언제 그칠지 따위의 사소한 질문을 하겠다는 생각은 관둔 터였다. 질문자가 치러야 할 비용도 비쌌다. 내 루비 두 개가 성채의 금고에 들어갔다. 하지만 답을 하는 이가 치르는 대가는 더 비쌌다. 파세를 알게 되면 될수록, 그가 전문적인 사기꾼이라 말하기도 어려워졌지만 그렇다고 자기기만에 빠져 자신이 사기꾼인 것도 모르는 사기꾼이라고 생각하기는 더욱 어려웠다. 그의 지성은 내 루비처럼 단단하고 투명했으며 잘 연마되어 있었다. 감히 파세에게 덫을 놓을 수는 없었다. 나는 내가 가장 알고 싶은 것을 물었다.

오네세르하드, 즉 그달의 18일, 평소라면 잠겨 있을 커다란 건물에 예언자 아홉이 모였다. 돌로 된 바닥에 천장이 높은 홀은 추웠고, 가늘게 난 창문 두 개를 통해 들어온 빛이 침침한 조명 역할을 했으며, 한쪽 끝에 깊숙이 설치된 화로에는 불이 타고 있었다. 예언자들은 망토와 두건을 하고 맨 돌바닥에 둥그렇게 둘러앉았다. 투박하면서 꼼짝도 하지 않는 그 모습은 멀찌감치 떨어진 화로에서 희미하게 이글거리는 불빛을 받아 마치 고인돌들이 둥그렇게 모여 있는 것처럼 보였다. 고스와 다른 젊은 거주인 둘, 그리고 가장 가까운 영지에서 온 의사 한 명이 조용히 화로 곁 의자에 앉아서 내가 홀을 가로질러 원 안으로 들어가는 모습을 지켜보고 있었다. 격식을 차리지는 않았지만, 모두가 매우 긴장한 모습이었다. 내가 무리 속으로 들어가자 두건을 쓴 이 하나가 고개를 들고 나를 바라보았다. 낯선 얼굴로, 야비하고 음산했으며 나를 바라보는 시선이 거만했다.

파세는 책상다리를 하고 꼼짝도 않고 있었지만, 넘치는 힘이 밝고 나긋나긋한 목소리를 번개처럼 울리게 했다. "질문을 하십시오." 파세가 말했다.

나는 원 안에 서서 질문을 했다. "이 세계, 게센이 지금으로부터 5년 안에 알려진 세계의 에큐멘의 일원이 되겠습니까?"

정적. 나는 정적이 자아낸 거미줄 한가운데에 걸린 듯 그곳에 서 있었다.

"대답이 가능합니다." 베 짜는 이가 조용히 말했다.

긴장이 풀리며 안도감이 흘렀다. 두건을 쓴 돌조각처럼 딱딱해 보이던 예언자들이 부드러워지며 움직이기 시작했다. 그토록 이상한 눈길로 나를 바라보던 자는 옆사람에게 뭔가를 속삭였다. 나는 원을 빠져나와 화롯가에서 지켜보던 참관인들 곁으로 갔다.

예언자 둘이 아무 말 없이 물러섰다. 그 가운데 한 명이 가끔씩 왼손을 들어 열 번, 스무 번씩 바닥을 가볍고 빠르게 쳤고, 다시 앉아 꼼짝도 하지 않았다. 둘 다 처음 보는 이였다. 고스는 그 둘이 광대라고 알려주었다. 그 둘은 제정신이 아니었다. 고스는 그 둘을 '시간 분할자'라고 불렀고, 그것은 정신 분열증을 의미했다. 카르히데의 심리학자들은 마음의 언어를 쓸 줄 모르므로 눈먼 외과의사와 비슷하지만, 약과 최면술, 국부 충격, 한랭 요법을 비롯해 다양한 정신 요법들을 재치 있게 사용했다. 나는 이 두 정신병 환자를 치료할 수 있는지 물었다. 고스가 말했다. "치료라고요? 가수의 목소리를 치료하겠다는 겁니까?"

원을 그리고 앉은 나머지 다섯은 한다라의 현존법에 정통한 오세르호르드 거주인이었으며, 고스가 말하길 이들은 예언자로 있는 동안 독신으로 지내며 성적 가능기 동안에도 짝을 지으면 안 된다고 했다. 그리고 이들 독신자들 가운데 한 명은 예언이 진행되는 동안 케메르 중이어야 한다고 했다. 나는 케메르 초기에 나타나는 미묘한 신체적 특징을 통해 그 사람을 가려낼 수 있었다. 그는 케메르의 제1단계를 특징짓는 화사한 모습이었다.

케메르 중인 이 옆에는 성도착자가 앉았다.

고스가 내게 말했다. "저놈은 의사와 함께 스프레베에서 왔습니다. 어떤 예언가 집단은 케메르 시기가 아닌데도 인위적으로 사람들에게 여성 호르몬 또는 남성 호르몬을 주입해 인공적으로 성도착이 일어나게 합니다. 물론 자연스러운 게 더 좋지만요. 저놈은 원해서 그렇게 했습니다. 악명을 떨치는 걸 좋아하지요."

고스는 케메르에서 남성 역할을 하는 사람을 칭하는 인칭 대명사가 아닌, 동물의 수컷을 뜻하는 대명사를 사용했다. 고스는 약간 당황한 듯 보였다. 카르히데 사람들은 성 문제를 자유로이 이야기하며 케메르에 대해 말할 때 경외감을 보이고 즐거워했지만, 성도착에 대해서는 말을 삼갔다. 적어도 나와 함께 있을 때는 그랬다. 때때로 남성 또는 여성 호르몬의 영속적인 불균형으로 인해 케메르 기간이 과도하게 길어져도 이들이 말하는 성도착을 일으킨다. 그리고 그런 경우가 드물지 않았다. 성인의 3~4퍼센트가 생리학적으로 성도착자거나 비정상(우리 기준으로는 정상)이라고 했다. 그들은 사회로부터 배척되지는 않지만, 양성 사회의 동성애자들처럼 어느 정도의 경멸을 감수해야만 했다. 카르히데인들은 이들을 속어로 '반송장'이라 불렀다. 이들은 자식을 낳을 수 없기 때문이다.

그 성도착자는 처음엔 한참 동안 나를 응시하더니 나중에는 자기 옆에 있는 케메르 중인 자에게만 관심을 보였다. 케메르 중인 자는 점점 더 성적으로 격렬해지더니 마침내 성도착자의 끈질기고 과장된 남성적인 상태에 자극받아 완전히 여성으로 변했다. 성도착자는 케메르 중인 자를 향해 상체를 약간 숙이고 나지막이 뭐라고 속삭였고, 케메르 중인 자는 아무 대답도 하지 않은 채 주춤거리는 듯 보였다. 다른 이들은 모두 침묵을 지켰고, 따라서 성도착자가 속삭이는 소리 외에는 아무 소리도 들리지 않았다. 파세는 계속해서 광대 중의 한 명을 응시하고 있었다. 성도착자가 자기 손을 재빨리 그리고 부드럽게 케메르 중인 자의 손 위에 올려놓았다. 케메르 중인 자는 두렵고 역겨운 듯이 그 손길을 황급히 피했고, 마치 도움을 원하는 것처럼 파세를 바라보았다. 파세는 움직이지 않았다. 케메르 중인 자는 자기 자리에 그대로 있었고, 성도착자가 다시 그를 만졌다. 광대 중 한 사람이 얼굴을 들더니 꾸며낸 듯한 울부짖는 긴 웃음을 토해냈다. "아하하하하……."

파세가 손을 들었다. 마치 파세가 사람들의 시선을 한 타래로 모으기라도 한 듯, 원을 그리며 앉아 있던 사람들이 순간 모두 그를 향해 고개를 돌렸다.

우리가 홀에 들어갔을 때는 오후였고 비가 내리고 있었다. 곧 잿빛은 처마 밑 슬릿창으로 사라졌다. 이제 희끄무레한 빛이 비스듬히 누운 환상적인 긴 돛과 기다란 삼각형, 직사각형을 이루며 벽으로부터 바닥을 지나 아홉 명의 얼굴을 비췄다. 바깥, 숲 위로 뜬 달이 보내는 희미한 빛 조각이었다. 화롯불은 꺼진 지 오래였고, 둥그렇게 모인 예언자들을 가로질러 얼굴과 손, 꼼짝하지 않는 등을 희미하게 비추는 가느다란 달빛 말고는 빛이라곤 전혀 없었다. 희미한 달빛 아래 춤추는 먼지 속에서, 잠시 나는 파세의 옆모습이 창백한 돌처럼 굳어 있는 걸 볼 수 있었다. 달빛이 조금씩 내려와 머리를 무릎 속에 묻고 바닥에 손을 대고 있는 케메르 중인 자의 검은 머리를 비추었다. 그는 원 맞은편의 광대가 어둠 속에서 돌을 두드리는 규칙적인 리듬에 맞춰 몸을 떨고 있었다. 그들은 거미줄의 현수점처럼 모두가 연결되어 있었다. 나는 원하든 원하지 않든 나 역시 그들과 연결되어 있다는 걸 느꼈고, 파세를 통해 무언의 대화가 이루어지는 걸 알았다. 그리고 이 모든 것의 중심인 베 짜는 이 파세는 이를 정렬하고 조정하려 애쓰고 있었다. 희미한 빛이 파편이 되어 동쪽 벽을 타고 올라갔다. 힘과 긴장과 침묵의 거미줄이 점점 커져갔다.

나는 예언자들의 마음과 접촉하지 않으려 애썼다. 그러나 그 침묵이 주는 전기가 흐르듯 짜릿한 긴장감 때문에, 그리고 거미줄의 한 가닥, 한 점이 되어 세차게 끌려 들어가는 느낌 때문에 무척이나 불안해졌다. 하지만 내가 울타리를 치자 그 상태는 더욱 나빠졌다. 내 정신은 시각과 촉각이 뒤섞인 환상으로 뒤범벅됐고, 뒤죽박죽된 격렬한 이미지와 관념들로 채워졌다. 갑자기 성적으로 잔뜩 흥분되어 감각이 얼얼해지고 과격해지는가 하면 붉고 검은 애욕의 격정이 끓어올랐고, 이로 인해 마음속에서 뭔가를 잘라내는 듯한 기분이 들며 정신이 심하게 위축되었다. 나는 거친 입술, 여인의 질, 고통, 지옥의 문을 가득 담고 아가리를 벌린 구멍에 포위되었고, 중심을 잃고 떨어지고 있었다……. 만약 내가 이 혼돈 상태에서 깨어나지 못했다면, 진정 그 속으로 떨어져, 미쳤을 것이며 거기서 빠져나오지 못했을 것이다. 그 정신적 느낌과 말로 표현할 수 없는 힘은 강력하고 혼란스러웠으며, 성도착과 성적 좌절, 시간 감각 상실로 인한 정신 이상, 당면한 현실에 대한 불안과 몰입으로 인한 소름끼치는 기분을 동반하며 내 자제력을 완전히 압도했다. 하지만 그들은 전혀 동요하지 않았으며, 그 중심은 여전히 파세였다. 시간이 흘러 달빛은 뒷벽을 넘어 사라지고 오직 어둠만이 남았으며, 그 어둠의 한가운데에 파세가 있었다. 베 짜는 이이자 여자, 빛을 입은 여자인 파세가. 그 빛은 은이었고, 은은 갑옷이었으며, 갑옷을 입은 여자는 칼을 들고 있었다. 빛이 갑자기 여자의 다리를 따라 무섭게 타올랐고, 여자는 공포과 고통에 겨워 비명을 질렀다. "그래,

그래, 그렇게!"

광대의 울부짖는 듯한 웃음소리가 울려 퍼졌다. "아하하하." 그리고 그것은 점차 날카로운 절규가 되더니, 그 누가 낼 수 있는 절규보다도 훨씬 더 오랫동안 계속되었다. 어둠 속에서 갈팡질팡하는 움직임이 있었고, 고대의 시간들이 어둠을 피해 재분배되었다. "빛을, 빛을." 우렁찬 목소리가 거대한 단어를 한 번 또는 무수히 많이 내뱉었다. "빛을! 여기 화로에 장작을. 빛을!" 스프레베에서 온 의사였다. 어느 틈에 의사는 둥그렇게 모여 앉은 이들 사이에 끼어 있었다. 원은 깨져 있었다. 그는 가장 상처받기 쉬운 사람, 폭탄의 뇌관과도 같은 광대들 옆에 무릎을 꿇고 앉아 있었다. 광대 둘은 바닥에 쓰러져 있었다. 케메르 중인 자는 파세의 무릎을 베고 누워서 가쁜 숨을 헐떡였고, 여전히 몸을 떨었다. 파세가 부드럽게 그의 머리를 쓰다듬었다. 성도착자는 풀이 죽은 채 구석에 있었다. 의식은 끝났고, 시간은 평소처럼 흘렀으며, 강력하게 끌어당기던 힘의 거미줄은 어느덧 걷히고 그 자리를 수치심과 권태가 채웠다. 내 답은, 신탁의 수수께끼는, 그리고 예언의 모호한 말은 어디에 있는 걸까?

나는 파세 옆에 무릎을 꿇었다. 파세는 맑은 눈으로 나를 바라보았다. 순간 나는 파세에게서 어둠 속에서 은빛 옷을 입고 불타오르며 "그래"라고 외치던 여자를 보았다.

그때 파세의 부드러운 목소리가 내 환영을 깼다. "답을 들으셨습니까, 질문자여?"

"답을 들었습니다, 베 짜는 이여."

진짜로 나는 답을 얻었다. 지금으로부터 5년 뒤, 게센은 에큐멘의 일원이 될까요? 네. 수수께끼 같은 답도 아니고 애매하지도 않았다. 나는 그 답을 예언이라기보다는 하나의 관찰로 받아들였다. 그 답이 옳다는 확신을 가졌다. 그 예감은 거부할 수 없을 만큼 너무나도 뚜렷했다.

우리에게는 NAFAL 우주선과 순간 통신기와 마음의 언어가 있었지만, 일상에 예감을 적용하는 일에는 전혀 익숙하지 않았다. 그쪽이라면 게센이 훨씬 더 나았다.

예언 의식이 있고 이틀 뒤 파세가 내게 말했다. "저는 필라멘트의 역할을 합니다. 에너지가 우리들 속에서 생기지요. 그것은 언제나 제게 보내지고, 그때마다 충격이 두 배씩 증가해 결국 그 에너지는 제 안에서 붕괴하고 제 안과 주위가 빛으로 가득차, 마침내 제 스스로 빛이 됩니다. 아르빈 성채의 고대인은 베 짜는 이가 대답의 순간에 진공에 있다면, 그 사람은 몇 년이고 계속해서 타오를 거라고 했습니다. 그것이 요메시 교인들이 메시를 믿는 이유입니다. 메시는 쇼르스의 질문을 받은 뒤부터 과거와 미래를 한 순간이 아닌 전체로 볼 수 있게 되었습니다. 믿기 어려운 일이죠. 인간이 어떻게 그 상황을 견뎌낼 수 있었는지 의심스럽습니다. 하지만 상관없지요……."

'누수스.' 온갖 경우에 쓰이는 한다라의 모호한 부정.

우리는 나란히 산책을 하고 있었고, 파세가 나를 바라보았다. 내가 본 가운데 가장 아름다운 인간의 얼굴인 파세의 얼굴은 조각한 돌처럼 단단하고 섬세해 보였다. 파세가 말했다. "어둠 속에는 아홉이 아닌 열 명이 있었습니다. 이방인이 한 명 있었지요."

"그렇습니다. 저는 당신의 마음을 막아낼 수가 없었습니다. 당신은 듣는 이입니다, 파세. 선천적으로 다른 이의 감정을 받아들이는 자, 그리고 아마도 선천적으로 강력한 텔레파시가 가능한 이일 겁니다. 그렇기 때문에 베 짜는 이인 것입니다. 무아지경에 빠진 사람들의 긴장과 반응을 지속시키고, 강력해진 긴장이 마침내 그 무아지경을 깨게 될 때 질문에 대한 답을 얻는 것이지요."

파세는 진지하게 내 이야기를 들었다. "밖으로부터, 당신의 눈을 통해 제 수행 과정의 신비를 보니 이상하군요. 저는 늘 수행자로서 안에서만 보아왔습니다."

"만일 당신만 허락하신다면, 그리고 원하신다면, 당신과 마음의 언어로 대화하고 싶습니다." 나는 파세가 타고난 텔레파시 능력자라고 확신했다. 파세가 동의만 하면, 그리고 조금 노력만 한다면 자신도 모르는 새 쳐진 마음의 방어막을 낮출 수 있을 터였다.

"그 말은, 일단 당신이 그렇게 하고 나면 제가 다른 사람의 생각을 들을 수 있다는 뜻입니까?"

"아니, 아니요. 당신이 이미 가지고 있는 감정이입 능력 이상이 생기지는 않습니다. 마음의 언어란 자발적으로 보내고 받는 대화입니다."

"그러면 그냥 소리 내어 말로 하면 되지 않습니까?"

"그게, 사람이 말을 할 때는 거짓말을 할 수 있거든요."

"마음의 언어는 그렇지 않다는 건가요?"

"의식적으로 그러지는 않습니다."

파세가 잠시 생각에 잠겼다. "그렇다면 그것은 왕과 정치가, 상인들의 관심을 불러일으키겠군요."

"마음의 언어가 가르칠 수 있는 기술이라는 것이 확인되었을 때, 상인들은 그 사용을 반대했지요. 심지어 수십 년 동안 금지했습니다."

파세가 싱긋 웃었다. "왕들은요?"

"저희 세계에는 왕이 없습니다."

"아, 그렇지요. 알겠습니다……. 고맙습니다, 겐리. 하지만 제 임무는 학습이 아니라 배운 것을 잊어버리는 것입니다. 그리고 세계를 완전히 변화시킬 정도의 기술이라면 저로서는 차라리 배우지 않는 게 나을 듯합니다."

"당신들이 한 예언에 따르면, 이 세계는 5년 안에 바뀔 겁니다."

"그리고 그 세계와 함께 저도 바뀌겠죠, 겐리. 하지만 제가 세계를 바꾸고 싶은 마음은 없습니다."

비가 오고 있었다. 게센의 여름에 오랫동안 내리는 가랑비였다. 우리는 성채 위쪽 산기슭의 헤멘나무 숲 속을 걸었다. 그곳에는 길이 없었고, 시커먼 나뭇가지들 사이로 회색빛이 떨어졌으며, 주홍빛 바늘잎에서는 맑은 물이 떨어졌다. 공기는 차가웠지만 부드러웠고, 빗소리가 주위를 둘러싸고 있었다.

"파세, 물어볼 게 있습니다. 당신들 한다라 교인들은 모든 세계의 사람들이 원하는 능력을 지니고 있습니다. 미래를 예언할 수 있지요. 그런데도 당신들은 우리와 똑같이 살고 있습니다. 그런 능력 따위는 전혀 중요하지 않다는 듯이요."

"그게 왜 중요해야만 합니까, 겐리?"

"예를 들자면, 카르히데와 오르고레인은 시노스 계곡을 두고 계속 다투어왔습니다. 제가 보기에 카르히데는 지난 몇 주 동안 몹시 체면을 구겼습니다. 그런데 왜 아르가벤 왕은 미래를 아는 예언자들과 의논하지 않는 겁니까? 앞으로 어떻게 해야 할지 또는 쿄레미에서 수상으로 누구를 임명해야 할지 따위를 왜 묻지 않는 겁니까?"

"묻기 어려운 질문들입니다."

"왜 묻기가 어렵다는 건지 이유를 모르겠습니다. 왕은 수상으로 자신을 가장 잘 섬길 이가 누구냐고 간단히 묻기만 하면 됩니다. 그리고 그다음은 대답대로 하면 되지요."

"그럴 수도 있지요. 하지만 왕은 '자신을 가장 장 섬길'이 무엇을 의미하는지 모릅니다. 왕이 선택한 자가 왕의 의사에 반해 오르고레인에 그 계곡을 양도할 수도 있고, 또는 왕을 추방하거나 암살할 수도 있지요. 왕이 기대하지 않거나 받아들일 수 없는 여러 가지 일이 일어날 수 있다는 말입니다."

"그렇다면 질문을 더 정확하게 하면 되겠군요."

"그러면 되겠지요. 하지만 그러자면 질문을 많이 해야 합니다. 그리고 제아무리 왕이라 할지라도 대가는 지불해야만 합니다."

"왕에게 비싼 대가를 요구합니까?"

피세가 차분한 목소리로 말했다. "아주 비싸게 받습니다. 아시겠지만, 질문자는 자기 능력에 걸맞은 대가를 지불해야 합니다. 사실, 왕들도 예언자에게 옵니다. 하지만 자주는 아니지요……."

"예언자 가운데 한 명이 권력자가 되면요?"

"성채의 거주인들은 그 어떤 직위나 신분도 갖지 않습니다. 제가 에르헨랑에 가서 쿄레미에 들어갈 수는 있겠지요. 하지만 제가 그 제안을 받아들이면, 제 지위와 그림자를 되찾으면 예언 능력을 잃게 됩니다. 뿐만 아니라 제가 쿄레미에 있는 동안 질문할 일이 생기면 오르그니 성채로 가서 대가를 지불하고 답을 얻어야 합니다. 하지만 우리 한다라에서는 아무도 답을 원하지 않습니다. 답을 피한다는 건 어려운 일이지만 그러려고 애를 쓰지요."

"파세, 무슨 말인지 잘 이해가 안 가는군요."

"음, 저희 대부분은 물어서는 안 될 질문이 무엇인지 배우기 위해 성채에 옵니다."

"하지만 당신들은 답을 하는 자들이잖습니까!"

"저희가 왜 예언을 하는지 모르시겠습니까, 겐리?"

"네."

"잘못된 질문에 대한 답을 아는 것은 아무 쓸모가 없다는 것을 보여주기 위해서입니다."

우리가 비를 맞으며 오세르호르드의 어두운 숲 속을 걷는 동안, 나는 오래도록 생각에 잠겼다. 흰 두건에 감싸인 파세의 얼굴은 피곤했지만 평온했고, 얼굴빛은 창백했다. 그럼에도 파세의 얼굴을 보고 있노라니 여전히 약간 경외감이 들었다. 파세가 맑고 상냥하고 솔직한 눈으로 나를 바라보았을 때, 그의 눈에는 마치 1만 3천 년의 전통이 담겨 있는 것 같았다. 아주 오래되고 아주 잘 정립된 사고와 생활 방식이 담긴 시선으로, 아주 잘 확립되어 있고 총체적이며 통일성이 있기에 영원한 현재로부터 똑바로 당신을 바라보는 야생 동물, 거대하고 낯선 생물의 무아와 권위와 완벽함을 당신에게 전달해주는 시선으로.

숲 속에서 파세가 부드러운 목소리로 말했다. "알려지지 않은 것, 예견되지 않은 것, 증명되지 않은 것, 삶이란 바로 그런 것 위에 서 있습니다. 무지는 사고의 기반입니다. 입증되지 않은 것은 행동의 기반입니다. 만약 신이 없다고 증명된다면, 신도 없고 종교도 없을 것입니다. 한다라도 없고, 요메시도 없고, 화로신들도 없을 것입니다. 하지만 또한 신이 있다고 증명되면 신이 있어도 종교는 없게 됩니다……. 말해주십시오, 겐리. 우리는 무엇을 알고 있습니까? 무엇이 확실하며 무엇이 예견 가능하고 무엇을 피할 수 없습니까? 당신이 당신의 미래에 대해, 그리고 제 미래에 대해 알고 있는 가장 확실한 것은 무엇입니까?"

"우리 모두는 죽는다는 겁니다."

"그렇습니다. 대답할 수 있는 오직 하나의 질문이 있습니다, 겐리. 그리고 우리는 모두 그 대답을 알고 있습니다……. 인생을 가능하게 하는 것은 바로 영원히 우리를 괴롭히는 불확실성, 다음에 무슨 일이 일어날지 모르는 '무지'입니다."

6. 오르고레인으로 가는 길

언제나 일찍 집에 오는 요리사가 나를 깨웠다. 나는 깊이 잠들어 있었고, 요리사는 나를 흔들며 귀에 대고 말했다. "일어나세요, 일어나세요. 에스트라벤 나리, 왕궁에서 사람이 왔습니다!" 마침내 나는 요리사가 무슨 말을 하는지 알아듣고, 서둘러 방문 앞으로 갔다. 그곳에선 전령이 기다리고 있었고, 그리하여 나는 갓난아기처럼 실오라기 하나 걸치지 않은 채로 멍청하게 추방당하는 처지가 되었다.

전령이 건네준 서류를 읽고 속으로 올 것이 왔구나 하는 생각이 들었다. 하지만 예상은 했어도 이렇게 빨리 올 줄은 몰랐다. 전령이 그 저주받을 서류를 집 문에 못으로 박아 붙이는 것을 보자 내 눈에 못이 박히는 듯했다. 나는 전령을 등지고 서서 모든 것을 빼앗긴 허탈함과 예상치 못했던 고통 속에 멍하니 있었다.

충격의 순간이 지나자, 무엇을 해야 할지 깨달았다. 그리고 그때 궁에서 제9시를 알리는 종소리가 들렸다. 나를 제대로 지켜줄 수 있는 것은 아무것도 없었다. 나는 가져갈 수 있는 것들을 챙겼다. 부동산과 예금이 있었지만, 내가 아는 이들을 위험에 빠뜨리지 않고 현금화할 방법이 없었고, 나와 친한 친구일수록 위험에 빠질 가능성은 더 컸다. 나는 내 오랜 케메르 상대인 애시에게 보내는 편지에 우리 아이들을 위해 값진 물건들을 어떻게 처분하면 될지 적으며 티베가 국경을 감시할 테니 내게 돈을 보낼 생각은 하지도 말라고 일러두었다. 하지만 편지에 서명을 할 수는 없었다. 더구나 누군가에게 전화를 하는 것은 상대를 감옥에 보내는 것과 다름없었다. 나는 혹시라도 내 친구가 상황을 모르고 나를 찾아왔다가 그 우정의 대가로 재산과 자유를 잃을까 두려워 서둘러 집을 나섰다.

나는 도시를 가로질러 서쪽으로 향했다. 사거리에 이르렀을 때 걸음을 멈추고 생각에 잠겼다. '왜 동쪽으로 가지 않는 거지? 산과 들판을 지나 케름으로 돌아가는 거야. 내가 태어난 에스트레, 험준한 비탈에 선 그 돌집으로 돌아가면 안 될 이유가 뭐야. 고향으로 가도 되잖아?' 세네 번, 걸음을 멈추고 서서 뒤돌아보았다. 뒤돌아볼 때마다, 무심한 행인들 속에서 에르헨랑 궁에서 보낸 듯한 사람을 보았고, 매번 고향으로 돌아가는 것이 어리석은 짓임을 깨달았다. 자살행위나 다름없었다. 나는 추방당할 운명이었고, 그 일이 일어났으며, 고향으로 돌아간다는 것은 죽음을 뜻할 뿐이었다. 그래서 서쪽으로 향했고, 다시는 뒤돌아보지 않았다.

설령 무사히 간다 할지라도, 내게 주어진 사흘간의 시간으로는 기껏해야 85마일 떨어진, 만灣에 있는 쿠세벤까지 가는 게 고작이었다. 대부분의 추방령은 밤에 나왔고, 그 추방령이 퍼지기 전에 추방자는 배를 타고 세스 강을 따라 내려갈 기회가 있었다. 그럴 경우 선장은 추방령을 알지 못했기에 벌을 받지 않았다. 하지만 티베의 핏줄에 그러한 아량을 바라는 건 무리였다. 어떤 선장도 위험을 무릅쓰며 나를 태우려 하지 않을 터였다. 아르가벤을 위해 내가 건설한 항구에 있는 모든 이가 나를 알았기 때문이다. 나를 태우고 에르헨랑에서 400마일 떨어진 육지의 국경까지 갈 육상보트도 없었다. 결국 쿠세벤까지 걸어가는 수밖에 없었다.

요리사는 그것을 알았다. 나는 그를 곧바로 돌려보냈지만, 그는 떠나면서 눈에 보이는 모든 음식을 봉지에 담아 내가 사흘 동안 도망치며 먹을 수 있도록 준비해주었다. 그 친절이 나를 구했고, 또한 내게 용기를 주었다. 길에서 그 과일과 빵을 먹을 때마다 생각했다. '나를 반역자로 생각하지 않는 사람이 한 명 있어. 그 사람이 이걸 준 거야.'

반역자로 불리는 게 얼마나 견디기 어려운지 나는 알게 되었다. 그게 어렵다니 신기한 일이다. 남을 반역자라 부르는 건 쉬운 일이니 말이다. 대상을 끈질기게 따라다니며 적응시키고 확신시키는 호칭. 나는 이미 반쯤 나를 반역자로 확신한 상태였다.

사흘째 되는 날 황혼 무렵, 나는 불안한 마음으로 쿠세벤에 도착했다. 신발에 쓸려 발에 상처가 나 있었다. 에르헨랑에 있던 지난 3년간 사치와 향락에 빠져 산책하는 습관을 잃었기 때문이다. 그리고 그곳 조그만 도시 입구에서 애시가 나를 기다리고 있었다.

우리는 7년 동안 케메르를 했고, 아들을 둘 낳았다. 그의 몸에서 태어난 아이들은 그의 이름을 따 포레스 렘 이르 오스보스라 지었으며 부족 화로에서 자라고 있었다. 3년 뒤 애시는 오르그니 성으로 갔고, 지금은 그 성에서 예언자들의 독신자로서 황금 목걸이를 하고 있다. 우리는 지난 3년 동안 서로 만나지 못했지만, 돌 아치 아래 황혼에 반사된 그의 얼굴을 보았을 때, 나는 마치 어제 헤어졌다가 다시 만난 것처럼 우리의 오랜 사랑을 다시 느꼈으며, 나의 어려운 처지를 함께 나누기 위해 이렇게 마중 나와준 그의 충실한 마음에 감동을 받았다. 그리고 닫혀 있던 우리 사이의 정이 다시금 새롭게 피어나는 것을 느끼며 화가 났다. 애시의 사랑은 언제나 나로 하여금 내 마음과 다르게 행동하게 만들었다.

나는 그를 지나쳤다. 비정해야만 한다면 상냥한 척 그것을 숨길 필요가 없었다. "세렘." 애시가 나를 부르며 쫓아왔다. 나는 부두를 향해 난 쿠세벤의 경사진 길을 빠르게 걸어갔다. 바다에서 불어온 남풍에 정원의 검은 나무들이 바스락거렸고, 나는 마치 살인자에게서 도망치듯, 따뜻한 여름의 황혼 속을 달려 애시로부터 도망쳤다. 애시는 나를 따라잡았다. 발이 너무 아파 평소처럼 걸을 수 없었던 것이다. "세렘, 당신과 함께 가겠어."

나는 대답하지 않았다.

"10년 전 이달, 투와에 우리는 맹세를 했지……."

"그리고 3년 전 당신은 맹세를 깨고 나를 떠났지. 현명한 선택이었어."

"나는 우리의 맹세를 깬 적이 없어, 세렘."

"그래. 깰 맹세 따윈 없었지. 그건 거짓 맹세였으니까, 반쪽짜리 맹세였어. 당신도 알아, 그때 이미 알고 있었지. 내가 했던 단 한 번의 진실된 맹세를 상대는 듣지 않았어. 아니 들을 수가 없었겠지. 내가 케메르를 맹세한 그 사람은 오래전에 죽었고, 약속은 깨졌어. 당신은 내게 아무런 빚도 없고, 나 역시 당신에게 그래. 그러니 가게 내버려둬."

말을 하는 동안, 내 노여움과 고통은 애시에게서 나 자신에게로, 깨어진 약속처럼 내 등 뒤에 놓인 내 삶에게로 향했다. 하지만 애시는 이를 알지 못한 채 눈물만 흘렸다. 애시가 말했다. "이걸 받아주겠어, 세렘? 난 당신에게 아무 빚도 지지 않았지만 당신을 사랑해." 애시는 조그만 꾸러미를 내밀었다.

"아니, 돈은 있어, 애시. 날 가게 해줘. 난 혼자 가야만 해." 나는 계속 나아갔고, 애시는 따라오지 않았다. 하지만 내 형의 그림자는 나를 따라왔다. 나는 그에게 욕을 퍼부었었다. 아무것에나 대고 화풀이를 했었다.

불행히도, 항구에는 아무도 없었다. 나는 추방령에 따라 자정이 되기 전에 카르히데의 땅을 떠나야 했지만, 항구에는 내가 탈 수 있는 오르고레인의 배가 보이지 않았다. 부두에는 몇 명뿐이었고, 그 몇 마저 서둘러 집에 갈 준비를 하고 있었다. 내가 말을 건 이는 배의 엔진을 고치고 있던 어부였는데, 그는 나를 보더니 아무 말도 하지 않고 등을 돌렸다. 그 행동에 나는 두려움을 느꼈다. 그자는 나를 알아보았다. 나를 알아본 건 경고를 받았기 때문일 터였다. 티베가 나를 방해하고 시간이 다 될 때까지 카르히데를 떠나지 못하도록 부하들을 보낸 것이다. 이전까지는 고통과 분노에 사로잡혔지만 두렵지는 않았었다. 어쩌면 추방령은 나를 벌하기 위한 올가미일지도 모른다는 생각이 이제서야 들었다. 일단 제6시를 알리는 종이 울리면 나는 티베의 부하들에게 더없이 좋은 먹잇감이 되며, 아무도 그들을 살인자라고 하지 않을 터였다. 다만 정의가 이루어졌다고 할 것이다.

나는 바람 부는 어두운 항구의 반짝이는 불빛 속에서, 모래주머니 위에 앉았다. 바다는 철썩이며 말뚝들을 핥았고, 정박 중인 고기잡이배들이 삐걱거렸으며, 긴 부두의 끝에 불빛이 보였다. 나는 앉아서 그 불빛을, 그리고 그 너머 바다의 어둠을 바라보았다. 위험에 몸을 드러내는 이도 있겠지만, 나는 그런 사람이 아니다. 내게는 선견이라는 재능이 있다. 하지만 위협이 다가오자 멍청해지기 시작했고, 모래주머니 위에 앉아 사람이 오르고레인까지 헤엄쳐 가는 게 가능한지 생각해보았다. 차리수네 만에서 얼음이 떠내려온 지 한두 달 정도 되었으니 한동안은 물속에 있어도 죽지는 않을 것이다. 그리고 오르고레인 해안까지는 150마일이다. 나는 수영을 할 줄 모른다. 바다에서 눈을 돌려 쿠세벤의 거리를 바라보았을 때, 나는 혹시 애시가 아직도 나를 따라오고 있지 않을까 기대하는 나 자신을 발견했다. 그 생각에 부끄러워졌고, 덕분에 멍청한 생각에서 빠져나와 제대로 된 생각을 할 수 있게 되었다.

안쪽 부두의 자기 배에서 아직 작업중인 저 어부를 상대해야만 한다면 뇌물이나 폭력에 의존할 수밖에 없겠지만, 여기저기 고장난 엔진은 작동할 것 같지도 않았다. 그렇다면 다른 배를 훔쳐야 할 터다. 하지만 고기잡이배들의 엔진은 잠겨 있다. 모터보트를 한 번도 운전해본 적이 없는 내가 잠긴 회로를 우회해 엔진에 시동을 걸고, 부두의 등불 아래에서 배의 방향을 돌려 오르고레인으로 향하는 건 무모하고 바보 같은 짓 같았다. 배를 몰아본 건 케름의 얼음발 호수에서 노를 저어본 게 고작이었다. 양쪽 진수대 사이에 있는 바깥 부두에 노젓는 배 한 척이 매여 있는 게 보였다. 나는 그 배를 보자마자 훔치기로 했다. 부두의 등불 아래로 달려가 배에 올라탔고, 밧줄을 풀고 노를 저어 넘실거리는 검은 물결에 불빛이 현란하게 미끄러지는 바다로 나아갔다. 배가 어느 정도 바다로 나왔을 때, 매끄럽게 움직이지 않는 한쪽 노를 제대로 고정시키기 위해 노젓기를 멈추었다. 내일이면 오르고레인의 순찰선이나 어부에게 구조가 되리라 바라고는 있지만, 어찌되었든 아직 꽤 많이 노를 저어야 하기 때문이었다. 노를 고정시킨 못 쪽으로 허리를 굽혔을 때 갑자기 머리가 어찔했다. 기절을 할 거라는 생각이 들어 보트의 가로대에 웅크리고 앉았다. 두려움으로 인한 현기증이었다. 하지만 내가 이토록 두려워하는 줄은 미처 알지 못했다. 고개를 들자 강렬하게 번쩍이는 물 너머 저쪽 부두 끝에서 마치 시커먼 막대기 두 개처럼 보이는 두 사람이 뛰어오는 모습이 보였고, 그제야 나는 몸의 마비 증상이 두려움 때문이 아니라 사정거리가 긴 총 때문임을 깨달았다.

그중 한 명이 약탈용 총을 들고 있는 게 보였다. 만약 한밤중이 지난 상황이었다면 그자는 그 총으로 나를 사살했을 것이다. 하지만 약탈용 총은 소리가 크게 나므로 자정 전에 쏘려면 그럴듯한 이유가 있어야 했다. 그래서 음파총을 사용한 것이다. 음파총은 기절 모드에 맞춰져 있을 때 공명 거리가 겨우 100피트 남짓했다. 살상 모드일 때의 사정거리는 모르겠지만, 내가 그 사정거리 안에 있는 건 분명했다. 배가 아픈 아기처럼 내 몸이 구부러졌기 때문이다. 숨을 쉬기가 힘들었고, 가슴으로 통증이 전파되어 왔다. 그들이 곧 동력 보트를 타고 나를 쫓아올 테니 노를 놓고 헐떡일 시간이 없었다. 내 등 뒤, 배 앞으로는 어둠이 펼쳐져 있었고, 나는 서둘러 노를 저어 그 어둠 속으로 숨어들어야만 했다. 손에 감각이 없었으므로, 두 손이 노를 단단히 잡고 있는지 눈으로 확인하면서 힘없는 팔로 노를 저었다. 나는 거센 파도와 어둠을 헤치고 만을 빠져나갔다. 그곳에서 다시 멈추어야만 했다. 노를 저을 때마다 팔의 마비 증세가 심해졌기 때문이다. 가슴이 타들어가는 느낌이 들었고, 허파는 숨 쉬는 법을 잊은 것 같았다. 노를 저으려 했지만 팔이 움직이지 않았다. 노를 배 위로 끌어올리려했지만, 그것도 할 수 없었다. 이윽고 항구 순찰선의 탐조등이 내가 탄 배를 비춰 내 배가 검댕 속의 눈송이처럼 어둠 속에서 환히 드러났을 때, 나는 눈부신 불빛을 피하기 위해 고개를 돌릴 기운조차 없었다.

그들은 내 두 손을 노에서 떼어냈고, 나를 보트에서 끌어내더니 창자가 터진 검은생선을 다루듯 거칠게 순찰선 갑판 위로 밀어 넘어뜨렸다. 나는 그들이 나를 내려다보는 걸 느꼈지만 단 한 명, 목소리로 미루어볼 때 배의 선장인 듯한 사람을 제외하고 다른 사람들의 말은 알아들을 수 없었다. 선장이 말했다. "아직 제6시가 안 됐어." 그리고 다시 누군가에게 대답했다. "아랫것의 명령이 무슨 상관이야. 왕은 저자를 추방했고, 나는 왕의 명령을 따를 뿐이야."

그 장교는 해안에 있는 티베 부하들의 무선 명령을 듣지 않았고, 보복을 두려워하는 부하들의 반대도 무릅쓰고 차리수네 만을 건너 나를 오르고레인의 셀트 항구에 안전하게 내려주었다. 그 장교가 무장하지 않은 사람을 죽이려는 티베의 부하들에 대한 반감 때문에 시프그레소로 그리한 것인지, 아니면 나에 대한 호의로 그런 것인지는 모르겠다. 누수스. '훌륭함이란 말로 표현할 수 없는 것이다.'

오르고레인 해안이 아침 안개로 희부예질 무렵 나는 일어났고, 비트적거리며 셀트 부둣가를 향해 걸어갔지만 어느새 다시 쓰러지고 말았다. 깨어났을 땐 세네스니 24 친교그룹, 차리수네 해안 4지역의 친교 병원에 누워 있었다. 침대의 머리 부분과 옆의 조명등, 협탁의 금속 컵, 협탁, 간호사용 히에브, 침대 커버와 내가 입은 환자복에서 그 사실을 확신했다. 의사가 들어와 내게 말했다. "왜 도스에 저항하셨습니까?"

내가 말했다. "저는 도스 상태가 아니었습니다. 음파총에 맞았던 겁니다."

"당신의 증상은 도스의 이완기에 저항한 사람에게서 나타나는 것과 동일합니다." 우쭐대길 좋아하는 그 늙은 의사는 내가 정말로 그렇게 했는지 어쨌는지 알지도 못하면서 내가 노를 젓는 동안 마비 증세를 막기 위해 도스 원기元氣를 사용했을 거라고 마음대로 단정하더니 나로 하여금 억지로 그 사실을 인정하게 했고, 가만히 안정을 취해야 하는 '상겐'기인 오늘 아침에 일어나 걸어다는 건 자살행위와 다를 바 없다고 한소리했다. 의사는 자기 맘대로 진단을 내리고 내 동의를 얻어낸 뒤, 하루나 이틀 뒤면 이곳을 떠날 수 있을 거라고 말하고 옆 침대로 갔다. 의사가 가자 조사관이 왔다.

오르고레인에는 모든 사람에게 조사관이 붙어 있었다.

"이름은?"

나는 그의 이름을 묻지 않았다. 나는 그림자 없이 사는 오르고레인 사람들의 삶의 방식을 배워야만 했다. 쓸데없이 성내거나 성나게 해서는 안 되었다. 하지만 나는 내 영지 이름을 알려주지 않았다. 오르고레인에서는 아무 소용이 없기 때문이었다.

"세렘 하르스? 그건 오르고레인 이름이 아니군요. 어떤 친교그룹에 속해 있습니까?"

"카르히데."

"그건 오르고레인 친교그룹이 아닙니다. 입국 허가증과 신분증은 어디에 있습니까?"

내 서류들이 어디에 있더라?

누군가 나를 병원으로 싣고 오기 전에, 나는 셸트의 거리에 오랫동안 쓰러져 있었다. 그리고 병원에 도착했을 때는 이미 증명서나 소지품, 외투, 구두, 돈은 모두 사라지고 없었다. 그 때문에 조사관의 질문을 듣는 순간 화가 나기보다는 오히려 웃음이 터져 나왔다. 곤경의 밑바닥에는 분노가 존재하지 않는다. 조사관은 내 웃음에 화를 냈다. "당신은 자신이 돈도 없고 등록도 되지 않은 외국인이라는 사실을 모르는 겁니까? 카르히데엔 어떻게 돌아갈 생각입니까?"

"관에 실려서."

"공식적인 질문에 부적절한 대답을 하면 안 됩니다. 만약 자국으로 돌아갈 의향이 없다면 자원농장으로 보내질 겁니다. 그곳은 죄를 범한 인간쓰레기, 외국인, 등록되지 않은 사람들이 수용되는 곳입니다. 거지나 오르고레인에 반역 혐의가 있는 자에게 안성맞춤인 곳이지요. 사흘 안에 카르히데로 돌아갈 의향을 밝히는 것이 신상에 좋을 겁니다. 그렇지 않다면 저는……."

"저는 카르히데에서 추방당했습니다."

내 이름을 들은 의사가 옆 침대에서 다시 내 쪽으로 오더니 조사관을 구석으로 데려가 잠시 속삭였다. 조사관은 상해서 시큼해진 맥주를 마신 듯한 표정을 짓더니 내게 돌아와 아주 언짢은 투로 한 마디 한 마디를 내뱉었다. "그러면 오르고레인의 위대한 친교그룹에 영주권을 신청할 의향이 있습니까? 단, 친교그룹이나 시민의 숫자로서 생업에 충실히 종사하겠다는 조건을 수락해야만 합니다."

내가 말했다. "네." 우리 대화의 요지라 할 수 있는 '영주권'이라는 단어를 듣자 나는 농담을 뚝 그쳤다.

닷새 뒤, 나는 영주권을 받았다. (내가 요청한) 미시노리 시의 숫자로의 등록은 아직 처리 중이었다. 또한 그곳에 도착할 때까지 필요한 임시 신분증명서 서류가 발급되었다. 만약 닷새 동안 그 늙은 의사가 나를 병원에 있게 해주지 않았더라면 나는 쫄쫄 굶었을 것이다. 그 의사는 카르히데의 수상이 자기 병동에 있는 걸 영광으로 여겼고, 수상은 의사의 친절에 깊이 감사했다.

미시노리로 가는 동안, 나는 셸트 항구에서 그곳까지 신선한 생선을 운반하는 캐러밴의 육상보트 인부로 일했다. 불쾌한 냄새가 끊임없이 코를 찔러대는 여행은 남 미시노리의 대규모 시장에서 끝이 났고, 나는 곧 그곳 냉동 창고에서 일을 찾았다. 여름의 냉동 창고에는 부패하기 쉬운 식품을 나르고, 싸고, 저장하고, 수송하는 일이 얼마든지 있었다. 나는 주로 생선 다루는 일을 했고, 시장 옆 섬에서 냉동 창고 동료들과 함께 묵었다. 사람들은 그곳을 '생선 섬'이라 불렀다. 우리에게서는 지독한 냄새가 났다. 하지만 나는 냉동 창고에서 거의 온종일을 보낼 수 있었기 때문에 그 일이 좋았다. 여름의 미시노리는 한증막이다. 언덕의 집들은 문을 꼭꼭 닫았고, 강물은 끓어올랐고, 사람들은 비 오듯 땀을 흘렸다. 옥크레 달에는 기온이 화씨 60도 이하로는 절대로 떨어지지 않는 날이 열흘이나 계속되었다. 그리고 하루는 최고 88도까지 올라가기도 했다. 하루 일과가 끝나 생선

비린내 나는 차가운 냉동 창고에서 나오면 용광로같이 뜨거운 길을 따라 2마일 정도 떨어진 쿤데레르 강둑으로 갔다. 그곳에는 나무 그늘이 있었고, 물가에 가까이 가지 않아도 커다란 강을 볼 수 있었다. 나는 그곳에서 늦게까지 어슬렁거리다가 밤늦어서야 생선 섬으로 돌아갔다. 미시노리의 내가 사는 지역에서는 사람들이 밤이면 자신들이 하는 일을 어둠 속에 숨기기 위해 모든 가로등을 꺼두었다. 하지만 조사관들의 차가 시도 때도 없이 이곳저곳을 염탐하고 다녔고, 가난한 사람들의 유일한 사생활인 밤을 빼앗으려는 듯이 어두운 거리를 스포트라이트로 환히 비추었다.

카르히데와의 그림자-분쟁에 대한 조치의 일환으로 새로운 외국인 등록법이 쿠스 달에 시행되었고, 이로 인해 내 등록이 무효가 되며 나는 일자리를 잃고 말았다. 이후 보름 동안을 대기실에서 보내며 무수한 조사관들을 만나야만 했다. 동료들은 내가 재등록을 하기 전에 굶어죽지 않도록 돈을 빌려주었고 내가 먹을 생선도 몇 마리씩 훔쳐다주었다. 그리고 여러 가지 충고를 했다. 나는 무뚝뚝하지만 믿음직한 동료들이 좋았다. 하지만 그들은 하나같이 헤어나올 수 없는 올가미에 걸린 채 살아갔고, 나는 그다지 좋아하지 않는 사람들 속에서 새로 일을 하게 되었다. 그리고 석 달 동안 미루고 미루던 연락을 했다.

다음 날, 나는 생선 섬의 마당에 있는 세탁장에서 몇몇 사람들과 함께 셔츠를 빨고 있었다. 우리 모두는 반라의 상태였고, 증기 소리, 검댕과 생선 악취, 요란한 물소리 속에서 누군가 내 영지 이름을 부르는 소리가 들려왔다. 그리고 세탁장에는 예게이 친교인이 와 있었다. 그는 7개월 전 카르히데 궁정 홀에서 열린 다도해 대사의 환영 만찬에서 만났을 때와 똑같은 표정이었다. “저와 함께 여기서 나가시죠, 에스트라벤.” 예게이가 미시노리 특유의 비음 섞인 높고 큰 목소리로 말했다. “아, 그 더러운 셔츠는 두고 가세요.”

“다른 옷이 없습니다.”

“그러면 그 구정물에서 어서 꺼내 가지고 나오세요. 이곳은 덥군요.”

예게이가 부자임을 알아본 이들이 음침한 호기심 가득한 눈으로 그를 바라보았지만, 그가 친교인인 줄은 알지 못했다. 나는 예게이가 이런 곳에 나타난 것이 마음에 들지 않았다. 예게이는 사람을 보내 나를 불렀어야 했다. 오르고레인 사람 가운데 품위를 아는 이는 무척 드물다. 나는 예게이를 데리고 그곳에서 나가고 싶었다. 젖은 셔츠를 입고 나갈 수는 없기에 마당을 서성이던 떠돌이 청년에게 주며 내가 돌아올 때까지 마음껏 입으라고 했다. 예게이가 내 빚을 갚고 방세를 냈고, 서류를 내 히에브 주머니에 넣었다. 나는 셔츠 없이 시장의 섬을 나와 예게이와 함께 권력자들의 집이 있는 곳으로 돌아갔다.

나는 그의 ‘비서관’으로 오르고레인 명부에 다시 등록되었다. 그러나 숫자가 아니라 부양가족으로서였다. 유명인은 숫자를 쓰는 대신 레이블을 붙이고 특별한 이유가 있지 않으면 그 종류를 말한다. 그리고 이번에 그들이 붙인 레이블은 적절했다. 나는 부양가족이었으며, 곧 나는 비록 그럴 만한 목적이 있었다곤 해도 그 때문에 이곳에 와 다른 이의 빵을 먹어야 하는 내 처지를 저주하게 되었다. 게다가 그들은 한 달이 다 되도록 내가 생선 섬에 있을 때보다 더 빨리 그 목적을 성취할 수 있으리라는 그 어떤 암시도 주지 않았다.

여름의 마지막 날, 비 오는 저녁에 예게이가 자기 서재로 나를 불렀다. 서재에 가니 예게이는 세케베 지구 친교인인 옵슬레와 이야기를 나누고 있었다. 나는 옵슬레가 오르고레인 해상 무역위원회의 책임자로 에르헨랑에 왔을 때부터 안면이 있는 사이였다. 그는 땅딸막하고 등이 굽었으며, 펑퍼짐한 얼굴에 기름기가 흘렀고 눈은 작은 세모꼴로, 마른 몸집에 우아한 느낌을 주는 예게이와는 전혀 어울리지 않았다. 둘이 같이 있으니 마치 추레하고 심술궂게 생긴 여자와 맵시 있는 여자가 함께 있는 것처럼 대조가 되었지만, 둘은 그 이상의 존재였다. 그들은 오르고레인을 지배하는 33인 가운데 둘이었고 또한 그 이상의 중요한 존재들이었다.

우리는 정중하게 인사를 나눈 뒤 시시스 생명수를 한 모금 마셨고, 옵슬레가 한숨을 쉬며 내게 말했다. "자, 이제 사시노스에서 무슨 일을 하셨는지, 왜 그런 일을 하셨는지 말씀해주십시오, 에스트라벤. 저는 에스트라벤 당신이야말로 적절한 행동 시기와 시프그레소의 중요성을 누구보다 더 잘 아는 분이라고 생각해왔습니다만."

"공포가 제 조심성을 압도했지요, 친교인."

“무엇에 대한 공포입니까? 무엇을 두려워하십니까, 에스트라벤?”

“지금 벌어지는 사태입니다. 시노스 계곡에서는 지금도 체면 다툼이 계속되지요. 카르히데로서는 수치이며, 그 때문에 국민들 사이에서 분노가 일어나고 있습니다. 카르히데 정부는 그 분노를 이용하고 있고요.”

“이용한다고요? 무슨 목적으로?”

옵슬레는 예의가 없었다. 그때 예게이가 정중하면서도 따끔한 말투로 끼어들었다. “친교인, 에스트라벤 경은 제 손님이니 너무 이것저것 물어 괴롭히지 않으셨으면 좋겠습니다.”

“에스트라벤 경은 늘 그러하셨듯이 스스로 적당하다고 생각하는 질문에만 답을 하실 겁니다.” 옵슬레가 기름 덩어리 속에 숨겨진 바늘 같은 이를 드러내고 씨익 웃었다. “에스트라벤 경은 자신이 친구들 사이에 있는 걸 아십니다.”

“친구를 찾을 수 있다면 친구를 사귀겠지요, 친교인. 하지만 저는 더는 친구를 사귈 생각이 없습니다.”

“무슨 말인지 알겠습니다. 하지만 우리가 에스케베에서 말한 것처럼, 케메르 관계에 있지 않더라도 함께 썰매를 끌 순 있지 않겠습니까? 어쨌든 저는 당신이 왜 추방되었는지 압니다. 왕보다 카르히데를 더 사랑했기 때문이지요.”

“왕의 사촌보다 왕을 더 사랑했기 때문이라는 게 더 맞겠죠.”

“아니면 오르고레인보다 카르히데를 더 사랑했거나. 제가 틀렸습니까, 에스트라벤 경?” 예게이가 말했다

"맞습니다, 친교인."

옵슬레가 말했다. "그러면 우리가 실질적으로 오르고레인을 다스리는 것처럼 티베가 카르히데를 다스리고 싶어한다고 생각하십니까?"

"그렇습니다. 저는 티베가 시노스 계곡에 대한 시비를 가축 몰이용 막대 삼아, 아니 필요하다면 더 뾰족하게 해서라도 카르히데에서 지난 천 년 동안에 있었던 것보다 더 커다란 변화를 1년 안에 가져올 거라고 생각합니다. 티베는 이미 모델을 가지고 있지요. 사르프 말입니다. 그리고 티베는 아르가벤에게 두려움을 심어주는 법을 압니다. 그것은 제가 아르가벤의 용기를 북돋으려 애썼던 것보다 훨씬 더 쉽지요. 만일 티베가 성공한다면, 여러분은 여러분에게 어울리는 적수를 가지게 되겠죠."

옵슬레가 고개를 끄덕였다. "시프그레소는 집어치우죠. 그렇다면 당신 생각은 무엇입니까, 에스트라벤?" 예게이가 말했다.

"제 생각은 이렇습니다. 거대 대륙에 두 개의 오르고레인이 설 수 있을까요?"

옵슬레가 말했다. "네, 네, 네, 같은 생각입니다. 같은 생각이에요. 당신은 아주 오래전에 그 생각을 제 머릿속에 심어놓았죠, 에스트라벤. 그리고 저는 그 생각을 잠시도 지울 수가 없었습니다. 우리의 그림자는 너무 길어졌습니다. 그 그림자는 이제 카르히데마저 덮치게 될 것입니다. 두 종족 사이의 불화, 있을 수 있습니다. 두 도시 사이의 약탈도 있을 수 있습니다. 국경 분쟁, 살인과 곳간을 불태우는 일도 있을 수 있습니다. 하지만 만약 두 국가 사이에 분쟁이 생긴다면? 약탈에 5천만 명이 희생당한다면? 오, 메시의 달콤한 젖을 걸고 말하지만, 그것은 어느 날 밤 제 잠을 불태우고 식은땀을 흘리며 벌떡 일어나게 하는 악몽 같은 것이었습니다……. 우리는 안전하지 않습니다. 우리는 안전하지 않아요. 당신도 그걸 압니다, 예게이. 당신은 다른 방식으로 이미 여러 차례 그 점에 대해 말했지요."

"저는 지금까지 열세 번이나 시노스 계곡의 분쟁에 반대하는 쪽에 투표를 했습니다. 그러나 달라진 게 뭐가 있습니까? 여당은 앞으로도 스무 차례나 더 투표를 계획하고 있습니다. 그리고 티베의 모든 행동은 저 스무 번의 선거를 실시할 사르프의 명분을 더욱 강화시켜주고 있지요. 티베는 계곡을 가로질러 울타리를 쌓고 약탈용 총으로 무장한 보초를 세워두었습니다. 약탈용 총으로 무장을 했단 말입니다! 저는 그런 건 박물관에나 보관되어 있을 거라고 생각했지요. 티베는 여당에게 필요한 도발을 언제든 해올 겁니다."

"그러면 오르고레인은 무장을 하겠지요. 하지만 카르히데도 마찬가지일 겁니다. 티베의 도발에 대한 당신들의 모든 반응, 카르히데에 준 모든 수치, 그리고 당신들의 높아진 자존심과 콧대는 카르히데를 더욱더 무장하게 할 겁니다. 그래서 마침내는 당신들과 똑같아지게 하겠지요. 그리고 끝내는 오르고레인처럼 중앙에서 모든 것을 통제하게 될 겁니다. 카르히데에서는 약탈용 총을 박물관에 넣어두지 않습니다. 왕의 호위대가 가지고 다니지요."

예게이는 생명수를 다시 한 모금 따랐다. 오르고레인 귀족들은 안개 낀 바다 건너 5000마일 떨어진 시스에서 가져온 귀한 독주를 마치 맥주처럼 마신다. 옵슬레는 입을 닦은 뒤 눈을 깜박였다.

옵슬레가 말했다. "모두 제가 생각했던 대로, 그리고 제가 생각하는 대로입니다. 하지만 우리가 힘을 모아 썰매를 끌 수 있다고 생각합니다. 그러나 견인줄을 매기 전에 먼저 묻고 싶은 게 있습니다, 에스트라벤. 당신은 제 두건이 눈 밑까지 내려오게 했습니다. 달 너머 저 멀리에서 왔다는 특사에 얽힌 그 황당무계한 이야기들은 대체 뭡니까?"

그때 겐리 아이는 오르고레인에 입국 신청을 한 상태였다.

"특사요? 자기가 주장하는 대로입니다."

"그렇다면?"

"다른 세계에서 온 특사지요."

"당신들 카르히데의 그 모호한 은유는 그만두십시오, 에스트라벤. 저는 시프그레소를 관뒀습니다. 이제 제게 대답해주시겠습니까?"

"대답을 했습니다."

"외계인이란 말입니까?" 옵슬레가 말했고, 예게이가 물었다. "그리고 아르가벤 왕을 만났고요?"

나는 두 질문에 그렇다고 대답했다. 둘은 잠시 말이 없더니 이윽고 동시에 말하기 시작했다. 둘은 자신들의 관심사를 숨기려하지 않았다. 예게이는 은근히 돌려 물었지만 옵슬레는 단도직입적으로 물었다. "그자에 대한 당신의 계획은 무엇이었습니까? 당신은 그자에게 운명을 걸었고, 실패한 듯하군요. 왜지요?"

"티베가 제 발을 걸었기 때문입니다. 저는 별만 보고 걸었으며 발밑의 진흙을 보지 못했습니다."

"천문학도 하셨습니까?"

"우리 모두 그러는 게 좋을 겁니다."

"그자는 우리에게 위협적인 존재입니까? 특사 말입니다."

"그렇지 않다고 생각합니다. 그자는 자기 나라 사람들을 대신해 통신, 무역, 조약과 동맹에 대한 제안을 가지고 왔습니다. 그게 전부입니다. 그자는 방어용 무장도 하지 않았으며, 교신기만 가지고 혈혈단신으로 배를 타고 왔습니다. 또한 자기 배와 교신기를 철저히 조사해도 좋다고 했습니다. 저는 그자가 위협이 아니라고 생각합니다. 뿐만 아니라 그자는 빈손이면서도 카르히데 왕국과 오르고레인의 친교그룹들의 종말을 가져왔죠."

"무슨 말입니까?"

"우리가 한 형제로 힘을 합치지 않으면 어떻게 그 이방인들을 감당하겠습니까? 게센이 하나로 합치지 않으면 어떻게 80개의 세계가 연합한 곳과 상대할 수 있겠습니까?"

"80개의 세계라고요?" 예게이가 불편한 듯한 웃음을 터뜨렸다. 옵슬레가 나를 비스듬히 보며 말했다. "그 미치광이와 오래 있다 보니 이제 당신까지 미쳐버린 것 같습니다……. 메시님 맙소사! 태양들과 동맹을 맺는다느니, 달과 조약을 체결한다느니 하는 헛소리는 대체 뭡니까? 그리고 그자는 어떻게 여기에 왔답니까? 혜성이라도 타고 왔답니까? 유성에 걸터앉아 왔답니까? 배라니, 뭔 놈의 배가 하늘을 난단 말입니까? 아무것도 없는 텅 빈 공간을 어떻게 배가 다닙니까? 하지만 당신이 전보다 더 미친 건 아니지요, 에스트라벤. 말하자면 영리하게 미쳤고, 현명하게 미친 거죠. 카르히데인들은 모두 제정신이 아니니까요. 이끄십시오. 따라가지요. 이끌어보세요."

"저는 아무데도 가지 않습니다, 옵슬레. 제가 갈 곳이 어디 있겠습니까? 하지만 여러분은 갈 수 있습니다. 만약 두 분이 특사를 조금만 따라가면, 그자는 여러분에게 시노스 계곡으로부터, 우리가 빠져 있는 그 사악한 길로부터 벗어날 수 있는 길을 보여줄지도 모릅니다."

"아주 좋군요. 이 늙은 나이에 저도 천문학을 배워야겠습니다. 그게 우리를 어디로 안내해줄까요?"

"위대함으로요. 여러분이 저보다 현명하게 따라간다면 말입니다. 저는 특사와 함께 있었습니다. 그자가 타고 진공을 가로질러온 배를 보았습니다. 그리고 그자가 이 땅이 아닌 다른 어느 곳에서 온 사자가 틀림없다는 걸 전 압니다. 그자가 전하는 메시지의 진실성과 그자가 왔다고 하는 세계의 진위를 확인할 방법은 없습니다. 그자의 진정성에 대해 판단하려면 우리가 다른 사람을 판단할 때처럼 됨됨이를 보는 수밖에 없습니다. 만약 그자가 우리 종족 가운데 한 명이었다면, 저는 그자를 정직한 사람이라고 칭했을 겁니다. 아마 두 분도 그렇게 판단하실 겁니다. 하지만 이것만은 확실합니다. 그 사람 앞에서는 그 어떤 국경도,

그 어떤 국경 경비대도 소용없습니다. 오르고레인의 문 앞에는 지금 카르히데보다 더욱더 강력한 도전자가 와 있습니다. 이 도전에 대응해 이 땅의 문을 처음 여는 자야말로 우리 모두의 지도자가 될 겁니다. 이 세상, 전 세계, 세 대륙의 지도자가 말입니다. 지금 이 순간 우리의 국경은 두 언덕 사이의 경계선이 아니라 우리의 행성이 저 태양의 둘레를 도는 궤도입니다. 저 큰 것을 두고 작은 것을 얻기 위해 시프그레소에 매달린다는 것은 참으로 바보 같은 짓이겠지요."

예게이는 내 말을 받아들였지만 옵슬레는 뚱뚱한 몸을 웅크리고 앉아 조그만 눈으로 나를 뚫어져라 바라보았다. 이윽고 옵슬레가 말했다. "당신 말을 믿으려면 한 달은 걸리겠습니다. 만약 당신이 아닌 다른 사람이 그런 이야기를 했다면, 완전히 헛소리라고 생각했을 겁니다, 에스트라벤. 별빛으로 우리의 자존심을 뭉개려는 술책이라고 말입니다. 하지만 저는 당신이 꼿꼿한 사람이라는 걸 압니다. 너무나 꼿꼿하기에 우리를 속이기 위한 굴욕에 몸을 구부릴 수 없는 사람이라는 걸 압니다. 당신의 말이 진실이라고 믿을 수는 없지만 또한 저는 당신이 거짓을 말하는 이는 아니라는 것도 압니다……. 휴. 그런데, 그자가 당신과 이야기를 나눈 것처럼 우리와도 이야기를 하려할까요?"

"그것이 바로 그자가 바라는 바입니다. 그자는 많은 사람이 자기 말을 들어주기를 바랍니다. 여기저기에서요. 만일 그자가 카르히데에서 다시 그 이야기를 한다면 티베는 그자를 입 다물게 할 겁니다. 그자는 자신이 처한 위험을 알지 못하는 것 같고, 저는 그게 두렵습니다."

"당신이 아는 사실을 우리에게 말해주시겠습니까?"

"그러겠습니다. 하지만 그자가 여기 와서 직접 이야기를 하면 안 될 무슨 이유라도 있습니까?"

예게이가 손톱을 살짝 깨물며 말했다. "안 될 건 없습니다. 그자는 이미 친교그룹에 입국 신청을 했습니다. 카르히데도 반대하지 않고요. 허가를 심각하게 고려하는 중이지요……."

7. 성性에 관한 의문

게센/겨울 행성에 대한 제1차 에큐멘 조사대 옹 토트 오퐁 조사원의 현장 보고서에서. 에큐멘력 1448, 헤인 사이클 93.

1448, 81일. 그들은 하나의 실험처럼 보인다. 이런 생각이 유쾌한 것은 아니다. 그러나 과거에 실제로 테라 식민지가 하나의 실험이었으며 헤인의 정상 인간 집단 하나를 원시인류인 토착민이 사는 그 세계에 이주시킨 증거가 있는 한, 그 가능성을 무시할 수는 없다. 식민지 개척주의자들이 인간 유전자를 조작한 건 확실하다. 그 밖의 어떤 것도 S에 있는 고지성체나 퇴화된 날개가 있는 로캐넌의 유인원을 설명할 수가 없다. 게센인들의 성적 특성을 달리 설명할 방법이 있을까? 우연? 가능할 수도 있다. 자연선택? 글쎄. 그들의 양성 병존은 적응치가 매우 낮거나 전혀 없다.

그렇다면 왜 이토록 거친 세계를 실험지로 고른 걸까? 거기에 대한 답은 없다. 티니부솜은 이 식민지가 대간빙기 때 만들어진 것으로 보고 있다. 기후 조건은 사람들이 이곳에 정착한 처음 4~5만 년 동안 매우 온화했을 것이다. 그러던 어느 날 빙하기가 다시 와 헤인인들은 철수하고, 개척민들만 남게 되어 실험이 중지된 것이다.

나는 게센인들의 성적 특성을 이론적으로 설명해보려했다. 하지만 내가 그것에 대해 아는 게 뭐가 있단 말인가? 오르고레인 지역에 있는 오티에 님과의 교신은 내 초기 개념들 가운데 일부가 잘못되었음을 깨닫게 해주었다. 이제 내가 아는 모든 것을 설명하고, 그 뒤에 내 이론을 말하겠다. 중요한 걸 먼저 설명하는 게 맞지 않겠는가.

성의 주기는 평균 26~28일이다(그들은 달의 주기에 맞춰 대체로 26일이라고 말하는 경향이 있다). 21일 또는 22일은 성이 잠재 상태인 '소메르'다. 18일째 되는 날에 뇌하수체의 작용으로 호르몬 변화가 시작되며, 22일 또는 23일째 되는 날 각자는 '케메르', 즉 발정기에 들어간다. 케메르의 제1단계(카르히데에서는 '세헤르'라 부른다)에서 개인은 완전한 양성체지만 혼자 있으면 성과 성교 능력이 생기지 않는다. 제1단계 케메르의 게센인은 케메르 중인 다른 사람과 함께 있지 않으면 성적 결합을 할 수 없는 상태가 계속된다. 하지만 이 시기에는 성적 충동이 너무나도 강력해서 그 충동이 인격 전체를 지배하고, 그 밖의 모든 충동을 억누른다. 케메르 중인 상대를 맞으면, 자극에 의해(가장 중요한 것은 접촉-분비? 냄새?) 호르몬 분비가 더욱 왕성해지고, 그에 따라 둘 가운데 한 명의 성이 남성 또는 여성으로 정해진다. 생식기는 팽창하거나 수축하며, 전희에 느끼는 쾌감이 더 격렬해지고, 상대의 변화에 의해 흥분된 파트너는 다른 성이 된다(예외없이? 만약 예외가 생겨 케메르인 두 상대가 같은 성이 된다 할지라도 이런 경우는 아주 드물기 때문에 무시된다). 케메르의 제2단계(카르히데에서는 '소르하멘'이라 한다)는 성별과 성교 능력이 일어나는 상호 과정으로, 두 시간에서 20시간 안에 일어나는 듯하다. 만약 파트너 가운데 한 명이 완전한 케메르에 이르면, 새로운 파트너의 변화는 아주 짧은 시간 안에 일어난다. 두 명이 동시에 케메르에 들어가면 그 시간은 더 길어지는 경향이 있다. 보통, 케메르에서는 성적 역할이 미리 정해져 있지 않다. 그들은 자신이 남자가 될지 여자가 될지 알지 못하며 선택할 수도 없다. (오티에 님은 선호하는 성별을 갖기 위한 호르몬 유도체 사용이 아주 일반화되어 있다고 썼다. 하지만 나는 카르히데 지방에서 그런 경우를 본 적이 없다.) 일단 성이 결정되면 케메르 기간 동안에는 바꿀 수 없다. 케메르의 절정 단계(카르히데에서는 '소케메르'라 한다)는 이틀에서 닷새 동안 계속되며, 그동안 성적 충동과 성교 능력은 최고조에 달한다. 이 단계는 아주 갑자기 끝나버리며, 임신이 일어나지 않으면, 두 사람은 몇 시간 안으로 소메르 단계로 돌아오고(메모: 오티에 님은 이 '네 번째 단계'가 월경 주기와 일치한다고 생각한다), 주기는 새로 시작된다. 만약 여성 역할을 하는 사람이 임신을 하면 호르몬 분비 활동이 계속되며, 8.4개월의 임신 기간과 6~8개월의 수유 기간 동안 여성의 성이 유지된다. 소메르 때처럼 남성의 성기는 수축된 채 있으며, 가슴이 약간 부풀고 골반이 커진다. 수유기가 끝나면 여성은 다시 소메르로, 완전한 양성 병존체로 돌아간다. 생리적 습관은 정해져 있지 않으며, 여러 명의 아이를 둔 어머니가 여러 명의 아이를 둔 아버지가 될 수도 있다.

사회적 관찰: 아직까지는 매우 피상적이다. 나는 너무나 자주 이동을 했기에 밀착해서 사회적 관찰을 할 틈이 없었다.

케메르가 늘 한 쌍에 의해서만 이루어지는 것은 아니다. 짝이 가장 일반적인 관습인 듯하지만, 도시의 케메르집에서는 집단이 형성되기도 하며, 그럴 경우 집단 내 남성들과 여성들 사이에 난교가 이루어지기도 한다. 이와 반대되는 극단적인 형태는 '케메르를 맹세하는 관습(카르히데에서는 '오스쿄메르'라 한다)'이다. 그것의 의도와 목적은 일부일처제의 결혼이다. 법적인 구속력은 없지만 사회적으로나 윤리적으로 매우 오래되고 엄격한 제도이다. 카르히데의 부족 화로와 영지는 의심할 여지 없이 일부일처제의 결혼에 기초해 있다. 일반적인 이혼 규칙이 무엇인지는 확실히 모르겠다. 여기 오스노리네르에도 이혼이 있긴 하지만 이혼한 뒤 또는 어느 한쪽이 죽은 뒤에 재혼하는 일은 없다. 케메르 맹세는 평생 한 번만 할 수 있다.

게센 전역에서는 '육신을 낳아준 어버이(카르히데에서는 '암하'라 한다)'인 어머니의 혈통을 잇는다.

다양한 제약이 있기는 하지만, 동기간의 근친상간은 허용되며, 심지어 동기간에 케메르 맹세를 한 짝들도 있다. 하지만 원칙적으로 동기간에는 케메르를 맹세하는 것이 허용되지 않으며, 어느 한쪽이 아이를 낳은 뒤 케메르를 유지하는 것도 금지되어 있다. 세대 간의 근친상간은 엄격하게 금지되어 있다(카르히데/오르고레인은 그렇다. 하지만 남극 대륙의 페룬테르 부족 사이에서는 허용된다는 말이 있다. 아마도 중상모략일 것이다).

그 밖에 내가 확실히 알게 된 게 뭐가 있나? 다음으로 요약할 수 있을 듯하다.

이런 비정상적인 모습 가운데에는 어쩌면 적응의 결과일 수도 있는 특징이 하나 있다. 즉, 성교가 오직 임신 가능 기간에만 이루어지기 때문에 발정주기를 가진 모든 포유동물과 마찬가지로 임신의 가능성이 매우 높다는 것이다. 유아 사망률이 높은 가혹한 조건 속에서는 종족 보존욕이 더욱 강할 터다. 현재 게센의 문명화 지역에서는 유아 사망률이나 출생률이 높지 않다. 티니보솔의 추정에 따르면, 세 개의 대륙 인구를 모두 합친다 해도 1억 명이 넘지 않으며, 최소한 천 년 동안은 그 수준에서 안정세를 지속해왔다. 종교적·윤리적 금욕과 피임약의 사용이 안정세를 유지하는 데 주요한 역할을 한 듯하다.

우리가 잠깐 본 것이나 추측한 것만으로는 그 전모를 파악할 수 없으며, 또한 결코 제대로 파악할 수 없는 양성 병존의 여러 측면들이 있다. 케메르 현상은 물론 우리 조사대원 모두를 매혹시켰다. 그것은 우리에겐 단지 매혹적인 것이었을 뿐이지만, 게센인들을 통제하고 지배하고 있었다. 그들의 사회 구조, 산업, 농업, 상업의 경영 방식, 주거지 규모, 대화 주제 등 모든 것이 소메르-케메르 주기에 알맞게 형성되어 있었다. 모든 사람은 한 달에 한 번 휴가를 갖는다. 케메르 기간에는 지위 고하를 막론하고 어느 누구도 작업을 강요당하지 않는다. 가난한 자든 이방인이든 누구나 케메르집에 들어갈 수 있다. 모든 것이 정기적으로 돌아오는 고통과 정열의 들뜬 기분 앞에 길을 내준다. 이런 것들은 우리도 이해하기 쉬웠다. 하지만 우리가 정말로 이해하기 어려웠던 부분은 전 생애의 5분의 4 기간 동안 이들이 성적으로 전혀 자극되지 않는다는 점이다. 섹스를 위한 방이 만들어지고 충분히 넓지만 사실상 그 방은 거의 비어 있는 것과 다를 바 없다. 게센의 사회는 그 일상적 기능에 있어서나 지속성에 있어 성이 없다.

고려할 점: 누구든 어떤 일이든 할 수 있다. 아주 간단해 보이지만, 그 심리적 효과는 엄청나다. 17~35세의 모든 사람이 (오티에 님의 말처럼) '출산에 묶일' 수 있다는 사실이 이곳에서는 다른 세계의 여성들처럼 생리적·육체적으로 완전히 출산에 '묶일' 일이 없다는 것을 뜻한다. 부담과 특권을 거의 동등하게 나누어 가지며, 모든 이가 선택에 대한 똑같은 위험을 안고 있다. 그러므로 다른 세계의 남성들처럼 홀가분하고 자유로운 남성들도 없다.

고려할 점: 아이들은 어머니나 아버지와 정신적-성적 관계가

없다. 겨울에는 오이디푸스 신화가 존재하지 않는다.

고려할 점: 상대의 동의 없는 성교나 강간은 없다. 인간 이외의 다른 포유동물과 마찬가지로 성교는 상호 유인과 동의에 의해서만 이루어질 수 있다. 그렇지 않은 경우 관계는 불가능하다. 물론 유혹은 가능하지만, 시기적으로 아주 적절해야만 한다.

고려할 점: 이른바 인간성에 대한 강자와 약자의 이분법, 즉 보호적/피보호적, 지배적/순종적, 주인/노예, 능동적/수동적 따위의 구분은 존재하지 않는다. 사실, 인간의 사고방식에 만연해 있는 이원론 경향의 정도가 겨울에서는 낮거나 둔화되어 있을 가능성이 높다.

다음이 내 최종 결론이다: 게센인을 만나면 양성 사회에서 하듯 행동해서는 안 된다. 그러한 행동은 같은 또는 반대 성 사이에 양식화되거나 가능한 상호작용을 상대에게 기대하고 그에 일치하는 역할을 상대에게 적용하여 남자 또는 여자의 역할을 강요하는 것이 되기 때문이다. 우리의 사회적·성적 상호작용이 보여주는 전체적인 양상이 이곳에는 존재하지 않는다. 게센인에게 그러한 것을 기대할 수는 없다. 게센인들은 타인을 남자나 여자로 보지 않는다. 이러한 것은 우리의 상상력만으로는 받아들이기가 거의 불가능하다. 새로 태어난 아기에 대해 우리가 맨 먼저 물어야 할 질문은 무엇일까?

하지만 게센인을 중성으로 생각해서도 안 된다. 게센인은 중성이 아니다. 그들은 잠재적으로 양성을 갖고 있을 뿐 아니라 완전한 형태로도 갖고 있다. 카르히데에서 소메르에 든 사람을 일컬을 때 쓰는 인칭 대명사가 우리에게는 없기에, 초월신을 일컬을 때 남성 대명사를 쓰는 것과 같은 이유로 나는 '그'라는 대명사를 쓴다. '그'는 중성이나 여성 대명사보다 덜 규정적이며 덜 명확하다. 하지만 이 대명사를 사용하다 보면 내가 마주하는 카르히데인이 남자가 아니라 남자여자라는 사실을 자꾸 잊어버리게 된다.

만약 이곳에 모빌이 온다면, 최초의 모빌은 자신에게 아주 확신이 있거나 나이가 많지 않은 한 자존심에 상처를 입을 수도 있으니 주의해야 한다. 남자는 자신의 남성다움을 남들이 주목해주길 원하며 여자는 자신의 여성다움이 인지되기를 원한다. 주목과 인지하는 방식이 얼마나 간접적이고 미묘한가는 상관이 없다. 하지만 겨울 행성에서는 그러한 것이 존재하지 않는다. 각자는 오직 하나의 인격체로만 존중되고 판단된다. 그것은 소름끼치는 경험이다.

내 이론으로 돌아가보자. 그러한 실험(만약 그러한 실험이 있었다면)의 동기를 생각하고 우리의 헤인 조상들이 저지른 야만적인 행위와, 생명을 물건처럼 다룬 것에 대한 면죄부를 주기 위해 나는 우리 조상들이 나중에 어떻게 했을까에 대해 몇 가지 추측을 해보았다.

소메르-케메르의 주기는 하등동물의 발정주기로 회귀함으로써 인간을 기계적인 동물의 발정에 종속시키는 어리석은 결과, 즉 퇴화를 가져왔다. 그러나 실험을 행한 이들은 아마도 지속적인 성적 능력을 갖지 않은 인간이 지성적이고 창조적인 문화를 일으킬 수 있는가를 확인해보고 싶었을 가능성이 있다.

한편, 성적 충동을 불연속적인 시간-조각에 제한하고 남녀 동성으로 '평준화'가 이루어지면 크게 보아 성적 착취와 성적 욕구불만은 차단될 게 분명하다. 욕구불만이 없지는 않다(비록 사회가 최대한으로 그것을 해소해주려고 하지만 말이다. 동시에 두 명 이상이 케메르에 들어갈 수 있을 정도로 큰 사회라면 성적 욕구는 거의 필연적으로 해소된다). 하지만 최소한 쌓이지는 않는다. 욕구불만은 케메르가 끝나면서 함께 끝난다. 좋다. 즉, 그들은 지나친 소모와 광기에서 벗어날 수 있다. 그러나 소메르 때 남는 것은 무엇인가? 승화시킬 것이 무엇이 있는가? 거세된 사회가 성취할 수 있는 것은 무엇일까? 물론 소메르라고 해서 거세된 상태는 아니다. 오히려 사춘기 전 단계의 상태와 비교할 수 있다. 거세가 아니라 잠재되어 있다고 보는 게 더 옳다.

가상의 실험 목적에 대한 또 다른 추측: 전쟁의 제거. 고대 헤인인들은 다른 포유류와는 달리 인간에게서만 찾아볼 수 있는 지속적인 성적 능력과 조직화된 사회적 공격성이 인과관계를 가지고 있다고 생각한 걸까? 아니면 투마스 송 안고트처럼 전쟁을 순전히 남성의 배설 행위, 즉 대규모의 강간 행위로 보고, 그들의 실험에서 강간하는 남성성과 강간당하는 여성성을 영원히 제거하려 한 것일까? 신만이 그 답을 알고 있으리라. 사실

(명성을 얻으려 경쟁하기 위해 제공된 정교한 사회적 매개체들 의해 입증되는 것처럼) 게센인들은 매우 경쟁적이긴 하지만 아주 공격적이지는 않은 듯하다. 적어도 전쟁이라 부를 만한 것은 해본 적이 없는 것 같다. 서로 한두 명씩 죽이는 일은 있지만 열 명, 스무 명씩 죽이는 일은 드물다. 수백, 수천 명을 살육하는 일은 한 번도 일어난 적이 없다. 왜일까?

그것이 양성을 모두 가지고 있는 그들의 심리적 특성과는 아무 관계가 없다고 밝혀질지도 모른다. 설사 있더라도 전부라고 할 수는 없다. 기후 풍토도 빼놓을 수 없는 원인이다. 사실, 겨울 행성의 날씨는 잔인할 정도이기 때문이다. 추위에 잘 적응한 게센인들조차 인내의 한계에 이를 정도이며, 아마도 그 때문에 추위와의 싸움에서 투쟁 정신을 모두 불태워버리는 것이리라. 근근이 먹고 살아가는 종족들이 전사가 되는 경우는 드물다. 결국 게센의 생활을 지배하는 것은 성이나 다른 인간적인 요소가 아니라 환경, 추운 세계이다. 이곳 사람들은 자신보다 더 잔인한 적을 가지고 있다.

나는 평화로운 치페와르 출신의 여자다. 또한 폭력이 지닌 매력이나 전쟁의 본성에 대해서도 전문가가 아니다. 이 문제는 누군가 다른 사람이 생각해보아야 할 터다. 그러나 겨울 행성에서 겨울을 보내고, 빙원을 직접 눈으로 보고 난 뒤에도 여전히 승리니 영광이니 하는 따위를 주장할 수 있을지 모르겠다.

8. 오르고레인으로 가는 또 다른 길

나는 그해 여름, 모빌이라기보다는 조사원이 되어 카르히데의 도시와 도시, 영지에서 영지를 다니며 보고 들었다. 모빌이 주민들에게 두렵고 이상한 괴물로 취급되며 쇼의 구경거리처럼 여겨지던 초기에는 할 수 없는 일이었다. 나는 지방의 화로와 마을들에서 나를 묵게해준 사람들에게 내가 누구인지 말해주곤 했다. 그들 대부분은 라디오에서 나에 대해 조금 들었고, 그래서 내가 누군지 어렴풋이 알고 있었다. 어떤 이들은 좀 더 궁금해했고, 어떤 이들은 좀 덜 궁금해했다. 나를 두려워하거나 내게 이방인 혐오증을 보이는 이는 거의 없었다. 카르히데에서의 적은 이방인이 아니라 침략자이다. 잘 모르는 낯선 이는 손님이다. 당신의 적은 바로 당신의 이웃이다.

쿠스 달 동안, 나는 동쪽 해안에 있는 고린헤링이라 부르는 부족 화로에서 지냈다. 그곳의 집-도시-성-농장은 호도민 대양에서 불어오는 안개 위로 솟은 언덕에 있었다. 그곳에는 5백여 명이 살고 있었다. 만약 내가 4천 년 전에 그곳에 갔다 할지라도 그들의 조상이 같은 장소, 같은 집에서 사는 걸 발견했을 것이다. 그 4천 년이 흐르는 동안 전기 엔진이 개발되었고, 라디오와 전기 방직기, 전기 자동차, 농기계와 그 밖의 것들이 사용되기 시작했으며, 그들의 '기계 시대'는 산업 혁명이나 그 어떤 혁명도 없이 지속적으로 꾸준히 발전했다. 하지만 겨울 행성은 테라가 지난 3백 년 동안에 성취했던 것들을 지난 3천 년 동안에도 아직 이루지 못했다. 또한 겨울 행성은 지구가 치른 대가를 지불하지도 않았다.

겨울 행성은 살기 어려운 세계이다. 일을 잘못 처리한 것에 대한 처벌도 확실하고 신속하다. 추위에 얼어 죽거나 아니면 굶어 죽는 것이다. 그 어떤 여지도, 유예도 없다. 개인은 자신의 행운에라도 기댈 수 있지만, 사회는 그럴 수 없다. 게다가 만약 문화가 일정한 방향 없이 무작위로 변한다면 상황은 더욱 불안정할 터였다. 그래서 그들은 매우 느리게 발전했다. 성급한 관찰자라면 그들 역사의 어느 한 순간을 지목해 그때 모든 기술적 진보와 확산이 끝났다고 말할 것이다. 하지만 그것은 결코 끝나지 않았다. 급류와 빙하를 비교해보라. 둘 모두 결국 자기 목적지에 닿게 된다.

나는 고린헤링의 노인과 많은 이야기를 나누었고 어린이들과도 그렇게 했다. 게센의 아이들을 그처럼 많이 본 것은 이때가 처음이었다. 에르헨랑에서는 아이들이 모두 사립이나 공립 화로 또는 학교에 있었기 때문이다. 도심지에서는 성인의 4분의 1에서 3분의 1이 아이들의 양육과 교육에 종사한다. 이곳에서는 부족이 아이들을 부양한다. 그러므로 모든 사람이 아이들에게 책임이 있는 동시에 또한 없다고 할 수 있다. 아이들은 개구졌고, 안개 덮인 언덕과 해변을 마구 뛰어다녔다. 어느 정도 시간이 지나 아이들과 대화를 할 수 있게 되었을 때, 나는 아이들이 수줍음을 잘 타고 자부심이 강하며 굉장히 믿음직하다는 걸 알게 되었다.

다른 어느 곳과 마찬가지로, 게센에서도 어버이 본능은 광범위한 스펙트럼에 걸쳐 존재한다. 일반화시키는 것은 불가능하다. 카르히데인이 아이를 때리는 것은 본 적이 없다. 다만 아주 화를 내며 아이에게 말하는 것을 본 적은 있다. 아이들을 대하는 부모의 부드러운 태도가 특히 인상 깊었다. 아주 정중하고, 효과적이며, 아이에 대한 소유욕이 거의 없었기 때문이다. 우리가 '모성' 본능이라 부르는 것과 다른 점은 아마도 그 무소유의 태도일 것이다. 모성과 부성 본능을 구별하는 것은 별 가치가 없어 보인다. 아이를 보호하고 도와주려는 부모의 본성이 반드시 성과 관련된 특징은 아닌 듯하다…….

하칸나 초에, 고린헤링에서 우리는 잡음 심한 왕궁 방송을 통해 아르가벤 왕에게서 계승자가 태어날 거라는 소식을 들었다. 케메르 상대가 낳은 일곱 아들과 달리, 이번에는 왕이 몸소 낳는 후계자였다. 왕은 임신을 했다.

재미있는 일이라 생각했고, 고린헤링의 부족민들도 그렇게 여겼다. 하지만 서로 다른 이유에서였다. 그 사람들은 왕이 아기를 낳기에는 너무 나이가 들었다며, 그 주제에 대해 외설적인 이야기를 나누고 즐거워했다. 노인들은 며칠 동안 이 화제로 낄낄거렸다. 이들은 왕을 비웃었지만 그것 말고는 왕에게 별 관심을 보이지 않았다. 언젠가 에스트라벤은 내게 "그 영지들이 곧 카르히데입니다"라고 말했다. 내가 좀 더 알게 되면 될수록 에스트라벤의 그 말이 계속 떠올랐다. 몇 세기에 걸쳐 통일을 누려온 이 유사 국가는 저마다 자기 주장과 목소리를 지닌 영지, 도시, 마을들, '유사 봉건 부족 경제 단위들'이 마구잡이로 혼합된 집합체이자 활기차고 유능하고 논쟁을 좋아하는 이들이 아무렇게나 모인 집합체로, 그 위에 권력 기구들이 불안정하고 위태롭게 얹혀져 있는 데 지나지 않았다. 내 생각에, 그 무엇도 카르히데를 통합할 수는 없었다. 빠른 통신 도구들의 보급은 거의 필연적으로 민족주의를 가져오는데, 여기에서는 그러지 못했다. 에큐멘으로서는 도저히 이 사람들을 하나의 사회 단위로서, 역동적 실체로서 상대할 수가 없었다. 그보다는 아직 충분히 발달되지는 않았지만 강렬한 그들의 인간성에 호소해야만 하는 게 아닐까? 여기에 생각이 미치자 나는 몹시 흥분했다. 물론 내 생각은 잘못된 것이었다. 하지만 당시 나는 게센인들에 대해 무언가 중요한 것을 배우게 되었으며, 훗날 그것은 쓸모있는 지식임이 증명되었다.

고대 카르히데에서 1년 내내 머물 생각은 없었던 나는 카르가프의 길이 막히기 전에 서둘러 서쪽 큰비탈로 돌아가야만 했다. 여름의 마지막 달이 되자 심지어 이곳 바닷가에도 벌써 두 번이나 가볍게 눈이 내렸다. 선뜻 내키지는 않았지만 나는 서쪽으로 향했고, 가을의 첫째 달인 고르 초에 에르헨랑으로 돌아왔다. 아르가벤은 지금 와레베르에 있는 여름 궁전에서 누구와도 만나지 않은 채 시간을 보내고 있었다. 그리고 자신이 없는 동안 파메르 하르게 렘 이르 티베를 섭정관으로 임명했다. 티베는 이미 권력의 정점에 올라 있었다. 도착한 지 두 시간도 못 되어 카르히데에 대한 (이제는 이미 낡아버린) 나의 분석에 결함이 있다는 생각이 들기 시작했다. 또한 에르헨랑에 있는 게 불안해졌고, 아마도 위험하리라는 생각이 들었다.

아르가벤은 제정신이 아니었다. 그의 마음에 있는 불길한 균열은 수도의 분위기를 어둡게 했다. 아르가벤은 공포감을 자아내고 있었다. 그의 통치하에서 이루어지는 훌륭한 일들은 모두 그의 각료들과 쿄레미에서 한 일이었다. 그렇다고 아르가벤이 뭔가 큰 해가 되는 일을 한 것은 아니다. 그가 벌이는 악몽과의 씨름도 왕국을 위태롭게 할 지경은 아니었다. 하지만 왕의 사촌인 티베는 달랐다. 그의 광기는 치밀하고 논리적이었다. 티베는 행동해야 할 시기와 방법을 알았다. 다만 언제 멈춰야 하는지 모를 뿐이었다.

티베는 라디오를 통해 자주 연설을 했다. 에스트라벤이 권력을 쥐고 있을 때는 결코 없던 일로, 카르히데인의 기질에도 어울리지 않았다. 대개 그들의 정부는 대중 앞에 나서는 일을 즐기지 않았으며 은밀하고 우회적인 방식으로 일을 처리했다. 하지만 티베는 일장연설을 했다. 라디오로 그의 목소리를 듣고 있노라면 기다란 치열을 드러낸 웃음과 이마에 잔주름이 가득한 얼굴이 절로 떠올랐다. 티베의 연설은 길고 야단스러웠으며, 카르히데에 대한 찬사 아니면 오르고레인에 대한 중상비방이나 '불손한 무리들'에 대한 모함, '왕국의 국경 보존'에 대한 주장, 역사와 윤리, 경제에 대한 설교 등으로 가득했고, 날카로운 목소리로 매도와 아첨을 하는 동시에 호통과 공손한 척하는 말투, 감정에 호소하는 말투를 섞어가며 말했다. 티베는 국가의 영광과 애국심을 강요할 뿐 시프그레소나 개인의 존엄성, 위신에 대해서는 거의 언급하지 않았다. 만약 카르히데가 시노스 계곡 문제에서 그토록 크게 위신을 잃었다면 그 문제를 꺼내지 말아야 하는 게 아닐까? 아니, 티베는 시노스 계곡에 대해 자주 말했다. 나는 티베가 일부러 시프그레소에 대해 이야기하는 걸 피한다고 결론지었다. 티베는 좀 더 기본적이고 통제할 수 없는 종류의 감정을 불러일으키고 싶어했다. 티베는 시프그레소를 통해 정화되고 승화되는 뭔가를 휘젓고 싶어했다. 청중이 겁먹고 분노하길 원했다. 티베는 끊임없이 자부심과 사랑이라는 단어를 썼지만 연설의 주제는 그것과는 전혀 상관이 없었다. 그 단어를 자기도취와 증오를 뜻하는 데 썼기 때문이다. 또한 '진실'에 대해서도 상당히 많은 말을 했다. 자신이 '문명의 베니어판을 찢어내고 있다'며 말이다.

그것은 오랫동안 어디에서나 통용될 수 있는 그럴듯한 비유였다. 베니어판(또는 페인트나 방수 필름이나 뭐든지 상관없다)이 고귀한 현실을 감추고 있다는 비유, 그것은 확실히 여남은 개의 궤변을 단숨에 가릴 수 있다. 무엇보다 위험한 것은 문명이 인공적인 것, 반자연적인 것이며 원시성과 다르다는 암시이다. 당연히 베니어판 따위는 없으며 과정은 성장의 한 단계로, 원시성과 문명은 동일하며 단지 단계의 차이가 있을 뿐이다. 만약 문명이 뭔가의 반대라면, 그것은 전쟁이다. 이 둘 가운데 우리는 선택을 해야만 한다. 둘 다는 불가능하다. 티베의 지루하고 흉폭한 연설들을 들은 나는, 티베가 공포와 회유를 통해 사람들이 선사시대부터 계속해온 삶의 양식을 걷어치우고 문명과 전쟁 중 하나를 선택할 것을 강요하고 있다는 느낌을 받았다.

아마도 때가 무르익은 탓이리라. 이곳 사람들은 물질적·기술적 발전이 더디고 '진보'에 그다지 가치를 부여하지 않기 때문에 지난 5세기에서 10세기, 15세기 동안 자연보다 조금밖에 앞서지 못했다. 이들은 더는 가혹한 기후의 자비에만 의존하지 않았다. 흉년에도 지역 전체가 기근에 빠지지 않았고, 지독한 겨울에도 도시가 고립되는 일은 없었다. 이러한 물질적인 안정을 기반으로 오르고레인은 점차 통일되고 효과적인 중앙집권 정부를 건설해가고 있었다. 이제 카르히데 역시 힘을 모아 같은 방향을 향하려했다. 그러나 카르히데가 그 일을 추진하는 방식은 카르히데인의 자부심을 부추기고 무역을 확대하고 도로와 농장과 대학을 건설하는 식이 아니었다. 그 어느 것도 아니었다. 그것은 모두가 문명이며 베니어판이었고, 티베는 그것들을 경멸하고 배척했다. 티베는 보다 더 확실한 무엇, 사람들을 국가로 만드는 확실하고 빠르고 영구불변한 방법인 '전쟁'을 추구했다. 티베의 방식은 치밀하지는 않았지만 꽤 그럴듯해 보였다. 사람들을 빠르게 전체적으로 동원할 수 있는 유일한 다른 방법은 '새로운 종교'뿐이었다. 둘 중 어느 쪽도 쉽지 않았고, 그래서 티베는 전쟁을 택하기로 한 것 같았다.

나는 오세르호르드의 예언자들에게 물었던 질문과 그에 대한 답을 적은 문서를 섭정관에게 보냈다. 티베는 회신을 보내지 않았다. 이윽고 나는 오르고레인 대사관으로 가서 오르고레인에 입국 허가를 신청했다.

이 조그만 나라가 다른 조그만 나라에 설치한 대사관의 직원 수는, 헤인의 에큐멘 스테빌 사무소에서 일하는 직원 수보다도 많았다. 그리고 이곳 대사관 직원들은 온통 녹음테이프와 레코드로 무장하다시피 했다. 이들은 일처리가 느렸으며 아주 꼼꼼했다. 카르히데 관료주의의 특징이라 할 수 있는 경박한 거만함과 갑작스러운 교활함은 찾아볼 수 없었다. 나는 이들이 서류 작업을 마칠 때까지 기다렸다.

그 기다림은 다소 불편했다. 에르헨랑 거리에 왕궁 경비대와 시 경찰 수가 하루가 다르게 늘었기 때문이다. 이들은 무장을 했고, 심지어 제복까지 갖추어 입었다. 경기도 좋았고, 날씨도 화창했지만 시내 분위기는 찌무룩했다. 나를 상대하려는 사람은 아무도 없었다. 내 집주인 아줌마는 더는 사람들에게 내 방을 보여주지 않았고, 오히려 '궁의 사람들'이 들락거리는 것에 불평을 했으며, 나를 자랑이 될 만한 흥미거리 대신 정치범 취급했다. 티베는 시노스 계곡의 약탈에 대해 연설을 했다. '카르히데의 용감한 농부들이자 진정한 애국자들'이 사시노스 남쪽 국경을 가로질러 오르고레인 마을을 공격하고 방화했으며, 주민 아홉 명을 죽인 뒤 그들을 에이 강에 수장시켰다는 내용이었다. 섭정이 말했다. "이제 우리 나라의 모든 적들은 그러한 무덤을 목도하게 될 것이다!" 나는 이 방송을 내 섬의 식당에서 들었다. 이 소식에 어떤 이들은 험상궂은 표정을 지었고, 어떤 이들은 무관심했으며, 또 어떤 이들은 만족스러운 표정을 지었다. 하지만 이런 다양한 표현 속에는 한 가지 공통점이 있었다. 전에는 찾아볼 수 없던 불안한 표정과 미세한 안면 경련이었다.

그날 저녁, 내 방에 누군가가 찾아왔다. 내가 에르헨랑에 돌아온 후 맞는 최초의 방문객이었다. 호리호리하고 피부가 부드러웠으며 수줍은 태도였고, 목에는 예언자의 황금 목걸이를 하고 있었다. 독신자 중 한 사람이었다. 그는 겁에 질려 무뚝뚝한 말투로 말했다. "저는 당신 친구의 친구입니다. 부탁을 드리러 왔습니다. 그 친구를 위해서요."

"파세를 말씀하시는……?"

"아니요. 에스트라벤입니다."

내가 보였던 우호적인 표정이 변한 게 분명했다. 잠시 침묵이 흘렀고, 이윽고 낯선 이가 말을 이었다. "반역자 에스트라벤입니다. 아마 기억하고 계시겠죠?"

그가 처음 보였던 수줍음은 분노로 바뀌어 있었고, 내게 시프그레소로 대하려했다. 내가 그에게 장단을 맞춘다면 이렇게 말하면 되었다. "무슨 말씀이신지요. 그분에 대해 좀 더 이야기해 주십시오." 하지만 나는 장단을 맞추기 싫었고, 이제 카르히데인들의 화산 같은 기질에 익숙해 있었다. 나는 그의 분노를 직시하며 달래는 목소리로 말했다. "물론 기억합니다."

"하지만 우정은 없고요." 아래로 처진 어두운 눈이 나를 정면으로 노려보았다.

"글쎄요. 감사와 실망의 마음을 가졌다고 하는 편이 더 맞겠지요. 에스트라벤이 당신을 보냈습니까?"

"아닙니다."

나는 그가 자신에 대해 설명하기를 기다렸다.

그가 말했다. "실례했습니다. 제가 주제넘게 굴었군요. 주제넘게 군 결과를 받아들이겠습니다."

나는 몸을 굳힌 채 문으로 걸어가는 그 조그만 이를 멈춰 세웠다. "저는 당신이 누군지, 그리고 제게서 무엇을 원하는지 모릅니다. 저는 거절하지 않았습니다. 단지 동의하지 않았을 뿐입니다. 당신은 제가 어느 정도는 조심해야 한다는 걸 이해해주셔야만 합니다. 에스트라벤은 이곳에서 제 임무를 지지하다 추방되었습니다……."

"당신 자신이 그 일에 대해 에스트라벤에게 빚이 있다고 생각하십니까?"

"글쎄요. 어떤 면에서는요. 하지만 제 임무는 모든 개인적인 부채와 충의에 앞섭니다."

낯선 이는 단호하고 격렬한 목소리로 말했다. "만약 그렇다면 그 임무라는 건 부도덕한 것이로군요."

그 말에 나는 할 말이 없었다. 그는 마치 에큐멘 대변인처럼 말했으며, 나는 답할 말이 없었다. 마침내 내가 말했다. "그렇지 않습니다. 뭔가 잘못이 있다면 메시지가 아니라 그것을 전달하는 이에게 있겠지요. 제게 원하는 게 무엇인지 알려주지 않으시겠습니까?"

"곤경에 처한 친구의 재산에서 건질 수 있는 약간의 돈과 집세, 빌려준 돈을 받아둔 것을 가지고 있습니다. 당신이 오르고레인으로 간다는 소식을 듣고, 제 친구를 만나면 이 돈을 전해달라고 부탁드리러 왔습니다. 알다시피, 그렇게 하면 처벌을 받을 수도 있습니다. 어쩌면 쓸데없는 짓일 수도 있습니다. 에스트라벤은 미시노리에 있거나 그 저주스러운 농장에 있거나 그도 아니면 죽었을 수도 있습니다. 하지만 저로서는 그걸 알아낼 방법이 없습니다. 저는 오르고레인에 친구도 없고 이곳에 그 사실을 감히 물어볼 만한 이도 없습니다. 당신은 정치와 무관하기에 자유로이 오갈 수 있을 거라고 생각했습니다. 제 어리석음을 용서해주십시오."

"흠, 에스트라벤을 위해 돈은 받겠습니다. 하지만 만약 에스트라벤이 죽었거나 만날 수 없다면 누구에게 돌려드려야 합니까?"

그는 나를 물끄러미 바라보더니 이윽고 얼굴을 일그러뜨렸고, 숨은 흐느낌으로 바뀌었다. 카르히데인들 대부분은 잘 울었으며 남들 앞에서 눈물 흘리는 것을 웃는 것만큼이나 당연하게 여겼다. 그가 말했다. "고맙습니다. 제 이름은 포레스입니다. 저는 오르그니 성채에 있는 거주인입니다."

"당신은 에스트라벤 가문의 사람입니까?"

"아니요. 포레스 렘 이르 오스보스입니다. 저는 에스트라벤의 케메르 상대였습니다."

내가 아는 동안 에스트라벤은 케메르 상대가 없었다. 하지만 이 사람의 말에 의심이 들진 않았다. 어쩌면 자기도 모르는 사이에 누군가에게 이용당하고 있는지도 몰랐지만, 마음만은 진심이었다. 그리고 그는 방금 내게 좋은 교훈을 남겨주었다. 즉 시프그레소는 윤리적 수준에서도 이루어질 수 있으며, 능수능란한 이가 이긴다는 점이었다. 그는 두 가지 점에서 나를 옴짝달싹 못하게 했다. 그가 돈을 가지고 있으며, 내게 준 돈이 내게 전혀 혐의가 오지 않을, 결과적으로 내가 모두 써버려도 아무 증거가 남지 않을 왕립 카르히데 상인회 공식 신용 어음이라는 점이었다.

"만약 에스트라벤을 보게 되면……." 그가 나를 붙잡았다.

"전할 말이라도 있으십니까?"

"아니요. 다만 제가 알 수 있으면……."

"에스트라벤을 보게 되면 당신에게 소식을 전하도록 해보겠습니다."

"고맙습니다." 그가 말했다. 그리고 내게 두 손을 내밀었다. 우정의 표시로, 카르히데에서는 좀처럼 하지 않는 동작이었다. "당신 임무가 성공하기를 빌겠습니다, 아이 씨. 그이, 에스트라벤은 당신이 유익한 일을 위해 이곳에 왔다고 믿었습니다. 전 압니다. 그 사람은 아주 굳게 믿고 있었습니다."

이 남자에게 에스트라벤보다 더 소중한 것은 세상 아무것도 없었다. 그는 사랑에 마음 아파한 경험이 있는 자였다. 나는 그에게 다시 말했다. "전하고 싶은 말은 없습니까?"

"아이들은 잘 있다고 말해주세요." 그는 대답했다. 이윽고 잠시 망설이다가 조용히 말했다. "누수스. 상관없어요." 그리고 그는 나를 떠났다.

이틀 뒤, 나는 에르헨랑을 떠나 이번에는 북서쪽 도로를 따라 걸었다. 오르고레인의 입국 허가는 나와 오르고레인 대사관의 서기나 직원들이 예상했던 것보다 훨씬 더 빨리 나왔다. 내가 서류를 받으러 갔을 때 그들은 독기 서린 듯한 존경심으로 나를 대했다. 나를 위해 누군가가 권력을 써서 협약과 절차를 무시한 것에 대한 분노의 표시였다. 카르히데는 외국으로 나가는 데 아무런 통제가 없었기에, 나는 곧장 길을 떠났다. 그 여름에, 나는 카르히데가 도보 여행을 하기에 얼마나 즐거운 곳인가 알게 되었다. 도로와 여관은 자동차 여행객뿐 아니라 도보 여행객을 위해서도 잘 정비되어 있었고, 묵을 곳이 필요한 경우에 여행객은 호의령의 혜택을 볼 수 있었다. 호의령에 따라 공동영지의 주민, 농부, 영주는 여행객들에게 적어도 사흘 동안 음식과 잘 곳을 제공해야 했고, 실제로는 그보다 훨씬 더 긴 기간 동안 호의를 베풀었다. 그리고 무엇보다 좋은 점은, 괜한 야단법석 없이 마치 내가 오기를 기다렸다는 듯 늘 환영해준다는 점이었다. 나는 구불거리는 길을 따라 세스와 에이 강 사이에 펼쳐진 광활한 경사지를 천천히 가로질렀다. 밥값을 벌기 위해 거대한 영지의 들판에서 이틀 동안 아침에 일을 했다. 그곳에서는 수확이 한창이었으며, 온 마을 사람들과 기계들이 날이 추워지기 전에 황금 들판의 곡식을 거두어들이느라 분주하게 일했다. 사방이 온통 황금색이었으며, 온화했고, 걷기 좋은 주간이었다. 그리고 밤이 되면 잠자기 전, 나는 내가 머무는 어두운 농가나 불이 지펴진 화로 회관을 나와, 먼 도시의 불빛처럼 반짝이는 쌀쌀한 가을밤의 별들을 보기 위해 마른 그루터기만 남은 밭으로 향하곤 했다.

사실, 나는 내가 발견한 이곳을 떠나고 싶지 않았다. 비록 이곳 사람들은 특사에 대해 아무 관심이 없었지만, 그럼에도 이방인에게 무척이나 친절했기 때문이다. 나는 언제나 떠나는 게 두려웠다. 새로운 청자에게 새로운 언어로 (아마도 또다시 전달에 실패할 게 뻔한) 소식을 되풀이해 말해야 하는 게 두려웠다. 나는 카르히데와 오르고레인의 분쟁 지역인 시노스 계곡에 가보고 싶은 호기심이 생겨 서쪽 대신 북쪽을 향해 걸어갔다. 날씨가 맑기는 했지만 추워지기 시작해 결국 사시노스에 이르기 전에 서쪽으로 방향을 바꿨다. 국경에 담이 쳐져 있다는 것이 기억났고, 그러니 그쪽으로 카르히데를 빠져나가는 게 쉽지만은 않으리라는 생각이 들었기 때문이다. 이 부근에서는 에이 강이 두 나라의 경계를 이루고 있었다. 작긴 했지만 거대 대륙의 다른 강과 마찬가지로 빙하의 얼음이 녹아 흐르는 급류였다. 나는 남쪽으로 몇 마일 정도 되돌아가 다리를 하나 찾아냈다. 두 나라의 국경을 이루는 카르히데의 패서레르와 오르고레인의 시우웬신이라는 마을을 연결하는 다리였다. 두 마을은 요란한 에이 강의 소음을 뒤로한 채, 나른한 눈으로 서로를 물끄러미 바라보고 있었다.

카르히데 쪽 다리를 지키는 경비원은 그날 밤에 돌아올 건지만 물은 뒤 다리를 건너는 내게 손을 흔들어 인사를 했다. 오르고레인 쪽에서는 조사관이 내 여권과 서류를 검사했는데, 거기에만 약 한 시간, 카르히데 시간으로 한 시간을 썼다. 그는 이튿날 아침에 여권을 찾으러 오라고 말하며 시우웬신의 친교그룹 임시 숙소 숙박권과 허가증을 주었다. 그리고 나는 임시 숙소 관리소에 도착한 뒤 관리소장이 내가 제시한 서류를 읽고 방금 지나온 친교그룹 국경 초대소에 전화를 걸어 허가증의 진위를 확인하는 동안 다시 한 시간을 기다려야 했다.

나는 '친교', '친교체'라 번역되는 오르고레인 단어를 적절히 정의할 수가 없다. 이 단어의 어원은 '함께 식사를 한다'는 뜻이다. 이 단어는 오르고레인의 국가/정부 기구 모두에, 국가부터 33개의 주 또는 지구에서 위성 주, 도시, 공동 농장, 광산, 공장 등과 그것을 이루는 모든 것에 쓰였다. 이 단어가 형용사로서 쓰일 때는 위의 모든 것에 적용되었다. 또한 '친교인'이라는 단어는 오로그린의 대친교그룹의 행정부와 입법부를 구성하는 33인의 수장을 의미했다. 하지만 또한 이 단어는 친교그룹의 시민을 의미하기도 했다. 이처럼, 단어의 일반적인 용법과 특수 용법 사이에 구분이 없거나 전체와 부분 모두에 이 단어를 사용하는 것, 그리고 국가와 개인을 동시에 의미하는 것과 같이 부정확하고 이상한 용법 속에 이 단어의 가장 정확한 의미가 담겨 있다.

마침내 내 서류와 신원 확인이 끝났고, 제4시가 되었을 때 나는 이른 아침을 먹은 뒤 처음으로 식사를 했다. 카디크 죽과 얇게 썬 차가운 빵사과였다. 비록 관리들이 있기는 했지만, 시우웬신은 아주 작고 평범하며 궁벽하고 활기 없는 곳이었다. 친교그룹 임시 숙소는 그 이름에 비해 무척이나 초라했다. 식당은 테이블 하나와 의자 다섯 개가 전부였고 화로도 없었다. 음식은 마을의 온식 가게에서 가져왔다. 다른 방은 숙소로, 먼지가 잔뜩 내려앉고 곰팡이가 군데군데 핀 침대 여섯 개가 전부였다. 그날 묵는 이는 나 혼자였다. 시우웬신의 사람들은 저녁 식사를 마치면 곧바로 자러 가는 듯했다. 나 역시 그렇게 했다. 나는 고요한 어둠 속의 궁벽한 시골에서 잠이 들었다. 한 시간쯤 잤을 때, 무서운 폭발과 침략, 살인과 큰 화재에 대한 악몽에 시달리다가 깨어났다.

아주 나쁜 꿈이었다. 어둠 속에서 얼굴 없는 수많은 사람들과 함께 낯선 거리를 질주하고, 등 뒤로 집들이 불타오르고, 아이들은 비명을 지르는 그런 유였다.

어느덧 나는 넓은 들판, 시커먼 울타리 옆의 마른 그루터기만 남은 밭에 서 있었다. 머리 위 구름 사이로는 검붉은 달과 별들이 보였다. 바람은 매서웠다. 내 곁에는 뭔가 커다란 헛간인지 곡창인지가 어둠 속에 서 있었고, 그 위쪽 멀리로는 조그만 불꽃들이 바람에 날려 다니는 게 보였다.

나는 셔츠만 입고 반바지와 히에브, 외투도 걸치지 않은 채 맨발에 다리를 훤히 드러낸 상태였다. 하지만 가방은 가지고 있었다. 거기에는 여벌의 옷뿐 아니라 루비, 현금, 자료들, 서류, 앤서블이 들어 있었다. 나는 여행할 때면 늘 그 가방을 베개 삼아 썼다. 그래서 악몽에 시달리던 와중에도 가방을 챙긴 것이다. 반 마일 뒤쪽 시우웬신에서 연기가 피어오르는 동안, 나는 춥고 어두운 시골의 침묵 속에서 신발을 신고 반바지와 털가죽을 댄 겨울 히에브를 꺼내 입었다. 이윽고 길을 찾아다녔고, 곧 길을 찾았으며, 그 길에는 다른 사람들이 있었다. 그 사람들은 나와 같은 피난민이었지만, 나와는 달리 어디로 가야 하는지 알았다. 나는 그 사람들을 따라갔다. 어디로 가야 할지는 알지 못했지만, 시우웬신에서 멀어져야 한다는 사실만은 알았다. 걸어가며 다른 사람들로부터 시우웬신이 다리 너머 패서레르에서 온 자들에게 약탈당했다는 소식을 들었기 때문이다.

그자들은 마을을 공격해 불을 지르고 물러갔다. 전투는 없었다. 그런데 갑자기 어둠 속에서 불빛이 우리를 비추었고, 우리는 황급히 길가에 엎드려 20대의 트럭으로 이루어진 육상 캐러밴이 지나가는 모습을 지켜보았다. 캐러밴은 최고 속력으로 서쪽에서 시우웬신을 향해 가고 있었으며, 번쩍이는 불빛과 쉭 하는 바퀴 소리가 20번 반복되더니 다시 정적과 어둠이 찾아왔다.

우리는 곧 친교 농장 센터로 갔고, 그곳에서 취조를 받았다. 나는 함께 왔던 사람들과 같이 있으려 했지만 내게는 그럴 정도의 운이 따라주지 않았다. 신분증명서를 가져오지 않았는지, 그 사람들 역시 운이 없었다. 여권이 없던 나와 마찬가지로, 그 사람들도 따로 분류되어 돌로 된 커다란 반지하 창고에 밤새 갇혀 있었다. 밖으로 통하는 하나뿐인 문은 잠겼고, 창도 없었다. 이따금씩 문이 열렸는데, 그때마다 게센의 음파 '총'으로 무장한 농장 경찰이 새로운 난민을 밀어넣었다. 문이 닫히면 완전한 암흑이었고, 빛은 전혀 없었다. 어둠에 반응한 사람들 눈만이 이글거리는 별빛처럼 이리저리 움직였다. 공기는 차가웠고 먼지와 곡물 냄새로 무겁게 느껴졌다. 손전등을 가진 이는 아무도 없었다. 모두 나처럼 자다가 깜짝 놀라 달려나왔기 때문이다. 한 쌍은 문자 그대로 실오라기 하나 걸치지 않은 알몸이었으며, 도망치는 도중에 누군가에게서 겨우 담요를 얻어 몸에 두르고 있었다. 그 사람들에게는 아무것도 없었다. 만약 뭔가 있다면 신분증명서여야 했다. 오르고레인에서는 서류가 없는 것보다는 알몸인 게 나았다.

사람들은 먼지투성이인 공허한 어둠 속에서 여기저기 흩어져 앉아 있었다. 간혹 둘이서 목소리를 낮춰 잠시 소곤거리는 소리가 들렸다. 감옥에 갇혀 있는 사람들 사이에선 동료애라는 것은 찾아볼 수 없었다. 불평도 없었다.

왼쪽에서 소곤거리는 소리가 들렸다. "우리 집 문밖에서 그 사람을 보았는데, 머리가 박살이 났어요."

"놈들은 금속 조각을 발사하는 총을 썼어요. 약탈용 총이에요."

"티에나가 그러는데, 놈들은 패서레르에서 온 게 아니라 오보르드 영지에서 트럭을 타고 온 거래요."

"하지만 오보르드와 시우웬신 사이엔 분쟁이 없는데……."

사람들은 이해하지 못했지만 불평도 하지 않았다. 그들은 습격으로 집이 불탄 데다 같은 동료 시민들에 의해 창고에 갇혔는데도 저항하지 않았다. 그들은 자신들에게 일어난 일의 이유를 알려고 하지도 않았다. 다만 어둠 속에서 나긋나긋한 오르고레인어로(이에 비하면 카르히데어는 깡통에 든 돌이 굴러가는 소리처럼 들린다) 이런저런 이야기들을 속삭일 뿐이었고, 그나마도 점점 줄어들었다. 사람들은 잠을 잤다. 아기 하나가 어둠 속에서 깨어나 칭얼거렸고, 메아리치는 자기 울음소리에 놀라 더 울어댔다.

삐걱거리며 문이 열렸을 때, 밖은 대낮이었고 밝은 햇빛이 칼날처럼 날카롭게 내 눈에 박혀왔다. 나는 사람들 뒤에서 비틀거리며 일어났고, 내 이름을 부르는 소리에 기계적으로 그들을 따라나섰다. 처음에는 나를 부르는지 몰랐다. 오르고레인어에서는 L을 발음했기 때문이다. 문이 열린 뒤 누군가가 몇 번에 걸쳐 내 이름을 불렀다.

"이쪽으로 오십시오, 아이 씨." 서두른 탓에 얼굴이 붉어진 사람이 말했다. 나는 더는 피난민이 아니었다. 나는 함께 어두운 길을 도망쳤고, 어두운 방에서 밤새 같이 있었던 이름 모를, 신분증 없는 사람들로부터 분리되었다. 내 이름은 확인되었다. 따라서 나는 존재하는 인물이었다. 무척이나 안심이 되었다. 나는 즐거운 마음으로 안내자를 따라갔다.

지역 친교 농장 센터 사무실 사람들은 무척이나 흥분해 있었지만, 그 와중에도 나를 돌보아주었고, 지난밤에 불편을 주어 미안하다고 사과했다. 비단에 잠긴 뚱뚱한 조사관이 말했다

"시우웬신의 친교그룹 쪽으로 오시지 않았더라면 좋았을걸 그랬습니다! 평범한 쪽으로 오셨으면 이런 일을 겪지 않으셨을 텐데요!" 그 사람들은 내가 누군지, 또 내가 왜 특별 대우를 받는지 알지 못했다. 그 사람들이 그 사실을 모르는 건 분명했지만, 그건 아무 상관 없었다. 그들에게 겐리 아이 특사는 특별한 대접을 받아야 하는 사람이었다. 그리고 나는 그런 대접을 받았다. 오후가 무르익어갈 무렵, 나는 제8지구의 동부 홈스바숌의 친교그룹 농장 센터에서 제공한 차를 타고 미시노리를 향해 출발했다. 내게는 새 여권이 있었고, 가는 도중 임시 숙소에 머물 수 있는 무료 패스도 있었다. 그리고 친교그룹 도로항만부 장관인 우스 슈스기스 씨가 보낸 미시노리 공관으로 와달라는 초대 내용이 담긴 전보도 있었다.

소형차에 설치된 라디오는 엔진과 연결되어 있었기 때문에 차가 움직이는 동안 늘 작동했다. 그래서 오후 내내 나는 울타리가 없고(가축을 기르지 않기 때문이다) 실개천으로 가득 찬 오르고레인 동부의 광대한 곡창지대를 달리며 라디오에 귀를 기울였다. 라디오는 날씨, 농작 상황, 도로 사정에 대해 알려주었다. 또한 조심해서 운전하라고 주의를 주는가 하면, 33개 지구에 대한 다양한 소식과 여러 공장에서 생산되는 공산품 정보, 강과 바다의 선박 운항에 필요한 정보와 항구의 상황 따위에 대해 자세히 알려주었다. 요메시 성가도 몇 곡 들려주었고, 그러다 다시 날씨 정보를 알려주었다. 에르헨랑에서 듣던 라디오의 거친 말씨와 폭언에 견주면 이쪽은 아주 부드러웠다. 시우웬신 습격에 대해서는 아무런 언급도 없었다. 오르고레인 정부가 국민들을 흥분시키지 않기 위해 보도를 막는 게 분명했다. 동부 국경의 질서가 현재 잘 유지되고 있으며 앞으로도 잘 유지될 거라는 간단한 정부 담화만 계속 반복되었다. 나는 그 점이 맘에 들었다. 상대를 선동하지 않고 안정시키는 자세, 늘 차분하면서도 심지 굳은 모습이야말로 내가 게센인들에게서 늘 높이 사는 점이었다. 질서는 유지될 터였다. 나는 정신 분열증에 걸린 임신한 왕과 자아도취에 빠진 섭정관에 의해 무력과 폭력으로 치닫고 있는 불협화음의 땅 카르히데를 떠난 게 새삼 기뻤다. 고른 잿빛 하늘 아래 끝없이 곧게 펼쳐진 논밭 이랑 사이로 시속 25마일로 천천히 차를 몰아 질서가 유지되리라 굳게 믿는 정부의 수도로 향하는 게 기뻤다.

도로에는 빈번하게 표지판이 서 있었고(거리에 표식이 없어서 길을 가다 말고 사람들에게 묻거나 대충 어림짐작으로 길을 가야 했던 카르히데와는 달랐다), 이러이러한 친교 지역의 검문소가 곧 나오니 검사를 받을 것이라 알리는 안내문도 있었다. 이러한 국내세관소에서는 신분증명서를 제시해야만 했고, 통과하는 사람들의 인적 사항이 기록되었다. 내 여권은 모든 검사에 유효했고 다른 사람들보다 금방 처리가 되었으며, 조사관은 내가 식사를 하거나 휴식을 취하고 싶다면 다음 임시 숙소까지 얼마나 가야 하는지를 정중하게 알려주고 내가 떠날 때는 정중하게 손을 흔들어 인사를 했다. 나는 북쪽 큰비탈에서 미시노리까지 상당한 거리를 시속 25마일로 차를 타고 갔으며, 도중에 이틀을 묵었다. 임시 숙소에서의 식사는 단조로웠지만 양이 풍부했다. 숙박 시설은 사생활이 보장되지 않는다는 점만 빼고는 훌륭했다. 그리고 과묵한 동료 여행자들 덕분에 그러한 사생활마저도 어느 정도는 보장이 되었다. 나는 굳이 새로 사람들을 알려하지 않았고, 몇 번 정도 시도는 했지만 이러한 침묵을 깰 정도로 장시간의 대화를 하고 싶지도 않았다. 오르고레인 사람들은 불친절한 게 아니라 단지 무관심한 사람들인 듯했다. 그들은 화려하지 않았고, 견실하고 차분했다. 나는 그들이 좋았다. 나는 화려하고 변덕이 심하고 열정에 찬 카르히데에서 2년을 보냈다. 변화는 대환영이었다.

사흘째 되는 날 아침 거대한 쿤데레르 강의 동쪽 제방을 따라서 오르고레인에서 가장 큰 도시인 미시노리에 도착했다.

가을 소나기 중간중간 나타난 창백한 햇살 속의 미시노리는 이상해 보이는 도시였다. 휑한 돌담 윗부분 너무 높은 위치에 달린 몇 개 안 되는 좁은 창, 군중을 한층 더 왜소해 보이게 하는 넓은 거리, 터무니없이 높다란 기둥 위에 달린 가로등, 기도하는 손처럼 뾰족하게 솟은 지붕, 목적을 알 수 없는 커다란 책꽂이처럼 담벼락 위로 우뚝 솟아오른 18피트 높이의 차고 지붕. 이 도시는 해가 나는 계절을 위해서가 아니라 겨울을 나기 위해 지어진 것이었다. 겨울이 되면 이곳의 거리는 10피트 두께의 단단히 다져진 눈으로 뒤덮이고, 가파른 경사의 지붕에는 고드름이 주렁주렁 달리며, 지붕 있는 차고에는 썰매들이 주차를 하고, 휘몰아치는 진눈깨비 속에서 좁은 슬릿형 창문들이 노랗게 빛을 낸다. 그리고 그때서야 이 도시의 적합성과 경제성, 아름다움을 제대로 알 수 있다.

미시노리는 에르헨랑보다 더 깨끗하고 더 크고 더 밝고 더 트여 있고 더 으리으리했다. 커다란 황백색 석조 건물들이 주를 이루었으며, 이들은 단순하면서도 품위 있는 모양의 벽돌로 지어져 있었고, 친교그룹 정부의 공관과 친교그룹이 포교하는 요메시교의 주요 사원으로 쓰였다. 소란이나 왜곡의 기운이 없었고 에르헨랑처럼 뭔가 음울하고 어두운 기운이 감돌지도 않았다. 모든 것은 단순하면서도 위엄이 있고 질서가 잡혀 있었다. 나는 마치 어두운 시대 밖으로 나온 듯한 느낌이 들었고, 카르히데에서 2년이나 시간을 낭비한 것이 후회가 되었다. 이곳이야말로 지금이라도 당장 에큐멘 시대로 들어갈 준비가 된 나라처럼 보였다.

나는 얼마 동안 도시 안을 돌아다니다가 차를 돌려 적절한 지방청에 차를 돌려준 뒤 친교그룹 도로항만부 장관 공관으로 걸어 들어갔다. 이 초청이 요청인지 아니면 정중한 명령인지 확신이 들지 않았다. 누수스. 나는 에큐멘을 대변하기 위해 오르고레인에 온 것이며, 다른 곳에서와 마찬가지로 여기서부터 시작한다고 보면 되는 것이었다.

오르고레인 사람은 모두 침착하고 자제력이 있다는 내 생각은 슈스기스 위원장의 행동에 깨지고 말았다. 그는 함박웃음을 짓고 환성을 지르며 성큼성큼 걸어오더니 내 두 손을 잡고(이건 카르히데인의 경우 강력한 감정 표현을 위해 마지막까지 자제하는 행동이었다) 엔진에 시동이라도 걸듯이 위아래로 내 팔을 흔들어댔고, 알려진 세계들의 에큐멘 대사가 게센에 온 것을 환영한다고 큰 소리로 말했다.

그것은 놀라움 그 자체였다. 내 서류를 조사한 오르고레인 조사관 열둘인가 열네 명조차 내 이름과 특사, 그리고 에큐멘(이 모든 것은 카르히데인들에게는 막연하긴 해도 알려져 있었다)에 대해 전혀 아는 티를 내지 않았기 때문이다. 그래서 나는 카르히데가 나에 대한 어떤 내용도 오르고레인 방송국에서 방송되지 않도록 했으며, 나를 국가 기밀로 잡아두려한 거라는 결론을 내린 상태였다.

"대사가 아닙니다, 슈스기스 씨. 그냥 특사일 뿐입니다."

"그러면 미래의 대사쯤으로 하지요. 네, 메시의 이름으로 말입니다!" 단단한 체구의 남자가 활짝 웃으며 나를 위아래로 살피더니 다시 웃음을 터뜨렸다. "기대한 것과는 영 다르군요, 아이 씨! 전혀 달라요. 그자들 말로는 가로등만큼 키가 크고 썰매 선수처럼 빼빼 말랐다고 해서, 검댕처럼 시커멓고 눈꼬리가 치켜 올라간 얼음 괴물을 기대했는데 말입니다! 전혀 그렇지 않군요. 단지 우리들 대부분보다 더 검다는 점만 빼면 말입니다."

"대지의 색이죠." 내가 말했다.

"그리고 약탈이 있던 밤에 시우웬신에 있으셨다지요? 맙소사! 세상이 어찌 되어가는 건지 원. 하마터면 에이 강 다리를 건너오는 도중에 죽을 뻔 하셨습니다. 아무튼 이곳에 무사히 오셔서 다행입니다. 많은 이들이 당신을 보고 당신 이야기를 듣고 싶어합니다. 마침내 오르고레인에 오신 걸 환영합니다."

슈스기스는 내게 상의도 없이 내가 자기 집 객실에 즉시 여장을 풀게 했다. 고관에 부유한 그는 카르히데의 어느 누구도, 심지어 큰 영지의 귀족조차 불가능하리만큼 호화롭게 살았다. 슈스기스의 집은 섬 전체였고, 그 안에 백 명이 넘는 고용인, 하인, 사무원, 기술 자문 등등이 있었지만 친척은 전혀 없었다. 비록 친교그룹 구조에 아주 희미하게 남아 있기는 했지만, 화로나 영지처럼 확대된 가족 부족 시스템은 오르고레인에서는 벌써 몇 백 년 전에 '국가화'된 상태였다. 아이는 한 살이 되면 부모와 같이 살지 않았다. 모든 이들은 친교그룹 화로에서 컸다. 누구의 후손인가에 따른 지위는 없었다. 개인 간 유산 상속은 불법이었다. 죽은 이가 남긴 것은 국가 소유였다. 모두가 평등하게 시작했다.

하지만 꼭 그렇지만은 않는 게 분명했다. 슈스기스는 부자였고, 그의 부를 통해 자유를 누렸다. 내 방에는 겨울 행성에 존재한다고 생각도 하지 못했던 사치품들, 예를 들어 샤워기 같은 것이 있었다. 땔감이 넉넉히 준비된 벽난로와 전기 히터도 있었다. 슈스기스가 소리 내어 웃었다. "특사께서는 오븐처럼 더운 곳에서 오신 분이라 우리 추위를 견딜 수 없어 하니 따뜻하게 해드려야 한다는 말을 들었습니다. 임산부처럼 대하라고요. 침대에는 털가죽을 깔고, 방에는 히터를 준비하고, 씻을 물을 데우고, 창문을 꼭 닫아야 한다고요. 그러면 되겠습니까? 그럼 편안하시겠습니까? 그것 말고 원하시는 게 있으면 알려주십시오."

편안! 카르히데에서는 그 어떤 경우에도 내가 편안히 지내는지 물어보는 이가 없었다.

내가 감동해서 말했다. "슈스기스 씨, 저는 집에 돌아온 것 같은 느낌입니다."

그러나 슈스기스는 침대에 페스리 털가죽 담요를 한 장 더 깔고 벽난로에 통나무를 더 넣은 뒤에야 안심한 듯했다. 그가 말했다. "그 사람들이 말하는 것이 어떤 상태인지 저는 잘 압니다. 임신했을 때 저는 늘 추웠습니다. 발은 얼음처럼 차가웠고, 겨울 내내 화로를 끼고 살았죠. 물론 오래전 일입니다만, 생생히 기억합니다!" 게센인은 젊어서 아이를 갖는 경향이 있다. 그래서 대부분은 스물네 살 정도가 되면 피임약을 사용하기 시작하며, 마흔 살 정도면 폐경기를 맞는다. 슈스기스는 지금 50대이므로 '물론 오래전 일'이었고, 확실히 그가 젊은 어머니였을 때를 상상하기는 힘들었다. 슈스기스는 아주 날카롭고 활기찬 정치인이었다. 그의 친절한 행위는 관심에서 비롯되었으며, 그의 관심사는 바로 자기 자신이었다. 그는 모든 인류에 있는 부류였다. 나는 그런 유형의 사람들을 지구에서, 헤인에서, 올룰에서 만난 적이 있다. 지옥에도 분명 있으리라.

"제 외모와 기호에 대해 잘 아시는군요, 슈스기스 씨. 감동했습니다. 제 평판이 여기까지 퍼져 있으리라고는 생각하지 못했습니다."

내 말이 무슨 뜻인지 완벽히 알아들은 슈스기스가 말했다. "그렇죠. 그자들은 당신을 에르헨랑의 눈보라 속에 파묻어뒀야만 했습니다. 하지만 당신을 가게 내버려두었고, 여기 우리는 당신이 카르히데의 미치광이가 아니라 가치 있는 존재라는 걸 깨달았습니다."

"무슨 말인지 잘 못 알아듣겠군요."

"아르가벤과 그 무리는 당신을 두려워했습니다, 아이 씨. 당신을 두려워했고, 당신이 떠나자 기뻐했습니다. 당신을 잘못 다루거나 당신의 입을 막으면 보복을 당할까 두려워했죠. 우주에서 약탈이 있을까봐 말입니다! 그래서 그자들은 감히 당신에게 손을 대지 못했습니다. 다만 당신 스스로 입을 다물게 하려했습니다. 당신을, 당신이 게센에 가져온 것을 두려워했으니까요!"

슈스기스의 이야기는 좀 과장되어 있었다. 에스트라벤이 권력을 쥐고 있을 동안에는 카르히데의 뉴스에서 내 기사를 취급하는 것을 막지 않았기 때문이다. 하지만 이곳 오르고레인에서는 무슨 이유에서인지 내 소식이 일반 시민들에게 차단되어 있었다는 인상을 이미 받았고, 슈스기스는 그러한 내 의심을 더욱 확고하게 했다.

"그러면 당신들은 제가 게센에 가져온 것을 두려워하지 않습니까?"

"네, 우리는 그렇지 않습니다, 특사님!"

"저는 때때로 좀 두려운데요."

그는 내 말을 웃음으로 받아넘겼다. 나는 과장되게 말하지 않았다. 세일즈맨도 아니고 오스트레일리아 원주민들에게 진보를 파는 것도 아니었으니까. 내 임무를 시작하려면 우선 상호 이해와 진심을 지니고 서로 대등하게 만나야 했다.

"아이 씨, 많은 사람들이 당신을 만나려고 기다리고 있습니다. 거물도 있고, 그렇지 않은 이도 있으며 몇몇은 당신이 여기에서 이야기하고 싶어할 만한 이들입니다. 이곳에서 일이 되게끔 하는 그런 사람들 말입니다. 제가 당신을 모시는 영광을 누리게 된 건 제가 큰 집을 가지고 있고, 또한 여당이나 자유무역당원이 아닌 그냥 평범한 장관이기 때문입니다. 그저 당신이 머무는 동안 자기가 얼마나 대단한 사람인지 당신에게 떠들어대지 않으면서 맡은 바 일을 잘 해낼 만한 사람을 택한 거죠." 그가 소리 내어 웃었다. "하지만 그건, 저와 있는 게 싫지만 않다면 아주 잘 먹을 수 있다는 뜻이지요."

"잘 부탁드리겠습니다, 슈스기스 씨."

"그러면 오늘 밤은 바나케 슬로세와 가볍게 저녁 식사를 하시지요."

"쿠웨라 제3지구의 친교인이십니까?" 물론 이곳에 오기 전에 미리 조사를 좀 해두었다. 그는 자기 나라에 대해 조금이라도 더 알려는 내 정중함에 대해 장황하게 칭찬을 늘어놓았다. 확실히 이곳의 매너는 카르히데와는 달랐다. 카르히데에서라면 그의 장황한 칭찬은 자신의 시프그레소를 격하시키거나 아니면 나를 모욕하는 행동이었다. 어느 쪽인지는 모르겠지만 어쨌든 둘 가운데 하나일 터였다. 사실은 둘 다일지도 모른다.

시우웬신에서 겪은 난리 통에 에르헨랑에서 가져온 좋은 정장을 잃어버렸기 때문에 만찬회에 걸맞은 옷이 필요했고, 그래서 나는 그날 오후 국영 택시를 타고 시내로 가 오르고레인 의복을 샀다. 히에브와 셔츠는 카르히데와 별 차이가 없었지만 이들은 여름 바지 대신 허벅지까지 오는 헐렁하고 거추장스러운 레깅스를 입었다. 색은 화려한 청색과 붉은색이었고, 옷감을 재단하고 마름질하는 솜씨가 다소 조잡했다. 규격품으로 만든 것이었다. 그 옷들 덕분에 나는 이 거대하고 인상적인 도시에 부족한 게 무엇인지 알게 되었다. 우아함이었다. 우아함은 문명을 위해 지불하는 작은 대가이고, 나는 그것을 기꺼이 지불했다. 나는 슈스기스의 집으로 돌아와 뜨거운 목욕이라는 사치를 누렸다. 욕조에서는 따끔거리는 안개 방울들이 사방에서 나왔다. 처음에는 욕조라고 해봐야 지난 여름에 동 카르히데에서 쓰다가 이가 딱딱 부딪치고 몸이 부르르 떨리던 주석통이나 에르헨랑의 내 방에 있던 얼음이 언 세면대 같은 것이겠거니 생각했다. 그게 우아함이었나? 편안함 만세! 목욕을 마친 뒤, 나는 화려한 붉은 옷을 차려입고 슈스기스와 함께 그의 기사가 운전하는 개인용 차를 타고 만찬장에 갔다. 오르고레인에는 카르히데보다 훨씬 더 많은 하인들이 있다. 그건 오르고레인 사람 모두가 정부의 피고용인이기 때문이다. 정부는 모든 시민을 위해 일자리를 찾아내야만 하고, 그렇게 한다. 적어도 이는 꽤 그럴듯했다. 비록 대부분의 경제론이 주장하는 것처럼, 다른 측면에서 보자면 중요한 점이 빠진 듯 보이지만 말이다.

천장이 높고 휘황찬란한 슬로세 친교인의 만찬장에는 2, 30명의 손님이 와 있었고, 그 가운데 세 명은 친교인, 그 밖에 다른 사람들 역시 귀족인 게 분명했다. 그들은 단순히 '외계인'을 보는 데 흥미를 가진 오르고레인 집단이 아니었다. 카르히데에 있던 1년 내내 나는 호기심의 대상이었지만 여기서는 그렇지 않았다. 또한 별종도, '수수께끼'도 아니었다. 오히려 열쇠로 여겨지는 듯했다.

내가 열어야 하는 문은 어떤 것일까? 그들 가운데 어떤 사람은, 이를테면 과장된 태도로 나를 맞이하는 정치가와 고관들은 그것을 알고 있으리라. 하지만 나는 알지 못했다.

저녁 식사 동안에는 찾아내지 못할 터였다. 겨울 행성 전역에서는, 동토의 야만인 페룬테르조차도 식사 중에 일에 대해 말하는 것을 아주 저속한 짓으로 여겼다. 식사는 신속하게 나왔고, 나는 질문을 뒤로 미루고 끈적거리는 생선 스프와 나를 초대한 주인, 그리고 다른 초대객에 주의를 집중했다. 슬로세는 마르고 나이에 비해 젊어 보였으며, 눈은 이상할 정도로 밝게 빛났고, 목소리는 부드러우면서도 힘찼다. 그는 이상주의자이자 섬세한 영혼의 소유자처럼 보였다. 나는 슬로세의 태도가 맘에 들었으며 그가 어떤 일을 하는지 궁금했다. 내 왼쪽에는 얼굴에 살이 찐, 옵슬레라는 친교인이 앉아 있었다. 그는 뚱뚱하고, 상냥하고 호기심이 많았다. 수프를 세 숟가락째 뜰 때 그는 내가 정말로 다른 세계에서 태어났는지, 그곳은 이곳과 비슷한지, 게센보다 더 따뜻한지, 얼마나 더 따뜻한지 물었다. 마지막 질문은 모두가 다 하는 질문이었다.

"음, 테라는 이곳 위도에서 절대로 눈이 내리지 않습니다."

"절대로 눈이 오지 않는다고요? 절대로요?" 그는 좋은 의도에서 거짓말을 하는 아이의 말을 듣고, 어디 계속 상상의 나래를 펴보라고 북돋을 때처럼 즐겁게 소리 내어 웃었다.

"아북극 지역은 여러분의 거주 지역과 기후가 비슷합니다. 우리는 마지막 빙하기가 지난 지 여러분보다 더 오래되었습니다. 물론 아주 끝난 건 아닙니다. 하지만 기본적으로 테라와 게센은 아주 많이 닮았습니다. 인간은 지극히 제한된 환경에서만 살 수 있으니까요. 게센은 극한 지역……"

"그러면 당신이 사는 세계보다 더 따뜻한 세계도 있습니까?"

"대부분의 세계는 더 따뜻합니다. 어떤 곳은 아주 덥지요. 예를 들어 그데 같은 곳이 그렇습니다. 그곳은 대부분 모래와 돌로 뒤덮인 사막이지요. 처음에는 따뜻했지만, 5~6만 년 전, 착취적인 문명이 일어나 자연의 균형을 파괴하고 삼림을 태우는 바람에 황폐화되었습니다. 그곳에는 아직도 사람이 삽니다만, 제가 경전을 제대로 이해했다면, 요메시에서 도둑이 죽어서 간다고 하는 곳과 닮았습니다."

그 말에 옵슬레가 이를 드러내고 싱긋 웃었다. 동의한다는 조용한 웃음이었고, 그 웃음은 내가 그에 대해 내렸던 평가를 갑자기 뒤바꿔놓았다.

"어떤 하위문화에 빠진 사람들은 사후 세계가 이 우주의 다른 어떤 세계, 다른 행성에 실제로 존재한다고 생각합니다. 그런 이야기를 들어본 적이 있습니까, 아이 씨?"

"아니요. 저에 대한 여러 가지 설명을 들어본 적은 있습니다만, 아직까지 저를 유령이라고 하는 사람은 없었습니다." 나는 '유령'이라고 말하며 우연히 내 오른쪽을 보았고, 그리고 유령을 보았다. 그는 어두운색 옷을 입고 그림자처럼 가만히, 잔치에 나타난 유령이 되어 내 곁에 앉아 있었다.

옵슬레의 주의가 주위에 있던 다른 사람에게로 옮아갔고, 그 자리에 모인 대부분은 상석에 앉은 슬로세의 이야기에 귀를 기울였다. 내가 낮은 목소리로 말했다. "당신을 여기서 보리라고는 상상도 하지 못했습니다, 에스트라벤 경."

"예상 밖의 일이야말로 인생을 살 만하게 해주는 것이지요." 에스트라벤이 말했다.

"당신에게 전해달라고 부탁받은 것이 있습니다."

에스트라벤이 질문이 담긴 눈으로 나를 바라보았다.

"돈입니다. 당신과 아는 사이인 포레스 렘 이르 오스보스가 보냈습니다. 지금 제가 가지고 있습니다. 슈스기스 씨 집에 있습니다. 당신 계신 곳으로 보내겠습니다."

"고맙습니다, 아이 씨."

타국살이에 지쳐 영민함을 잃은 에스트라벤은 조용하고 풀이 죽고 위축되어 있었다. 그는 나와 이야기하고 싶지 않은 듯했고, 나 역시 별로 내키지 않았다. 그 길고 화려하고 수다스러운 만찬회 동안, 내 관심은 내게 접근하여 나를 이용하려는 저 복잡하고 권력 있는 오르고레인 사람들에게 쏠려 있었지만, 이따금 나는 에스트라벤의 존재를 뚜렷이 의식했다. 그의 침묵을, 나를 외면한 그의 검은 얼굴을 의식했다. 그리고 비록 터무니없는 생각이라며 곧 지워버리기는 했지만 이런 생각이 떠올랐다. 내가 미시노리로 와 친교인들과 구운 검은생선을 먹는 건 내 의지가 아니라는 생각. 그리고 친교인들이 나를 오게 한 것도 아니라는 생각. 이 모든 것은 에스트라벤의 의지였다는 생각이.

9. 반역자 에스트라벤

카르히데 이야기. 고린헤링에서 토보르드 코르하와가 구술하고 겐리 아이가 기록. 이 이야기는 여러 가지 판본으로 알려져 있다. 이 이야기를 기초로 해 만들어진 연극 〈하벤〉은 카르가프 동부를 순회하는 극단이 즐겨 하는 공연이다.

옛날, 카르히데를 왕국으로 통일한 아르가벤 왕 이전, 케름의 스톡 영지와 에스트레 영지 사이에는 피 튀기는 반목이 있었다. 그 반목은 3대에 걸쳐 약탈과 습격으로 나타났고, 해결 방법이 없었다. 분쟁의 원인이 영토였기 때문이다. 케름에 비옥한 땅은 드물었고, 영지의 자랑은 국경의 길이었다. 케름의 영주들은 잘난 체하기 좋아하고 의심이 많았으며, 권력을 쥔 자의 이러한 태도는 검은 그림자를 드리우게 되었다.

이렘 달, 에스트레 영주가 낳은 후계자인 젊은이가 페스리 사냥을 하러 스키를 타고 얼음발 호수를 건너다 썩은 얼음을 만나 호수에 빠지는 사고가 났다. 비록 한쪽 스키를 단단한 얼음 가장자리에 걸친 덕분에 결국 물에서 나올 수는 있었지만, 호수 속에 있을 때와 마찬가지로 상황은 좋지 않았다. 온몸이 흠뻑 젖고 공기는 쿠렘*이었으며, 밤이 오고 있었기 때문이다. 그는 오르막길로 8마일 떨어진 에스트레까지 간다는 건 가망 없는 일이라는 걸 깨닫고 북쪽 호숫가에 있는 에보스 마을을 향해 걸어갔다. 밤이 되자 빙산에서 내려온 안개가 온 호수를 뒤덮었고, 그는 어느 방향으로 가야 할지, 어디로 스키를 향해야 할지 분간할 수가 없었다. 그는 썩은 얼음을 밟지 않도록 조심하며 천천히, 하지만 서둘러 걸음을 옮겼다. 추위가 뼛속까지 스며들어 얼마 지나지 않아 움직이지 못하게 될 것 같았기 때문이다. 젊은이는 밤과 안개 너머로 마침내 불빛을 보았다. 그는 스키를 벗었다. 호숫가 바닥이 울퉁불퉁했고, 여기저기 눈이 없는 곳도 있어서였다. 다리를 지탱할 힘이 없었지만 그는 젖먹던 힘까지 짜내 불빛 쪽을 향해 나아갔다. 그는 에보스로 가는 길에서 한참 벗어나 있었다. 케름 랜드에서 유일하게 자라는 나무인 소레나무 숲 속에 집이 한 채 있었고, 불빛은 그곳에서 나왔다. 나무들이 집을 빽빽이 둘러쌌지만 지붕보다 높지는 않았다. 그는 문을 두드리며 큰 소리로 사람을 불렀고, 이윽고 한 사람이 문을 열고는 그를 화롯불 쪽으로 데려갔다.

다른 이는 아무도 없었고, 오직 한 사람만 있었다. 그는 얼어서 갑옷처럼 되어버린 에스트라벤의 옷을 벗겼고, 털가죽으로 몸을 감싸준 뒤 자신의 온기로 에스트라벤의 발과 손, 얼굴의 한기를 녹여냈고, 뜨거운 에일을 마시게 했다. 마침내 언 몸이 풀리고 기

*[원주] 화씨 영하 20~0도 사이의 축축한 날씨.

운이 회복되자 젊은이는 자기를 돌봐준 사람을 바라보았다.

그는 젊은이 자신만큼이나 젊고 낯선 이였다. 둘은 서로를 바라보았다. 둘 다 잘생겼고 골격이 튼튼했으며, 이목구비가 뚜렷하고, 늘씬하며 피부가 검었다. 에스트라벤은 상대의 얼굴에서 케메르의 불길을 보았다.

그가 말했다. “저는 에스트레의 아렉입니다.”

다른 이가 말했다. “저는 스톡의 세렘입니다.”

이윽고 여전히 기운이 없음에도 에스트라벤이 웃음을 터뜨리며 말했다. “저를 죽이기 위해 살려낸 것입니까, 스톡벤?”

상대가 말했다. “아닙니다.”

그는 마치 한기가 다 빠져나갔는지 확인하려는 듯이 한 손을 내밀어 에스트라벤의 손을 만졌다. 에스트라벤은 케메르가 지난 지 하루이틀이 흘렀음에도 그 손길에 욕망이 이는 걸 느꼈다. 그래서 둘은 잠시 그렇게 손을 댄 채 가만히 있었다.

“손이 똑같군요.” 스톡벤이 자기 손바닥을 에스트라벤의 손바닥에 대어 보이며 말했다. 둘의 손은 마치 한 사람이 두 손바닥을 맞댄 것처럼 그 크기며 형태, 손가락 하나하나의 모습이 똑같았다.

스톡벤이 말했다. “전 당신을 오늘 처음 보았지만 우리는 불구대천의 원수입니다.” 그는 일어나 화로에 불을 지피고 다시 에스트라벤의 곁으로 와 앉았다.

에스트라벤이 말했다. “우리는 불구대천의 원수지요. 하지만 당신에게 케메르를 맹세하고 싶습니다.”

"저도 당신에게 케메르를 맹세하렵니다." 상대가 말했다. 이윽고 둘은 서로에게 케메르를 맹세했다. 지금과 마찬가지로 당시 케름 랜드에서도 신뢰의 맹세는 절대로 깨서는 안 되며 다른 무엇으로도 대신할 수 없었다. 그날 밤과 이튿날 낮, 그리고 다시 밤까지 둘은 얼어붙은 호숫가 숲 속의 오두막에서 함께 지냈다. 다음 날 아침, 스톡으로부터 병사 한 무리가 오두막에 왔다. 그리고 그 가운데 한 명이 한눈에 에스트라벤을 알아보았다. 그 병사는 단 한 마디 말도, 경고도 하지 않은 채 칼을 뽑았고, 스톡벤의 눈앞에서 에스트라벤의 목과 가슴을 찔렀다. 젊은이는 피를 흘리며 차가운 화로 위에 쓰러져 죽었다.

"이자는 에스트레의 후계자입니다." 살인자가 말했다.

스톡벤이 말했다. "이 사람을 자네 썰매에 싣고 에스트레에 데려가 장례식을 치르게 하게."

스톡벤은 스톡으로 돌아갔다. 병사들은 에스트라벤의 시신을 싣고 출발했지만 소레 숲 깊숙한 곳, 야생동물이 다니는 길목에 시체를 버리고 그날 밤에 스톡으로 돌아갔다. 세렘은 자신을 낳아준 어버이인 하리쉬 렘 이르 스톡벤 앞에 서서 병사들에게 말했다. "내가 명령한 대로 했는가?" 병사들이 대답했다. "네." 세렘이 말했다. "거짓말을 하는군. 만약 내가 시킨대로 했다면 결코 에스트레에서 살아 돌아오지 못했을 터. 이자들은 제 명령을 따르지 않았으며 자신들의 불복종을 숨기기 위해 거짓말을 했습니다. 저는 이자들의 추방을 요청합니다." 하리쉬 영주는 그 청을 받아들였고, 그들은 회로의 법으로부터 추방되었다.

세렘은 로세레르 성채에 가서 살고 싶다는 말을 남기고 곧 자기 영지를 떠났고, 1년이 지나도록 스톡으로 돌아오지 않았다.

에스트레 영지 사람들은 산과 평원을 다니며 아렉을 찾았고, 그를 기리며 슬퍼했다. 여름과 가을이 지나며 그 슬픔은 더욱더 커져갔다. 아렉은 영주가 낳은 유일한 자식이었기 때문이다. 하지만 겨울이 대지를 두텁게 덮고 있던 세른 달 말, 스키를 타고 누군가가 산비탈을 올라왔다. 그는 에스트레 성문을 지키는 병사에게 털가죽으로 싼 꾸러미를 건넸다. "이 아기는 에스트레의 아들의 아들인 세렘입니다." 병사들이 붙잡을 생각도 하기 전에 그는 물수제비를 뜨는 돌멩이처럼 재빠르게 스키를 타고 산을 내려갔다.

털가죽 꾸러미 안에서는 갓 태어난 아기가 울고 있었다. 병사들은 아이를 소르베 영주에게 가져갔고 낯선 이의 말을 전했다. 슬픔으로 가득 찬 늙은 영주는 아기에게서 실종된 아들 아렉의 얼굴을 보았다. 영주는 아기를 주민으로 받아들이고 세렘이라 부를 것을 명했다. 그 이름은 에스트레 사람들 사이에서 일찍이 사용된 적이 없었다.

아이는 잘생겼고 올곧았으며 튼튼하게 자랐다. 피부가 검었고 과묵했지만 사람들은 그 아이에게서 실종된 아렉의 모습을 볼 수 있었다. 아이가 자라자 완고한 노인 소르베 영주는 그 아이를 에스트레의 후계자로 지명했다. 하지만 소르베의 케메르 아들 가운데 야망에 불타는 이들이 있었다. 그들은 오랫동안 영주 자리를 탐해왔으며, 혈기왕성하고 건장했다. 그들은 젊은 세렘이 이렘 달에 혼자서 페스리 사냥을 나갔을 때 매복을 했다. 하지만 세렘은 무장을 했고, 부주의하지도 않았다. 해빙기의 얼음발 호수에 낀 짙은 안개 속에서, 세렘은 화로 형제 가운데 두 명을 쏘아 죽였고, 세 번째와는 일대일로 검 대결을 벌여 마침내 죽였다. 하지만 그 과정에서 자신도 가슴과 목에 깊은 창상을 입었다. 이윽고 세렘은 얼음 위 안개 속에서 형제들의 시체 위에 서서 밤이 오는 걸 깨달았다. 통증이 심해졌고, 상처에서 피가 흐르는 탓에 힘도 빠졌다. 그는 도움을 요청하러 에보스 마을로 가려고 했다. 하지만 밤이 깊어져 길을 잃었고, 호수 동쪽의 소레 숲에 도착했다. 그곳에서 그는 버려진 오두막 한 채를 발견했고, 화로에 불을 붙이려 하다 정신이 희미해져, 그만 차가운 돌 화로 위에 쓰러졌다. 상처에서는 피가 계속 흐르고 있었다.

그날 밤, 누군가가 혼자서 그곳으로 왔다. 그는 문가에 서더니 피를 흘리고 화롯가에 쓰러진 청년을 물끄러미 바라보았다. 이윽고 그는 서둘러 들어가 낡은 상자에서 털가죽을 꺼내 침대에 깔고 불을 지피고는 세렘의 상처를 닦아내고 붕대를 감았다. 젊은이가 자기를 바라보자 그가 말했다. “나는 스톡의 세렘이라고 하네.”

“저는 에스트레의 세렘입니다.”

둘 사이에 잠시 침묵이 흘렀다. 이윽고 젊은이가 싱긋 웃더니 말했다. “저를 죽이기 위해 제 상처에 붕대를 감아주신 겁니까, 스톡벤?”

“아니.” 늙은 세렘이 말했다.

에스트라벤이 물었다. “스톡의 영주이신 당신이 이 분쟁 지역에 홀로 오시다니 어떻게 된 건가요?"

"나는 여기 자주 오지." 스톡벤이 대답했다.

그는 젊은이의 맥박을 짚어보고 열이 있는지 확인했고, 어느 순간 에스트라벤의 손바닥에 자기 손바닥을 댔다. 두 손은 마치 늙은이 혼자 두 손을 댄 것처럼 손가락까지 완전히 일치했다.

"우리는 불구대천의 원수지." 스톡벤이 말했다.

에스트라벤이 대답했다. "우리는 불구대천의 원수입니다. 하지만 저는 이전까지 당신을 본 적이 없습니다."

스톡벤은 고개를 옆으로 돌렸다. 그가 말했다. "예전에 자네를 본 적이 있지. 아주 오래전에. 우리 두 가문 사이에 평화가 오기를 바라네."

에스트라벤이 말했다. "저는 당신과 평화를 맹세하겠습니다."

그렇게 둘은 맹세를 했고, 더는 아무 말도 하지 않았다. 그리고 상처를 입은 이는 잠이 들었다. 아침에 스톡벤은 떠났고 에보스 마을 사람들 한 무리가 오두막에 오더니 에스트라벤을 에스트레의 집에 데려다주었다. 더는 어느 누구도 늙은 영주의 뜻을 거스르려하지 않았고, 호수의 얼음 위에 흐른 죽은 사람 셋의 피가 그 뜻을 더욱더 확고히 알렸다. 그 후 소르베가 죽고 세렘이 에스트레의 영주가 되었다. 그해가 지나기 전, 그는 분쟁 지역의 절반을 스톡 영지에 넘기며 오랜 반목을 청산했다. 이로 인해, 그리고 형제들을 죽인 일로 인해 그는 반역자 에스트라벤이라 불렸다. 하지만 그의 이름 세렘은 여전히 그 영지의 아이들에게 붙여져 대를 이어 내려오고 있다.

10. 미시노리에서 한 대화

이튿날 아침, 슈스기스 저택의 내 스위트룸으로 느지막이 배달된 아침 식사를 막 마쳤을 때 내선 전화가 공손하게 울렸다. 전화기를 켜자 카르히데 말이 들렸다. "세렘 하르스입니다. 제가 찾아가도 괜찮겠습니까?"

"물론입니다."

나는 갑작스레 찾아온 상황의 변화가 기뻤다. 이제 에스트라벤과 내가 더는 좋은 관계로 지낼 수 없다는 건 명확했다. 그의 불명예와 추방이 비록 명목상으로 나 때문이라 해도 나로선 거기에 대해 책임을 질 수도, 죄책감 따위를 느낄 수도 없었다. 에스트라벤은 에르헨랑에 있을 때 내게 자신의 행위와 동기에 대해 충분히 설명해준 적이 없었고, 나는 그를 믿을 수가 없었다. 그러므로 나는 그가 나를 초청한 오르고레인 사람들과 함께 어울리지 않으면 좋겠다고 생각했다. 에스트라벤의 존재는 상황을 복잡하고 당혹스럽게 만들 뿐이었다.

그는 집에 고용된 여러 명의 하인 가운데 한 명의 안내를 받아 방으로 들어왔다. 나는 그를 푹신한 안락의자에 앉게 했고 아침 에일을 권했다. 그는 거절했다. 예의상 거절은 아니었다. 예전에는 예의를 알았다 할지라도 이미 오래전에 그 개념을 버렸을 것이기 때문이다. 이 거절은 다른 무언가 때문이었다. 에스트라벤은 주저하고 있었고, 마음이 다른 곳에 가 있는 듯했다.

"올 들어 처음으로 눈다운 눈이군요. 아직 밖을 보지 않았습니까?" 두꺼운 커튼이 쳐진 창을 힐긋 보는 나를 눈치챈 에스트라벤이 말했다.

나는 창밖을 내다보았다. 눈이 가벼운 바람에 날려와 거리와 하얀 지붕 위로 두껍게 쌓여 있었다. 밤새 2~3인치 정도 쌓인 듯했다. 고르 오드아르하드, 가을의 첫 번째 달의 17일이었다.

"이르군요." 잠시 눈의 마술에 빠져 있던 내가 말했다.

"올 겨울은 춥다더군요."

나는 커튼을 닫았다. 밖에서 들어오는 흐릿한 빛이 그의 검은 얼굴을 비추었다. 그는 더 나이 들어 보였다. 에르헨랑 궁전의 붉은 모퉁이 저택 화롯가에서 마지막으로 본 뒤로 고생이 심했던 모양이다.

"당신에게 전해주라고 부탁받은 것이 있습니다." 나는 얇은 가죽에 쌓인 돈 꾸러미를 그에게 건넸다. 그의 전화를 받고 테이블 위에 준비해둔 것이었다. 그는 꾸러미를 받고는 진지한 태도로 고맙다고 말했다. 나는 계속 서 있었다. 잠시 뒤, 그가 돈 꾸러미를 들고 일어섰다.

양심에 좀 찔리기는 했지만 모르는 척했다. 나는 그가 다시는 나를 찾아오지 않기를 바랐다. 이런 내 행동에 그가 수치심을 느끼는 건 안됐지만 어쩔 수 없었다.

에스트라벤은 나를 똑바로 바라보았다. 그는 나보다 작으며, 다리도 짧고 몸집도 작아 내 동족의 여성들 대부분만큼도 덩치가 크지 않았다. 하지만 에스트라벤이 나를 볼 때 그가 나를 올려다본다는 느낌은 들지 않았다. 나는 그의 시선을 피했다. 그리고 무심결에 테이블 위에 있는 라디오를 만지작거렸다.

에스트라벤이 쾌활하게 말했다. "여기서는 라디오에서 말하는 것을 곧이곧대로 믿으면 안 됩니다. 제가 보기에 당신은 이곳 미시노리에서 정보와 조언이 필요하게 될 것 같군요."

"그걸 제공해줄 사람은 얼마든지 있어 보입니다만."

"숫자만 많다고 만족할 수 있을까요? 물론 한 명보다야 열 명이 더 믿을 수 있겠죠. 실례합니다. 카르히데어를 써서는 안 되는데, 깜박했습니다." 에스트라벤은 오르고레인어로 바꾸어 말했다. "추방된 이는 자신의 모국어를 써서는 안 되지요. 가시 돋힌 말이 나오기 때문입니다. 그리고 전 이 나라 말이 반역자에게 더 잘 어울린다고 생각합니다. 설탕 시럽처럼 이 사이를 빠져나가니까요. 아이 씨, 저는 당신에게 큰 신세를 졌습니다. 당신은 저와, 제 옛 친구이자 케메르 상대인 애시 포레스를 위해 정말 애를 써주셨습니다. 애시와 제가 드리는 감사의 표시로 조언을 해드리겠습니다." 에스트라벤은 잠시 말을 멈추었다. 나는 아무 말도 하지 않았다. 나는 에스트라벤이 이처럼, 불쾌할 정도로 공들여 정중하게 말하는 걸 지금까지 한 번도 들어본 적이 없었다. 그리고 그게 무슨 의미인지 전혀 이해할 수 없었다. 에스트라벤이 말을 이었다. "미시노리에서의 당신은 과거 에르헨랑에서의 당신이 아닙니다. 그곳에서 시민들은 당신을 알았습니다. 그러나 이곳 사람들은 당신이 누구인지 모를 겁니다. 당신은 당파 싸움의 도구일 뿐입니다. 그러니 그자들이 당신을 어떤 식으로 이용하려 드는지 주의하셔야 할 겁니다. 또한 어느 당파가 적인지, 그자들이 누구인지 알아내야 하며, 그들에게 절대로 이용당하지 않아야 합니다. 그자들이 당신을 제대로 대할 리가 없기 때문입니다."

에스트라벤이 말을 멈추었다. 내가 좀 더 자세히 말해달라고 요구하려는 순간 그가 말했다. "그럼 안녕히 계십시오, 아이 씨." 그리고 그는 몸을 돌려 방을 나갔다. 나는 멍하니 서 있었다. 그는 마치 전기 충격과도 같았다. 그 무엇도 그를 잡아둘 수가 없었고, 나는 무엇이 나를 덮쳤는지 알지 못했다.

에스트라벤은 아침 식사를 하며 느꼈던 평화로운 축복의 기분을 완전히 망쳐놓았다. 나는 좁은 창가로 가 밖을 내다보았다. 눈발이 약간 약해져 있었다. 흰 눈이 날리는 것이 무척 아름다웠다. 내가 태어난 볼랜드의 녹색 구릉을 타고 온 봄바람에 떨어지는 벚꽃잎 같았다. 지구, 따뜻한 지구, 봄이 되면 나무들이 꽃을 피우는 그곳, 지구의 고향 같았다. 그리고 갑자기 우울해지고 고향이 그리웠다. 이 끔찍한 행성에서 2년을 보냈고, 가을이 제대로 깊어지기도 전에 세 번째 겨울이 시작되었다. 무시무시한 추위와 진눈깨비, 얼음, 바람, 눈, 추위, 실내외를 가리지 않는 추위, 뼛속과 등골까지 스며드는 추위가 몇 달 동안 계속될 터였다. 그리고 그동안 내내 나는 믿을 사람 하나 없이 외계인으로, 고립되어 홀로 지내야만 했다. 불쌍한 겐리, 울기라도 해야 할까? 에스트라벤이 건물을 나와 큰길 쪽으로 걸어가는 게 보였다. 눈 쌓인 회백색 세계 속에서조차 그는 거무스름하고 왜소해 보였다. 그는 주위를 둘러보더니 느슨해진 히에브 벨트를 여몄다. 외투는 입지 않고 있었다. 그는 능숙하면서도 우아하고 민첩한 몸놀림으로 거리를 걸어갔다. 그런 그의 모습은 한동안 미시노리에서 유일하게 살아 움직이는 존재처럼 느껴졌다.

나는 따뜻한 방으로 돌아왔다. 히터와 안락의자, 털가죽 이불이 덮인 침대, 양탄자, 커튼, 실내복, 머플러 따위가 주던 쾌적함이 답답하고 하찮게 느껴졌다.

우울한 기분이 든 나는 겨울 외투를 입고 우울한 세계로 산책을 나갔다.

나는 옵슬레, 예게이 친교인과 전날 밤에 만난 다른 사람들 그리고 내가 만나지 못한 사람들을 소개받으며 점심을 하기로 되어 있었다. 점심은 대개 뷔페였고, 서서 먹었다. 식탁 앞에 하루 종일 앉아 있었다는 느낌이 들지 않게 하기 위해서였다. 하지만 이번 정식 만남에서는 특별히 준비된 듯 식탁 둘레에 의자가 놓였고, 열여덟에서 스무 가지의 따뜻하거나 찬 요리들이 차려졌다. 대부분은 수베알과 빵사과를 여러 가지 방법으로 요리한 것이었다. 대화가 금기시되기 전, 식기대 쪽에서 옵슬레가 튀김옷을 입혀 튀긴 수베알을 접시에 담으며 내게 말했다. "메르센이라는 자는 에르헨랑의 첩자입니다. 그리고 아시는지 모르겠지만, 가움은 사르프 소속임이 알려진 첩보원이죠." 옵슬레는 스스럼없이 말하더니 내가 재미있는 답변이라도 했다는 듯이 소리 내어 웃었다. 그러고는 절인 검은생선 쪽으로 옮겨갔다.

사르프에 대해 나는 아는 것이 없었다.

사람들이 식탁 앞에 앉기 시작할 때 한 젊은이가 들어오더니 주최자인 예게이에게 뭐라 말했다. 예게이가 우리를 돌아보며 말했다. "카르히데에서 온 소식입니다. 아르가벤 왕의 아이가 오늘 아침에 태어났고, 한 시간이 채 되지 않아 죽었답니다."

잠시 침묵이 흐르더니 이윽고 사람들이 웅성거렸고, 가움이라는 이름의 잘생긴 사람이 일어나 소리 내어 웃으며 맥주잔을 높이 들었다. "카르히데의 모든 왕이 만수무강하기를 비는 뜻에서!" 몇몇이 함께 축배를 들었지만 대부분은 그대로 있었다. "메시의 이름으로, 아이의 죽음에 웃음을!" 내 옆에 앉은 보라색 옷차림에 몸을 가누기 어려울 정도로 뚱뚱해 보이는 이가 외쳤다. 그의 레깅스는 마치 스커트처럼 허벅지 주위로 둘둘 말려 있었고 얼굴은 혐오감으로 가득했다.

아르가벤이 케메르 아이들 가운데 어떤 이를 후계자로 삼을지(왕은 이미 마흔 살이 넘었으므로 아이를 낳지 못할 게 확실했기 때문이다) 그리고 티베가 섭정관으로 얼마나 더 있을지에 대해 이야기들이 오갔다. 어떤 이는 섭정이 즉시 끝날 거라고 했고, 어떤 이는 그렇지 않을 거라고 했다. "어떻게 생각하십니까, 아이 씨?" 메르센이라는 이가 내게 물었다. 옵슬레가 카르히데의 첩자라고 말했던 인물이다. 즉, 티베의 부하일 터였다. "당신은 방금 에르헨랑에서 오셨습니다. 아르가벤이 포고도 없이 물러났고, 자기 썰매를 사촌에게 양도했다는 소문이 돌던데요?"

"글쎄요, 소문은 저도 들었습니다."

"근거가 있다고 생각하십니까?"

"모르겠군요." 내가 말했다. 그리고 이때 예게이가 날씨 이야기를 하며 대화에 끼어들었다. 사람들이 식사를 시작했기 때문이다.

하인들이 접시와 산더미처럼 쌓인 먹고 남은 구이, 절임들을 치우고 난 뒤, 우리 모두는 기다란 탁자에 둘러앉았다. 이어서 독한 술이 담긴 작은 잔이 나왔다. 사람들이 종종 그러하듯, 이곳 사람들도 이 술을 생명수라 불렀다. 그들은 내게 질문을 했다.

에르헨랑에서 의사와 과학자들에게 검사를 받은 이래, 이렇게 많은 사람들에게서 한꺼번에 많은 질문을 받기는 이번이 처음이었다. 카르히데인들은, 심지어 내가 처음 몇 달을 함께 보냈던 어부와 농부들마저도, 단도직입적인 질문으로 호기심—때때로 아주 강했다—을 채우는 경우가 드물었다. 카르히데인들은 복잡하고 내성적이고 간접적이었다. 그들은 질의응답을 좋아하지 않았다. 나는 오세르호르드 성채를, 베 짜는 이 파세가 대답에 대해 말했던 것을 떠올렸다……. 심지어 전문가들의 질문도 오직 생리학적 주제에 국한되어서, 게센인과 가장 다른 내 내분비샘 체계나 순환기 계통의 기능과 같은 주제에 대해서만 물었다. 예를 들어, 그들은 내 종족의 지속적인 성적 능력이 사회제도에 어떤 영향을 미치는가, 또 '영구적인 케메르'를 어떻게 다루는가와 같은 질문은 절대로 하지 않았다. 내가 말하면 그들은 귀 기울여 들었다. 내가 마음의 언어에 대해 이야기할 때 심리학자들은 귀 기울여 들었다. 하지만 테라인이나 에큐멘 사회의 이모저모에 대해 폭넓은 질문을 하는 이는 아무도 없었다. 에스트라벤만이 예외였다.

하지만 이곳 오르고레인에서는 사람들이 체면이나 자존심에 그리 얽매여 있지 않았으며, 질문을 하는 행위가 질문을 한 사람이나 질문을 받은 이에게 모욕이 되지도 않았다. 하지만 나는 곧 몇몇 질문이 나에게 덫을 놓기 위한 것임을, 내가 사기꾼이라는 걸 보이기 위한 것임을 알아차렸다. 그리고 그런 질문들 때문에 잠시 당황했다. 물론 카르히데에서도 나를 믿지 않는 사람을 만난 적이 있었지만, 일부러 믿지 않으려하는 사람은 거의 없었다. 에르헨랑에서 행진이 있던 날, 티베는 내 주장이 속임수라는 의견에 자신도 동조한다는 쇼를 공들여 했지만, 이제 나는 그것이 에스트라벤의 실각을 위해 꾸며낸 계략의 일부라는 것을 안다. 사실은 티베도 내 주장을 믿었을 것이다. 어쨌든 티베는 내가 게센에 올 때 타고 온 조그만 착륙선을 보았으며, 다른 이들과 마찬가지로 그 우주선과 앤서블에 대해 공학자들이 작성한 보고서에 자유로이 접근할 수 있었다. 하지만 오르고레인 사람들 가운데 그 착륙선을 본 이는 아무도 없었다. 앤서블을 보여줄 수는 있었지만, 그게 외계에서 만든 물건이라는 확신을 주기는 어려웠다. 그것의 구조는 너무나 복잡해서 내 주장이 진실임을 뒷받침하는 대신 오히려 거짓이라고 주장하는 데 쓰일 수도 있었다. 예전에 정해진 문화 금지법은 현 단계에서 분석하고 모방할 수 있는 기계 반입을 금하고 있어서 나는 우주선과 앤서블, 사진 상자, 내 신체의 특징과 보여줄 수 없는 정신적 특성 말고는 아무것도 가지고 오지 않았다. 그들은 내가 내놓은 사진들을 돌려 보며 마치 남의 가족사진을 볼 때처럼 애매한 표정을 지었다. 질문이 계속되었다. 옵슬레가 물었다. "에큐멘이란 무엇입니까? 세계입니까, 세계들의 연합입니까? 장소입니까? 정부입니까?"

"음, 그 모두이기도 하고 그 어느 것도 아니기도 합니다. 에큐멘은 우리 테라 용어입니다. 공용어로는 '가족'이라 부릅니다. 카르히데어로는 '화로'라고 하겠지요. 오르고레인어로는 뭐라고 하는지 잘 모르겠습니다. 아직 이곳 말을 잘 알지 못하거든요. '친교그룹'은 아니라고 생각합니다. 비록 친교 정부와 에큐멘 사이에 분명히 유사점이 있긴 하지만요. 하지만 에큐멘은 본질적으로 정부가 아닙니다. 오히려 신화적 기구와 정치적 기구를 재통합하려는 시도에 가깝다고 할 수 있습니다. 물론 그와 같은 시도는 대부분 실패라 할 수 있지요. 하지만 그러한 실패조차도 이전까지의 다른 그 어떤 방식들보다도 인간성을 위해 더 많은 것을 해냈습니다. 그것은 사회이고, 적어도 잠재적으로는 문화입니다. 교육의 한 형태입니다. 어찌 보자면 규모가 아주 큰 학교라 할 수 있지요. 아주아주 큰 학교 말입니다. 그 본질은 상호 의사소통과 협동이며, 따라서 다른 관점에서 보자면 세계연맹 또는 연합체로 약간의 중앙집권 조직을 가지고 있습니다. 제가 지금 대표하는 것이 바로 그 관점, 연맹입니다. 정치적 실체로서의 에큐멘은 통치가 아니라 협동을 통해 기능합니다. 법을 강제하지 않으며, 결정은 여론이나 명령이 아니라 평의회와 동의를 거쳐 내려집니다. 경제 실체로서 에큐멘은 아주 생동적이며, 내부 세계의 정보 교환을 통해 80개 세계 사이의 무역 균형을 유지합니다. 정확하게는 84개입니다. 만약 게센이 에큐멘에 가입하게 된다면 말이지요……."

"법을 강제하지 않는다니 무슨 뜻입니까?" 슬로세가 말했다.

"법이 없습니다. 회원 국가들은 각자 자기 법을 따릅니다. 회원 간에 충돌이 있을 때는 에큐멘이 중재에 나서서 법적, 윤리적 조정을 하거나 검토, 선택을 하도록 합니다. 만일 초유기체 조직으로서 실험이라 할 수 있는 에큐멘이 결국 실패한다면, 에큐멘은 평화 유지군이 되고 경찰 조직을 꾸리는 식으로 가야 할 겁니다. 하지만 지금 단계에서는 그럴 필요가 없습니다. 모든 중심 세계들은 몇 세기 전에 있던 재앙의 시대로부터 회복되고 있으며, 잃어버린 기술과 사상을 재건하고, 서로 대화를 나누는 방법을 배우고 다시 익히고 있습니다……." 전쟁이라는 단어가 없는 사람들에게 '적의 시대'에 대해, 그리고 그 후유증에 대해 어떻게 설명해야 할까?

모임의 주최자이자 섬세하고 작은 몸집에 눈매가 날카로운 예게이 친교인이 느릿느릿 말했다. "아주 근사하군요, 아이 씨. 하지만 에큐멘이 우리에게 뭘 원하는지 모르겠습니다. 84번째 세계가 에큐멘에 무슨 이익이 되느냐는 말입니다. 이곳이 그다지 매력적인 세계도 아니잖습니까. 우리에게는 에큐멘 세계에 다 있는 우주선도 없고 말입니다."

"헤인인과 세티인이 도착하기 전에는 우리 역시 모두가 우주선이 없었습니다. 그리고 몇 세기 동안 우주선을 허락받지 못한 세계들도 있었습니다. 에큐멘이 기준을 확립하기 전까지 말입니다. 여기서는 그것을 자유무역이라 부르는 걸로 압니다." 내 말에 모두가 웃음을 터뜨렸다. 자유무역이란 말은 바로 예게이가 속한 당 또는 파벌 이름이었기 때문이다. "사실, 제가 여기에 온 이유는 자유무역을 성립시키기 위해서입니다. 물품뿐 아니라, 지식, 기술, 사상, 철학, 예술, 의학, 과학, 학술 등 온갖 분야에 대해서 말입니다……. 게센인들이 다른 세계와 직접 왕래할 수 있을지는 잘 모르겠습니다. 여러분이 아시옴세라 부르는, 여기서 가장 가까운 에큐멘 세계인 올룰까지도 17광년이나 떨어져 있습니다. 가장 먼 세계는 250광년 떨어져 있으며, 그곳의 항성은 여기에서 보이지조차 않습니다. 하지만 앤서블 교신기를 이용하면, 여러분은 마치 이웃 도시의 라디오를 듣는 것처럼 그 세계와 대화를 나눌 수 있습니다. 하지만 여러분이 그곳에서 온 사람들을 직접 볼 수 있을 것 같지는 않습니다……. 제가 말씀드린 무역은 굉장한 이익을 낳을 겁니다. 그러나 그것은 물가 수

송보다는 주로 정보교환을 중심으로 이루어질 겁니다. 여기에서 제 임무는 여러분이 다른 인류와 교류할 의사가 있는지 확인하는 것입니다."

슬로세가 진지한 표정으로 몸을 앞으로 기울이며 말했다. "여기서 '여러분'이라는 건 오르고레인입니까 아니면 게센 전체를 뜻하는 겁니까?"

나는 잠시 망설였다. 예상 밖의 질문이었기 때문이다.

"지금 이 자리에서는 오르고레인을 뜻합니다. 하지만 누구도 배제해서는 안 됩니다. 시스, 섬 국가들 또는 카르히데가 에큐멘에 가입하기로 결정한다면, 그럴 수 있습니다. 그것은 언제나 개별적인 선택의 문제입니다. 게센처럼 고도로 발달한 행성이 에큐멘에 가입한다면, 그 행성에서 조정자로 행동하고 다른 행성에 대표 역할을 할 기구가 들어서게 됩니다. 우리 용어로는 지역 스테빌리티라 부르는 기구입니다. 그리고 그에 따라 다양한 민족, 지역, 국가는 하나로 통일됩니다. 그렇게 되면 시간도 절약되고 또한 분담에 의해 비용도 절약됩니다. 예를 들어, 여러분이 직접 우주선을 만든다면 말입니다."

내 옆의 뚱뚱한 휴메리가 말했다. "메시의 젖이여! 당신은 우리가 진공 속에 떨어지기를 원하는 겁니까? 어이쿠!" 불쾌하면서도 흥미롭다는 듯이, 그는 아코디언의 고음 같은 소리를 씨근거렸다.

가움이 말했다. "'당신' 배는 어디에 있습니까, 아이 씨?" 그는 부드러운 목소리로 반쯤 웃으며 아주 교묘하게 물었다. 그리고 자신의 그러한 교묘함을 남들이 눈치채길 원했다. 그는 그 어떤 기준에서 보더라도, 그리고 어느 쪽 성으로 보더라도 특출하게 잘생겼고, 그래서 나는 대답을 하면서도 그에게서 눈을 뗄 수가 없었다. 다시 한 번 사르프가 무엇인지 궁금해졌다. "그건 비밀이 아닙니다. 카르히데의 라디오에서 이미 몇 번이나 그에 대해 방송을 했습니다. 저를 호르덴 섬에 내려준 로켓은 지금 장인학교의 왕립 기술 공장에 있습니다. 어쨌든 대부분은 말입니다. 각 분야의 전문가들이 검사 후 여러 부속품을 가져갔기 때문에 온전하지는 않을 겁니다."

"로켓?" 휴메리가 물었다. 이전까지는 오르고레인어로 폭죽이라는 말을 써왔기 때문이다.

"간단히 말하자면 육상보트의 추진 방법입니다."

휴메리는 다시금 씨근덕거리는 소리를 냈다. 가움은 그저 싱글거리며 말했다. "그렇다면 당신은 돌아갈 방법이 없다는 뜻이로군요."

"아니요, 있습니다. 앤서블로 올룰과 교신해서 NAFAL 우주선을 보내달라고 하면 됩니다. 그 우주선 여기까지 오는 데는 17년이 걸리지요. 또는 저를 여러분의 항성계에 데려다준 우주선에 무선 연락을 해도 됩니다. 그 우주선은 지금 여러분의 태양 주위를 돌고 있습니다. 연락하면 며칠이면 도착할 겁니다."

내 말에 사람들이 놀라 서로를 보며 웅성거렸다. 심지어 가움도 놀라움을 감추지 못했다. 내 말은 전에 했던 내용과 약간 차이가 있었다. 이것은 내가 카르히데에서는 비밀로 해두었던, 신지어 에스트라벤에게조차 알리지 않았던 중요한 사실이었다. 만약 내가 들은 바처럼 오르고레인 사람들이 나에 대해 아는 게 카르히데가 선택적으로 흘려보낸 정보뿐이라면 이것은 그저 놀라운 사실 가운데 하나에 불과할 터였다. 하지만 그렇지 않았다. 이들에게 이 정보는 아주 커다란 충격으로 다가왔다.

"그 우주선은 어디에 있습니까?" 예게이가 캐물었다.

"게센과 쿠후른 사이 어딘가에서 태양을 돌고 있습니다."

"당신은 그 우주선에서 어떻게 이곳에 왔습니까?"

"폭죽을 타고 왔다잖습니까." 늙은 휴메리가 말했다.

"말씀하신 대로입니다. 하지만 성간 우주선은 정보 교류가 이루어지거나 동맹이 체결되기 전에는 사람이 거주하는 행성에 착륙하지 않습니다. 그래서 저는 조그만 로켓-보트를 타고 호르덴 섬에 착륙했습니다."

"그리고 당신은 평범한 무전기로 그 커다란 배와 연락을 주고받을 수 있고요. 그렇죠, 아이 씨?"

"그렇습니다." 나는 로켓에서 궤도에 진입시켜둔 중계 위성에 대해서는 언급하지 않았다. 자신들의 하늘에 내 물건이 가득하다는 인상을 주고 싶지 않았기 때문이다. "하지만 그러려면 꽤 강력한 송신기가 필요합니다. 그리고 여러분은 그런 것들을 많이 가지고 있습니다."

"그러면 우리도 당신 배와 연락할 수 있습니까?"

"네. 여러분이 적절한 신호를 보낸다면요. 저 위에 있는 사람들은 우리가 '정체'라 부르는 상태에 들어가 있습니다. 여러분

식으로 말하자면 동면 상태에 들어가 있다고 할 수 있겠군요. 제가 여기서 임무를 마칠 때까지 기다리는 수년 동안 나이를 먹지 않게 하기 위해서이지요. 적당한 파장의 신호를 보내면 기계가 작동해서 배의 사람들을 정체 상태에서 깨우고, 그러면 그 사람들은 저와 무선통신을 하거나 또는 올룰을 중계 센터로 삼아 앤서블로 이야기를 하게 되지요."

누군가가 불안한 듯이 물었다. "몇 명이나 타고 있습니까?"

"11명입니다."

그 말에 그들은 안도의 한숨을 내쉬며 소리 내어 웃었다. 긴장이 약간 누그러졌다.

"만약 당신이 신호를 보내지 않으면 어떻게 됩니까?" 옵슬레가 물었다.

"그런 경우에는 지금부터 약 4년 뒤에 자동으로 깨어나게 되어 있습니다."

"그리고 당신을 찾으러 여기에 온다는 겁니까?"

"제게서 연락을 듣는 한은 그러지 않을 겁니다. 우선은 올룰과 헤인에 있는 스테빌들에게 앤서블로 연락을 해서 의견을 구할 겁니다. 그리고 아마도 다시 한 번 시도해볼 가능성이 큽니다. 즉, 특사를 한 번 더 보내겠죠. 종종 두 번째 특사는 첫 번째보다 일을 더 수월하게 진행합니다. 설명할 일도 적고 사람들도 더 쉽게 믿을 테고요……."

옵슬레가 싱긋 웃었다. 하지만 여전히 대부분은 신중하고 경계하는 태도를 보였다. 기옹은 내 거침없는 대답에 감탄했다는 듯이 가볍게 고개를 까닥였다. 공모자의 까닥임이었다. 슬로세는 생각에 잠긴 듯 반짝이는 눈으로 뭔가를 열중해서 물끄러미 바라보고 있더니 갑자기 시선을 돌려 내게 물었다. "아이 씨, 당신은 2년 동안이나 카르히데에 있으면서 어째서 그 우주선에 대해서는 한 마디도 하지 않았습니까?"

"아이 씨가 그러지 않은 걸 우리가 어떻게 압니까?" 가움이 웃으며 말했다.

"아이 씨가 그러지 않았다는 걸 우리는 잘 압니다, 가움 씨." 예게이가 역시 웃으며 말했다.

내가 말했다. "그렇습니다, 말하지 않았습니다. 그 이유는 이렇습니다. 저 어디에선가 우주선이 절 기다린다는 소식은 사람들을 놀라게 할 수 있으니까요. 분명 그런 분이 있을 겁니다. 카르히데에서 만난 사람들 가운데에는 제가 위험을 무릅쓰고 그 우주선에 대해 말한 만큼 신뢰를 쌓은 상대가 없었습니다. 그러나 여기 여러분은 오랫동안 저에 대해 생각할 시간이 있었지요. 여러분은 이런 공개석상에서 기꺼이 제 말에 귀를 기울이고 계십니다. 여러분은 공포에 굴복하지 않지요. 저는 이제 이야기할 때가 되었고, 오르고레인이 그 장소라고 여겼기에 위험을 무릅쓰고 이야기를 한 겁니다."

슬로세가 흥분해 말했다. "맞습니다, 아이 씨. 맞는 말씀입니다! 한 달 안에 당신은 그 우주선에 신호를 보내게 될 겁니다. 그리고 새로운 시대를 여는 신호이자 징후로 오르고레인에서 환영받게 될 겁니다. 지금은 그것을 보지 못하는 사람들의 눈도 그

때는 열릴 겁니다!"

우리가 앉은 곳에 저녁 식사가 나올 때까지 그런 식으로 대화가 계속 이어졌다. 우리는 먹고 마신 뒤 집으로 갔고, 나는 몹시 지쳤지만 일이 잘되어 기분이 좋았다. 물론 경고가 있었고 애매한 부분들이 있었다. 슬로세는 나를 신조처럼 여기고 싶어했다. 가움은 나를 사기꾼으로 몰고 싶어했다. 메르센은 내가 카르히데의 첩자임을 증명해 보임으로서 자신이 첩자가 아님을 증명하고 싶은 듯했다. 하지만 옵슬레와 예게이, 그리고 몇몇 다른 사람들은 한 단계 높은 곳에서 사태를 바라보고 있었다. 그들은 스테빌과 교류하고, 에큐멘과 동맹을 맺도록 친교그룹을 설득하거나 강요하기 위해 NAFAL 우주선이 오르고레인에 착륙하기를 원했다. 그렇게 함으로써 오르고레인이 카르히데에 대해 항구적이고 커다란 명예-승리를 거둘 수 있으리라 믿었고, 그러한 승리를 주도한 친교인들은 정부 내에서 더 큰 명예와 권력을 소유하게 되리라 믿었다. 33인 위원회에서 소수인 자유무역당은 시노스 계곡의 분쟁이 계속되는 것에 반대했으며, 대체로 보수적이고 비공세적이며 반국가주의적인 정책을 표방했다. 그들은 오랫동안 권력의 핵심에서 밀려나 있었고, 비록 위험이 없지는 않지만 내가 제시한 길에 권력을 다시 장악할 방법이 있다고 판단했다. 하지만 그들은 그 뒤를 멀리 내다보지는 않았다. 그들에게 내 임무는 수단이지 목적이 아니었으며 자신들에게 큰 해가 없다는 판단을 내렸다. 일단 그렇게 결론짓자 그들은 나와 함께 할 경우 어떻게 될지에 대해 치밀하게 분석하기 시작했다. 비록 멀리 내다보는 눈은 없었지만 적어도 현실적이기는 했다.

오후 모임에서, 옵슬레는 다른 사람들을 설득하기 위해 말했다. "카르히데는 에큐멘과의 동맹이 우리에게 가져다줄 힘을 두려워할 겁니다. 카르히데는 늘 새로운 방식과 사상을 두려워했다는 걸 잊지 마십시오. 그러니 이번에도 우리보다 뒤처질 겁니다. 어쩌면 에르헨랑 정부가 용기를 내어 우리 뒤를 따라 에큐멘에 합류할 수도 있겠죠. 어느 쪽이 되었든 카르히데의 시프그레소는 격하될 것이고, 어느 쪽이 되었든 썰매는 우리가 몰게 될 겁니다. 우리가 지금 이 기회를 제대로 잡는다면, 영원히 우위에 올라설 것이 확실합니다!" 이윽고 옵슬레는 나를 보며 말했다. "하지만 에큐멘은 기꺼이 우리를 도와야만 합니다, 아이 씨. 우리는 이미 에르헨랑에 알려진 당신 한 사람만으로는 국민을 설득할 수가 없습니다. 더 많은 증거가 필요합니다."

"무슨 말인지 압니다, 친교인. 당신은 가시적인 증거를 원하고 저 역시 어서 그런 증거를 보여드리고 싶습니다. 하지만 우주선의 안전과 여러분에 대한 확신이 어느 정도 생기기 전까진 우주선을 이곳에 오게 할 수가 없습니다. 여러분 정부의 동의와 보장이 필요합니다. 제 말은, 친교인 전체의 동의와 공식적 발표가 있어야 한다는 겁니다."

옵슬레는 불만스러운 눈치였지만 맞장구쳤다. "맞는 말입니다."

오후 모임 내내 웃기만 했을 뿐 토론에 참여하지 않은 슈스기스와 함께 차를 타고 오면서 내가 물었다. "슈스기스 씨, 사르프가 뭔가요?"

"내무부의 상임 부서 가운데 하나입니다. 허위 등록, 불법 여행, 대리 취업, 위조지폐 같은 온갖 쓰레기 같은 일을 조사하고 감독하는 곳입니다. 사르프는 오르고레인 하층어로 쓰레기라는 뜻이지요. 별명입니다."

"그러면 조사관들은 사르프의 직원입니까?"

"일부는 그렇습니다."

"제 생각에 경찰 역시 어느 정도는 사르프의 권위 아래 있을 것 같은데요?" 나는 조심스레 질문했고, 조심스러운 답변을 들었다. "아마도 그럴 겁니다. 하지만 저는 외무부에 속해 있어서 내무부 쪽 직위 체계가 어떻게 되는지는 잘 모릅니다."

"좀 복잡하군요. 그런데 수도국에서 하는 일은 뭡니까? 예를 들면요?" 나는 재빨리 사르프에서 다른 이야기로 화제를 돌렸다. 헤인인이나 만사 걱정 없는 치페와르 사람이라면 슈스기스가 입밖에 내지 않은 말에 담긴 의미를 알지 못했을 것이다. 하지만 나는 그들과 달리 지구에서 태어났다. 그러고 보면 죄 많은 조상을 가지고 있는 게 꼭 나쁜 것만은 아닌 듯하다. 방화범 할아버지는 후손에게 연기 냄새를 맡을 수 있는 코를 남겨주는 법.

이곳 게센에서 고대의 테라 정부와 유사한 정부 형태, 즉 군주제와 만개한 관료제를 발견한다는 것은 참으로 흥미롭고 환상적인 일이었다. 이 새로운 발달 형태 역시 환상적이기는 했지만 흥미는 덜했다. 덜 원시적인 사회일수록 더 못된 특징이 있는 건 참으로 이상한 일이다.

그러니까 나를 거짓말쟁이로 몰려던 가움은 오르고레인의 비밀 경찰이었다. 그는 옵슬레가 그러한 사실을 안다는 걸 알까? 분명히 알 것이다. 그렇다면 가움은 정부의 공작원이란 말인가? 그는 명목상 옵슬레의 당을 위해 또는 그 반대편을 위해 일하고 있는 걸까? 33인 위원회에서 사르프를 조종하는, 또는 사르프가 조종하는 당은 어느 당일까? 나는 이런 의문들을 풀어야 했지만 그러기가 쉽지는 않을 터였다. 한동안 거칠 것 없고 희망적으로 보이던 내 앞길이 갑자기 에르헨랑에서와 마찬가지로 고통스럽고 겹겹이 비밀로 에워싸인 듯 보였다. 지난밤에 에스트라벤이 그림자처럼 내 옆에 나타나기 전까지는 모든 게 순조롭게 진행되었는데.

"미시노리에서 에스트라벤 경의 위치는 어떻습니까?" 매끄럽게 달리는 차 구석에서 등을 좌석 깊숙이 기대고 반쯤 잠든 듯 있는 슈스기스에게 물었다.

"에스트라벤? 아, 하르스! 여기선 그렇게 부릅니다. 당신도 아시겠지만 우리 오르고레인에서는 새 시대와 함께 그런 신분명은 쓰지 않습니다. 제가 알기로 하르스는 예게이 친교인의 식객으로 있습니다."

"그곳에서 삽니까?"

"그럴 겁니다."

에스트라벤이 지난밤에는 슬로세의 집에 나타났었는데 오늘 예게이의 집에 나타나지 않은 것이 이상하다고 말하려다가 문득 아침에 있었던 짧은 만남을 생각해보니 그리 이상한 것도 아니라는 생각이 들었다. 하지만 에스트라벤이 의도적으로 나를 피한다는 생각이 들자 마음이 편치 않았다.

슈스기스가 커다란 엉덩이를 움직여 안락한 좌석에 다시 깊숙이 자리 잡으며 말했다. "사람들이 남쪽에 있는 아교 공장인지 생선 통조림 공장인지에서 하르스를 발견해 그 빈민굴에서 구해냈습니다. 제 말은 자유무역 사람들 말입니다. 물론 하르스가 쿄레미 의원과 수상으로 있을 때 자유무역 사람들에게 도움이 되었기에 이번 기회에 돕는 거죠. 하지만 실제 속셈은 메르센을 골리기 위해서라고 생각합니다. 하하! 메르센은 티베의 첩자인데, 아무도 자기 정체를 모를 거라고 생각하지만, 사실 알 만한 사람은 다 그자의 정체를 알고 있지요. 메르센은 하르스가 나타난 걸 못마땅해합니다. 그렇지만 하르스가 반역자인지 이중첩자인지 모르면서도 그것을 알아내기 위해 시프그레소를 깰 용기는 없지요. 하하!"

"당신은 하르스가 어느 쪽이라고 생각하십니까, 슈스기스 씨?"

"반역자지요, 아이 씨. 그러나 순수하고 단순한 반역자라고 할까요. 하르스는 티베가 권력을 잡는 것을 막기 위해 시노스 계곡에 대한 권리를 팔았지만 그 과정을 현명하게 처리하지 못했습니다. 여기에서라면 추방보다 더 무거운 벌을 받았을 겁니다. 메시의 젖꼭지에 맹세합니다! 만약 당신이 당신 편을 배신한다면 당신은 모든 것을 잃게 될 겁니다. 애국심이 없는 사람, 자기밖에 모르는 사람은 그걸 모르죠. 하지만 저는 하르스가 권력을 지키기 위해 몸부림치는 동안 자기 자신에 대한 배려가 조금 부족했다고 생각합니다. 하지만 보신 것처럼, 이곳에서 지낸 지난 5개월 동안은 그다지 나쁘지 않았습니다만."

"그런 것 같군요."

"당신도 하르스를 믿지 않는군요?"

"네, 그렇습니다."

"그 말을 들으니 기쁩니다, 아이 씨. 저는 왜 예게이와 옵슬레가 그 사람에게 매달리는지 모르겠습니다. 하르스는 분명 반역자이고 자기 이익을 최우선에 두었으며, 다시 일어설 수 있을 때까지 당신의 썰매에 매달려 있을 속셈입니다, 아이 씨. 저는 그렇게 보고 있습니다. 음, 만약 하르스가 지금 제게 와서 공짜로 태워달라고 한다면 제가 과연 그자를 태워줄지 모르겠습니다!" 슈스기스가 숨을 훅 하니 내쉬었고, 자기 말에 스스로 열심히 고개를 끄덕이며 내게 웃어 보였다. 고결한 사람들이 주고받을 법한 그러한 웃음을. 차는 넓고 조명이 밝은 거리를 부드럽게 나아갔다. 배수구 쪽에 거무스름하게 쌓인 눈 더미를 제외하고는 아침에 내린 눈은 이미 녹은 상태였다. 지금은 차가운 가랑비가 내리고 있었다.

미시노리 중심부에 서 있는 정부 청사와 학교, 요메시 사원 등 커다란 건물들이 맑고 밝은 가로등 불빛 속 비 사이로 너무나도 흐릿하게 보였기에 마치 빗물에 녹아내리는 듯했다. 건물 모퉁이들은 어렴풋했고, 정면은 얼룩지고 물이 맺혀 더러웠다. 부분과 전체가 같은 이름으로 불리는 도시, 전체가 한 덩어리로 지어진 것과 같은 이 도시가 주는 압박감 속에는 불안정하고 비현실적인 무언가가 있었다. 그리고 슈스기스, 나를 맞이해준 쾌활한 인물, 육중한 인간, 현실의 인간인 슈스기스 역시 모퉁이와 가장자리 어딘가가 조금은 규정하기 애매하고, 조금은, 아주 조금은 비현실적으로 느껴졌다.

나흘 전 오르고레인의 넓은 황금빛 들판을 가로질러 미시노리 깊숙이 자리 잡은 밀실들을 향해 성공적으로 전진하기 시작한 이래, 나는 무언가를 놓치고 있었다. 하지만 그것이 무엇일까? 나는 격리된 느낌이었다. 요 며칠 동안 추위를 느낀 적이 없었다. 이곳 사람들은 방을 아주 따뜻하게 유지했다. 먹는 즐거움은 없었다. 오르고레인 음식은 무미건조했다. 하지만 해될 건 없었다. 하지만 왜 내가 만난 사람들은, 내게 호의를 가진 이나 그렇지 않은 이나 하나같이 모두 무미건조한 걸까? 그들 가운데에는 옵슬레와 슬로세, 잘생겼지만 혐오스러운 가움처럼 생기 넘치는 인물도 있었다. 하지만 그런 이들에게조차 어떤 특징, 인간미가 부족했다. 그리고 그들을 믿을 수가 없었다. 종잡을 수가 없었다.

마치 그림자 없는 사람 같다는 생각이 들었다.

이런 약간 과장된 사색은 내 임무의 본질적인 부분이다. 만약 이런 능력이 없었다면 나는 모빌 자격을 얻지 못했을 것이다. 나는 헤인에서 이에 대한 공식 훈련을 받았다. 헤인에서는 이를 '심추론'이라고 이름 붙였다. 그것은 더러 도덕적 실체의 직관적 인식으로 묘사되기도 한다. 따라서 합리적이고 논리정연한 말보다 '은유'를 선호하는 경향이 있다. 나는 절대 심추론에 뛰어난 편이 아니었다. 오늘 밤 나는 아주 피곤했기에 내 직관을 믿을 수가 없었다. 방으로 돌아온 나는 따뜻한 물로 샤워를 하며 위안을 구했다. 하지만 샤워를 할 때조차 애매한 불안감이 찾아왔다. 마치 따뜻한 물이 현실이 아니며, 금방이라도 사라질 것만 같은 그러한 불안감이.

11. 미시노리에서 한 독백

미시노리, 수스미 스트레스. 희망에 차 있는 건 아니지만 모든 일들이 조금씩 희망의 근거를 보여준다. 옵슬레는 동료 친교인들과 논쟁이나 흥정을 하고, 예게이는 번드르르한 말로 구워삶고, 슬로세는 자기 편으로 끌어들인다. 그리하여 그들의 동조자는 날로 늘어난다. 그들은 아주 기민하며, 당원들은 결속이 잘 되었다. 33인 가운데 오직 일곱 명만이 신뢰할 수 있는 자유무역당원이고, 옵슬레는 나머지 가운데 열 명의 확실한 지지를 받아야 가까스로 다수파가 될 거라고 생각한다.

그들 가운데 한 명은 특사에게 진정으로 관심을 보이는 듯하다. 아이니엔 지구의 이세펜 친교인인데, 사르프에서 에르헨랑에서 보내는 방송을 검열하는 일을 해오다가 외계인 임무에 대해 호기심을 품게 된 이었다. 이세펜은 양심의 가책을 느끼는 듯하다. 그는 옵슬레에게, 33인 위원회가 우주선 초청에 대해서 이 나라 국민뿐 아니라 카르히데에도 동시에 알리고 아르가벤 왕도 그 초청에 한목소리를 내도록 부탁하면 어떻겠느냐고 제안했다. 훌륭한 계획이지만 채택되지는 않을 것이다. 그 어떤 일도 카르히데에 함께하자고 할 리가 없다.

33인 위원회 가운데 사르프 쪽 사람들은 당연히 특사의 존재와 그 임무에 대해 전적으로 반대 입장을 취하고 있다. 옵슬레가 지지를 얻을 수 있다고 믿는 미온적이고 중립적인 사람들도 아르가벤과 궁정 사람 대부분이 그랬던 것처럼 특사를 두려워한다. 다른 점이 있다면 아르가벤은 특사를 자신처럼 미쳤다고 생각하지만, 이들은 특사를 자신들처럼 거짓말쟁이로 본다는 점뿐이다. 그들은 이미 카르히데가 받아들이기를 거절한 날조, 심지어 아마 만들어내기까지 했을 날조를 공개적으로 받아들이기를 두려워한다. 그들이 우주선을 초청하고, 그 사실을 공표했는데 만약 우주선이 오지 않으면 그들의 시프그레소는 어떻게 될 것인가?

사실, 겐리 아이는 무조건 자신을 믿으라고 하지만 그건 우리에게 무리한 요구다.

아마도 그에게는 무리한 요구가 아니겠지만.

그리고 옵슬레와 예게이는 33인 위원회 가운데 다수를 설득해 특사를 믿게 할 수 있다고 생각한다. 나는 왠지 비관적인 생각을 떨칠 수가 없다. 어쩌면 단순히 오르고레인이 카르히데보다 깨어 있다는 사실을 증명하는 것을, 위험을 무릅쓰고 승리를 쟁취해 카르히데를 어둠 속의 그림자로 남겨놓게 되는 것을, 내가 진심으로 원하지 않기 때문이리라. 만약 이러한 시샘을 애국심이라 한다면 그것은 너무 늦게 찾아왔다. 티베가 나를 제거하려는 음모를 알아차렸을 때 나는 특사에게 오르고레인으로 들어가라고 설득했다. 그리고 이곳 추방지에서 33인 위원회가 특사를 데려올 수 있도록 할 수 있는 모든 것을 했다.

겐리 아이가 애시에게서 받아다준 돈 덕분에 나는 지금 '식객'이 아닌 한 '개인'으로 독립해 살고 있다. 옵슬레나 다른 특사 지지자들과 공식 석상에서 마주치지 않기 위해 만찬에는 더 이상 나가지 않고 있으며, 특사 역시 미시노리에 도착한 이튿째 본 이래 반달 넘게 보지 않았다.

겐리 아이는 애시의 돈을 마치 고용된 자객에게 대가를 지불하듯 주었다. 나는 화를 잘 안 내는 편이었지만 일부러 그를 모욕했다. 그는 내가 화가 났다는 것은 알아차렸지만 자신이 모욕당한 것은 모르는 게 분명하다. 내 조언하는 태도에도 불구하고, 그는 내 조언을 '받아들인' 듯하다. 화가 가라앉았을 때 그것을 알았고, 걱정이 되었다. 어쩌면 에르헨랑에 있던 내내 그는 나의 충고를 기다렸지만 자신이 그렇다는 사실을 내게 알릴 방법을 몰랐던 것은 아닐까? 만약 그렇다면 그는 쐐기돌 기념식이 있고 난 저녁, 궁전의 내 화롯가에서 내가 한 말의 절반은 오해하고 나머지 절반은 이해하지 못했던 게 분명하다. 그의 시프그레소는 우리와 다른 것에 근거를 두고 구성되고 유지되는 게 틀림없다. 난 그를 아주 솔직하고 정직한 사람이라고 생각했지만 그는 내가 교활하고 속내를 드러내지 않는 인물이라고 생각했을 것이다.

그의 둔함은 무지 때문이다. 그의 거만함은 무지 때문이다. 그는 우리에 대해 무지하고, 우리는 그에 대해 무지하다. 그는 한량없는 이방인이고, 나는 그가 우리에게 가져온 희망의 빛에 가로질러 내 그림자를 드리우려 한 바보이다. 나는 몹쓸 허영심을 버려야 한다. 그가 갈 길을 방해해서는 안 된다. 그것이 그가 원하는 바임이 확실하기 때문이다. 그가 옳다. 추방된 카르히데의 반역자는 그의 목적에 전혀 도움이 되지 않는다.

모든 '개인'은 직업이 있어야 한다는 오르고레인 법에 따라, 나는 제8시부터 정오까지 플라스틱 공장에서 일한다. 쉬운 일이다. 불에 달구어 말랑말랑해진 작은 플라스틱 조각들을 합쳐 작고 투명한 상자를 만드는 기계를 조작하는 일이다. 그 상자들을 어디에 쓰는지는 알지 못한다. 오후에는 무료함을 없애기 위해 로세레르에서 배운 옛 수련을 복습하고 있다. 도스 강화 기술, 비황홀경에 들어가는 기술을 잊지 않아서 여간 기쁘지 않다. 하지만 비황홀경에서 깨어나는 것은 아직 잘 되지 않으며, 부동의 자세를 취하는 기술과 단식은 아예 배우지 않은 것과 다를 바가 없어 아이처럼 처음부터 새로 시작해야 했다. 지금 단식하고 고작 하루가 지났는데, 배가 일주일, 아니 한 달은 굶은 것처럼 비명을 지른다!

이제 밤에는 몹시 춥다. 오늘 밤에는 언 비를 동반한 거센 바람이 분다. 저녁 내내 에스트레 생각이 났고, 바람 소리가 그곳에서 부는 바람 소리처럼 들렸다. 오늘 밤, 나는 아들에게 긴 편지를 썼다. 편지를 쓰면서 아렉의 존재를 몇 번이고 다시 느꼈다. 고개를 돌리면 보일 것만 같은 느낌이었다. 왜 이러한 기록을 계속하고 있는 것일까? 내 아들에게 읽히기 위해? 그 아이에겐 쓸모도 없는 내용인데. 그냥 우리 언어로 뭔가를 쓰고 싶어서 그러는 게 아닐까 싶다.

수스미 하르하하드. 여전히 라디오에서는 특사에 대해 단 한 마디도 언급이 없다. 오르고레인에는 거대한 규모의 정부 기구가 뚜렷이 존재하지만 보이는 건 아무것도 없고 그 어느 것도 큰 소리로 말해지지 않는다는 사실을 겐리 아이는 알고 있을지 궁금하다. 지배 집단은 간계를 숨기는 법.

티베는 카르히데에 거짓말하는 법을 가르치고 싶어한다. 티베는 오르고레인으로부터 그 방법을 배웠다. 하지만 굳이 거짓말하는 법을 배울 수고를 들여야 했을까 싶다. 거짓말하지 않고서도 진실을 우회하고 또 우회하는 법을 그토록 오랫동안 수행해왔는데 말이다.

어제 에이 강 건너에서 오르고레인을 겨냥한 대규모 약탈이 있었다. 그들은 테켐베르의 곡창을 불태웠다. 바로 사르프가 원하고 티베가 원하던 것이다. 하지만 과연 이 분쟁의 끝은 어디로 이어질까?

슬로세는 우리 목적을 잊고 특사의 말에 요메시 신비주의를 적용해, 에큐멘이 이 땅에 오는 것이 사람들 속에서 요메시이 지

배가 실현되는 것으로 해석한다. 슬로세가 말했다. "우리는 새로운 인류가 오기 '전'에 카르히데와의 대립을 중지해야만 합니다. 우리는 그 사람들을 환영하기 위해 우리 영혼을 깨끗하게 해야만 합니다. 시프그레소를 선행하고, 모든 보복 행위를 금지하고, 한 화로의 형제로서 시샘 없이 단결해야 합니다."

하지만 그 사람들이 올 때까지 어떻게? 어떻게 하면 이 악순환을 그칠 수 있을까?

수스미 구이르니. 슬로세는 이곳의 공공 케메르집에서 상연되는 외설스러운 연극을 금지할 목적으로 만든 위원회의 장이다. 카르히데의 〈후후스〉 같은 공연이 분명하다. 슬로세는 그것이 천박하고 저속하며 불경하다는 이유로 그러한 공연에 반대한다.

하지만 뭔가에 반대한다는 것은 한편으로 그것을 유지하는 것이다.

'모든 길은 미시노리로 통한다'는 속담이 있다. 미시노리에 등을 돌리고 반대로 걸어가도 결국은 여전히 미시노리의 길을 걷는 것이다. 천박함에 반대하는 행동은 피할 수 없이 천박해진다. 다른 곳으로 가야 한다. 뭔가 다른 목표가 있어야 한다. 그러면 다른 길을 걸어갈 수 있다.

오늘 예게이는 33인 위원회 회관에서 이렇게 말했다. "저는 카르히데로의 곡물 수출을 봉쇄하는 것에 단호히 반대합니다. 그리고 그 동기가 된 경쟁심에도 반대합니다." 옳은 주장이지만, 예게이가 그 길로 가기 위해 미시노리의 길을 벗어나지는 않을 것이다. 예게이는 대안을 제시해야만 한다. 오르고레인과 카르히데 둘 다 현재 자신들이 가는 길이 어떤 방향이든 그 길을 벗어나야 한다. 둘 다 다른 길을 가야 하며 악순환을 끊어야만 한다. 내 생각에, 예게이는 특사에 대해서만 말해야 하며 다른 것을 말해서는 안 된다.

무신론자가 된다는 것은 곧 신을 존재하게 하는 것이다. 신의 존재도 비존재도 결국 증명에 있어서는 다를 바가 없다. 그러므로 한다라 교인들은 '증명'이란 단어를 그리 자주 사용하지 않는다. 한다라 교인은 신을 증명되어야 할 사실이나 믿음의 문제라는 식으로 보지 않는다. 그렇기에 악순환의 고리를 끊고 자유롭게 나아갈 수 있다.

어떤 질문에는 답을 할 수 없다는 사실을 배우는 것. 그리고 '그러한 질문에 답을 하지 않는 것'을 배우는 것. 이는 긴장과 어둠의 시대를 사는 사람들에게 가장 필요한 기술이다.

수스미 토르멘보드. 점점 더 불안해졌다. 여전히 중앙 라디오국에서는 특사에 대한 언급이 한 마디도 없기 때문이다. 우리가 에르헨랑에서 방송으로 내보냈던 특사에 대한 뉴스가 여기서는 단 한 마디도 공표되지 않으며, 불법으로 국경 너머 라디오 방송을 들은 민간인이나 상인, 여행자에게서 흘러나오는 소문들도 그다지 널리 퍼지지 않은 듯하다. 사르프는 내가 알았던 것 이상, 또는 가능하리라고 생각했던 것 이상으로 언론을 완벽히 통제하고 있다. 그 가능성은 무서운 것이다. 카르히데에서 왕과 쿄레미는 국민의 행위에 대해 많은 통제를 가하지만 국민의 귀에 들어가는 정보는 거의 통제하지 않으며, 말하는 것은 전혀 통제하지 않는다. 하지만 이곳 정부는 국민의 행동은 물론 생각까지도 통제할 수 있다. 타인에게 그럴 권한은 그 누구에게도 없는데 말이다.

슈스기스와 그 동료들은 겐리 아이에게 자유로이 도시를 살피게 한다. 하지만 이러한 개방성이 사실은 자신이 은폐되었다는 사실을 가리기 위함이라는 걸 과연 그가 알고는 있을런지 모르겠다. 겐리 아이가 이 나라에 와 있는 것을 아무도 알지 못한다. 공장 동료들에게 물어보았지만 동료들은 아무것도 몰랐고, 내가 어떤 광적인 요메시 분파 이야기를 한다고 생각했다. 아무런 정보도 없고, 아무런 흥미도 없으며, 겐리 아이의 목적에 성과가 있게 해줄 것도, 그의 생명을 보호해줄 것도 없다.

겐리 아이가 우리와 비슷한 외모를 갖추고 있는 건 유감이다. 그래도 에르헨랑에서는 그가 길을 걸어가면 알아보는 사람들이 있었다. 에르헨랑 사람들은 특사에 대해 들은 바가 있고, 그가 그곳에 있다는 사실을 알았기 때문이다. 하지만 여기에서 그의 존재는 비밀에 부쳐졌고, 외모도 별다른 특징이 없다. 이곳 사람들은 내가 겐리 아이를 처음 보았을 때처럼 별 의심 없이 그를 본다. 드물게 큰 키, 건장하고 막 케메르에 들어선 검은 피부의 젊은이로 보는 것이다. 작년에 나는 그에 대한 의사의 보고서를 읽었다. 그와 우리의 차이는 깊은 곳에 있다. 표면적인 차이가 아니다. 그가 외계인이라는 걸 이해하려면 우선 그를 알아야만 한다.

왜 그들은 겐리 아이의 존재를 은폐하는 것일까? 왜 위원들 중 단 한 사람도 거기에 대해 문제를 제기하거나 공공 연설과 라디오를 통해 그에 대해 말하지 않는 것일까? 왜 옵슬레조차 조용한 것일까? 공포 때문이다.

나의 왕은 특사를 두려워했다. 이들은 서로를 두려워한다.

나는 옵슬레가 믿는 유일한 사람이 외국인인 나라고 생각한다. 옵슬레는 나와의 교제를 어느 정도 즐기고(나 역시 그렇다), 몇 번인가는 시프그레소를 거두고 나에게 조언을 해달라고 솔직히 요청했다. 하지만 내가 당파 싸움을 막기 위한 방법으로 겐리 아이에 대해 이야기해 대중의 관심을 불러일으키라고 조언을 할 때는 내 말을 듣지 않는다.

내가 말한다. "전 친교그룹이 특사를 지켜보고 있다면 사르프도 감히 특사에게 손대지 못할 겁니다. 당신에게도 마찬가지고요, 옵슬레."

옵슬레가 한숨을 쉰다. "맞습니다, 맞아요. 하지만 우리는 그렇게 할 수 없습니다, 에스트라벤. 라디오, 인쇄물, 과학 정기간행물은 모두 사르프의 손아귀에 있습니다. 그러니 어쩌면 좋겠습니까? 제가 무엇을 할 수 있겠습니까, 미친 사제처럼 길거리에서 사람들에게 외치기라도 할까요?"

"그렇다면 사람들 사이에 소문을 퍼뜨릴 수도 있지요. 저는 작년에 에르헨랑에서 같은 일을 해야 했습니다. 당신이 답을 알고 있는 질문을 사람들로 하여금 자꾸 묻게 하는 겁니다. 특사가 답이 되는 질문을요."

"특사가 그 잘난 우주선을 이곳에 내려오게 한다면, 그래서 사람들에게 뭔가 보여줄 수만 있다면 정말 좋겠습니다! 하지만 보시다시피……."

"특사는 당신의 행동을 신뢰할 수 있게 되기 전까지는 우주선을 이곳에 데려오지 않을 겁니다."

"제 행동이 신뢰가 안 간다는 겁니까?" 거대한 호브 물고기처럼 살이 찐 옵슬레가 말했다. "지난 한 달 내내 한 시간도 빠짐없이 이 일에 마음을 썼는데도요? 신뢰라고요! 특사는 자기 말은 모두 믿으라고 하면서 정작 자신은 우리 말을 믿으려 하지 않습니다!"

"그럴 리가요."

옵슬레는 씩씩거리기만 할 뿐 더는 답을 하지 않는다.

옵슬레는 내가 아는 오르고레인 정부 관료 가운데 가장 정직함에 가까운 자이다.

수스미 오드게세니. 사르프에서 고위 관료가 되려면 어리석음이 어느 정도 경지에 올라야 하는 듯하다. 가움이 그 단적인 예다. 가움은 내가 수상으로 있는 동안 에큐멘의 특사라는 허황된 이야기를 만들어냈고, 내가 카르히데의 첩자이며 자신들에게 그런 허황된 이야기를 믿게 해 오르고레인의 체면을 엄청나게 잃게 하려한다고 믿는 듯하다. 세상에, 그런 멍청한 작자를 상대로 시프그레소를 갖추는 건 시간 낭비일 뿐이다. 하지만 그에게는 사물을 단순하게 볼 능력이 없다. 예게이가 나를 버린 지금, 가움은 나를 매수할 수 있다고 생각한 모양이며, 자신만의 이상한 방법으로 나를 매수할 준비를 하고 있다. 그는 나를 철저히 감시해 내가 포스세나 토르멘보드에 케메르에 들어갈 거라는 사실까지 알아냈다. 그래서 간밤에는 케메르의 절정기에 이른 상태로 나타나(호르몬 촉진제를 쓴 게 분명하다) 나를 유혹하려했다. 그는 피에네펜 거리에서 우연히 만난 것처럼 일을 꾸몄다. "하르스! 반달이나 당신을 못 보았군요. 요즘 대체 어디에 그렇게 꽁꽁 숨어 계신 겁니까? 저와 에일 한 잔 하러 가시죠."

그는 친교그룹의 공공 케메르집 바로 옆에 있는 에일집으로 들어갔다. 그리고 에일이 아닌 생명수를 주문했다. 그는 시간을 낭비할 생각이 없었다. 한 잔 마시자 내 손을 잡더니 내게 얼굴을 가까이 대고 속삭였다. "우린 우연히 만난 게 아닙니다. 사실은 당신을 기다렸습니다. 저는 당신과 오늘 밤 케메르를 함께하고 싶습니다." 그리고 그는 나를 성이 아닌 이름으로 불렀다. 에스트레를 떠난 뒤로 칼을 가지고 다니지 않아 그자의 혀를 잘라버리지 못한 게 유감이다. 나는 그에게 추방된 몸이라 금욕을 하고 있다고 말했다. 그는 계속 달콤하게 속삭이고 중얼거리며 내 두 손을 잡았다. 그는 여자로 아주 빠르게 바뀌어가고 있었다. 가움은 케메르일 때 아주 아름다웠으며, 자신이 아름답고 성적 매력이 있다는 사실을 잘 알았고, 내가 한다라에 속해 있기에 케메르 억제제를 쓰지 않을 것이며 따라서 이 상황을 버티며 계속 금욕을 하지는 못하리라고 생각한 듯하다. 하지만 그는 혐오감이 억제제와 같은 효과를 낸다는 사실을 간과했다. 나는 그자의 손을 뿌리쳤고(물론 그 손이 어느 정도 내게 영향을 주기는 했다), 옆의 공공 케메르집에서 상대를 찾아보라고 말한 뒤 그곳을 떠났다. 그 말에 가움은 측은하지만 증오가 담긴 눈으로 나를 바라보았다. 다른 속내가 있기는 했지만, 그는 정말로 케메르 상태에 있었고, 따라서 잔뜩 흥분해 있었던 것이다.

가움은 정말로 내가 그런 사소한 것에 나를 팔 거라고 생각한 걸까? 가움은 내가 몹시 불안해한다고 생각한 게 분명하다. 그리고 사실, 그게 나를 불안하게 만든다.

저주받을 자들, 불결한 자들. 그자들 가운데에는 단 한 명도 깨끗한 이가 없다.

수스미 오드소르드니. 오늘 오후 33인 위원회 회관에서 겐리 아이가 연설을 했다. 청중은 허용되지 않았으며 방송도 되지 않았지만, 나중에 옵슬레가 나를 불러 녹음한 테이프를 들려주었다. 특사의 연설은 훌륭했다. 사람 마음을 움직이는 정직함과 한결같은 주장이 담겨 있었다. 그에게는 생소하고 바보스럽게 느껴질 정도로 순진한 면이 있다. 하지만 때때로 그러한 순진함 속에서 드러나는 잘 훈련된 지식과 거대한 목적이 나를 위압한다. 통찰력 있고 고결한 사람들이, 심오하고 오래되고 대단하고 상상을 초월하는 다양한 삶의 경험을 하나의 지혜로 엮어낸 이들이 그를 통해 말을 한다. 하지만 그 자신은 성급하고 경험이 부족하다. 그는 우리보다 높은 곳에 서서 넓은 안목으로 사물을 바라보지만 그 자신은 그저 한 개인일 뿐이다.

그는 에르헨랑에서보다 더 간결하고 우아하게 말한다. 우리 모두가 그러하듯, 그 역시 일을 해나가며 방법을 깨우친 것이다.

그의 연설은 간간이 지배파 당원들에 의해 중단되었다. 그들은 의장에게 저 미친 자의 연설을 중단시키고 밖으로 내쫓은 뒤 원래 진행 순서로 돌아가자고 요구했다. 예멘베이 친교인이 가장 소란을 피웠는데, 누구의 사주를 받고 그러는 것 같지는 않았다. "이런 '기치미치'를 그냥 삼켜버릴 겁니까?" 그는 계속해서 옵슬레에게 외쳐댔다. 옵슬레는 그 뒤로 카하로실레가 계획적으로 방해를 했다고 했으며, 그 탓에 테이프 일부분은 잘 알아들을 수가 없었다. 기억을 더듬어 옮겨 쓴다.

알셜(의장): 특사, 우리는 당신에 대한 정보를 얻었고, 옵슬레 친교인, 슬로세 친교인, 이세펜 친교인, 예게이 친교인 및 기타 다른 사람들의 제의가 있었는데, 아주 흥미롭고 흥분되는 내용이었습니다. 하지만 우리는 좀 더 크게 흥미를 느끼고 흥분할 필요가 있습니다. (폭소) 카르히데 왕이 당신이 타고 온…… 그 탈것을 어딘가에 감추었기 때문에 우리는 그걸 볼 수가 없습니다. 제안받은 대로 당신이 말한 그것을 여기에 내려오게 하는 게 가능할까요? 우주선이라고 하나요? 당신들은 그걸 뭐라고 부르지요?

아이: 우주선은 적당한 호칭입니다.

알셜: 그래요? 당신들은 그걸 뭐라고 부르나요?

아이: 음, 정식으로는 세테인 설계 성간 유인 NAFAL-20입니다.

목소리: 성 페세세의 썰매가 아니라고 확신합니까? (폭소)

알셜: 조용히 해주십시오. 만약 당신이 그 우주선을 이 땅에 착륙하게 할 수 있다면, 그래서 우리가 직접 그 모습을 확인……

목소리: 거짓을 확인하자!

아이: 저도 우주선을 여기에 데려오고 싶습니다, 알셜 씨. 상호 간의 성실함의 증거이자 증표로 말입니다. 저는 이 일에 대한 예비 공표가 있길 기다릴 뿐입니다.

카하로실레: 이게 무슨 뜻인지 모르시겠습니까, 친교인 여러분? 이건 그냥 하찮은 농담이 아니라, 오늘 저기 우리 앞에 서 있는 저 철면피의 술책에 넘어가는 우리의 고지식함, 멍청함, 어리석음을 대놓고 조롱하는 것입니다. 여러분은 저자가 카르히데에서 왔다는 걸 압니다. 그리고 카르히데의 첩자라는 것도 압니다. 여러분은 저자가 카르히데의 어둠의 교리의 영향으로 치료받지 못하고 방치된 성도착자인 것을 알 수 있을 것입니다. 그곳에서는 심지어 예언자의 난교를 위해 인공적으로 성도착자를 만들어내기도 하지요. 그런데 저자가 '저는 외계에서 왔습니다'라고 말하자 여러분 가운데 일부는 두 눈을 질끈 감고 지성을 접어둔 채 그 말을 곧이곧대로 '믿고 있습니다'! 저는 그런 일이 가능하리라고는 상상도 하지 못했습니다. 기타 등등. 기타 등등.

녹음된 내용으로 판단하건대, 아이는 조롱과 모욕을 잘 참아냈다. 옵슬레는 아이가 처신을 잘했다고 말한다. 나는 33인 위원회 회의가 끝나고 나오는 그들을 보기 위해 홀 밖에서 서성였다. 아이는 생각에 잠긴 채 침울한 표정이었다. 그럴 만도 했다.

무력한 내 처지를 견디기가 어렵다. 나는 이 기계를 움직이게 한 사람이지만 이제는 그 작동을 조종할 수가 없다. 나는 특사를 힐긋이나마 보기 위해 두건을 쓰고 가만히 거리로 나왔다. 이처럼 남의 눈을 피해 사는 쓸모없는 삶을 위해 권력과 돈과 친구를 버렸다니. 어리석구나, 세렘.

어째서 나는 실현 가능한 일에는 마음을 돌리지 못하는 건가.

수스미 오드엡스. 겐리 아이가 옵슬레가 관리하는 조건으로 교신 장치를 33인 위원회에 넘겼지만 그걸로 그자들의 마음을 움직이지는 못할 것이다. 그 장치가 겐리 아이가 말한 대로 작동하리라는 데에는 의심의 여지가 없지만, 왕립 수학자인 쇼르스트가 "원리를 모르겠군요"라고만 하면 다른 오르고레인 수학자나 기술자들은 기대할 것도 없으며, 아무것도 증명되거나 반증되지 않을 것이다. 이 세계가 한다라의 성채라면 놀라운 결과물이지만, 아! 우리는 새로 내린 눈 때문에 고생하면서도 증명하고 반증하고 묻고 대답하며 앞으로 나아가야만 한다.

나는 옵슬레에게 겐리 아이가 우주선으로 무선을 보내 그곳에 탄 사람들을 깨우고, 그 사람들이 33인 위원회 회관에 연결된 무선 장치로 친교인들과 대화를 하게끔 설득해보라고 은근히 압력을 넣었다. 하지만 옵슬레는 왜 그럴 수 없는지 설명했다. "에스트라벤, 사르프는 우리의 모든 라디오 방송을 장악하고 있습니다. 이제는 당신도 그 사실을 알 겁니다. 심지어 저조차도 방송국의 누가 사르프 사람인지 모르지만, 거의 모두가 사르프에 속해 있다고 보아도 무방합니다. 기술자며 수리공에 이르기까지 송신기와 수신기에 관련된 모든 이들에 손을 뻗치고 있으니까요. 우리가 우주선에서 오는 전파를 수신하려고 해도 그자들이 방해하지 않으리라는 보장이 없으며, 필경 방해를 할 겁니다. 가짜 전파를 보내올 수도 있습니다! 홀에서 벌어질 장면을 상상해보셨습니까? 우리 쪽에서 꾸민 속임수의 희생자가 된 우리들이 '외부 우주인들'이 삑삑거리는 소음 외엔 아무 대답도, 메시지도 없는 수화기에 귀를 대고 숨죽이며 기다리는 그런 광경을 말입니다."

내가 물었다. "그러면 당신에게는 충실한 기술자를 고용하거나 아니면 기술자를 매수할 돈이 없습니까?" 하지만 소용없었다. 옵슬레는 자신의 위신이 떨어질까 두려워한다. 나를 대하는 그의 태도는 이미 달라졌다. 만약 그가 오늘 밤 열릴 특사를 위한 환영회를 취소한다면, 사태는 더욱 나빠질 것이다.

수스미 오드하르하하드. 옵슬레는 환영회를 취소했다.

오늘 아침, 나는 평범한 오르고레인 복장을 하고 특사를 보러 갔다. 슈스기스의 집으로 공개적으로 보러 간 건 아니었다. 그곳 하인들 가운데에는 사르프의 첩자들이 잔뜩 있을 터이며, 슈스기스 자신도 첩자일 수 있었다. 그러는 대신, 나는 가움이 그랬듯 우연히 거리에서 만난 것처럼 꾸며 특사에게 몰래 다가갔다. "아이 씨, 잠시 저와 이야기 좀 하시겠습니까?"

그는 깜짝 놀란 듯이 주위를 돌아보았고, 나를 알아보고는 크게 놀랐다. 이윽고 그가 말했다. "그게 무슨 소용이 있겠습니까, 하르스 씨. 에르헨랑을 떠난 후 제가 당신 말을 믿지 않는 걸 알지 않습니까……."

눈치가 빠른 게 아니라면 솔직하기 때문에 한 말이었다. 하지만 또한 눈치가 빠르기에 한 말이기도 했다. 그는 내가 뭔가 부탁하려는 게 아니라 조언을 하고 싶어한다는 것을 알았고, 내 자존심을 지켜주기 위해 그렇게 말한 것이다.

내가 말했다. "이곳은 에르헨랑이 아니라 미시노리지만 당신은 여전히 같은 위험에 처해 있습니다. 당신은 우주선과 무선으로 교신하겠노라고 옵슬레나 예게이를 설득해야 합니다. 그러면 우주선에 탄 이들은 안전하게 있으면서 동시에 당신 진술을 뒷받침하는 증거가 되어주겠지요. 만약 그런 설득이 안 먹힌다면 제 생각에 당신은 가지고 있는 앤서블을 이용해 당장 우주선을 이곳에 내려오게 해야 할 겁니다. 위험이 없지는 않겠지만 그래도 지금 당신 혼자서 감당해야 할 위험보다는 훨씬 덜하겠지요."

"제 메시지에 대해서 친교인들이 한 논의는 비밀에 부쳐져 있습니다. 그런데 어떻게 제 '진술'을 알죠, 하르스 씨?"

"왜냐하면 저는 이 일을 제 일생의 과업으로……"

"하지만 여기에서 이 일은 당신이 상관할 바가 아닙니다. 그리고 이 일의 성패 여부는 오르고레인의 친교인들 손에 달려 있습니다."

"저는 지금 당신 생명이 위험하다고 말하는 겁니다, 아이 씨."

내가 말했다. 하지만 그 말에 겐리 아이는 아무 말도 하지 않았고, 나는 그의 곁을 떠났다.

나는 그에게 좀 더 일찍 알려주었어야만 했다. 지금은 너무 늦었다. 공포가 그의 임무와 나의 희망을 다시 한 번 뒤흔들고 있다. 외계인이나 게센인에 대한 공포가 아니라 비현실적인 것에 대한 공포다. 오르고레인 사람들은 전혀 알지 못하는 것에 공포를 느낄 만큼 섬세하고 민감한 이들이 아니다. 그런 게 존재하는지조차 모른다. 그들은 다른 세계에서 온 사람을 눈앞에 두고 뭐라고 여기는가? 카르히데에서 온 간첩, 성도착자, 첩자, 자기들과 같은 시시하기 짝이 없는 정치집단만 떠올린다.

만약 그가 지금 당장 우주선을 불러오지 않는다면 영영 기회를 놓치게 될 터다. 아니, 이미 너무 늦는지도 모른다. 그건 내 잘못이다. 나라는 사람은 뭐 하나 제대로 못 하는 사람이다.

12. 시간과 어둠 속에서

900년 전 북부 오르고레인에서 편찬된 요메시 경전에 있는 투홀메 최고 사제의 설교에서.

메시는 시간의 중심이다. 메시가 만물의 모습을 뚜렷이 보기 시작한 것은 그분이 이 땅에 살기 시작한 지 30년이 지나고서부터였다. 그 뒤 메시는 이 땅에서 30년을 더 살았고, 통찰이 그분 삶의 중심이 되었다. 통찰 이전의 모든 세대는 통찰 이후의 모든 세대만큼이나 길어졌으며, 통찰은 시간의 중심에 서게 되었다. 그리고 시간의 중심에는 과거도 없고 미래도 없다. 지나간 모든 시간이 현재이고, 다가올 모든 일이 현재이다. 과거도 미래도 아니다. 현재이다. 모든 것이 현재이다.

보이지 않는 것은 아무것도 없다.

셰네이의 가난한 이가 메시에게 오더니, 비가 땅의 모든 씨앗을 썩게 했기에 자식에게 먹일 음식이 없으며 땅에 뿌릴 씨앗이 없다고 슬퍼했다. 그 사람은 자기 화로의 사람들 모두가 굶주린다고 했다. 메시가 말했다. "투에레시의 돌밭을 파보십시오. 그러면 그곳에서 은과 귀중한 보석이 나올 겁니다. 만 년 전에 이웃 나라 왕과 분쟁이 생겼을 때 왕이 그곳에 파묻는 것을 보았습니다."

셰네이의 가난한 이는 투에레시의 빙퇴석을 파헤쳤고, 거기선 메시가 말한 대로 옛날의 보물들이 잔뜩 나왔다. 그것을 본 셰네이 사람은 환호성을 질렀다. 그러나 옆에 서 있던 메시는 그것을 보고 흐느끼며 말했다. "저는 한 남자가 저 보물 가운데 하나 때문에 자기 화로 동기를 죽이는 게 보입니다. 그건 지금으로부터 만 년 뒤의 일이고, 살해당한 이의 뼈는 보물이 놓인 바로 이곳에 묻힐 겁니다. 오, 셰네이에서 온 이여, 저는 또한 당신의 무덤이 어디에 있는지도 압니다. 당신이 저기에 누워 있는 게 보입니다."

모든 이의 삶은 시간의 중심에 있다. 메시는 통찰력으로 모든 삶을 보았으며, 따라서 모든 삶이 그분의 눈에 담겨 있기 때문이다. 우리는 그분 눈의 동공이다. 우리의 행함이 그분의 통찰이며, 우리의 존재는 그분의 지각이다.

가로세로 각각 100마일인 오르넨 숲 중심에는 헤멘나무 한 그루가 서 있다. 오래되었고 아주 크게 자란 나무로, 백 개의 가지마다 천 개의 잔가지가 달려 있고, 각 잔가지에는 다시 백 개의 잎이 달려 있다. 땅에 뿌리를 박은 그 나무가 말했다. "내 잎은 모두 보이지만 그 잎들이 만드는 어둠 속에 있는 이 한 장의 잎만은 보이지 않는다. 이 잎은 나만의 비밀이다. 누가 어둠 속에 있는 이 한 장의 잎을 볼 것인가? 누가 이 잎을 전부 헤아릴 것인가?"

메시가 산책 중 오르넨의 숲을 지나다 그 나무에서 그 나뭇잎을 땄다.

가을의 태풍 때마다 내리던 비가 한 방울도 내리지 않는다. 해마다 가을이 되면 비가 왔고, 오며, 올 것이다. 메시는 떨어진, 떨어지는, 떨어질 빗방울 하나하나를 보았다.

메시의 눈에는 모든 것이 별이며, 별과 별 사이에 있는 어둠이다. 그리고 모든 것은 밝다.

쇼르스 영주의 물음에 답하던 때, 바로 그 통찰의 순간에, 메시의 눈에는 온 하늘이 하나의 태양처럼 보였다. 땅 위도 아래도, 온 천구가 태양 표면처럼 밝았으며, 어둠은 없었다. 왜냐하면 메시는 지난 것이 아니라, 다가올 것이 아니라, 지금 있는 것을 보았기 때문이다. 메시의 눈에는 빛을 거두고 사라지는 별들도 지금 보였고, 그 별들이 냈던 빛도 지금 보였다.* 어둠은 오로지 필멸자의 눈에만 존재하며, 그들은 그걸 본다고 생각하지만 실은 보는 게 아니다. 메시의 눈에는 어둠이 없다.

그러므로 어둠을 찾는 자들**은 메시의 조롱과 경멸을 받는다. 그렇지 않은 것에 이름을 붙여 원인과 결과라 이르기 때문이다.

원인도 결과도 없다. 삼라만상은 시간의 중심에 있다. 밤에 떨

*〔원주〕 이것은 팽창 우주 가설을 지지하는 데 쓰이는 이론 가운데 하나를 상징적으로 표현한 것이다. 비록 게센의 기상 조건이 나쁘기 때문에 천문학적 관측을 통해 지지 자료를 얻기는 어렵지만, 이 가설은 4천 년 전 시스의 수학학교에서 처음으로 제기된 이래 우주론자들에게 널리 받아들여졌다. 사실, 팽창률(허블 상수, 레헤렉 상수)은 밤하늘에 보이는 빛의 양을 관측해 추정할 수 있다. 요점은, 만약 우주가 팽창하지 않는다면 밤하늘은 어둡지 않으리라는 것이다.

**〔원주〕 한다라 교도.

어지는 빗방울의 표면에 저 모든 별들이 비치듯 저 별들에도 빗방울이 비친다. 어둠도 죽음도 존재하지 않는다. 삼라만상은 한 순간의 빛 속에 있으며, 그 끝도 시작도 하나이기 때문이다.

하나의 중심, 하나의 통찰, 하나의 법칙, 하나의 빛. 이제 메시의 눈을 들여다보라!

13. 농장으로 가다

에스트라벤의 갑작스러운 출현, 그가 내 사정을 잘 알고 있다는 점, 그리고 그의 긴박한 경고에 놀란 나는 택시를 타고 곧장 옵슬레의 섬으로 갔다. 어떻게 에스트라벤이 그 많은 정보를 아는지, 왜 갑자기 나타나 어제 옵슬레가 조언했던 내용과 정반대되는 행동을 하라고 재촉하는지 친교인에게 그 이유를 묻고 싶었기 때문이다. 친교인은 외출 중이었고, 수위는 그가 어디에 갔는지, 언제 돌아올지 알지 못했다. 예게이의 집에 가보았지만 그 역시 집에 없었다. 올 가을 들어 가장 큰 눈이 내리고 있었고, 운전사는 타이어에 체인을 감지 않았다며 슈스기스 집까지 간 뒤론 더는 움직이려고 하지 않았다. 그날 저녁 옵슬레, 예게이, 슬로세에게 전화를 해보았지만 연락이 닿지 않았다.

저녁 식사 때 슈스기스가 사정을 설명해주었다. 요메시 축제인 '성자와 신을 받드는 이들의 장엄 제전'이 진행 중이었고, 친교그룹의 고위 관리들이 신전에 있어야 했다는 것이다. 그는 또한 에스트라벤의 행동에 대해서도 예리한 관점으로 설명했다. 한때 권력을 잡았다가 잃은 사람은 시간이 지나면서 점점 사람들 속에서 힘없는 익명의 존재로 잊혀지는 것에 불안을 느끼고, 어떻게든 다시 한 번 사람들을 지배하려고 필사적으로 몸부림을 친다는 것이다. 나는 그것이 에스트라벤의 불안하고 광적인 태도를 충분히 설명한다고 동의했다. 하지만 그의 불안은 내게 전염되었다. 나는 그날 길고 푸짐한 저녁 식사를 하는 내내 은근히 마음이 편치 않았다. 슈스기스는 나를 비롯해서 자신이 고용한 많은 고용인과 도우미, 그리고 밤마다 찾아오는 아첨꾼들을 상대로 이야기를 하고 또 했다. 그가 이렇게 장광설을 늘어놓는 것은 본 적이 없었다. 무척이나 명랑해 보였다. 저녁 식사가 끝났을 때는 다시 나가기에 꽤 늦은 시간이었고, 슈스기스는 장엄 제전 때문에 모든 친교인이 자정이 지나서까지 바쁠 거라고 말했다. 나는 늦은 저녁 식사는 거르기로 하고 일찍 잠자리에 들었다. 자정과 동틀 무렵 사이, 낯선 이들이 나를 깨우더니 내가 체포되었다고 알렸고, 무장한 호위병 한 명이 나를 데리고 쿤데르샤덴 감옥으로 갔다.

쿤데르샤덴은 미시노리에 몇 안 되는 오래된 건물 가운데 하나였다. 시내를 돌아다닐 때 몇 번 그 건물을 눈여겨보았었다. 더럽고 긴 탑들이 많이 서 있는 음침한 건물로, 친교그룹의 활기 없고 커다란 건축물들 틈에서 눈에 확 띄었다. 그곳은 보이는 그대로, 불리는 그대로였다. 감옥이었다. 그 모습으로 다른 용도일 순 없었다. 다른 건물을 뜻하는 가명일 수가 없었다. 진짜 감옥이었고, 단어가 뜻하는 의미 그대로였다.

건장하고 억센 간수 한 무리가 나를 데리고 복도를 지나더니 밝은 조명이 켜진 아주 더럽고 작은 방에 혼자 남겨두었다. 잠시 뒤 다른 간수들이 권위주의 냄새가 풍기는, 얼굴이 갸름하고 마른 사람을 호위해 왔다. 그는 간수 두 명만을 남기고 나머지를 내보냈다. 나는 옵슬레 친교인에게 연락을 할 수 있는지 물었다.

"친교인은 당신이 체포된 걸 압니다."

내가 말했다. "알고 있다고요?" 기가 찼다.

"제 상관들은 당연히 33인 위원회의 명령에 따라 행동합니다. 이제 조사를 시작하겠습니다."

간수들이 내 팔을 잡았다. 나는 저항하며 화난 목소리로 말했다. "당신이 묻는 말에 기꺼이 대답할 겁니다. 그러니 협박은 관두십시오!" 얼굴이 마른 자는 내 말을 무시하고 다른 간수를 한 명 더 불렀다. 간수 셋은 나를 접이식 탁자에 묶은 뒤 옷을 벗기더니 자백제인 듯한 걸 주사했다.

조사가 얼마나 계속되었는지, 그리고 무슨 내용에 대해서였는지는 모른다. 조사 과정 내내 꽤 심하게 약에 취해 있었기에 그 과정이 전혀 기억나지 않기 때문이다. 정신이 들었을 때 나는 쿤데르샤덴 감옥에 들어온 지 얼마나 되었는지 알지 못했다. 내 신체 상태로 판단건대 나흘이나 닷새 정도 된 듯하지만 확실하지는 않았다. 그 뒤 한동안은 지금이 몇 월인지 또는 며칠인지 날짜를 알지 못했으며, 아주 천천히 조금씩 내 주변 상황을 이해하게 되었다.

나는 카르가프에서 레르로 넘어올 때 타고온 트럭과 흡사한 캐러밴 트럭을 타고 있었다. 하지만 승객용이 아니라 화물용이었다. 나 말고도 2, 30명이 더 타고 있었지만 몇 명이나 되는지는 확실히 알 수 없었다. 창문이 없었고, 네 겹의 철망이 쳐진 뒷문에 슬릿창으로 들어오는 빛이 전부였기 때문이다. 내 사고 기능이 점차 돌아왔을 때는 우리가 이동한 지 꽤 된 게 분명했다. 각자의 자리가 어느 정도 정해진 데다가 배설물, 토사물, 땀 냄새가 한데 섞여 참거나 부정할 수 있는 지경을 넘어 코를 찔렀기 때문이다. 누구도 다른 사람에 대해 알지 못했다. 우리가 어디로 가는지 아는 이도 없었다. 대화도 거의 없었다. 내가 불평도 희망도 없는 오르고레인 사람들과 함께 어둠 속에 갇힌 것은 이번이 두 번째였다. 나는 이 나라에 온 첫날 겪은 사건의 의미를 이제야 알게 되었다. 나는 저 컴컴한 지하실을 무시하고 대낮의 땅 위에서 오르고레인의 실체를 찾아다닌 것이다. 진실되어 보이는 게 없던 것도 전혀 이상한 일이 아니었다.

나는 트럭이 동쪽으로 향해 가고 있다고 느꼈고, 심지어 오르고레인 깊숙이 서쪽으로 가고 있다는 걸 알고 난 뒤에도 이 느낌을 지울 수가 없었다. 다른 행성에 가게 되면 자기磁氣나 방향에 관련된 부감각이 엉망이 된다. 만일 지성이 이러한 오류를 바로잡아주지 않거나 그렇게 하지 못한다면 그 결과 심각한 혼란에 이르게 되며, 모든 것에 대한 감각이 말 그대로 느슨해진다.

그날 밤 트럭에 탄 사람 하나가 죽었다. 곤봉으로 맞고 발로 배를 차여 항문과 입에서 피를 흘리고 죽었다. 그 사람을 위해 뭔가 한 이는 아무도 없었다. 할 수 있는 게 아무것도 없었다. 몇 시간 전에 간수들이 우리에게 플라스틱 주전자 하나를 밀어넣어줬지만, 이미 바닥난 지 오래였다. 그는 마침 내 오른쪽에 있었으며, 나는 그의 머리를 내 무릎에 올려놓고 숨 쉬기 쉽게 해주었다. 그는 그렇게 죽었다. 우리는 모두 옷을 벗고 있었지만, 그 뒤로 나는 그가 흘린 피가 엉겨 다리며 허벅지와 두 손이 옷을 입은 것처럼 되었다. 온기를 잃은 그 피는 말라서 딱딱한 갈색 옷처럼 보였다.

밤은 추워만 갔고, 우리는 온기를 얻기 위해 가까이 모여들어야 했다. 온기에 전혀 보탬이 안 되는 시체는 한쪽으로 밀쳐졌다. 나머지 한데 모인 우리는 밤새 한 몸처럼 이리저리 흔들렸다. 어둠은 우리의 강철 짐칸을 완전히 장악하고 있었다. 우리는 어느 지방 도로를 가고 있었으며 우리를 따라오는 트럭은 없었다. 철망에 얼굴을 갖다 대고 문에 난 틈을 통해 밖을 보려했지만 보이는 것은 어둠 그리고 쌓인 눈의 희미한 모습뿐이었다.

내리는 눈, 새로 내린 눈, 오래전에 내린 눈. 비온 뒤 내린 눈, 다시 언 눈……. 오르고레인어와 카르히데어에는 이 각각에 해당하는 단어가 있다. 내가 세어본 바로, 카르히데어(나는 오르고레인어보다 이쪽을 더 잘 안다)에는 종류, 상태, 오래된 정도, 특질에 따라 눈을 구분한 단어가 62개나 있다. 내린 눈에 대해서만 그렇다. 내리는 눈에 대해서도 다양한 단어가 있다. 얼음에 대해서도 마찬가지다. 또한 온도 범위를 가리키는 단어, 바람이 얼마나 강한가, 강설량이 어떤가 따위를 표현하는 단어가 20개가 넘는다. 그날 밤, 나는 앉아서 이러한 단어 목록을 떠올려보려 애썼다. 새로운 단어가 기억나면 그때마다 알파벳 순서에 맞춰 목록에 그 단어를 끼워넣고 목록을 다시 만들었다.

동이 트고 꽤 지난 뒤 트럭이 멈췄다. 사람들은 문틈에 대고 사람이 죽었으니 어서 꺼내가라고 소리쳤다. 번갈아가며 비명을 지르고 고함을 쳤다. 우리는 함께 벽과 문을 쳤다. 그 소리가 너무나도 무시무시했기에 강철 짐칸 안은 참을 수 없을 정도로 시끄러운 아수라장이 되었다. 아무도 오지 않았다. 트럭은 몇 시간 동안 움직이지 않고 서 있었다. 마침내 밖에서 목소리들이 들렸다. 트럭이 흔들하더니 빙판 위를 미끄러지며 다시 움직였다. 문에 난 틈으로 밖을 보니 해가 중천에 뜬 늦은 아침이었고, 우리는 나무가 우거진 구릉 지역을 통과하고 있었다.

트럭은 그렇게 사흘 밤낮을 계속 갔다. 내가 깨어난 뒤로 따지면 나흘째였다. 검문소에서 멈추지도 않았으며 크건 작건 어떤 마을도 지나지 않았다. 사람의 눈을 피해 가는 이상한 여행이었다. 운전사나 배터리를 바꾸기 위해 멈추곤 했고, 무슨 이유에서인가 장시간 동안 서 있던 적도 있었지만, 짐칸에 탄 우리는 그 이유를 알 수가 없었다. 이틀 동안은 낮 내내 꼼짝도 않다가 밤이 되어서야 움직이기 시작했다. 하루에 한 번, 정오 무렵, 커다란 주전자가 문에 난 쪽문으로 들이밀어졌다.

시체까지 포함해 모두 26명, 13의 두 배였다. 게센인은 13,

26, 52식으로 묶어 생각하는 경향이 있는데, 그것은 이들이 쓰는 일정한 날수로 된 달력의 근원이자 이들의 성 주기와 대략 맞아떨어지는 달의 주기가 26일인 것에 기인한다. 시체는 뒤쪽 벽을 이룬 강철문 쪽으로 바짝 밀쳐졌고, 그곳에서 차가운 상태로 보관되었다. 나머지 우리는 자신의 자리, 자신의 영역, 자신의 영지에서 앉거나 눕거나 쭈그리고 있었고, 밤이 되어 너무나도 추워지면 조금씩 조금씩 모여들어 가운데는 따뜻하고 가장자리는 추운 하나의 덩어리로 뭉쳐졌다.

그곳에는 친절함이 있었다. 사람들은 나와 한 노인 그리고 심하게 기침을 하는 젊은이가 추위에 대한 저항력이 약하다고 여기고 밤마다 25명이 만든 덩어리의 중심, 즉 가장 따뜻한 곳에 넣어주었다. 따뜻한 곳을 차지하기 위해 애쓰지 않아도 밤이 되면 우리는 어느새 그곳에 있었다. 인간이 잃지 않는 이런 친절함은 굉장한 것이다. 그것이 굉장한 이유는 어둡고 추운 곳에서 발가벗겨진 채 있는 우리에게 남은 것이 그것뿐이기 때문이다. 아무리 부유하고 권세를 가진다 해도 우리에게 결국 남은 것은 그 작은 거스름뿐이었다. 우리가 줄 수 있는 건 달리 아무것도 없었다.

비록 밤마다 한데 뒤엉켜 지냈지만, 트럭 안의 우리는 서로 먼 존재였다. 어떤 이는 마약에 중독되어 있었고, 어떤 이는 선천적으로 정신박약이거나 사회부적응자인 듯했다. 모두가 학대받고 겁먹은 상태였다. 하지만 25명 가운데 단 한 명도 다른 사람에게 말을 걸거나 심지어 욕을 하는 이조차 없다는 것은 신기한 일이었다. 친절함과 인내가 존재했지만 그것은 침묵, 언제나 침묵 속에서였다. 모두 죽을 운명을 공유한 채 우리들은 시큼한 어둠 속에서 쟁여져 있었고, 계속해서 서로에게 부딪치고, 함께 흔들리고, 서로에게 쓰러지고, 숨이 섞이고, 화로를 대신해 체온을 함께 나누었지만, 여전히 서로에게는 낯선 이로 남아 있었다. 나는 그 트럭에 있던 이들 중 누구의 이름도 알지 못했다.

그러던 어느 날, 아마도 사흘째 되는 날이라고 생각하는데, 트럭이 몇 시간 동안 멈추어 있어 마침내 이런 황무지에 버려져 죽게 되나 보다 생각하던 차 같이 있던 사람 하나가 내게 말을 걸었다. 그는 전에 일하던 남부 오르고레인의 공장에 대해 그리고 어쩌다가 공장장과 다투게 되었는지에 대해 길게 이야기를 늘어놓았다. 그는 부드럽고 단조로운 목소리로 말을 계속했고, 내 주목을 확실히 끌려는 듯 자기 손을 내 손 위에 올려놓았다. 해가 서쪽으로 지고 있었고, 차체가 노견에 기우뚱하게 서 있는 동안 슬릿창으로 한 줄기 빛이 들어왔다. 갑자기 나는 볼 수 있었다. 꾀죄죄하고 예쁘고, 어리석고 피곤에 지친 젊은 여자가 소심한 웃음을 머금고 위안을 구하면서 이야기하며 나를 바라보고 있었다. 그 젊은 오르고레인 사람은 케메르 상태였고, 나에게 끌린 것이다. 그 사람들 가운데 누군가가 내게 뭔가를 원한 것은 그때뿐이었고, 나는 그걸 들어줄 수가 없었다. 나는 일어나 바람을 쐬며 바깥을 보려는 양 슬릿창 쪽으로 걸어갔다. 그리고 한동안 내 자리로 돌아가지 않았다.

그날 밤 트럭은 긴 경사면을 따라 오르내리길 반복했다. 트럭은 종종 이유 없이 멈추었다. 트럭이 멈출 때마다 강철 짐칸 밖으로 꽁꽁 얼어붙은 침묵이, 광대한 고원 지대 황무지의 정적만이 주변을 에워쌌다. 케메르인 젊은 여자는 여전히 내 곁에 있으며 나를 만지려 들었다. 나는 다시 일어서 창문 철망에 얼굴을 갖다 대고 목구멍과 허파를 면도날로 베는 듯한 신선한 공기를 들이마시며 한동안 그대로 있었다. 금속문에 대고 있던 두 손의 감각이 무뎌졌다. 마침내 나는 이렇게 있다가는 곧 동상에 걸리고 말 거라는 사실을 깨달았다. 내가 내쉬는 숨이 내 입술과 철망 사이에 조그만 얼음 다리를 놓았다. 나는 손가락으로 그 다리를 깨고 나서야 몸을 돌릴 수 있었다. 사람들 사이에 끼어 앉았지만 추위 때문에 몸이 덜덜 떨렸다. 지금까지 이렇게 심하게 떨어본 적은 없었다. 마치 열성경련을 일으키듯 몸이 퍼덕퍼덕 뛰었다. 트럭이 다시 움직이기 시작했다. 소음과 자동차의 요동이 꽁꽁 얼어붙은 정적을 몰아내고 온기의 환상을 불어넣었지만, 나는 그날 밤 너무 추워 한잠도 잘 수 없었다. 그날 저녁 우리가 꽤 높은 고도를 이동한다고 생각했지만 정말인지는 알 수 없었다. 주어진 상황을 고려해볼 때 숨, 심박, 체력은 믿을 수 없는 지표였기 때문이다.

나중에 안 것이지만, 우리는 그날 밤 셈벤시엔 산맥을 가로지르고 있었고, 따라서 우리가 가는 경로에 9000피트가 넘는 곳이 있었을 게 확실하다.

굶주림 때문에 고통스럽지는 않았다. 내가 기억하는 마지막 식사는 슈스기스의 집에서 한 길고 푸짐한 저녁 식사였다. 쿤데르사넨에서도 먹을 것을 주기는 했겠지만 기억이 나지 않았다.

강철칸에서는 먹는 것이 삶의 일부처럼 보이지 않았고, 그래서인지 나도 그에 대해 자주 생각하지 않았다. 한편 갈증은 삶을 잇기 위한 영구불변한 조건 가운데 하나였다. 하루에 한 번, 차가 멈출 때마다 뒷문에 이 용도로 설치된 게 분명한 쪽문의 빗장이 풀렸다. 그리고 우리 가운데 누군가가 플라스틱 주전자를 내밀면 곧 물이 채워져 얼음처럼 차가운 바람과 함께 들어왔다. 물을 따라 마실 그릇 같은 건 없었다. 주전자를 건네받으면 다음 사람이 손을 뻗어 가지고 가기 전에 서너 모금 꿀꺽꿀꺽 마시는 게 전부였다. 어느 누구도 물을 나누어주거나 지키는 역할을 하지 않았다. 기침을 하며 고열에 시달리는 이가 한 명 있었지만 그 사람을 위해 물을 남겨놓자고 하는 이는 아무도 없었다. 내가 제안해보았지만 모두 고개만 끄덕일 뿐 그렇게 하지는 않았다. 그렇지만 물은 적당히 공평하게 배분되었다. 그 누구도 남보다 더 많이 마시려하지 않았다. 물은 몇 분 안에 바닥이 났다. 한번은 짐칸 앞쪽 벽에 있던 세 명에게 차례가 돌아가기 전에 주전자의 물이 바닥났다. 이튿날 그들 가운데 두 명이 먼저 물을 마시겠다고 주장했고, 그렇게 했다. 세 번째 사람은 짐칸 앞쪽 구석에서 꼼짝도 않고 있었고, 그가 물을 마셨는지 어땠는지 마음써주는 이는 아무도 없었다. 나는 왜 마음을 쓰지 않았을까? 모르겠다. 트럭에서 나흘째의 일이었다. 만약 주전자가 나를 건너뛰었다면 내가 내 몫의 물을 마시기 위해 애를 썼을지 어땠을지 확신이 서지 않는다. 나는 그의, 아픈 사람의, 다른 사람의 갈증과 고통을 나 자신의 갈증과 고통만큼이나 잘 알았다. 이러한 고통과 관련해 그 어떤 일도 할 수가 없었고, 그래서 다른 사람들이 그러하듯 묵묵히 받아들였다.

나는 사람들이 같은 환경에서도 매우 다르게 행동할 수 있다는 것을 안다. 이들은 오르고레인 사람들이었다. 위에서 내려온 명령에 따라 집단의 목적을 위해 협동하고 순종하고 복종하라는 교육을 태어날 때부터 받은 사람들이었다. 독립심과 스스로 결정하는 능력이 약했다. 화를 잘 내지도 않았다. 이들은 전체를 이루었고, 나는 그들 가운데 하나였다. 모두가 그것을 느꼈고, 모두 한데 모여 생명력을 교환하며 전체로 있는 것은 밤이 되었을 때 모두에게 피난처이자 위안이 되어주었다. 하지만 전체를 위한 대변인은 없었으며, 우두머리가 없는 수동적인 집단이었다.

의지가 굳은 사람이라면 좀 더 낫게 일을 처리할 수도 있었을 것이다. 서로 이야기를 나누고, 공평하게 물을 마시고, 아픈 사람을 돌보고, 사람들을 격려했을지도 모른다. 그러나 나는 어떻게 해야 할지 몰랐다. 내가 아는 것은 그 트럭 안에서 있던 일들에 대한 기억뿐이다.

(만약 내가 헤아린 게 맞는다면) 트럭 안에서 깨어난 지 닷새째 되는 날 아침, 트럭이 멈췄다. 밖에서 이야기하는 소리가 들렸고, 우리에게 나오라고 외치는 소리가 들렸다. 밖에서부터 강철로 된 뒷문의 빗장이 풀리더니 문이 활짝 열렸다.

우리는 한 명씩 강철 짐칸의 열린 문 쪽으로 천천히 기어갔다. 어떤 이는 손과 무릎으로 기었고, 땅으로 기어 내려가거나 뛰어

내렸다. 우리 가운데 24명은 그렇게 했다. 그리고 두 구의 시체, 오래된 시체와 이틀 동안 물을 마시지 않다가 마침내 죽어버린 자의 시체는 끌어내려졌다.

밖은 추웠다. 몹시 추웠고 흰 눈에 반사된 햇빛에 너무나 눈이 부셔서, 악취 나는 트럭 짐칸을 떠나는 것이 괴로울 정도였다. 어떤 이들은 흐느끼기까지 했다. 우리는 거대한 트럭 옆에 모여서 있었다. 우리 모두는 벌거벗었고 냄새가 지독했으며, 우리의 작은 전체, 밤을 버티게 한 전체가 밝고 잔인한 햇빛 아래 그 모습을 드러냈다. 사람들은 우리를 흐트러뜨려 한 줄로 세우더니 몇백 야드 정도 떨어진 건물로 데리고 갔다. 건물의 금속 벽과 눈 쌓인 지붕, 사방으로 보이는 눈벌판, 높이 뜬 태양 아래 이어진 커다란 산맥, 광활한 하늘, 모든 것이 쏟아지는 햇빛 아래 떨리고 번쩍여 보였다.

우리는 간이 건물에 있는 커다란 물통에 한 줄로 들어가 몸을 씻었다. 모두가 목욕물을 마시기부터 했다. 그 뒤 본관으로 안내되어 내의, 회색 펠트 셔츠, 바지, 레깅스, 펠트 부츠를 지급받았다. 우리가 식당에 들어갈 때 간수 한 명이 명단을 보며 한 명씩 이름을 확인했다. 그곳에는 회색 옷을 입은 100명 또는 그 이상의 다른 사람들이 있었다. 우리는 볼트로 고정한 식탁 앞에 앉아 아침 식사를 했다. 곡물 죽과 맥주였다. 그 뒤 우리 모두, 새로운 죄수인 우리와 전에 도착한 죄수들은 12개 반으로 나뉘었다. 내가 속한 반은 본관 뒤쪽으로 200야드 떨어진, 울타리 안의 제재소로 보내졌다. 울타리 밖 그리 멀리 않은 곳에서 숲이 시작되었고, 그 숲은 오르락내리락하는 산을 따라 시야가 미치는 곳까지 뻗어 있었다. 간수의 지시에 따라 우리는 제재소에서 톱으로 자른 목재를 겨울 동안 비축해두는 커다란 창고에 가져가 쌓았다.

트럭에서 며칠을 보낸 뒤라 걷는 것도 허리를 굽히는 것도, 물건을 들어올리는 것도 쉽지 않았다. 간수들은 우리가 가만히 서서 게으름을 피우는 것을 허용하지는 않았지만 일을 빨리 하라고 재촉하지도 않았다. 한낮이 되면 발효되지 않은 곡물로 양조한 오르시를 한 잔씩 주었다. 해가 지기 전에 우리는 다시 수용소로 돌아와 저녁을 먹었다. 야채죽과 맥주가 나왔다. 해가 지면 밤새 조명이 환히 켜진 공동 숙소에 감금되었다. 우리는 벽을 따라 두 층으로 설치해놓은 폭 5피트짜리 선반에서 잠을 잤다. 우리보다 먼저 온 죄수들이 위쪽 선반으로 올라갔다. 열기가 위로 올라와 좀 더 자기에 편했기 때문이다. 각각은 입구에서 침구용으로 침낭을 하나씩 지급받았다. 침낭은 거칠고 무거웠으며, 다른 사람의 땀 냄새로 불결했지만, 보온이 잘 되었고 따뜻했다. 하지만 내게는 짧았다. 평균 키의 게센인이라면 머리까지 푹 뒤집어쓸 수 있을 크기였지만, 나는 그렇게 할 수 없었다. 취침용 선반에서도 몸을 쭉 뻗을 수 없었다. 그곳은 풀레펜 친교그룹의 제3자원농장 또는 재정착 지원소로 불렸다. 제30지구인 풀레펜은 오르고레인의 거주 한계선 최북서단에 위치했고, 셈벤시엔 산맥과 에사겔 강, 해안으로 둘러싸여 있었다. 거주민은 소수였고, 인근에 큰 도시도 없었다. 가장 가까운 도시는 투루프라는 곳으로, 남서쪽으로 몇 마일 가야 나왔다. 그곳에는 가본 적이 없었다. 농장은 사람이 살지 않는 광대한 산림 지대인 타렌페스 끝에 있었다. 이 숲은 헤멘이나 세렘, 검은 바테 같은 나무들이 자라기에는 너무나 북쪽이어서 한 가지 종류의 나무만 자랐다. 10~12피트 높이에 옹이가 지고 발육이 좋지 않으며 잿빛 바늘잎이 달린 소레라는 침엽수였다. 겨울 행성은 토종 식물과 동물 종류가 유별나게 적었지만, 각 개체 수는 아주 많았다. 그 숲에는 소레나무가 수천 제곱마일에 걸쳐 자라고 있었으며, 다른 건 거의 없었다. 이곳 사람들은 야생지마저도 주의 깊게 관리했고, 비록 몇 세기에 걸쳐 벌목이 계속되기는 했지만 어느 한 곳 숲이 망가지거나 그루터기만 남거나 비탈이 깎인 곳이 없었다. 마치 모든 나무가 신중하게 보살펴지고 있는 듯했으며, 제재소에서 나오는 톱밥 하나 사용 않고 낭비하는 일이 없는 듯했다. 농장에는 작은 공장이 하나 있어서, 날씨가 좋지 않아 숲에 나가 일하기 적당하지 않을 때는 제재소나 공장에서 일했다. 그곳에서는 나뭇조각, 나무껍질, 톱밥을 처리하고 압축해 다양한 형태로 만들고, 마른 소레나무 잎에서 플라스틱에 쓰이는 수지를 추출하는 일을 했다.일은 고되었지만 혹사당하지는 않았다. 만약 음식이 조금 더 있고 옷이 좀 더 따뜻했다면 일의 상당 부분은 즐겁다고 느꼈을지도 모른다. 하지만 우리는 너무나 배가 고프고 추워서 즐거운 기분은 느낄 겨를이 없었다. 간수들은 거칠게 대할 때가 거의 없었고, 절대로 잔인하지 않았다. 그들은 무신경하고, 게으르고, 굼떴으며, 내 눈에는 여성처럼 보였다. 섬세하기 때문이 아니라 그 반대, 즉 둥글둥글하게 살이 찐 모습, 민첩하지 못하고 느릿느릿한 행동 때문이었다. 동료 죄수들과 있으면서, 나는 겨울 행성에 온 뒤 처음으로 내가 여자들 또는 거세된 남자들에게 둘러싸인 남자라는 느낌을 받았다. 죄수도 간수와 마찬가지로 무기력하고 어설펐다. 누가 누군지 구별하기 어려웠다. 그들의 감정 톤은 늘 낮았고, 하는 이야기는 시시했다. 처음에는 이처럼 판에 박은 듯한 무기력이 음식과 따뜻함, 자유의 결핍에서 오는 게 아닐까 생각했으나 곧 그보다 더 특별한 다른 이유가 있다는 걸 알았다. 모든 죄수들에게 투여되는 케메르 억제제 때문이었다.

나는 게센인의 성 주기에서 성적 가능기를 감소시키거나 제거하는 약이 있다는 것을 알고 있었다. 그 약은 편의를 위해서나 약품으로 또는 도덕적으로 금욕이 요구될 때만 사용하도록 되어 있었다. 약을 사용하면 몇 번의 케메르 정도는 부작용 없이 건너뛸 수 있었다. 그래서 자발적으로 사용하는 경우가 흔했고 사회적으로 받아들여졌다. 그러나 원하지 않는 이에게 강제로 쓸 수도 있다는 사실은 미처 생각지 못했다.

그렇게 하는 건 그럴 만한 이유가 있어서였다. 케메르에 든 죄수들은 작업반에 분열을 불러일으키곤 했다. 그냥 놔둔다면 그 사람은 어떻게 하란 말인가? 특히 동시에 케메르에 든 이가 없다면 말이다(우리는 150명밖에 안 되기에 그럴 가능성이 아주 컸다). 게센인에게 상대자 없이 케메르를 견뎌내는 건 꽤 혹독한 일이었다. 그렇게 두느니, 고통도 줄이고 작업 시간 낭비도 없애기 위해 케메르를 겪지 않게 하는 편이 더 나았다. 그래서 그들은 케메르를 막았다.

이곳에서 여러 해를 지낸 죄수들은 이 화학적 거세에 정신적으로 그리고 어느 정도는 육체적으로도 적응한 듯했다. 그들은 거세된 수송아지처럼 성에 냉담했다. 천사처럼 부끄러움도 욕망도 없었다. 하지만 부끄러움과 욕망이 없으면 인간이 아닌 것이다.

게센인들의 성적 욕구는 선천적으로 엄격하게 제어되고 제한되어 있었기에 사실 사회가 그리 많이 간섭하지는 않는다. 내가 아는 그 어떤 양성 사회보다도 성에 대한 규율과 간섭, 억압이 적다. 금욕은 완전히 자발적이며 탐욕도 거리낌없이 받아들여졌다. 성에 대한 두려움이나 욕구불만도 극히 드물었다. 사회적 목적을 위해 성적 욕망을 억제시키는 모습을 본 것은 이게 처음이었다. 하지만 단순한 성의 억제가 아닌, 성의 삭제였으며, 긴 시간이 지나면 그 결과가 좌절감과는 다른, 뭔가 그보다 더 안 좋은 결과로 나타났다. 바로 수동성이었다.

겨울 행성에는 공동생활을 하는 곤충이 없었다. 게센인은 옛날 테라 사람들이 하던 것처럼 땅을 공유하지 않았다. 오직 단체, 전체를 향한 복종 말고는 아무 본능도 없는 작은 체구의 중성 노동자로 이루어진 수많은 도시들이 행성을 이루었다. 만약 겨울 행성에 개미가 있었다면 게센인들은 이미 오래전에 개미를 모방했을지도 모른다. 자원농장이 생긴 것은 꽤 최근의 일로, 이 행성에서 한 국가에만 있으며 다른 나라에는 문자 그대로 아예 없었다. 하지만 성적 통제에 너무나도 다치기 쉬운 이들에게는 이 자원농장이야말로 불길한 방향으로 가는 전조였다.

앞서 말했듯 풀레펜 농장에서는 작업량에 비해 먹을 것이 부족했고, 의복 특히 발에 신는 것들은 겨울 날씨를 견디기에 적합하지 않았다. 간수들은 대부분 보호 감찰 중인 죄수들이었는데, 우리보다 상황이 그리 낫지 않았다. 이 시설의 목적은 징벌이지 파괴가 아니었으며, 약물과 조사만 아니라면 그럭저럭 견딜만했을 거라고 생각한다.

어떤 죄수들은 12명이 한 조가 되어 조사를 받았다. 그들은 단지 고해서와 교리문답서를 암송하고 항케메르 주사를 맞고 작업장으로 돌려보내졌다. 다른 죄수들, 즉 정치범은 닷새마다 한 번씩 약물에 중독되어 조사를 받았다.

나는 그들이 어떤 약을 썼는지 알지 못한다. 조사의 목적이 무엇인지 알지 못한다. 내게 무엇을 물었는지도 알지 못한다. 그저 몇 시간 뒤에 취침용 선반에서 정신을 차리곤 했다. 선반에는 나 말고도 일고여덟 명이 누워 있었는데, 어떤 사람은 나처럼 깨어 있었고, 어떤 사람은 여전히 약에 취해 축 늘어져 있었다. 모두가 깨어나면 간수들은 우리를 데리고 공장으로 가 일을 시켰다. 하지만 세 번째인지 네 번째 조사가 끝난 뒤 나는 일어날 수가 없었다. 간수들은 나를 그냥 누워 있게 두었고, 이튿날이 되어서야 휘청거리기는 했지만 내 작업반으로 돌아갈 수 있었다. 그다음 조사를 받은 뒤에는 이틀 동안 꼼짝할 수 없었다. 항케메르 호르몬 또는 지배제가 게센인이 아닌 내 신경 체계에 해로운 영향을 미치고, 또한 그 효과가 누적되어가는 게 분명했다.

다음 조사를 받을 때 어떤 식으로 조사관에게 간청을 할까 계획을 짰던 기억이 난다. 약을 사용하지 않아도 질문에 정직하게 대답하겠노라고 말하는 것부터 시작하고 상대에게 이렇게 말해야지. "잘못된 질문으로 답을 얻어봤자 쓸모없다는 걸 모르는 겁니까?" 그러면 조사관은 목에 예언자의 황금 목걸이를 건 파세로 바뀌고, 그러면 나는 분쇄된 나뭇조각들이 담긴 통파에 튜브에 든 산을 한 방울씩 조심스럽게 떨어뜨리는 일을 하면서 파세와 아주 즐겁게 아주 오랫동안 이야기하리라. 물론 조사실에 들어가자 조사관의 조수는 내 옷깃을 젖히고 내가 말하기도 전에 주사를 놓았고, 그 조사에서 (혹은 그 전에 받은 조사의 기억인지도 모르겠지만) 기억나는 것이라고는 피곤에 지치고 손톱에 때가 낀 젊은 오르고레인 조사관이 음산하게 한 말뿐이다. "내 질문에 오르고레인어로 대답해. 다른 언어로 말하면 안 돼. 오르고레인어로 말하란 말이야."

진료소는 없었다. 농장의 규칙은 일을 하든가 죽든가였다. 하지만 실제로는 어느 정도 융통성이 있었다. 일과 죽음 사이에는 간수들이 제공하는 틈이 있었다. 앞서 말했듯이, 간수들은 잔인하지 않았다. 친절하지도 않았다. 그들은 부주의했고, 성가시게 하지만 않으면 별 관심이 없었다. 나와 한 죄수가 두 발로 일어설 수 없는 게 확실하자, 간수들은 침낭 속에 있는 우리를 못 보고 넘어갔다는 듯 행동하며 우리를 숙소에서 쉬게 했다. 나는 마지막 조사를 받고 지독히 앓았다. 다른 중년의 죄수는 신장병인지 장애인지 때문에 죽어가고 있었다. 하지만 당장 죽지는 않을 터였기에 그곳 침상에서 쉬도록 허락받은 것이다.

나는 풀레펜 농장의 다른 어떤 것보다도 그의 일을 선명하게 기억한다. 그는 거대 대륙의 전형적인 게센인으로, 몸집이 작고 팔다리가 짧고, 병이 들었음에도 피하지방이 넉넉해 둥그런 체형이었다. 손발이 작았고, 엉덩이가 펑퍼짐했으며, 가슴 또한 넓었고, 젖가슴은 내 종족의 남자 정도 수준이었다. 피부는 짙은 적갈색이었으며, 검은 머리털은 가늘고 털가죽 같았다. 얼굴이 넙데데하고 이목구비는 작지만 또렷했고, 광대뼈가 도드라졌다. 테라의 아주 고산지대 또는 북극 지방에 고립되어 사는 다양한 부락 사람들의 전형적인 모습이었다. 그의 이름은 아스라였고, 목수였다.

우리는 대화를 나누었다.

내 생각에 아스라는 죽음을 거부하지는 않았지만 두려워했다. 그는 그 두려움에서 마음을 돌릴 만한 것을 찾고 있었다.

우리는 죽어간다는 것 이외에는 공통점이 없었다. 그러나 그것을 대화 주제로 삼고 싶지는 않았기에 오랫동안 서로를 아주 잘 이해하지는 못했다. 그는 아무래도 좋은 듯했지만, 젊고 의심이 많은 나는 이해하고 깨닫고 설명을 듣고 싶어했다. 하지만 설명 같은 것은 없었다. 우리는 대화를 했다.

밤에 병영식 공동 숙소는 밝고 붐비고 시끄러웠다. 낮에는 조명이 꺼지기 때문에 큰 방은 어스레하고 텅 비고 조용했다. 우리는 침상에서 가까이 누워 나지막이 이야기를 나눴다. 아스라는 내가 오르고레인 국경을 지나 미시노리에 갈 때 자동차로 가로지른 적이 있는 쿤데레르 계곡의 친교그룹 농장에서 젊은 시절을 보냈는데, 그때 겪은 굴곡 많은 이야기를 자세히 해주는 걸 가장 좋아했다. 그는 사투리가 심했고, 내가 알지 못하는 인명과 지명, 관습과 도구 이름이 계속 튀어나오는 탓에 나는 그가 회상하는 내용의 줄거리만 겨우 알아들을 수 있었다. 아스라는 대개 하루 중 정오 무렵에 가장 기분이 좋아서 나는 그때쯤 되면 그에게 신화나 전설 같은 것을 부탁하곤 했다. 게센인이라면 누구나 아주 익숙한 것들이었다. 문자로 쓰인 경우에도 그들의 문학에는 생생한 구어의 전통이 있었으며, 이러한 의미에서 그들은 모두 문학적 소양이 있는 이들이었다. 아스라는 오르고레인 민화, 메시의 짧은 이야기, 파르시드 이야기, 위대한 서사시들 일부와 소설 같은 무역 상인들의 무용담을 알았다. 아스라는 이런 내용들, 그리고 어릴 적에 들었다는 민담 일부를 나긋나긋하고 둥글린 발음의 사투리로 이야기해주곤 했고, 그러다가 피곤해지면 내게 이야기를 청했다. "카르히데에서는 어떤 이야기를 하지?" 아스라는 다리를 주무르며 말했다(그는 다리에 지속되는 통증과 갑자기 찾아오는 날카로운 고통으로 괴로워했다). 그리고 내 쪽으로 얼굴을 돌리고 부끄럽고 익살맞고 참을성 있는 웃음을 지어 보였다.

한번은 내가 말했다. "저는 다른 세계에 사는 사람들의 이야기를 압니다."

"거기는 어떤 세계인데?"

"여기와 모든 점에서 비슷한 곳이지요. 하지만 그곳은 게센의 태양을 돌지 않습니다. 이곳에서 셀레미라 부르는 먼 별의 둘레를 돌지요. 게센의 태양처럼 노란 별이며, 그 태양 아래에서는 다른 사람들이 살고 있습니다."

"다른 세계들에 관한 건 사노비의 가르침에도 있어. 내가 어렸을 때 늙고 미친 사제 사노비가 내가 사는 화로에 오곤 했는데, 그 사제가 아이들에게 그런 이야기들을 해주었어. 거짓말쟁이가 죽으면 가는 곳, 자살한 사람들이 가는 곳, 도둑질하는 이들이 가는 곳 말이야. 자네와 내가 가는 곳이 그런 곳 가운데 하나인가?"

"아니요. 제가 말하는 곳은 영적 세계가 아닙니다. 진짜로 존재하는 곳입니다. 그곳에 사는 이들은 여기 사람들과 마찬가지로 실제로 살아 있는 사람들입니다. 하지만 아주 오래전에 공중을 나는 법을 배웠지요."

아스라가 이를 드러내며 씩 웃었다.

"팔을 퍼덕여서 나는 건 아닙니다. 그곳 사람들은 자동차와 같은 기계로 납니다." 하지만 오르고레인어로 말하기는 어려웠다. '날다'라는 뜻의 단어가 없었기 때문이다. 그 뜻에 가장 가까운 단어는 '활주하다' 정도의 의미였다.

"음, 그 사람들은 썰매가 눈 위를 가듯 공기 위를 가는 기계를 만드는 법을 배웠습니다. 그리고 시간이 지나 그것을 타고 더 멀리 더 빨리 가는 법을 배우게 되자 새총으로 쏜 돌멩이처럼 지상을 탈출해 구름을 지나고 공기를 빠져나가 다른 태양을 도는 다른 세계로 갔습니다. 그리고 그 사람들이 그 세계에 갔을 때 인간 이외에 발견……"

"공기를 활주한다고?"

"그렇다고 할 수도 있고 아니라고 할 수도 있지요……. 그 사람들이 우리 세계에 왔을 때, 우리는 이미 공중을 다니는 법을 알고 있었습니다. 그 사람들은 우리에게 한 세계에서 다른 세계로 가는 법을 알려주었지요. 우리에겐 아직 그렇게 할 수 있는 기계가 없었거든요."

아스라는 말하는 이가 주사 놓듯 하는 이야기에 어리둥절해했다. 나는 열이 있었고, 약으로 인해 두 팔과 가슴에 생기는 통증으로 괴로웠으며, 그런 상태로 어떻게 이야기를 이끌어갈 생각이었는지 기억이 나지 않았다.

아스라는 이해하려 애쓰며 말했다. "계속 말해봐. 그 사람들은 공기 중을 가는 것 말고 또 뭘 했지?"

"여기 사람들과 똑같은 일을 했습니다. 하지만 그곳 사람들은 늘 케메르 상태에 있지요."

아스라가 킬킬거렸다. 이곳에서는 당연히 그 무엇도 숨길 수가 없었고, 죄수와 간수들 사이에서 내 별명은 불가피하게 '성도착자'였다. 그러나 욕망도 부끄러움도 없는 이곳에서는, 제아무리 비정상이라 할지라도 남들로부터 따돌림받는 일은 없었다. 그리고 나는 아스라가 내 이야기와 내 특이성을 결부지어 그런 건 아니라고 생각한다. 아스라는 단지 옛부터 내려오는 고대적 주제의 한 변형을 생각했고, 그래서 잠깐 킬킬거린 것이다. 아스라가 말했다. "늘 케메르 상태라…… 그게 상을 받는 곳인가, 아니면 벌을 받는 곳인가?"

"모르겠습니다, 아스라. 이 세계는 어떤 쪽인가요?"

"어느 쪽도 아니지. 여기는 그냥 세계야. 그런 거지. 자네는 이 세계에서 태어났고, 지금 모습 그대로……"

"저는 여기서 태어나지 않았습니다. 저는 이곳에 왔습니다. 제가 선택을 했습니다."

침묵과 그림자가 우리를 감쌌다. 숙소 벽 너머 시골의 정적 저편 가장자리로 톱질하는 소리가 들렸을 뿐 다른 소리는 없었다.

"흠, 글쎄……." 아스라가 중얼거리더니 한숨을 쉬었고, 다리를 주무르며 자신도 모르게 작게 신음을 토했다. "우리 가운데 선택을 한 이는 아무도 없어." 아스라가 말했다.

하루 이틀 뒤, 아스라는 혼수상태에 빠졌고, 곧 죽었다. 나는 아스라가 무슨 이유로 자원농장에 보내졌는지 모른다. 그의 서류에 범죄나 과실, 불법 행위가 기록되어 있는지 어떤지 모른다. 내가 아는 건 아스라가 풀레펜 농장에 1년이 안 되는 기간 동안 있었다는 것뿐이다.

아스라가 죽은 다음 날, 나는 조사를 위해 호출됐다. 이번에는 실려 가야만 했으며, 그 뒤로는 아무런 기억도 나지 않는다.

14. 탈출

옵슬레와 예게이 둘 다 도시를 떠나고, 슬로세의 집 수위가 나를 들여보내주지 않았을 때, 나는 친구들에게는 더는 얻을 게 없으니 이제 적에게 주의를 기울여야 한다는 걸 알았다. 나는 슈스기스 친교인을 찾아가 협박했다. 그자를 매수할 만한 돈이 없었기에 내 평판을 이용해야만 했다. 배반하는 자들 사이에서 반역자의 이름은 그 자체로 훌륭한 자산이 된다. 나는 티베의 암살을 계획하는 카르히데 귀족당의 요원으로 이곳에 와 있으며, 슈스기스가 나와 사르프를 연결해주는 연락책으로 지정되었다고 말했다. 만약 그가 내게 정보를 주지 않는다면 에르헨랑의 내 친구들에게 그가 자유무역당과 내통하는 이중간첩이라는 사실을 폭로할 것이며, 물론 이 내용은 미시노리와 사르프에도 전달될 것이라고 덧붙였다. 그리고 그 멍청한 바보는 내 말을 믿었다. 슈스기스는 내가 알고 싶어하는 것을 재빨리 말해주었다. 심지어 내가 만족하는지 묻기까지 했다.

내 친구인 옵슬레와 예게이 그리고 다른 사람들 때문에 내가 임박한 위험에 처한 것은 아니었다. 그들은 특사를 희생시킨 대가로 안전을 샀고, 내가 자신들이나 나를 위해 말썽을 피우는 일은 없으리라고 믿었다. 내가 슈스기스에게 가기 전까지 사르프에서는 가움을 제외하고 누구도 내게 주의를 기울이지 않았지만 이제 그들은 내 뒤를 쫓을 터였다. 나는 얼른 일을 마치고 그들의 시야에서 사라져야만 했다. 카르히데로 보내는 우편물은 검열을 받을 것이며 전화나 무선도 도청이 될 터이므로 카르히데의 누군가에게 직접 말을 전할 방법이 없었고, 그래서 나는 처음으로 왕국 대사관을 찾아갔다. 내가 궁전에 있을 때부터 잘 아는 사이인 사르돈 렘 이르 체네비치가 그곳 직원으로 있었다. 그는 특사의 처지와 그가 감금되어 있는 장소에 대한 소식을 아르가벤 왕에게 전하겠노라고 즉시 승낙했다. 체네비치는 영리하고 정직하니 그 소식을 누군가에게 가로채이지 않고 확실히 전하리라 믿을 수 있었지만, 아르가벤이 그 소식에 어떻게 반응할지는 가늠이 안 갔다. 나는 겐리 아이의 우주선이 느닷없이 구름을 뚫고 내려올 경우에 대비해 이 소식을 아르가벤에게 알려주고 싶을 뿐이었다. 당시 나는 아직도 아이가 사르프에게 체포되기 전에 우주선에 신호를 보냈을 거라는 희망을 품고 있었기 때문이다.

이제 나는 위험한 상태였다. 만일 내가 대사관 들어가는 것을 누군가 목격했다면, 그 순간부터 나는 위험한 상태일 터였다. 나는 대사관 문을 나서자마자 곧장 남쪽에 있는 캐러밴 정거장으로 갔고, 왔을 때처럼 트럭 인부로 위장하고 가서 그날, 오드스트레스 수스미 정오가 되기 전에 미시노리를 떠났다. 가지고 있던 낡은 신분증은 새로운 일자리를 얻기 위해 살짝 고쳤다. 하루에 쉰다섯 번은 검사를 하는 오르고레인에서 서류 위조는 위험한 일이었지만, 어차피 위험은 따르기 마련이었기에 생선 섬의 옛 친구들이 알려준 대로 손을 쓴 것이다. 가명을 쓰는 것이 지긋지긋했지만 안전을 위해서는, 그리고 오르고레인을 가로질러 서해안에 닿으려면 달리 방도가 없었다.

캐러밴이 덜컹거리며 쿤데레르 다리를 건너 미시노리를 빠져나오는 동안, 내 마음은 줄곧 서쪽에 가 있었다. 가을은 이제 겨울과 맞닿아 있었고, 길이 막혀 빠른 통행 수단을 쓸 수 없게 되기 전에, 그리고 그곳에 아직 뭔가 유용한 게 남아 있을 때에 목적지에 도착해야만 했다. 시노스 행정부에서 일할 때, 콤스바숌에 있는 자원농장을 견학한 적이 있고, 그 농장에서 풀려난 죄수와 이야기를 나누기도 했다. 그때 보고 들은 것이 이제 내 마음을 무겁게 짓눌렀다. 화씨 30도대일 때에도 외투를 입어야 할 정도로 추위에 약한 특사는 플러펜의 겨울을 견뎌내지 못할 터였다. 서둘러 길을 가야 했지만, 캐러밴은 북쪽과 남쪽의 이 도시 저 도시를 다니며 짐을 싣고 부렸으며, 그래서 에사겔 강 어귀의 에스웬에 도착했을 때는 반달이 지나 있었다.

에스웬에서는 운이 좋았다. 임시 숙소에 머무는 사람들과 이야기하는 동안, 상류에서 이루어지는 털가죽 거래에 대한 이야기를 들었는데, 허가받은 사냥꾼들이 타렌페스 숲을 지나 빙원 가까이 연결된 강의 상류까지 썰매나 얼음배로 왕래한다는 것이다. 그들이 덫을 놓는 이야기에서 나는 덫 사냥을 계획하면 되겠다는 생각이 떠올랐다. 고브린 오지와 마찬가지로 케름 랜드에도 흰털 페스리가 있다. 흰털 페스리는 빙하의 입김이 닿는 곳 아래에 있기를 좋아한다. 나는 어렸을 때 케름의 소레 숲에서 페스리를 사냥한 적이 있다. 그렇다면 풀레펜의 소레 숲에서 페스리 사냥을 위해 덫을 놓지 못할 이유가 뭐 있겠는가?

오르고레인의 북서쪽 오지인 셈벤시엔 산맥 서쪽의 광활한 황무지는 사람들이 어느 정도 자유롭게 드나들 수 있다. 거기에 있는 사람들까지 확인할 만큼 조사관들이 충분하지 않은 것이다. 그곳에서는 옛날의 자유가 새로운 시대에도 어느 정도 계속되고 있다. 에스웬은 에사겔 만의 회색 암반 위에 세운 특징없는 항구이다. 거리에는 바다로부터 비를 머금은 바람이 불어오고, 사람들은 험상궂은 어부이며 말에 꾸밈이 없다. 내게 행운을 가져다준 웨스웬을 나는 찬미의 눈으로 뒤돌아본다.

스키와 눈신발, 덫, 식량을 사고 사냥 면허증과 인가증과 신분증 등을 친교그룹 사무소에서 발급받은 뒤 마브리바라는 노인을 대장으로 한 사냥꾼 무리에 끼어 에사겔을 거슬러 올라가기 시작했다. 강은 아직 얼지 않았고, 길에는 여전히 차들이 다녔다. 한 해의 마지막 달이긴 하지만 이곳 해안가 능선에는 눈보다 비가 많이 내렸기 때문이다. 대부분의 사냥꾼들은 겨울이 깊어질 때까지 기다렸다가 세른 달이 되면 얼음배를 타고 에사겔을 거슬러 올라갔지만, 마브리바는 남보다 일찍 북쪽 지역에 가서 페스리가 대이동을 시작해 숲으로 들어오는 초기에 덫을 놓아 놈들을 잡을 계획이었다. 마브리바는 오지인 북부 셈벤시엔과 불의 언덕들에 대해 잘 알았기 때문에, 나는 그와 함께 강을 거슬러 올라가며 많은 지식을 배웠고, 후에 그것들은 내게 어느 정도 도움이 되었다.

투루프라는 마을에서 병을 핑계로 무리에서 떨어져나왔다. 무리는 북쪽으로 갔고, 그들이 떠난 뒤 나는 북동쪽으로 방향을 잡고 셈벤시엔의 높은 산악 지대로 접어들었다. 그곳에서 며칠 동안 지리를 익힌 뒤, 대부분의 짐을 투루프에서 12~13마일 정도 떨어진 인적이 없는 계곡에 숨겨놓았다. 그리고 다시 남쪽으로부터 투루프에 돌아와 이번에는 그곳에서 묵었다. 임시 숙소에서였다. 나는 사냥에 필요한 장비를 구입하는 것처럼 해서 스키, 눈신발, 식량, 털가죽 배낭과 겨울옷을 또 한 벌 구입했다. 그리고 차베 스토브, 폴리가죽 텐트, 짐을 실을 가벼운 썰매도 마련했다. 남은 건 비가 눈으로 바뀌고 진흙이 얼기를 기다리는 일뿐이었다. 하지만 오래 걸리지 않을 터였다. 미시노리에서 투루프까지 오는 데 한 달이 넘게 걸렸기 때문이다. 세른 아르하드, 마침내 겨울이 되어 내가 기다리던 눈이 내렸다.

나는 이른 오후에 풀레펜 농장의 전기 담장을 통과했다. 내가 남긴 모든 발자국과 흔적은 내리는 눈에 의해 곧 가려졌다. 썰매는 농장의 동쪽 숲 깊숙한 곳에 있는 샘가에 두었으며, 배낭 하나만 가지고 눈신발을 신고 길로 돌아왔다. 그리고 길을 따라 당당하게 농장 정문으로 갔다. 그곳에서 나는 투루프에서 기다리는 동안 다시 위조한 서류를 보여주었다. 이제 서류에는 내가 가석방된 세네르 벤스임을 확인해주는 '파란 직인'이 찍혀 있었고, 그에 더해 세른 엡스까지 혹은 그 이전에 풀레펜 친교그룹 제3 자원농장에 가서 2년 동안 간수 임무를 맡으라는 명령이 첨부되어 있었다. 눈치 빠른 조사관이라면 구겨진 서류에 의심을 품었겠지만, 이곳에는 그렇게 눈치가 빠른 사람이 없었다.

감옥 안으로 가는 건 더 쉬웠다. 나오는 것도 쉬우리라는 생각에 안심이 되었다.

간수장은 내가 지정된 날짜보다 하루 늦게 도착했다고 잔소리를 늘어놓은 뒤 나를 막사로 보냈다. 저녁 식사는 이미 끝나 있었다. 간수복과 부츠를 지급하기에는 너무 늦은 시각이었기에 다행히 내 좋은 옷을 빼앗기지 않았다. 내게 총을 주지는 않았다. 하지만 요기할 것을 구하기 위해 취사장을 뒤지다가 쓸 만한 총을 한 자루 발견했다. 요리사가 자기 총을 오븐 뒤쪽 못에 걸어둔 것이다. 나는 그것을 훔쳤다. 그 총에는 살상용 설정이 없었다. 아마도 간수들이 가진 모든 총이 그럴 터였다. 간수들은 농장에서 사람을 죽일 필요가 없었다. 그건 굶주림과 겨울과 절망에게 맡기면 되었다.

그곳에는 30~40명의 간수와 150~160명의 죄수들이 있었는데, 편히 지내는 이는 아무도 없는 듯했으며, 제4시가 지난 지 얼마 되지 않았는데도 대부분이 곤히 자고 있었다. 나는 젊은 간수와 함께 죄수들이 잠자는 방을 둘러보았다. 눈부신 조명 아래 커다란 방에서 자는 죄수들을 보았고, 의심받기 전에, 그러니까 도착한 첫날인 오늘 밤 중으로 계획을 행동에 옮기고자했던 희망을 접었다. 죄수들은 마치 숨기라도 하듯 자궁 속에 있는 태아처럼 침낭 속에 들어가 긴 침대들에 누워 있어서 얼굴이 보이지 않았고, 누가 누군지 분간할 수도 없었다. 한 명만 빼고 그랬다. 그 사람은 숨기에는 너무 키가 컸고, 해골처럼 얼굴이 검었으며, 움푹한 눈을 감고 있었고, 길고 실 같은 머리털은 떡이 져 있었다.

에스웬에서 내게 왔던 행운이 이번에도 찾아와주었다. 내게 주어진 재능이 한 가지 있다면, 역사의 거대한 바퀴가 언제 움직일지 알고 행동하는 것이다. 나는 작년에 에르헨랑에서 그러한 능력을 잃었으며 다시는 되찾지 못할 거라고 생각했다. 그런데 지금 내게 다시 그 능력이 있다는 확신이 들자, 그리고 나와 게센의 운명을 가파르고 위험한 언덕길을 내려가는 봅슬레이를 다루듯 다시 조종할 수 있다는 사실을 알게 되자 엄청난 기쁨에 휩싸였다.

계속 어슬렁거리며 여기저기를 기웃거렸기 때문에 나를 호기심 많은 멍청한 동료로 여긴 간수들은 나를 야근조에 끼워넣었다. 자정이 되자 나와 또 한 명의 간수를 빼고는 건물 안의 모두가 잠이 들었다. 나는 종종 긴 침대들 주위를 왔다 갔다 하며 맘에도 없는 근무를 계속했다. 나는 계획대로 영혼과 육체를 도스 상태로 변화시킬 준비를 했다. 어둠의 힘을 빌리지 않고 내 힘만으로는 부족했기 때문이다. 새벽이 얼마 남지 않았을 때, 다시 한 번 숙소로 가서 요리사의 총으로 겐리 아이에게 100분의 1초 동안 음파를 쏘아 뇌를 마비시킨 뒤 자루에 담아 어깨에 둘러메고 간수실로 갔다. 반쯤 잠이 든 다른 간수가 말했다. "뭐하는 거야? 다시 제자리에 둬!"

"이자는 죽었어."

"또 죽었어? 메시도 놀랄 일이네. 본격적인 겨울은 아직 시작도 안 했는데 말이야." 간수는 고개를 돌려 내 등 뒤에 축 처져 있는 특사의 얼굴을 보았다. "그자로군. 성도착자. 카르히데인들이 하는 말을 듣기는 했지만 내 두 눈으로 보기 전에는 그 말을 믿지 않았지. 정말 추하게 생겼어. 일주일 내내 긴 침대에 누워 신음을 토하고 한숨을 쉬긴 했지만 이렇게 금방 죽을지는 몰랐네. 똥자루를 짊어진 인부처럼 거기 그렇게 서 있지 말고 밖에 내다 놔. 그런다고 밤새 무슨 일 있겠어?"

나는 복도를 지나 감시소에 들렀고, 간수였으므로 아무런 제지 없이 감시소에 들어가 경보기와 스위치가 있는 배전반을 찾을 수 있었다. 분류 표시는 되어 있지 않았지만 간수들이 급할 때를 위해 스위치 옆에 글자들을 끼적여두었다. 'F. f.'를 '울타리fences'로 해석한 나는 농장의 가장 바깥 담의 전기를 차단하기 위해 스위치를 돌렸고, 아이의 두 어깨를 끌고 계속 나아갔다. 그리고 감시소에서 경비를 서는 간수를 문가에서 만났다. 나는 시체를 끌어내느라 힘든 시늉을 해보였다. 도스 원기가 온몸에 가득 차 있었기 때문에 나보다 무거운 사람도 쉽게 끌거나 짊어질 수 있었지만 내가 그렇게 할 수 있다는 것을 들키고 싶지 않았다. 내가 말했다. "죽은 죄수인데, 숙소에서 내다버리라더군. 어디다 두면 되지?"

"모르겠는걸. 밖으로 끌어내. 지붕 아래에다 둬. 안 그러면 눈에 파묻혔다가 내년 봄에 녹아서 썩은 내를 풍길 거야. 지금 페디티아가 내리고 있어." 그는 우리가 소베 눈이라 부르는, 습기가 많고 커다란 눈송이를 뜻한 것이었다. 내게는 더할나위 없이 반가운 소식이었다. "알았어, 알았어." 대답하고는 시체를 끌고 밖으로 나가 건물을 돌아 그의 눈에 띄지 않는 곳으로 갔다. 나는 다시 아이를 어깨에 둘러메고 몇백 야드 떨어진 북동쪽으로 가서 전류가 끊긴 울타리를 기어올라 그를 담 밖으로 넘긴 다음 뛰어내렸고, 다시 아이를 둘러메고 가능한 빠르게 강으로 갔다. 울타리에서 얼마 멀리 가지 못했을 때 호루라기가 울리고 투광조명기가 켜졌다. 눈은 내 모습을 감춰줄 정도로 많이 내렸지만 몇 분 안에 내 발자국을 가릴 정도는 아니었다. 하지만 내가 강에 도착했을 때까지도 그들은 아직 내 흔적을 찾지 못했다. 나는 나무 밑에 눈이 쌓이지 않은 땅을 골라 걷거나 그런 곳이 없을 때는 물속을 걸으며 북쪽으로 갔다. 에사겔 강의 작은 지류인 그 강은 급류여서, 아직 얼지 않았었다. 동이 트며 사물이 선명하게 보이기 시작했기에 나는 서둘렀다. 완전한 도스 상태에 있는 터라 키가 커서 다루기가 좀 불편할 뿐 특사가 무겁지는 않았다. 강을 따라 숲으로 들어가 썰매를 숨겨둔 계곡으로 갔고, 썰매에 특사를 묶고 그 둘레와 위에 내 짐을 쌓아 잘 가린 뒤 그 위로 비바람 막이 덮개를 덮었다. 그런 뒤 옷을 갈아입고 배낭에서 먹을 것을 꺼내 요기를 했다. 긴 시간 동안 도스 상태로 있은 탓에 엄청난 허기가 몰려왔다. 허기를 면한 뒤 넓은 숲길을 따라 북쪽으로 갔다. 얼마 안 가 스키를 탄 사람 둘이 나를 따라왔다.

이제 나는 덫사냥꾼 옷차림을 하고 장비를 갖춘 상태였으므로, 그들에게 그렌데의 마지막 날 북쪽으로 간 마브리바 일행을 따라잡으려하는 중이라고 말했다. 그들은 마브리바를 알고 있었으므로 내 덫사냥 허가증을 힐긋 보고 나서는 내 말을 믿었다. 도망자가 설마 북쪽으로 가리라곤 생각하지 않았기 때문이다. 풀레펜 북쪽에는 숲과 빙원 외에는 아무것도 없었다. 게다가 도망자를 찾으려는 마음도 별로 없는 듯했다. 굳이 찾아야 할 필요가 뭐 있겠는가? 그들은 가던 길을 계속 갔지만 한 시간 뒤, 농장으로 돌아가던 길에 다시 나와 만났다. 그들 가운데 한 명은 지난밤 같은 조에서 함께 야근을 했던 이였다. 그는 내 얼굴을 본 적이 없었다. 설사 보았다 할지라도, 지난밤 반쯤 졸던 상태였기 때문에 기억하지 못할 터였다.

그들이 간 게 확실해지자 나는 방향을 돌려 그날 내내 농장 동쪽 숲과 산마루를 반원으로 길게 빙 둘러 갔고, 마침내 동쪽으로부터, 황야로부터 빠져나와 여벌의 장비를 숨겨둔 투루프 위쪽의 인적 없는 계곡으로 갔다. 기복이 심한 계곡과 산길에서 나보다 훨씬 무거운 짐을 싣고 썰매를 몰려니 힘이 들었지만, 눈이 많이 내려 이미 단단히 다져진 상태였고, 아직 도스 상태였다. 이 상태를 유지해야만 했다. 일단 도스 상태에서 벗어나면 아무것도 할 수 없을 정도로 탈진해버린다. 이전까지는 한 시간 이상 도스를 유지해본 적이 없었다. 고대인 가운데에는 하루 밤낮 또는 그 이상 도스를 유지한 이도 있는 걸로 알지만, 지금 내가 이렇게 버틸 수 있는 건 현재 내가 처한 상황 덕분이었다. 일단 도스 상태에 들면 크게 걱정할 것은 없다. 다만 특사가 걱정이었다. 내가 준 약한 음파 충격에서 깨어나야 할 시간이 한참이나 지나 있었다. 특사는 꼼짝도 하지 않았고, 나는 그를 돌볼 시간이 없었다. 혹시 특사의 몸이 우리와 너무도 다르기 때문에 우리에게는 단순한 마비를 가져올 충격이 그에게는 죽음을 가져온 게 아닐까? 운명의 수레바퀴가 수중에 있을 때는 말을 조심해야 하는 법. 그런데 나는 그가 죽었다고 두 번이나 말했고 송장 다루듯이 운반했다. 내가 데리고 힘들게 언덕을 넘어온 이가 사실은 이미 죽었으며 내 운과 그의 생명이 결국은 헛되이 낭비된 건 아닐까 하는 생각이 불쑥불쑥 들곤 했다. 나는 땀에 젖어 욕설을 내뱉었다. 도스 원기가 깨진 주전자에서 물이 새듯 빠져나가는 느낌이 들었다. 하지만 계속 앞으로 나아갔고, 짐을 숨겨둔 골짜기에 이르러 텐트를 치고 아이를 위해 할 수 있는 일을 마치고 나자 마침내 체력이 바닥났다. 농축 식량 상자를 열어 대부분을 게걸스럽게 먹어치우면서도, 일부는 남겨서 수프를 끓여 아이에게 먹였다. 그가 아사 직전인 것처럼 보였기 때문이다. 그의 팔과 가슴의 종기는 불결한 침낭에 긁혀 아물지 않고 있었다. 상처를 닦은 다음 포근한 털가죽 침낭 안에 그를 눕히고 겨울과 황야가 몸을 숨겨줄 때만큼이나 그의 몸을 잘 감싸주고 나자 더는 할 수 있는 일이 없었다. 밤이 되어 어두워졌고, 몸의 힘을 있는 대로 다 짜낸 탓에 피로가 거칠게 밀려왔다.

우리는 잠을 잤다. 눈이 내렸다. 상겐 수면기에 든 나는 그날 밤 내내 그리고 이튿날 낮과 밤 동안 잠을 잤다. 눈이 계속 내린 게 분명했다. 눈보라는 아니었지만 겨울 들어 첫 번째 폭설이었다. 마침내 정신을 차리고 일어나 주위를 둘러보니 텐트는 반쯤 묻혀 있었다. 햇빛과 푸른 그림자가 눈 위에 선명하게 빛났다. 동쪽 멀리 높은 곳에 잿빛 연기가 밝은 하늘을 어스레하게 가리고 있었다. 불의 언덕들에서 우리와 가장 가까운 우데누쉬레케의 연기였다. 텐트 모서리 주변에는 눈뿐이었다. 작은 언덕, 구릉, 비탈이 한데 어우러져 아무도 밟지 않은 눈이 온통 하얗게 펼쳐져 있었다.

아직 회복기였기에 몹시 피곤하고 졸렸지만, 잠을 깰 때마다 아이에게 조금씩 수프를 먹였다. 아이는 비록 정신을 차리지는 못했지만 그날 저녁에는 생기가 돌기 시작했다. 그는 공포에 질린 듯이 비명을 질렀다. 내가 옆에 무릎을 꿇고 앉자 달아나려 몸부림을 쳤고, 그러다 진이 빠져 정신을 잃었다. 그날 밤 그는 내가 알아들을 수 없는 말로 계속 뭐라고 중얼댔다. 어둡고 황량한 벌판의 정적 속에서 그가 이 세계가 아닌 다른 세계에서 배운 말로 중얼거리는 소리를 듣고 있자니 묘한 느낌이 들었다. 이튿날은 힘들었다. 내가 돌봐주려 할 때마다 그는 내가 농장 간수이고 자신에게 약물을 투여하려한다고 생각하는 것 같았다. 그는 볼썽사납게도 오르고레인어와 카르히데어를 섞어 더듬거리며 제발 그러지 말라고 내게 애원했고, 공포에 질려 무시무시한 힘으로 덤벼들었다. 이런 일이 몇 번이고 반복되자 아직도 상겐 수면기에 있던 나는 몸과 마음이 모두 지쳐버려 도무지 그를 돌볼 수 있을 것 같지 않았다. 그날에는 그들이 아이에게 약물만 투여한 것이 아니라 정신마저 바꾸어버려 미치광이나 천치로 만든 건 아닐까 하는 생각까지 들었다. 그렇다면 그는 소레 숲의 썰매에서 죽는 게 차라리 나았을 거라는 생각이, 나 역시 그렇게 운이 좋았던 대신 차라리 미시노리를 떠날 때 체포되어 영원히 어느 농장에 보내지는 편이 나았으리라는 생각이 들었다.

잠에서 깨었을 때 그가 나를 바라보고 있었다.

"에스트라벤?" 그는 놀란 목소리로 힘없이 속삭였다.

가슴이 뛰었다. 나는 그를 안심시키고 필요한 것을 돌보아주었다. 그리고 그날 밤 우리 두 사람은 푹 잤다.

이튿날, 그는 많이 좋아졌고, 앉아서 음식을 먹을 수 있었다. 몸에 난 종기도 나아지고 있었다. 나는 그게 어쩌다 생겼는지 물었다.

"모르겠습니다. 아마도 약물 때문에 그런 모양입니다. 그 사람들이 계속해서 제게 주사를 놨거든요……."

"케메르를 막기 위해서인가요?" 자원농장에서 탈출하거나 풀려난 사람들에게서 그런 일에 대해 들은 적이 있었다.

"네. 그리고 다른 것도요. 그게 뭔지는 모르겠습니다. 일종의 자백제인 듯하더군요. 그 때문에 병이 들었지만 그 사람들은 계속해서 제게 약들을 투여했습니다. 뭘 알아내려 한 걸까요? 제가 무슨 말을 하길 바란 걸까요?"

"당신을 조사했다기보다는 길들였다고 봐야겠네요."

"길들여요?"

"오르그레비 계통의 약에 중독되게 해서 길들이려한 거죠. 그 방법은 카르히데에서도 알려져 있습니다. 아니면 당신과 다른 사람들을 대상으로 실험을 한 것일 수도 있고요. 그자들이 농장 죄수들을 대상으로 정신 개조 약물과 기술을 실험한다는 소문을 들은 적이 있습니다. 그 말을 들었을 때는 설마 했는데 이제 보니 사실일 수도 있겠군요."

"카르히데에도 그런 농장들이 있습니까?"

"카르히데에요? 아니요." 내가 말했다.

그는 성마르게 이마를 문질렀다. "미시노리의 사람들 역시 오르고레인에는 그런 곳이 없다고 하겠지요."

"그 반대입니다. 그 사람들은 오히려 자랑을 할 겁니다. 자원농장은 성도착자를 정상으로 되돌리고 퇴행자에게는 피난처를 제공한다며 당신에게 그곳에 대한 테이프와 사진들을 보여줄 겁니다. 미시노리 외곽에 있는 제1지구 자원농장으로 당신을 안내할지도 모르지요. 여러 증언을 통해 판단하건대 아주 잘 꾸며놓은 곳이라더군요. 만일 우리 카르히데에도 이런 시설이 있지 않을까 생각한다면, 아이 씨, 그건 우리를 너무 과대평가하는 겁니다. 우리는 그렇게 복잡한 사람들이 못 됩니다."

나는 숨이 막힐 정도로 열기를 뿜어내도록 차베 스토브를 강하게 켜두었고, 그는 빨갛게 달아오른 스토브를 한참 동안 물끄러미 바라보았다. 이윽고 그가 나를 바라보았다.

"오늘 아침에 제게 하는 말을 듣기는 했지만, 아시다시피 그때는 제가 정신이 맑지 않았을 때라서요. 우리는 지금 어디에 있는 겁니까? 그리고 어떻게 이곳에 오게 되었나요?"

나는 다시 이야기를 해주었다.

"당신이 그냥…… 저를 데리고 나왔다는 겁니까?"

"아이 씨, 그곳에 있는 죄수들은 누구라도, 밤이 되면 누구나 그곳을 걸어나올 수 있습니다. 만약 당신이 굶주리거나 탈진하지 않았고, 사기가 저하되지 않았고, 약을 복용하지 않았다면, 또 겨울옷을 입고 있었다면, 그리고 어딘가 갈 곳이 있다면 말입니다……. 그게 함정이지요. 어디로 갈 수 있겠습니까? 마을? 증명서가 없지요. 그러니 그곳은 안 됩니다. 황야로? 머물 곳이 없지요. 그러니 그곳도 안 됩니다. 여름이라면 풀레펜 농장에 간수들이 더 있을 겁니다. 하지만 겨울에는 자연이 그 역할을 대신해주지요."

그는 거의 듣고 있지 않았다. "당신은 저를 업고는 단 100피트도 갈 수 없어요, 에스트라벤. 그런데 어두운 산길을 2마일이나 업고 달렸다니……."

"저는 도스 상태였습니다."

아이가 망설였다. "자진해 일으킨 건가요?"

"네."

"당신은…… 한다라 교인입니까?"

"저는 한다라 사원에서 자랐고 로세레르 성채에서 2년 동안 거주했습니다. 케름에서는 내부 화로 주민 대부분이 한다라 교인입니다."

"도스 뒤에는 기운을 다 소모해 극도의 탈진 상태에 빠진다고 하던데요……."

"그렇습니다. 상겐이라 부르지요. 어두운 수면입니다. 그것은 도스 기간보다 훨씬 더 길고 일단 회복기에 들어가면 그것에 저항하는 것은 아주 위험하지요. 저는 이틀 밤을 내리 잤습니다. 아직도 상겐 상태지요. 그래서 저 언덕을 걸어갈 힘이 없습니다. 배가 고프기도 하고요. 그래서 일주일치로 계획해둔 식량 대부분을 먹었습니다."

아이가 성마른 목소리로 재빨리 말했다. "그랬군요. 알겠습니다. 당신을 믿습니다. 여기 제가 있고 당신이 있는데 어찌 믿지 않을 수 있겠습니까……. 하지만 이해할 수 없군요. 전 왜 당신이 이 모든 일을 했는지 이해할 수가 없습니다."

그 말에 부아가 치밀어 올랐다. 나는 대답을 하지 않고, 아이를 보는 대신 화가 가라앉을 때까지 손 가까이에 놓인 얼음칼을 물끄러미 바라보았다. 다행히 그리 크게 화가 나거나 열이 뻗치지는 않아서 나 자신에게 이자는 아무것도 모르는 무식한 자다, 외계인이다, 악용당하고 겁먹은 사람이다 하고 타일렀다. 그렇게 평정을 찾고는 마침내 말했다. "당신이 오르고레인에 와 풀레펜 농장에 가게 된 데는 제 잘못도 얼마쯤 있다고 생각합니다. 저는 지금 제 잘못을 갚으려는 겁니다."

"제가 오르고레인에 온 것과 당신은 아무런 관련이 없습니다."

"아이 씨, 우리는 똑같은 상황을 서로 다른 시각으로 보고 있었습니다. 저는 그 사람들이 우리와 같으리라고 잘못 생각한 것입니다. 작년 봄으로 돌아가보도록 하지요. 에르헨랑에서 쐐기돌 의식이 있기 반달쯤 전, 저는 아르가벤 왕에게 당신과 당신 임무에 관한 결정을 미루고 좀 더 기다려보자고 권하기 시작했습니다. 알현 일자가 이미 잡혀 있었으니, 비록 어떤 결과도 기대할 순 없겠지만 그래도 일단 만나보는 것이 최선인 듯했습니다. 저는 당신이 이 모든 것을 이해하고 있으리라 생각했는데, 거기서 제가 잘못을 한 겁니다. 저는 너무나 당연히 그렇게 생각해버렸습니다. 저는 당신에게 조언을 한답시고 감정을 상하게 하고 싶지 않았습니다. 당신이 쿄레미에서 파메르 하르게 렘이르 테베가 갑자기 권력을 휘어잡을 위험이 있는 걸 이해한다고 생각했습니다. 만약 티베가 무슨 이유로든 간에 당신을 두려워한다면, 그자는 당신이 파벌 싸움을 조장한다고 비난할 테고, 겁이 많은 아르가벤은 틀림없이 당신을 죽이라고 명령할 테니까요. 그래서 저는 티베가 승승장구하며 권력을 쥔 동안에는 당신이 몸을 낮추고 안전하게 있기를 바랐습니다. 우연히도 저 역시 당신과 함께 왕의 신뢰를 잃게 되었습니다. 저는 실각할 운명이라는 것을 알았지만 우리가 이야기를 나눈 바로 그날 밤에 그리될 줄은 몰랐습니다. 하지만 그 누구도 아르가벤의 수상으로 오래 있지는 못하지요. 추방령을 받은 뒤, 저는 당신에게까지 제 오욕으로 인한 불똥이 튈까봐 연락을 할 수가 없었습니다. 그리고 이곳 오르고레인으로 왔습니다. 저는 당신에게도 오르고레인으로 가는 게 좋겠다고 제안을 하려 했습니다. 33인 친교인 가운데 가장 덜 불신하는 이에게 당신의 입국을 허가해달라고 부탁했습니다. 그 사람들의 호의가 없었다면 당신은 이곳에 오지 못했을 겁니다. 그자들은 당신에게서 권력을 쟁취할 수 있는 길을, 카르히데와의 거세져가는 경쟁에서 빠져나와 자유무역으로 복귀할 수 있는 길을, 사르프의 손아귀에서 빠져나갈 수 있는 가능성을 보았습니다. 그리고 저는 그것들을 볼 수 있도록 그자들을 부추겼지요. 하지만 그 사람들은 지나치게 신중했고, 행동하기를 두려워했습니다. 그래서 당신을 대중에게 공개하는 대신 꽁꽁 숨겼고, 기회를 놓치게 되었으며, 자신들의 목숨을 건지기 위해 당신을 사르프에게 팔아넘겼지요. 저는 그자들을 너무 믿었고, 그러니 잘못은 제게 있습니다."

"하지만 무슨 목적인 겁니까? 이 복잡하고 비밀스럽고 권력투쟁과 음모가 난무하는 계획의 목적은 무엇입니까, 에스트라벤? 당신이 원하는 건 무엇입니까?"

"저는 당신이 원하는 그걸 원합니다. 저의 세계와 당신의 세계가 동맹을 맺는 것이지요. 그렇지 않다면 제가 무엇 때문에 이런 짓을 하고 있다고 생각하십니까?"

우리는 이글거리는 스토브를 사이에 두고 한 쌍의 나무 인형처럼 서로를 물끄러미 바라보았다.

"우리가 동맹을 맺는 상대가 오르고레인이더라도 말입니까?"

"그 상대가 오르고레인이더라도 말입니다. 카르히데도 곧 그 뒤를 따를 것입니다. 제 동족 모두가 위급한 상황에 놓여 있는데 제가 시프그레소나 따지고 있으리라고 생각하시는 겁니까? 모두가 눈을 뜬다면 어느 나라가 먼저 눈을 뜨느냐가 뭐 그리 대수입니까?"

"당신 말을 어떻게 믿습니까!" 아이가 분통을 터뜨렸다. 육체적으로 약해진 탓에 아이의 분노는 힘없는 투덜거림처럼 들렸다. "만약 이 모든 것이 사실이라면 좀 더 일찍, 지난 봄에 제게 귀띔이라도 했어야 합니다. 그러면 우리 모두가 풀레펜로 갈 일은 없었을 겁니다. 당신은 저를 위해 애썼다고 하지만……"

"실패했죠. 그리고 당신을 고통과 수치와 위험에 빠뜨렸지요. 압니다. 하지만 제가 당신을 구하기 위해 티베와 겨루었다면 당신은 지금 여기 있는 대신 에르헨랑의 어느 무덤에 있을 겁니다. 카르히데에는 소수지만 당신의 이야기를 믿는 사람들이 있습니다, 오르고레인에도요. 제게 귀 기울인 사람들입니다. 그 사람들이 당신을 도울 겁니다. 제 가장 큰 잘못은, 당신이 말했듯이 제 생각을 분명하게 당신에게 전하지 못한 것입니다. 저는 그런 일에 익숙하지 못합니다. 충고든 비난이든 누군가에게 주거나 누군가로부터 받는 데 익숙하지 못합니다."

"부당하게 굴려던 것은 아닙니다, 에스트라벤……."

"하지만 당신은 그렇게 하고 있습니다. 이상하지요. 이 게센에서 당신을 전적으로 믿은 이는 저 하나뿐입니다. 그리고 당신이 믿기를 거부하는 이 또한 저 하나이지요."

아이는 두 손으로 머리를 감쌌다. 마침내 그가 말했다. "미안합니다, 에스트라벤." 그것은 사과와 인정, 두 가지 모두의 뜻이었다.

내가 말했다. "당신은 제가 당신을 믿고 있다는 사실을 믿을 수 없었던 겁니다. 그러고 싶지 않았거나요." 다리가 저려서 일어난 나는 내가 노여움과 피곤으로 떨고 있다는 것을 깨달았다. "당신이 쓰는 마음의 언어를 제게 가르쳐주십시오." 나는 분노를 담지 않고 담담하게 말하려 애썼다. "당신의 언어에는 거짓이 없습니다. 그걸 제게 가르쳐주십시오. 그리고 왜 제가 그런 일을 했는지 물어봐주십시오."

"저도 그러고 싶습니다, 에스트라벤."

15. 빙원을 향해

나는 잠에서 깼다. 내가 따뜻하고 좀 어둑한 원뿔 속에 누워 있다는 것이, 이게 텐트이며 내가 그 안에 누워 있고 살아 있으며 풀레펜 농장에 있지 않다는 것이 그때까지도 낯설고 도무지 믿기지 않았다. 그러나 잠에서 깨어나자 낯설고 기이한 느낌은 사라지고 커다란 평화가 주는 안도감이 마음에 깃들었다. 나는 일어나 앉아서 하품을 하고 떡이 진 머리를 뒤로 쓸어넘겼다. 나는 에스트라벤을 보았다. 그는 2피트 정도 떨어진 침낭 속에서 곤히 자고 있었다. 에스트라벤은 바지 말고는 아무것도 입지 않았다. 그는 더워했다. 어둡고 비밀스러운 얼굴에 빛이 비쳤다. 잠들면 모두가 그러하듯이, 잠든 에스트라벤은 약간 멍청해 보였다. 둥글고 강인한 얼굴은 근심 없는 편한 표정이었고, 윗입술과 짙은 눈썹 위쪽에는 작은 땀방울이 맺혀 있었다. 에르헨랑에서 있던 행진 연단에서 지위를 나타내는 옷으로 몸을 감싸고 태양 아래 땀을 뻘뻘 흘리며 서 있던 그의 모습이 떠올랐다. 나는 차가운 빛 속에서 반라의 상태로 태평하게 자는 에스트라벤을 지켜보았고, 처음으로 그를 있는 그대로의 모습으로 보았다.

에스트라벤은 늦게 깨어났고, 아주 천천히 깨어났다. 마침내 그는 비틀거리며 일어나 하품을 하더니 셔츠를 입고는 날씨를 살피려는지 밖으로 머리를 내밀었다. 그리고 내게 오르시를 한 잔 하겠느냐고 물었다. 내가 힘든 몸으로 먼저 일어나 자신이 어젯밤 스토브의 냄비에 담아둔 얼음으로 이미 오르시를 끓여둔 걸 알게 된 그는 잔을 받은 뒤 부자연스러운 태도로 고맙다고 말하며 앉아서 오르시를 마셨다.

"이제 어디로 가지요, 에스트라벤?"

"그건 당신이 어디로 가기를 원하는가에 달려 있습니다, 아이씨. 그리고 당신 체력이 버틸 수 있는 한도가 어느 정도 되는가에도요."

"오르고레인으로 가는 가장 빠른 길은 어디입니까?"

"서쪽이지요. 해안으로 가는 겁니다. 30마일쯤 됩니다."

"그러고는요?"

"항구들은 얼기 시작했거나 벌써 얼었을 겁니다. 어쨌든 겨울에는 배로 멀리 갈 수 없습니다. 봄에 거상들이 시스와 페룬테르로 갈 때까지 어딘가에 숨어 기다리는 수밖에 없습니다. 카르히데에 대한 교역 금지가 계속되면 그곳에 가는 사람이 없을 겁니다. 상인들에게 돈을 주고 데려다달라고 부탁할 수는 있겠지만 불행히도 제게는 돈이 없습니다."

"다른 방법은 없습니까?"

"카르히데. 육로로 가는 거지요."

"얼마나 멉니까? 1000마일쯤 되나요?"

"네, 길을 따라가면 그렇지요. 하지만 우리는 길로 갈 수가 없습니다. 첫 번째 검문소조차 통과할 수 없을 겁니다. 유일한 방법은 산맥을 통과해 북쪽으로 가서 고브린을 가로질러 동쪽으로 간 다음 구센 만에서 국경으로 내려가는 것뿐입니다."

"고브린을 가로지른다면 빙원을 말하는 겁니까?"

그가 고개를 끄덕였다.

"겨울에는 불가능하지 않나요?"

"가능할 거라고 생각합니다. 겨울 여행은 운에 달렸지요. 어찌 보자면 겨울에 빙원을 건너는 편이 낫습니다. 아시겠지만, 빙원에서는 얼음이 태양열을 반사하기 때문에 날씨가 좋은 경향이 있지요. 태풍은 빙원 가장자리로 밀려납니다. 그래서 폭설 안에 있는 장소에 대한 전설들이 있는 거죠. 우리에게는 다행이죠. 그 밖의 이점은 없지만요."

"그렇다면 정말로 거기를……."

"그렇지 않다면 당신을 풀레펜 농장에서 데리고 나온 의미가 없지 않겠습니까."

에스트라벤의 표정은 여전히 굳어 있었고, 화를 냈으며, 모질었다. 지난밤의 대화가 우리 둘 모두를 흔들어놓은 것이다.

"그리고 당신은 봄까지 기다렸다가 바다를 가로지르는 것보다 빙원을 가로지르는 게 더 안전하다고 생각하는 겁니까?"

에스트라벤이 고개를 끄덕였다. "인적이 없으니까요." 에스트라벤이 짧게 설명했다.

나는 잠시 곰곰이 생각해보았다. "제 부족한 점을 충분히 고려하셨기를 바랍니다. 저는 당신만큼 추위에 강하지 못합니다. 비교도 안 되지요. 스키도 잘 타지 못하고요. 몸 상태도 좋지 않아요. 며칠 전보다는 좋아졌지만요."

다시 한 번 그가 고개를 끄덕였다. "전 우리가 할 수 있다고 생각합니다." 에스트라벤이 아주 간단하게 말했다. 오랫동안, 에스트라벤이 그런 식으로 말할 때면 빈정거리는 거라고 받아들여 왔던 그 말투였다.

"알았습니다."

에스트라벤이 나를 힐긋 보더니 차를 쭉 마셨다. 그건 차라는 이름이 딱 어울리는 음료였다. 볶은 페름 알곡을 우린 오르시는 갈색으로 새콤달콤한 맛이었으며, 비타민 A와 C, 당분이 많았고, 로벨린*과 관련된 상쾌한 자극제가 들어 있었다. 겨울 행성에서는 맥주가 없는 곳엔 오르시가 있다. 맥주와 오르시가 없는 곳엔 사람도 없다.

에스트라벤이 잔을 내려놓으며 말했다."힘들 겁니다. 아주 힘든 길이 될 겁니다. 행운이 따르지 않으면 목적지에 닿지 못하겠지요."

*자연 상태에서 존재하는 알칼로이드의 한 종류로, 알코올, 니코틴 중독 치료에 쓰였다.

"당신이 날 빼내준 그 쓰레기 같은 곳에 있는 것보다야 얼음 위에서 죽는 게 낫지요."

그는 말린 빵사과 한 덩어리를 잘라 내게 한 조각 건넸고, 앉아서 그걸 씹으며 곰곰이 생각에 잠겼다. "식량이 더 필요합니다." 그가 말했다.

"만약 카르히데에 닿으면 당신은 어떻게 하실 생각입니까? 아직 추방당한 상태잖습니까."

그는 수달처럼 검은 눈을 돌려 나를 힐긋 보았다. "그렇습니다. 저는 이쪽에 있을 생각입니다."

"하지만 당신이 죄수의 탈출을 도왔다는 걸 그자들이 알게 되면?"

"그럴 일은 없을 겁니다." 에스트라벤이 쓸쓸한 웃음을 머금으며 말했다. "먼저 빙원을 건너가야만 합니다."

내가 말했다. "있잖습니까, 에스트라벤. 어제 제가 한 말을 용서해주시겠습니까……."

"누수스." 그는 일어나 빵사과를 씹으며 히에브와 외투를 걸치고 부츠를 신고 자동 여밈문을 수달처럼 재빠르게 빠져나갔다. 잠시 뒤 그가 밖에서 안으로 고개를 들이밀고 말했다. "전 늦거나 밤을 넘겨 돌아올 겁니다. 여기에 혼자 계실 수 있겠습니까?"

"네."

"그럼 됐습니다." 그렇게 말하고 에스트라벤은 떠났다. 지금까지 에스트라벤처럼 변화된 상황에 완벽하고 신속하게 적응하는 사람을 본 적이 없다. 나는 몸이 회복되어갔고, 가까스로 떠날 준비가 되었다. 에스트라벤은 상겐기를 벗어나 있었다. 모든 장애가 제거되자 그는 곧바로 떠났다. 그는 결코 성급해하거나 서두르지 않았지만 언제나 준비가 되어 있었다. 바로 이것이 그가 나를 위해 내던진 비범한 정치적 성공의 비밀인 건 의심할 여지가 없었다. 또한 나에 대한 신뢰와 내 임무에 대한 헌신을 설명해주기도 했다. 내가 왔을 때, 에스트라벤은 준비가 되어 있었다. 겨울 행성의 다른 누구도 그러지 못했다.

그럼에도 에스트라벤은 자신을 굼뜨고 위급한 상황에 대처하지 못하는 인간이라고 여겼다.

언젠가 그가 내게 말하길, 자신은 생각하는 게 너무나도 느려 행동할 때는 주로 운이 어느 쪽으로 움직일까 하는 직관에 의존하는데 그 직관이 틀린 적이 거의 없다고 했다. 그는 아주 진지하게 말했고, 아마도 사실일 터였다. 겨울 행성에서 앞을 내다볼 수 있는 이는 성채의 예언자들만이 아니었다. 예언자들은 예감을 길들이고 수련하지만 그런다고 적중률이 높아지지는 않는다. 요메시 교인들은 이에 대해서도 논리가 있었다. 능력이란 예언에 국한되는 것이 아니라 (한순간에) '모든 것은 한번에' 파악하고 전체를 보는 것이다.

에스트라벤이 떠난 뒤 나는 조그만 방열 스토브를 최대 한도로 뜨겁게 했다. 그러자 마침내 온몸 구석구석이 따뜻해졌다. 이게 얼마 만인가? 지금쯤이면 아마도 원년 겨울의 첫 달인 세른일 게 분명했다. 하지만 풀레펜에 있으면서 나는 날짜를 잊어버렸다.

차베 스토브는 지독한 추위를 막기 위해 게센인들이 천 년을 노력해 만든 아주 우수하고 경제적인 물건이었다. 굳이 개선할 점을 들라고 하면 융합팩을 동력원으로 사용하면 낫겠다는 정도였다. 하지만 생체동력 전지는 14개월 동안 연속으로 사용하기에 충분했고, 발열량도 강력했다. 스토브와 방열기와 랜턴이 하나로 합쳐진 것으로, 무게는 4파운드 정도 나갔다. 이 스토브가 없다면 우리는 50마일도 가지 못할 터였다. 이걸 사기 위해 에스트라벤은 많은 돈을 썼을 게 분명했다. 미시노리에서 내가 거드름을 부리며 건넨 돈을 썼을 터였다. 텐트는 방한용으로 개발된 플라스틱으로 되어 있었으며, 내부 응결을 어느 정도는 막아줄 있도록 설계되었다. 추운 날씨에 내부 응결은 텐트에 재앙과 마찬가지였다. 페스리 털가죽 침낭, 옷가지, 스키, 썰매, 음식물 등이 있었는데, 한결같이 최상급에 가볍고 튼튼하고 비싼 것들이었다. 음식을 더 구하러 간 것이라면, 돈이 없을 텐데 어떻게 구해 오겠다는 걸까?

에스트라벤은 이튿날 밤까지 돌아오지 않았다. 그동안 나는 눈신발을 신고 여러 번 밖에 나가 우리 텐트를 은폐해주는 눈 덮인 계곡의 능선 주위를 비척비척 걸으며 힘을 기르고 연습을 했다. 나는 스키는 꽤 탔지만 눈신발에는 별로 익숙하지 못했다. 돌아오는 길을 잃으면 안 되기에 감히 골짜기 너머까지는 가지 않았다. 산세가 거칠고 험했으며, 여기저기 샛강과 협곡이 있었고, 동쪽 멀리로는 구름이 걸린 산들이 가파르게 솟아 있었다. 만약 에스트라벤이 돌아오지 않는다면 이 버려진 땅에서 무엇을 할 수 있을지 생각하니 눈앞이 아찔했다.

에스트라벤은 해 지는 능선 너머로 눈보라를 일으키며 빠르게 내려와(그는 스키를 아주 잘 탔다) 내 옆에 멈춰 섰다. 온몸이 땀으로 얼룩지고 몹시 지쳐 있었다. 에스트라벤은 검댕이 끼고 물건이 가득 든 커다란 자루를 등에 지고 있었다. 마치 옛 지구에서 굴뚝을 타고 내려온 산타클로스 같았다. 자루에는 카디크 싹, 말린 빵사과, 차, 단단하고 빨갛고 흙맛이 나는 설탕판(게센인이 이곳 덩이줄기에서 추출, 정제한 것이다)이 들어 있었다.

"이걸 어떻게 구했습니까?"

"훔쳤습니다." 한때 카르히데의 수상이었던 이는 두 손을 맞잡아 아직 끄지 않고 두었던 스토브 위에 올렸다. 에스트라벤, 심지어 에스트라벤마저도 추워했다. "투루프에서요. 아슬아슬했지요." 내가 들은 설명은 그게 전부였다. 그는 자신의 성과를 자랑하지 않았고, 웃어넘길 수도 없었다. 겨울 행성에서 도둑질은 수치스러운 범죄였다. 사실, 도둑질보다 더 경멸받는 죄는 자살뿐이었다.

내가 눈을 녹이기 위해 눈을 담은 냄비를 스토브 위에 올려놓자 그가 말했다. "이것부터 먼저 먹도록 하지요. 이게 무거우니까요." 에스트라벤이 전에 구해둔 식량은 대부분 고에너지 음식을 혼합해 영양 강화, 건조, 압축, 입방체로 만든 휴대용 농축 식량이었다. 오르고레인 사람들은 이것을 '기치미치'라 불렀고, 우리도 그렇게 불렀다. 비록 우리는 카르히데어를 써서 이야기했지만 말이다. 최소한의 표준 배급량인 하루 1파운드짜리 하나를 기준으로 했을 때 우리는 그것으로 60일을 버틸 수 있었다. 그날 밤, 에스트라벤은 씻고 식사를 한 뒤 스토브 옆에 오랫동안 앉아서 우리가 가진 것을 어떻게, 언제 써야 할지 정확히 계산했다. 우리에게는 저울이 없으므로 1파운드짜리 기치미치 상자를 표준으로 해서 예상을 했다. 많은 게센인들과 마찬가지로, 에스트라벤 역시 각 음식물의 칼로리와 영양가에 대해 잘 알고 있었다. 에스트라벤은 다양한 조건하에서 자신에게 필요한 음식의 양에 대해서도 잘 알았으며, 내 것도 꽤 잘 어림잡아냈다. 이런 지식은 겨울 행성에서는 생존에 필수적이었다.

마침내 식량 배급 계획이 끝나자 그는 자기 침낭 위에 쓰러져 잠이 들었다. 그날 밤 내내, 나는 그가 꿈에서 무게, 날짜, 거리 따위의 수를 세는 잠꼬대를 들었다.

우리는 아주 대충 어림잡아 800마일을 가야 했다. 처음 100마일은 북쪽 또는 북동쪽 방향으로, 수림 지역을 지나고 셈벤시엔 산맥 북쪽 끝 지맥을 넘어 대빙하로 들어가는 경로였다. 그 빙원은 m자 모양의 거대 대륙 위도 45도 이북 전역을 이중으로 덮고 있으며, 몇몇 지역에서는 위도 35도 부근까지 내려와 있었다. 이 남쪽 끝에는 셈벤시엔 산맥의 마지막 봉우리들인 불의 언덕들 지역이 있었고, 그곳이 우리의 첫 번째 목적지였다. 에스트라벤의 판단에 따르면, 그곳에 도착하면 그 산맥 사이로 산비탈에서 빙판으로 내려가거나 빙판에서 유출된 빙하 가운데 하나의 비탈을 타고 빙판으로 올라갈 수 있을 것이었다. 그 뒤로 우리는 빙판 위를 걸어 동쪽으로 약 600마일을 갈 터였다. 구센 만 근처에서 빙원은 슬슬 북쪽으로 꺾이고, 그러면 우리는 빙원을 벗어나 남동쪽으로 경로를 잡아 눈이 10~20피트 정도 쌓인 센세이 습지대를 50~100마일 정도 가로질러 카르히데 국경이 이르게 된다.

이 경로는 시작부터 끝까지 사람이 살지 않거나 살 수 없는 벽지만 지나게 되어 있었다. 조사관을 만날 일은 없을 터였다. 이 점이 가장 중요했다. 내게는 증명 서류가 없었고, 에스트라벤이 말하길 자신의 증명 서류 역시 위조를 하지 않는 한 더는 쓸 수 없다고 했다. 어쨌든, 내게 아무 관심이 없는 보통 게센인들이야 대충 넘어간다 해도, 눈에 불을 켜고 나를 찾고 있는 사람들 눈을 속이는 건 불가능했다. 이러한 점에서 보자면, 에스트라벤이 선택한 경로는 우리에게 아주 적절했다.

하지만 그 밖의 다른 모든 점에서 볼 때, 그 경로를 택한다는 건 완전히 미친 짓이었다.

나는 그 생각을 입 밖으로 꺼내지는 않았다. 만약 죽음을 선택해야 하는 상황이 닥치면 도망가다 죽는 쪽을 택하겠노라고 말했던 건 진심이었기 때문이다. 하지만 에스트라벤은 여전히 대안을 찾고 있었다. 이튿날, 짐을 꾸려 조심스레 썰매에 싣고 있을 때 에스트라벤이 말했다. "만약 당신이 우주선과 교신을 한다면 언제쯤 우주선이 올 수 있을까요?"

"여드레에서 반달 사이일 겁니다. 우주선이 게센을 기준으로 태양 궤도 어디에 있느냐에 따라 달라요. 태양 반대편에 있을 수도 있으니까요."

"더 일찍 올 수는 없나요?"

"더 일찍은 안 됩니다. 항성계 안에서는 NAFAL 추진을 쓸 수 없어요. 로켓 추진으로만 움직일 수 있고, 그러면 적어도 여드레는 걸려요. 왜 그러죠?"

에스트라벤은 대답을 하기 전에 밧줄을 단단히 당긴 뒤 매듭을 지었다. "당신의 세계에 도움을 청하는 방법을 생각하고 있었습니다. 제 세계는 도움이 못 되는 듯하니까요. 투루프에 무선 송신소가 있습니다."

"출력은 얼마나 됩니까?"

"그리 세지는 않습니다. 가장 가까운 대형 송신소는 쿠후메이에 있습니다. 여기서 남쪽으로 400마일 정도 떨어져 있지요."

"쿠후메이는 큰 도시인 모양이죠?"

"25만 명이 삽니다."

"어찌어찌 무선송신을 할 수 있다 쳐도 그다음에 적어도 여드레 동안은 사르프의 경계를 피해 숨어 있어야 하는데……. 그다지 가능성이 있어 보이진 않는군요."

에스트라벤이 고개를 끄덕였다.

나는 마지막 카디크 싹 자루를 텐트에서 꺼내 썰매의 짐 틈에 넣으며 말했다. "그날 밤에, 당신이 제게 와 말을 하고 간 그날, 제가 체포된 바로 그날 밤 미시노리에서 우주선을 불렀다면 좋았으련만……. 하지만 옵슬레가 제 앤서블을 가지고 있었습니다. 아마 지금도 옵슬레가 가지고 있겠지요."

"옵슬레가 그걸 사용할 줄 압니까?"

"아니요, 이것저것 만져보다가 우연이라도 그럴 가능성은 없습니다. 좌표 조작은 굉장히 복잡한 작업이라서요. 제가 그걸 사용할 수만 있다면!"

"그날 이미 게임이 끝났다는 걸 제가 알았다면 좋았을 텐데요." 에스트라벤이 말하고 싱긋 웃었다. 에스트라벤은 후회하는 사람이 아니었다.

"제 생각에, 당신은 알고 있었습니다. 그런데 제가 당신을 믿지 않은 거죠."

썰매에 짐을 다 싣고 나자, 에스트라벤은 힘을 비축하기 위해 그날은 더는 아무 일도 해서는 안 된다고 주장했다. 그러고는 텐트 바닥에 엎드리더니 작은 공책에 빠른 손놀림으로 앞 장에 있는 것과 같은 내용을 카르히데어로 세로로 적어갔다. 지난 달에는 여행을 하느라 일기를 쓰지 못했고, 그는 그걸 마음에 걸려했다. 에스트라벤은 꽤 꼬박꼬박 일기를 써왔었다. 내 생각에, 일기 쓰기는 에스트레 화로에 있는 자기 가족에 대한 의무이자 가족과의 연결고리인 듯했다. 하지만 나는 그 모든 것을 나중에야 알았고, 그때는 에스트라벤이 무엇을 쓰는지 알지 못했다. 나는 앉아서 스키에 왁스를 바르거나 아무것도 하지 않고 있었다. 무심코 춤곡을 휘파람으로 불다가 그러면 안 된다는 생각에 중단했다. 텐트는 하나뿐이었으며, 서로를 화나게 하지 않고 한 텐트에서 지내려면 어느 정도의 자제심과 예의가 꼭 필요했다. 에스트라벤은 휘파람 부는 나를 바라보았지만(이해한다), 짜증내는 기색은 없었다. 오히려 꿈꾸는 듯한 눈으로 나를 바라보더니 말했다. "당신의 우주선에 대해 작년에 알았더라면 좋았을 뻔했습니다……. 왜 그 사람들은 당신 혼자 이 세계에 보낸 겁니까?"

"첫 번째 특사는 늘 혼자 옵니다. 외계인 한 명은 호기심을 유발하지만 둘은 침입으로 간주되기 쉬우니까요."

"첫 번째 특사의 생명은 가볍게 다루어지나 보군요."

"그렇지 않습니다. 에큐멘은 어느 누구의 생명도 가벼이 다루지 않습니다. 따라서 두 명, 스무 명이 위험에 빠지는 것보다는 한 명이 위험에 빠지는 게 낫지요. 또한 사람들을 한 세계에서 다른 세계로 큰 도약을 하게 해 실어 나르는 건 아주 비싸고 시간도 많이 들지요. 어쨌든 이 일을 원한 건 저였습니다."

"위험 속에 영광이." 에스트라벤이 말했다. 속담인 게 분명했다. 뒤이어 나지막이 이렇게 덧붙였기 때문이다. "우리가 카르히데에 도착하는 날, 굉장한 영광을 얻게 될 겁니다……."

에스트라벤의 말을 듣고 있으면, 어쩐지 정말 카르히데에 도착할 수 있을 것만 같은, 800마일을 걸어서 빙하기의 한겨울 폭풍을 뚫고 짐승 한 마리 없고 추위를 피할 곳 하나 없는 산과 협곡과 크레바스와 화산과 빙하와 빙원과 얼어붙은 습지와 만을 가로질러 정말로 카르히데에 닿을 수 있을 것만 같은 생각이 들었다. 에스트라벤은 지난날 에르헨랑에서 비계에 서서 쐐기돌에 모르타르를 바르던 미친 왕을 바라보던 때와 같은 완고함과 강한 인내심으로 일기를 쓰며 말했다. "우리가 카르히데에 도착하는 그날이 오면……."

그가 말하는 '그날'은 더는 기약 없는 희망이 아니었다. 그는 겨울의 네 번째 달 나흘째 되는 날, 안네르 아르하드에 카르히데에 도착할 계획이었다. 그러려면 우리는 내일, 첫 번째 달 13일인 세른 토르멘보드에 출발해야만 했다. 에스트라벤의 계산에 따르면, 식량은 게센력으로 3개월, 즉 78일 동안 먹을 수 있게 준비되었다. 그러므로 하루에 12마일씩 걷는다면 70일 뒤인 안네르 아르하드에는 충분히 카르히데에 도착할 수 있을 터였다. 모든 준비는 완료되었다. 이제 푹 자두는 것 말고는 달리 할 일이 없었다.

우리는 동틀 무렵, 눈신발을 신고 잔잔하게 조금씩 내리는 눈을 맞으며 출발했다. 언덕 표면에는 부드럽고 다져지지 않은 '베사'가 쌓여 있었다. 내가 알기로 지구의 스키 타는 이들이 '야생 눈'이라 부르는 종류였다. 썰매에는 짐이 가득 실려 있었다. 에스트라벤은 전체 무게가 300파운드가 넘을 거라고 추측했다. 썰매는 다루기 편하고 잘 설계되었지만 이렇게 솜털 같은 눈에서는 끌기 어려웠다. 썰매 활주부 설계는 경이로울 정도여서, 저항을 거의 받지 않게끔 폴리머 코팅이 되어 있었지만, 쌓인 눈 속에 썰매 전체가 빠지는 경우에는 물론 아무 소용이 없었다. 이런 눈 쌓인 비탈면이나 협곡을 오르내리려면 한 명이 앞에서 끌고 다른 한 명이 뒤에서 미는 게 최선이었다. 잘고 부드러운 눈이 하루 종일 내렸다. 우리는 요기를 하기 위해 두 번 쉬었다. 그때마다 거대한 구릉 지역은 침묵에 잠겼다. 우리는 계속 나아갔고, 갑자기 황혼이 되었다. 하얗게 굽이진 구릉 지역 가운데 아침에 떠났던 계곡과 아주 비슷한 계곡에서 멈추었다. 나는 너무 나 피곤해서 비틀거렸지만 하루가 다 갔다는 게 믿기지 않았다. 썰매에 달린 계량기에 따르면 우리는 거의 15마일을 이동했다.

만약 부드러운 눈 위로 짐을 잔뜩 실은 썰매를 끌고 언덕과 계곡이 가로놓인 가파른 산골을 이만큼 잘 갈 수 있다면 얼음 위나 단단한 눈, 평평한 곳에서는 더 많이 갈 수 있을 터였다. 게다가 짐은 시간이 지날수록 가벼워지게 마련이다. 처음에 에스트라벤에 대한 내 신뢰는 자발적이라기보다는 의지에 의한 것이었다. 그러나 지금은 에스트라벤을 완전히 믿고 있었다. 우리는 70일 뒤면 카르히데에 있을 것이다.

"전에도 이런 여행을 해본 적이 있습니까?" 내가 에스트라벤에게 물었다.

"썰매를 타고요? 몇 번 있었습니다."

"장거리 여행이었습니까?"

"몇 년 전 어느 가을에 케름 빙원을 200마일 정도 여행한 적이 있습니다."

아대륙이라 할 수 있는 카르히데 최남단의 산악 반도 케름 랜드의 아래쪽 지역은 북쪽과 마찬가지로 얼음으로 덮여 있었다. 게센의 거대 대륙 주민들은 두 흰 벽 사이에 펼쳐진 띠와 같은 좁은 땅 위에 산다. 게센인들 계산에 따르면, 태양복사가 8퍼센트만 감소해도 두 벽은 달라붙을 것이며, 사람도 땅도 없이 오로지 얼음만이 존재할 터였다.

"무슨 이유로요?"

"호기심과 모험심이었지요." 에스트라벤이 머뭇거리다가 가볍게 웃었다. "지적 생활의 복잡성과 긴장도를 증진시키기 위해서라고 할 수 있겠군요." 에스트라벤은 내 에큐멘 인용 가운데 하나를 인용해 말했다.

"아하, 생명의 타고난 특성인 진화의 성향을 의식적으로 확대하려는 거였군요. 그런 것 가운데 하나가 바로 탐험이지요." 우리는 따뜻한 텐트 안에서 뜨거운 차를 마시며 카디크 싹 죽이 끓기를 기다렸다. 편안하고 풍요로운 기분이었다.

에스트라벤이 말했다. "그렇습니다. 우리는 모두 6명이었습니다. 모두가 아주 젊었죠. 저와 형은 에스트레 출신이고 친구 넷은 스톡 출신이었습니다. 여행의 목적은 따로 없었습니다. 그냥 빙원 위에 우뚝 솟아오른 테레만데르 산을 보고 싶었을 뿐이지요. 케르름 랜드의 사람들 가운데 그 산을 본 사람은 많지 않았습니다."

죽이 다 되었다. 그것은 풀레펜 농장에서 먹던 거친 밀기울 죽과는 완전히 다른 음식이었다. 테라의 군밤처럼 고소한 맛이 났으며 입이 얼얼한 느낌이 황홀했다. 맛있는 음식에 몸이 따뜻해진 내가 말했다. "제가 게센에서 먹어본 가장 맛있는 음식은 늘 에스트라벤 당신과 함께 먹은 것들이었습니다."

"하지만 미시노리의 만찬회에서는 아니었겠지요."

"네, 그건 사실입니다……. 당신은 오르고레인을 싫어하는군요?"

"오르고레인 사람 가운데 제대로 요리할 줄 아는 이는 드물죠.

오르고레인을 싫어하느냐고요? 아닙니다. 어떻게 그럴 수 있겠습니까? 어떻게 개인이 한 국가를 미워하거나 사랑할 수 있겠습니까? 티베는 그런 말을 합니다만 저에게는 그런 재주가 없습니다. 저는 사람들을 알고, 도시, 농장, 언덕, 강, 바위들을 알고, 가을이 되면 언덕 위의 어떤 경작지 위로 어떻게 해가 지는가를 압니다. 하지만 그런 것에 경계를 긋고 이름을 붙인 뒤 이름이 적용되지 않은 곳은 더는 사랑해선 안 된다니 말이 됩니까? 자기 나라를 사랑한다니, 그게 무슨 말입니까? 자기 나라가 아닌 곳은 미워한다는 겁니까? 그렇다면 그건 좋은 게 아닙니다. 그냥 자기애입니까? 그건 좋지만 그게 미덕이 되거나 직업이 되어서는 안됩니다……. 제 삶을 사랑하는 만큼, 저는 에스트레 영지의 언덕을 사랑합니다. 그런 종류의 사랑에는 증오의 경계선이 없습니다. 그리고 그 너머로는 제가 무지하기를 바랍니다."

한다라에서 무지는 추상에 대해 무지하고 실체를 확실히 잡는다는 뜻이다. 이러한 태도, 추상과 관념에 대한 거부와 주어진 것에 대한 순종에는 어딘가 여성적인 면이 있었고, 나는 그게 그리 달갑지 않았다.

하지만 에스트라벤은 신중하게 덧붙여 말했다. "나쁜 정부를 미워하지 않는 이는 바보입니다. 만일 이 지상에 정말로 좋은 정부가 있다면, 그러한 정부에 봉사하는 것이야말로 큰 기쁨이 되겠지요."

그 대목에서 우리는 서로를 이해했다. "저도 그 기쁨이 어떤 것인지 좀 압니다." 내가 말했다.

"네, 저도 그렇게 생각했습니다."

나는 우리가 쓴 그릇을 뜨거운 물로 씻은 뒤 헹군 물을 텐트의 밸브문 밖으로 버렸다. 밖은 한 치 앞이 안 보일 정도로 깜깜했다. 가늘고 옅게 내리는 눈이 밸브에서 나오는 침침한 타원형 빛줄기에 간신히 비쳐 보였다. 나는 건조하고 따뜻한 텐트 안으로 들어와 텐트를 잠근 뒤 침낭을 펼쳤다. 에스트라벤이 뭔가 말했다. "그 그릇을 제게 주십시오, 아이 씨." 대충 그런 내용이었다. 그래서 내가 말했다. "그 '씨' 역시 우리와 함께 고브린 빙원를 건너는 건가요?"

에스트라벤이 고개를 들더니 소리 내어 웃었다. "당신을 뭐라고 불러야 할지 모르겠습니다."

"제 이름은 겐리 아이입니다."

"압니다. 당신은 저를 영지 이름으로 부르지요."

"저도 당신을 뭐라고 불러야 할지 모릅니다."

"하르스."

"그러면 전 아이입니다. 이곳에서는 어떤 사람들이 성 대신 이름만으로 부릅니까?"

"화로 형제나 친구들이지요." 에스트라벤이 말했다. 폭 8피트 텐트에서 고작 2피트가 떨어져 있음에도 그의 목소리는 마치 손이 닿지 않는 먼 곳에서 들리는 듯했다. 그 말에 나는 아무 대답도 하지 않았다. 정직보다 오만한 게 또 어디에 있을까? 추위를 느낀 나는 내 털가죽 침낭 안으로 기어 들어갔다. "잘 자요, 아이." 외계인이 말했다. 그리고 또 다른 외계인이 말했다. "잘 자요, 하르스."

친구. 새 달이 시작하면 친구가 애인이 될 수도 있는 세상에서 친구란 무엇일까? 남자로 한정이 된 나는 될 수 없었다. 세렘 하르스와도, 그의 종족 그 누구와도 친구가 될 수 없었다. 남자도 여자도 아닌, 그 둘 다 아니면서 둘 다이기도 한 그들은, 달의 변화에 맞춰 주기적으로 변태를 하는 그들은, 인류의 요람에서 비밀리에 바꿔치기 된 그들은 나의 육친도 친구도 아니었다. 우리 사이에 사랑은 존재하지 않았다.

우리는 잤다. 나는 중간에 한 번 깨어 눈이 부드럽고 두텁게 텐트에 쌓이는 소리를 들었다.

에스트라벤은 동틀 때 일어나 아침 식사를 차렸다. 날이 밝기 시작했다. 우리는 짐을 싣고 태양이 계곡 가장자리의 왜소한 관목 위를 황금빛으로 물들이기 시작할 때 출발했다. 에스트라벤이 앞에서 끌었고, 나는 뒤에서 밀며 키잡이 역할을 했다. 쌓인 눈이 딱딱해지기 시작했다. 탁 트인 내리막길에서 우리는 개 썰매처럼 질주했다. 그날 우리는 풀레펜 농장과 경계를 이루는 관목 숲으로 에둘러 들어갔다. 눈이 쌓여 가지가 아래로 축 처지고 고드름이 수염처럼 매달린 키 작은 소레나무 숲이었다. 우리는 감히 북쪽의 대로를 이용할 엄두는 내지 못했지만 벌목을 위해 난 길을 간간이 따라갈 수는 있었는데, 그 길은 쓰러진 나무와 잡초들이 없어서 걷기 편했다. 타렌페스에 도착하자 협곡이나 가파른 능선은 줄어들었다. 썰매의 계량기는 그날 20마일을 이동했다고 가리켰고, 우리는 전날 밤보다 덜 피곤했다.

겨울 행성에서 겨울이 다소나마 수그러드는 시기는 낮에 해가 날 때이다. 이 행성은 황도면 경사가 몇 도에 지나지 않아서 낮은 위도에서는 계절 변화가 뚜렷하지 않다. 이곳에서 계절은 타원형 궤도를 도는 결과로 나타나고, 반구가 아니라 행성 전체에 미친다.

궤도상의 움직임이 느린 원일점 근처에서는 태양열 손실이 많아 가뜩이나 불편한 기후가 한층 더 불편해져 원래 춥던 곳은 더욱 추워지고, 습기 많은 잿빛 여름은 혹독한 하얀 겨울로 바뀐다. 겨울은 1년 가운데 가장 건조한 계절이므로, 추위만 아니면 다른 계절보다 더 쾌적할 것이다. 태양은 뜨면 늘 머리 위에서 밝게 빛난다. 추위와 밤이 동시에 닥치는 지구의 극지방처럼 빛이 어둠 속으로 천천히 사라지는 법은 없다.

게센의 겨울은 밝다. 혹독하고 매섭지만, 밝다.

우리는 사흘 만에 타렌페스 숲을 통과했다. 마지막 날, 에스트라벤은 덫을 놓기 위해 평소보다 일찍 멈추어 텐트를 쳤다. 에스트라벤은 페스리를 잡으려했다. 페스리는 겨울 행성에 사는 덩치가 큰 동물에 속했다. 몸집은 여우만 하고 난생의 채식동물로, 흰색 또 회색의 훌륭한 털을 갖고 있었다. 에스트라벤은 고기를 구하려했고, 페스리는 먹을 수 있었다. 페스리들이 대규모로 남쪽으로 이동하고 있었다. 날렵한 걸음으로 혼자 다니기 때문에 우리가 썰매를 끄는 동안에는 겨우 두세 마리밖에 눈에 띄지 않았다. 하지만 눈이 잔뜩 쌓여 반짝이는 소레 숲의 모든 빈터에는 페스리의 발자국들이 수없이 나 있었고, 모두가 남쪽으로 향하고 있었다. 에스트라벤이 친 덫들은 한두 시간 만에 모두 가득 찼다. 에스트라벤은 덫으로 잡은 6마리 가운데 그날 저녁에 스튜용으로 쓸 거리를 빼고 나머지는 매달아 얼렸다. 게센인은 사냥을 잘 하지 않는데, 사냥할 거리가 거의 없기 때문이다. 이 행성에는 비옥한 바다를 제외하면 덩치 큰 초식동물도, 그보다 더 덩치가 큰 육식동물도 없다. 게센인들은 고기를 낚고 농사를 짓는다. 나는 이전까지 손에 피를 묻힌 게센인을 본 적이 없었다.

에스트라벤이 하얀 털가죽을 보며 말했다. "이건 페스리 사냥꾼의 일주일치 숙박비입니다. 버리기에는 아깝군요." 에스트라벤은 한 장을 내게 내밀며 만져보라고 했다. 가죽은 무척이나 부드럽고 푹신해서 만진다는 느낌조차 들지 않을 정도였다. 우리 침낭과 외투, 두건은 모두 페스리 털가죽으로 되어 있었는데, 아주 뛰어난 보온재였을 뿐 아니라 보기에도 무척 아름다웠다. 내가 말했다. "스튜용으로 쓰기에는 아깝군요."

에스트라벤은 특유의 어둡고 쌀쌀맞은 시선으로 나를 보며 말했다. "우리에게는 단백질이 필요합니다." 그리고 털가죽을 밖으로 던졌다. 밤이 되면 '루시'라는 작고 사나운 쥐뱀이 내장이며 뼈, 눈 위에 묻은 피까지 깨끗이 핥아 먹는다고 했다.

에스트라벤이 옳았다. 대체로 그는 옳았다. 페스리 한 마리를 잡으면 1~2파운드 정도 되는 고기가 나왔다. 나는 그날 밤 스튜 요리의 절반을 먹었고, 나도 모르게 그의 몫까지 다 먹을 뻔했다. 이튿날, 산에 오르기 시작했을 때 나는 두 배는 더 힘을 내어 썰매를 끌 수 있었다.

우리는 그날 계속 올라갔다. 우리가 타렌페스를 통과해 추적의 손길이 미치지 않는 곳에 이르는 동안, 상냥한 눈과 크로세트—화씨 0~20도 사이의 바람 없는 날씨—는 사라지고 비와 영상의 기온이 지배하는 불쾌한 날씨로 바뀌었다. 나는 이제 왜 게센인들이 겨울에 온도가 오르면 불평을 하고 온도가 떨어지면 즐거워하는지 이해하게 되었다. 도시에서 비는 불편한 정도에 그치지만 여행자들에게는 재앙이다. 우리는 아침 내내 질퍽거리고 차갑고, 비에 흠뻑 젖은 죽 같은 눈을 헤치고 셈벤시엔의 능선 위로 썰매를 끌어당겼다. 오후가 되자 비탈의 눈은 거의 다 사라졌다. 우리는 억수같이 쏟아지는 비를 맞으며 진흙과 자갈길을 몇 마일이나 걸었다. 썰매의 활주부를 덮개로 싼 다음 바퀴를 달아 끌었다. 하지만 바퀴 달린 수레는 계속해 진흙탕에 빠지고 기우뚱거려 나름대로 골치거리였다. 텐트를 칠 만한 절벽 면이나 동굴을 미처 찾기도 전에 어둠이 내렸고, 세심히 주의를 기울였는데도 짐이 젖었다. 전에 에스트라벤은 우리 것과 같은 텐트는 안이 말라 있기만 하면 어떤 날씨에서도 꽤 쾌적히 지낼 수 있다고 말했었다. "침낭을 말릴 수 없으면 밤새 체열을 너무 많이 잃어서 제대로 잘 수가 없습니다. 우리가 섭취하는 영양으로는 그만한 소모를 견디지 못합니다. 게다가 젖은 것을 말릴 수 있을 만큼 햇볕이 충분하길 기대할 수도 없고요. 그러니 물건들을 젖게 해서는 안 됩니다." 나는 그 말에 귀를 기울였고, 에스트라벤과 함께 텐트가 젖지 않도록 세심한 주의를 기울여왔다. 그래서 텐트 안에는 우리가 요리를 할 때 어쩔 수 없이 나오는 김과 폐나 모공에서 증발하는 습기뿐이었다. 하지만 이날 밤에는 텐트를 치기 전에 이미 모든 것이 흠뻑 젖어 있었다. 우리는 차베 스토브로 서둘러 물건들을 말렸고, 곧 페스리 고기 스튜를 먹었다. 뜨겁고 건더기가 많은 음식을 충분히 먹으니 모든 걸 잊을 만큼 편안했다. 그날 낮 내내 열심히 산을 올랐음에도 썰매의 계량기는 겨우 9마일을 갔다고 알렸다.

"처음으로 할당 거리를 채우지 못했군요." 내가 말했다.

에스트라벤은 고개를 끄덕이더니 페스리의 다리뼈를 깔끔히 부숴 골수를 꺼냈다. 그는 젖은 겉옷을 벗고 셔츠와 바지 차림에 맨발이었고, 옷깃도 연 채였다. 나는 여전히 너무 추워서 외투와 히에브를 입고 부츠를 신고 있었다. 앉아서 정강이 뼈를 깨고 있는 에스트라벤은 말끔하고 억세고 강인했으며, 단정하고 모피처럼 매끈한 머리털에서 깃털처럼 물을 튀겨냈다. 처마에서 물이 떨어지듯 머리털에서 물방울이 조금 어깨 위로 떨어졌지만 에스트라벤은 알아차리지 못했다. 에스트라벤은 낙담하지 않았다. 에스트라벤은 여기 사람이었다.

처음에 먹은 고기 때문에 배가 아팠고, 그날 밤에는 복통이 심해졌다. 나는 빗소리가 요란한 축축한 어둠 속에서 잠을 못 이루고 누워 있었다.

아침 식사 때 에스트라벤이 말했다. "잠을 잘 못 잤나 보군요."

"어떻게 아셨습니까?" 에스트라벤은 내가 복통을 참지 못해 텐트 밖에 나갔다 올 때에도 꼼짝 않고 아주 깊이 잠들어 있었다.

그는 또 다시 특유의 표정을 지었다. "어디가 안 좋으십니까?"

"설사입니다."

에스트라벤이 움찔하더니 무뚝뚝하게 말했다. "고기 때문이군요."

"그런 듯합니다."

"제 잘못입니다. 제가 미리……."

"괜찮습니다."

"갈 수 있겠습니까?"

"네."

비가 계속 내렸다. 바다에서 부는 서풍은 해발 3~4천 피트나 되는 이곳까지도 기온을 화씨 30도대로 유지시켜주었다. 짙은 잿빛 안개와 장대같이 퍼붓는 비 때문에 4분의 1마일 앞도 제대로 보이지 않았다. 고개를 들어보았지만 우리 위쪽으로 경사를 이룬 비탈들이 전혀 보이지 않았다. 보이는 것이라고는 내리는 비뿐이었다. 우리는 나침반에 의지하며 갈라진 틈과 이리저리 방향이 바뀌는 커다란 비탈들이 허용하는 만큼 최대한 북쪽으로 갔다.

빙하는 수십만 년에 걸쳐 산허리까지 뻗어 있었으며, 특히 북쪽을 앞뒤로 깊게 먹어 들어가 있었다. 빙하의 흔적은 화강암 비탈을 따라 잘라내듯 긴 직선으로 거대한 U자 모양을 이루며 나 있었다. 우리는 이따금 이 빙하의 할퀸 자국 위로 썰매를 끌고 이동하곤 했다.

나는 최선을 다해 썰매를 끌었다. 견인줄에 몸을 의지할 수 있었고, 썰매를 끈 덕분에 몸이 따뜻했다. 점심을 먹기 위해 멈추었을 때, 한기가 나고 속이 메슥거려 아무것도 먹을 수가 없었다. 우리는 계속 갔고, 이제는 다시 오르막이었다. 비가 계속 내리고 또 내렸다. 에스트라벤은 오후 중반 무렵 검은 바위가 돌출한 곳 아래에서 썰매를 멈추게 했다. 그는 내가 견인줄을 벗기도 전에 텐트를 치고, 나에게 들어가 누우라고 명령했다.

"전 괜찮습니다." 내가 말했다.

에스트라벤이 말했다. "그렇지 않습니다. 들어가십시오."

나는 그 말대로 했지만 명령하는 듯한 말투에 화가 났다. 에스트라벤이 저녁 식사를 준비하기 위해 텐트로 들어왔을 때 나는 요리를 하기 위해 일어났다. 내 차례였던 것이다. 하지만 에스트라벤은 아까와 같이 명령하는 말투로 계속 누워 있으라고 말했다.

"제게 명령할 필요 없습니다." 내가 말했다.

"미안합니다." 그가 등을 돌린 채 완고하게 말했다.

"전 아픈 게 아닙니다. 아시잖습니까."

"아니, 모릅니다. 솔직히 말하지 않는다면, 저는 당신의 표정을 보고 판단해야만 합니다. 당신은 아직 체력을 회복하지 못했습니다. 그리고 여행하느라 지쳤습니다. 저는 당신 체력이 어느 정도 되는지 모릅니다."

"한계에 이르면 알려드리겠습니다."

나는 에스트라벤이 내 보호자인 듯 행동하는 게 불쾌했다. 에스트라벤은 나보다 머리 하나는 작았고, 남자라기보다는 여자에 가까웠으며, 근육보다는 지방이 많았던 것이다. 우리가 함께 썰매를 끌 때면 나는 그의 걸음에 맞춰 보폭을 줄였고, 힘도 그에게 맞춰 줄여서 그가 끌려오지 않도록 했다. 마치 노새와 함께 마구를 맨 종마처럼 말이다.

"그러면 더는 아픈 게 아닌 겁니까?"

"네. 물론 피곤하기는 하지요. 그건 당신도 마찬가지고요."

에스트라벤이 말했다. "네, 피곤합니다. 하지만 저는 당신이 걱정됩니다. 갈 길이 머니까요."

에스트라벤은 보호자처럼 행동하려던 게 아니었다. 그는 내가 병이 났으며, 환자는 지시에 따라야 한다고 생각했다. 에스트라벤은 솔직했고, 내게도 그런 솔직함을 기대했다. 아마도 나는 그런 솔직함을 보일 수 없을 터였다. 어쨌든, 그에게는 괜한 자존심을 세우고 싶어하는 남자다움, 사내다움의 기준이란 게 없었던 것이다.

한편, 그가 전에 내게 그랬듯 시프그레소의 모든 기준을 낮추기만 한다면, 아마도 나 역시 내 남성적 자존심의 경쟁적 요소를 낮출 수 있을 것이다. 하지만 내가 시프그레소를 이해하지 못하는 것과 마찬가지로 에스트라벤 역시 남자의 자존심을 거의 이해하지 못할 게 분명할 터였다…….

"오늘은 얼마나 이동했나요?"

에스트라벤이 돌아보더니 부드럽게 살짝 웃으며 말했다. "6마일입니다."

이튿날, 우리는 7마일을 이동했고, 그 이튿날은 12마일을 이동했으며, 그다음 날에는 마침내 비가 그쳐 하늘에 구름 한 점 없고 인적이 완전히 끊긴 지역에 와 있었다. 여행을 떠난 지 아흐레째 되는 날이었다. 이제 우리는 해발 5~6천 피트 정도 높이의 고원 지대에 있었다. 최근까지 조산과 화산 활동이 있었음을 말해주는 흔적이 곳곳에 보였다. 우리는 셈벤시엔 산맥의 불의 언덕들 지대에 와 있었다. 평원은 점점 좁아져 계곡을 이루고, 계곡은 다시 산길이 되어 긴 산마루 사이로 뻗어 있었다. 우리가 산길 끝에 이르렀을 때 비구름은 엷어져 흩어지고 있었다. 그때 차가운 북풍이 한바탕 불어와 구름을 완전히 흐트러뜨렸고, 눈부신 하늘에서 갑자기 쏟아지는 햇빛 아래로 흑백 쪽매붙임을 한듯 눈 쌓인 현무암 봉우리들이 찬란하게 빛나며 우리 좌우로 우뚝한 모습들을 선명하게 드러냈다. 머리 위 구름을 걷어간 바로 그 바람에 의해 드러난 우리 앞쪽 몇백 피트 아래에는 얼음과 바위로 가득한 계곡들이 구불구불 이어졌다. 그 계곡 건너편에는 커다란 얼음벽이 우뚝 솟아 있었다. 고개를 들고 또 들어보아도 얼음벽은 계속 이어졌다. 바로 고브린 빙하였다. 그 눈부신 얼음 절벽은 저 멀리 북쪽 시선이 미치는 곳까지 끝없이 하얗게, 하얗게 계속해서 이어졌다.

여기저기에 잡석으로 가득한 계곡과 절벽, 만곡부와 얼음 평원 가장자리의 거대한 얼음덩이들이 보였고, 검은 산마루들이 솟아 있었다. 우리가 서 있는 좌우로 수문장처럼 떡 버티고 선 산봉우리들 옆에는 커다란 얼음덩어리 하나가 우뚝 솟아 있었고, 그 덩어리 옆면에서는 짙고 검은 연기가 하늘로 1마일은 되어 보일 정도로 길게 피어오르고 있었다. 그 너머로 다른 것들도 보였다. 빙하 위로 뾰족한 봉우리와 검은 분석구*들이 보였다. 얼음 위로 벌어진 이글거리는 아가리에서 연기가 피어올랐다.

내 곁에서 견인줄을 하고 서 있던 에스트라벤은 그 장엄하고 뭐라 말로 표현할 수 없이 쓸쓸한 모습을 한동안 바라보았다. "살아서 이렇게 멋진 광경을 보게 되다니 정말 기쁩니다." 에스트라벤이 말했다.

나 역시 같은 마음이었다. 여행에서 가야 할 목적지가 있다는 것은 좋은 일이다. 하지만 결국 여행에서 중요한 것은 여행 그 자체인 것이다.

북쪽을 향한 비탈에는 비가 오지 않았었다. 협로부터 빙퇴석 계곡까지 눈밭이 펼쳐져 있었다. 우리는 바퀴를 빼고 썰매 활주부의 덮개를 벗긴 뒤 스키를 신고 출발했다. 아래로, 북쪽을 향해, 흑백의 거대한 글자로 대륙을 가로질러 '죽음', '죽음'이라 쓰인 저 광막한 불과 얼음을 향해. 썰매는 깃털처럼 가벼웠고, 우리는 기쁨에 겨워 소리 내어 웃었다.

*화산 분출물들이 분화구 주위에 퇴석되어 생긴 원뿔 모양의 작은 언덕.

16. 드룸네르와 드레메골레 사이에서

세른 오디르니. 아이가 침낭 속에서 묻는다. "뭘 쓰는 겁니까, 하르스?"

"기록입니다."

아이가 살짝 소리 내어 웃는다. "저도 에큐멘 일지를 써야 합니다. 하지만 음성 기록기 없이는 잘 되지 않더군요."

나는 내 기록은 에스트레의 내 사람들을 위한 것으로, 그 사람들이 검토해서 가치가 있다고 판단하면 영지의 기록 보관소에 취합할 거라고 아이에게 설명한다. 설명을 하는 동안 내 생각은 어느새 내 화로와 아들에게로 달려가고 있다. 나는 그 생각을 뿌리치기 위해 애쓰며 아이에게 묻는다. "당신의 어버이, 그러니까 어버이들은 살아 있습니까?"

아이가 말했다. "아니요. 70년 전에 돌아가셨습니다."

그 말에 어리둥절했다. 아이는 서른 살이 채 안 되었기 때문이다. "당신들은 우리와 1년의 길이가 다릅니까?"

"아니요. 아, 무슨 말인지 알겠습니다. 저는 시간 도약을 했거든요. 지구에서 헤인-다베낭까지 20년, 엘룰까지 50년, 엘룰에서 여기까지 17년입니다. 지구 밖에서 산 건 7년밖에 안 됩니다. 하지만 저는 120년 전에 그곳에서 태어났습니다."

오래전 에르헨랑에서 아이는 별과 별 사이를 거의 빛처럼 빠른 속도로 이동하는 우주선 안에서 시간이 얼마나 짧아지는지 내게 설명한 적이 있었다. 하지만 나는 이 사실이 인간의 수명 또는 그가 떠나온 세계의 사람들에게까지 적용되는 줄은 미처 몰랐다. 상상할 수도 없이 빠른 속도로 한 행성에서 다른 행성으로 이동하면서 겨우 몇 시간을 보내는 동안 그가 고향에 두고온 사람들은 늙고 죽으며 자식들이 늙어간다……. 마침내 내가 말했다. "저는 저 혼자만 추방되었다고 생각했습니다."

"당신은 저를 위해서, 저는 당신을 위해서지요." 아이가 말하더니 다시 소리 내어 웃었다. 무거운 침묵 속에서 살짝 생기를 돌게 하는 소리였다. 우리가 협로를 내려온 뒤 사흘 동안은 힘만 들이고 별 소득이 없었다. 하지만 아이는 더는 낙담하거나 과도한 희망을 품지 않는다. 그리고 나에 대해서도 더 참을성을 보여준다. 어쩌면 몸에서 약기운이 다 빠져나갔기 때문일 수도 있고, 어쩌면 우리가 함께 썰매 끄는 법을 배웠기 때문일 수도 있다.

우리는 어제 하루 종일 올라갔던 현무암 돌출부를 오늘은 하루 종일 내려가며 보냈다. 계곡으로부터 빙원으로 오르는 길은 평탄해 보였지만 올라갈수록 자갈도 많고 빙판처럼 미끄러운 바위도 많아졌으며, 경사도 더욱 가팔라져 썰매 없이 맨몸으로도 오르지 못할 정도였다. 오늘 밤 우리는 돌출부 발치, 자갈 계곡의 빙퇴석 지역으로 철수해 있다. 이곳에서는 아무것도 자라지 않는다. 암석, 자갈, 바위, 진흙밭뿐이다. 빙하가 이 비탈에서 팔을 거둔 것이 아직 50~100년밖에 안 된 듯, 빙하에 깎인 행성의 뼈가 공기 중에 그대로 드러나 있다. 살이라 할 수 있는 흙과 풀은 전혀 보이지 않는다. 여기저기 보이는 분화구에서는 짙고 노란 안개 같은 것이 땅 위로 스멀스멀 피어오른다. 공기 중에서는 유황 냄새가 난다. 온도는 화씨 12도이고 여전히 흐리다. 우리가 이곳과 산마루에서 서쪽으로 몇 마일 떨어진 곳에 보이는 빙하의 팔 사이 불쾌한 곳을 지날 때까지 제발 폭설이 내리지 않았으면 좋겠다. 그곳은 두 화산 사이의 평원에서 발원하는 넓은 얼음 강처럼 보였고, 곳곳의 분화구는 증기와 연기로 자욱하다. 만약 우리가 가까운 분화구의 비탈면을 거쳐 그곳에 도달할 수 있다면 얼음 평원으로 들어가는 길로 들어설 수 있을 것이다. 동쪽으로는 조그만 빙하가 곡선을 그리며 얼어붙은 호수로 흘러 들어가고 있는데, 그로 인해 생긴 크레바스가 여기에서도 보일 정도로 커다랗다. 우리가 갖춘 장비로 그곳을 통과하기란 불가능하다. 우리는 할 수 없이 화산들 사이의 빙하를 통과하기로 합의했다. 하지만 그곳 역시 서쪽으로 에둘러 가야 하기 때문에 목적지에 닿으려면 적어도 이틀이 더 걸렸다. 서쪽으로 가는데 하루, 간 만큼 돌아오는 데 하루.

세른 오포스세. 네세렘* 눈이 내리다.

오늘은 여행을 쉬었다. 우리 둘 다 하루 종일 잠을 잤다. 거의 반달 동안 강행군을 했기에 둘 다 푹 잤다.

세른 오토르멘보드. 네세렘 눈이 내리다. 충분히 자다. 아이는 내게 사각형 구획 안에서 조그만 돌을 가지고 노는 테라의 게임을 가르쳐주었다. '바둑'이라는 게임이며, 아주 어렵다. 아이의 말대로 이곳에는 바둑알을 하기에 알맞은 돌이 많다.

아이는 추위를 꽤 잘 견뎌냈다. 만약 용기만으로 추위를 견딜 수 있다면 그는 눈벌레처럼 추위를 잘 견딜 수 있었을 것이다. 영상의 온도인데도 히에브와 외투를 걸치고 두건을 쓴 아이를 보고 있노라니 이상한 느낌이 든다. 하지만 썰매를 끌 때나 태양이 나왔을 때, 그리고 바람이 그다지 차지 않을 때면 아이는 외투를 벗고 우리 게센인들처럼 땀을 흘린다. 우리는 텐트 안의 온도를 놓고 타협을 해야 한다. 아이는 덥게 유지하려하고, 나는 춥게 하려하는데, 한쪽이 편안하면 다른 한쪽은 폐렴에 걸릴 위험이 있기 때문이다. 우리는 중간을 택한다. 아이는 침낭 밖에 있을 때 추워하고 나는 침낭 안에서 땀을 뻘뻘 흘린다. 하지만 텐트를 함께 쓰며 지내온 거리를 생각하면, 우리는 꽤 잘 지내는 편이다.

*[원주] 센 바람을 동반한 가는 눈. 가벼운 눈보라

사네른 게세니. 눈보라가 친 뒤 날씨가 맑아졌고 바람도 잦아들었으며 온도는 하루 종일 15도 근처를 오르내렸다. 우리는 더 가까운 화산의 좀 더 낮은 서쪽 경사면에서 야영을 했다. 내 오르고레인 지도에 따르면 이 화산은 드레메골레 산이다. 얼음 강 건너편에 있는 산은 드룸네르 산이라고 되어 있다. 지도는 조잡하다. 서쪽에 커다란 봉우리가 보이는데도 지도에는 나와 있지 않으며, 축척도 맞지 않는다. 오르고레인 사람들은 이곳 불의 언덕들에 잘 오지 않는 게 분명하다. 사실, 자연의 장엄한 모습을 볼 게 아니라면 굳이 이곳에 올 이유가 없다. 우리는 오늘 11마일을 끌었고, 몹시 힘들었다. 온통 바위였다. 아이는 이미 잠들어 있다. 나는 발뒤꿈치의 힘줄을 다쳤다. 바위 틈에 발이 끼었는데 바보처럼 발을 비튼 것이다. 그래서 오후 내내 발을 절룩거렸다. 밤에 휴식을 취하면 나으리라. 내일은 빙하로 내려가야 한다.

식량이 눈에 띄게 줄어들었지만 그건 우리가 부피가 큰 것부터 먹었기 때문이다. 우리에겐 90~100파운드 정도의 조악한 음식이 있었다. 그 절반은 내가 투루프에서 훔친 것이다. 그리고 15일간 여행을 한 지금 60파운드가 없어졌다. 나는 하루에 기치미치를 1파운드씩 먹기 시작했고, 카디크 싹 두 자루와 약간의 설탕, 말린 어묵 한 상자는 남겨두었다. 투루프에서 가져온 무거운 것들이 없어져 기쁘다. 덕분에 썰매가 가벼워졌다.

사네른 소르드니. 20도대. 언 비가 내렸고, 바람이 터널 속에서 부는 돌풍처럼 얼음 강을 향해 불어닥쳤다. 강가에서 4분의 1마일쯤 떨어진, 만년설이 덮인 길고 평평한 지역에 텐트를 쳤다. 드레메골레 산에서 내려오는 길은 험하고 가팔랐으며 바위가 드러난 돌밭이었다. 빙하 가장자리에는 커다란 크레바스가 버티고 있었고, 얼음 가운데 울퉁불퉁한 자갈이 많아 우리는 썰매에 다시 바퀴를 달아야만 했다. 하지만 100야드도 가기 전에 바퀴가 돌 사이에 꽉 끼어 바퀴축이 구부러지고 말았다. 그 뒤로 우리는 썰매 활주부를 썼다. 게다가 길까지 잘못 들어 오늘은 겨우 4마일밖에 가지 못했다. 유출된 빙하는 긴 곡선을 이루며 서쪽의 고브린 빙원까지 이어진 듯하다. 이곳 두 화산 사이 거리는 약 4마일, 중앙을 향해 가는 게 어렵지는 않았지만 생각했던 것보다 크레바스가 많고 표면도 썩어 있었다.

드룸네르 산이 분출한다. 입술에 떨어진 진눈깨비에서 연기와 유황 맛이 났다. 비구름 아래에서도 서쪽에서는 온종일 검은 연기가 솟아올랐다. 이따금 구름, 진눈깨비, 얼음, 공기를 비롯한 모든 것이 검붉은 빛으로 변했다가 다시 서서히 잿빛으로 돌아오고, 빙하는 발밑에서 약간씩 흔들리곤 한다.

에스키체웨 렘 이르 헤르는 북서 오르고레인과 군도 지방의 화산 활동이 지난 1~2만 년 동안 조금씩 증가했으며, 그러한 현상은 빙하기가 끝나거나 적어도 빙하기가 후퇴하고 간빙기가 닥쳐올 조짐이라는 가설을 주장했다. 땅으로 떨어지는 태양열은 줄어들지 않는 가운데 화산이 대기 속으로 배출하는 이산화탄소가 지구가 반사하는 장파장 열에너지를 가두는 보온재 역할을 함으로써 이곳에서도 머지않아 온실효과가 일어난다는 것이다. 그 가설에 따르면 평균 온도는 30도 정도 올라가 72도가 된단다. 내가 그때까지 살아 있지 않아서 다행이다. 아이는 테라의 학자들 역시 마지막 빙하시대의 불완전한 퇴조를 설명하기 위해 이와 비슷한 이론을 제기했다고 했다. 이 모든 이론은 반박할 수도 없고 증명할 수도 없는 상태로 남아 있다. 왜 빙하기가 왔다 가는지 아무도 알지 못한다. 무지의 눈은 여전히 아무도 밟지 않은 채 남아 있다.

이제 어둠 속에서 드룸네르 산 위로 커다란 평판 모양의 탁한 불이 이글거리는 것이 보인다.

사네른 엡스. 계량기는 오늘 16마일을 끌었다고 가리킨다. 하지만 우리가 어젯밤에 야영했던 곳에서 직선 거리로 따지면 8마일 정도에 불과하다. 우리는 아직도 두 화산 사이의 빙하 위에 있다. 드룸네르 산이 분출을 했다. 바람이 소용돌이치는 화산재와 연기, 하얀 증기를 불어버리자 붉은 용암이 검은 비탈을 벌레처럼 기어 내려오는 것이 보였다. 끊임없이 계속해서 들려오는 쉿쉿 소리는 너무 크고 길어서 소리를 들으려고 걸음을 멈추면 오히려 아무 소리도 들리지 않는다. 하지만 그 소리는 온몸의 빈틈을 구석구석 채운다. 빙하는 발밑에서 끊임없이 흔들리고, 우지끈, 쿵 하는 소리를 낸다. 눈보라가 군데군데 만들어 놓았던 크레바스 위의 눈다리는 빙하와 그 아래 대지의 진동 때문에 흔들리다가 모두 무너졌다. 우리는 썰매를 삼켜버릴 듯한 크레바스가 끝나는 곳을 찾아 전진과 후진을 반복해 가고, 또다시 다음 크레바스의 끝을 찾아 헤매며 북쪽으로 가려 애썼지만 어쩔 수 없이 늘 동쪽 혹은 서쪽으로 이동해야만 했다. 머리 위 드레메골레 산은 드룸네르 산의 힘든 노역이 가엾기라도 한지 으르렁거리며 시커먼 연기를 토해낸다.

오늘 아침 아이는 얼굴에 심한 동상이 걸렸고, 내가 그를 바라보았을 때는 코와 귀, 턱이 완전히 잿빛으로 변해 있었다. 동상에 걸린 부위를 주물러 회복을 시켰고, 다행히 손상된 곳은 없었지만 앞으로는 더욱 조심해야겠다. 빙하 쪽으로 불어 내려오는 바람은 솔직히 여간 매섭지가 않다. 우리는 그 찬바람을 정면으로 맞으며 썰매를 끌고 가야만 한다.

두 마리의 괴물이 포효하는 것 같은 이 빙하의 주름진 얼음 팔에서 어서 빠져나갔으면 좋겠다. 산이란 보는 것이지 소리를 듣는 게 아닌 법.

사네른 아르하드. 소베 눈이 약간. 15~20도 사이. 오늘은 12마일을 갔지만 직선거리로 따지면 5마일밖에 안 된다. 고브린 빙원의 가장자리가 북쪽으로 좀 더 가까워 보인다. 얼음 강은 이제 폭이 몇 마일이나 되었다. 드룸네르 산과 드레메골레 산 사이의 '팔'은 단지 손가락 하나에 불과하며 우리는 이제 그 손등에 올라서 있다. 야영지에서 뒤돌아보니 빙하가 김을 뿜어내는 검은 봉우리들에 가로막혀 갈라지고 나누어지고 찢어지고 휘저어지는 게 보인다. 앞쪽을 바라보니 빙하는 좌우로 더욱 넓어지고 완만하게 휘어져 올라 시커먼 산마루들을 작아 보이게 하고, 구름과 연기와 눈의 장막 아래 높이 솟아 있는 얼음벽에 다다랐다. 화산재와 재들이 눈과 섞여 떨어지고, 용재들이 얼음 위에 떨어져 있거나 안쪽으로 파고 들어가 있다. 걷기에는 좋으나 썰매를 끌기에는 다소 버거웠으며, 썰매의 활주부는 벌써 코팅을 다시 해야 한다. 화산이 뱉어낸 돌덩이가 두세 차례 우리에게서 꽤 가까운 곳 얼음 위로 떨어진다. 그것들은 얼음을 때리며 큰 소리로 지지직거리고, 얼음에 들어가 꽂히며 스스로를 태운다. 화산재도 간간이 눈과 함께 후두둑 떨어진다. 우리는 바닥에 엎드린 채 스스로를 창조하는 과정에 있는 이 세계의 더러운 혼돈 속에서 북쪽을 향해 조금씩 기어간다.

아직 끝나지 않은 창조를 찬미하라!

사네른 네세하르. 아침 이후로 눈이 내리지 않는다. 흐리고 바람. 약 15도. 우리가 있는 이 거대한 다중 빙하는 서쪽에서부터 계곡을 침식해 들어가고 있으며, 우리는 그 동쪽 끝에 있다. 비록 드레메골레의 날카로운 산마루가 우리 동쪽으로 거의 눈높이에서 보이지만, 드레메골레 산과 드룸네르 산은 이제 우리 뒤편에 있다고 할 수 있다. 우리는 기어서 마침내 얼음 평원으로 들어서는 분기점이 이르렀고, 여기서부터는 서쪽으로 완만한 비탈을 타고 빙하를 따라가면서 조금씩 얼음 평원으로 올라가든가, 오늘 텐트 친 곳에서 1마일 떨어진 곳에 있는 빙벽을 위험을 감수하고 타고 올라가 20~30마일을 단축하든가 해야 한다.

아이는 위험한 쪽을 택하고 싶어한다.

아이에게는 약점이 있다. 아이는 온몸이 무방비이고, 노출되었으며, 상처받기 쉽고, 심지어 성기마저 노출되어 있다. 그렇지만 아이는 힘이 세다. 믿을 수 없으리만큼 힘이 세다. 아이가 나보다 오래 썰매를 끌 수 있을지는 확신할 수 없지만, 나보다 세고 빠르게 썰매를 끄는 건 분명하다. 두 배는 세게 끈다. 아이는 썰매가 장애물에 부딪치면 앞이나 뒤에서 썰매를 들어 장애물을 쉽게 넘어가게 한다. 나는 도스 상태에 있지 않은 한 그렇게 무거운 걸 들 수도, 지탱할 수도 없다. 아이는 자신의 나약함과 강인함에 걸맞게 쉽게 절망하고 또 그만큼 빠르게 상황에 대처한다. 격렬하지만 끈기가 없는 용기를 보이는 것이다. 하지만 요 며칠 동안 더디게 계속된 힘든 썰매 끌기는 생각 외로 아이의 몸과 마음을 지치게 했다. 만약 아이가 우리 종족이었다면 나는 그를 겁쟁이라 생각했을 것이다. 하지만 아이는 절대로 겁쟁이가 아니다. 나는 아이처럼 담대하고 용감한 이를 본 적이 없다. 아이는 목숨을 걸고 빙벽을 기어오르는 위험한 시련에 열과 성을 다해 도전할 준비가 되어 있다.

'불과 두려움은 좋은 하인이자 나쁜 주인이다.' 아이는 두려움이 자신을 섬기게 한다. 나라면 두려움을 완전히 떨쳐버리지 못할 터다. 아이에게는 용기와 이성이 있다. 이런 여행에서 안전한 경로를 찾는 게 무슨 소용이 있단 말인가? 무분별한 경로라면 선택하지 않으련다. 하지만 안전하지 않다는 이유로는 거부하지 않을 것이다.

사네른 스트레스. 운이 따르지 않는다. 하루 종일 빙벽 아래서 헤맸지만 썰매를 끌어올릴 만한 길이 보이지 않는다.

재가 섞인 소베 눈이 휘몰아친다. 바람이 다시 서풍이 되면서 드룸네르 산이 뿜어낸 연기를 가져온 탓에 하루 종일 어두웠다. 여기 위쪽은 빙판이 그다지 진동하지 않지만 빙벽을 올라가려고 할 때 큰 지진이 일어났다. 그 때문에 빙벽 위로 간신히 끌어올린 썰매가 흔들려 떨어졌고, 나도 충돌하며 5~6피트 정도 미끄러져 내렸지만, 아이의 아귀 힘이 좋아 다행히 둘 다 20피트가 넘는 바닥으로 떨어지는 사태를 면할 수 있었다. 만약 우리 가운데 누구 하나 다리나 어깨를 다친다면 아마도 그것으로 우리 둘 다 끝장이 날 것이다. 정말로 위험했으며, 곰곰이 생각해보니 꽤 사태가 심각할 뻔했다. 우리 뒤쪽 빙하의 낮은 계곡은 수증기로 하얗다. 그곳에서는 용암이 얼음에 닿은 것이다. 이제 우리는 돌아갈 수 없는 게 분명하다. 내일은 좀 더 서쪽으로 올라가봐야겠다.

사네른 베르니. 운이 따르지 않는다. 서쪽으로 더 가야만 한다. 하루 종일 늦은 황혼처럼 어둡다. 폐가 따끔거린다. 추위 때문이 아니라—서풍 덕분에 기온은 밤에도 영상이다—화산 폭발로 인한 화산재와 연무 때문이다. 이틀째 압력으로 튀어나온 얼음덩어리들이나 빙벽을 움켜쥐고 버둥거리며 기어오르려 노력했지만, 깎아지른 낭떠러지나 돌출한 암석 때문에 계속 실패하고 말았다. 계속 시도를 하고 또 하는 동안 아이는 지쳤고 결국 분통을 터트렸다. 아이는 곧 울음을 터뜨릴 기세였지만 울지는 않았다. 우는 것을 나쁜 일이나 수치로 생각하는 모양이다. 탈출을 하고 처음 며칠 동안, 매우 쇠약해 있었을 때도 아이는 흐느낄 때면 내게서 얼굴을 감추었다. 개인적인 이유일 수도 있고, 종족, 사회, 성과 관련된 이유일 수도 있다. 아이가 울지 않아야 하는 이유를 내 어찌 알겠는가? 하지만 모순되게도 그의 이름은 고통의 울음이다. 에르헨랑에서 처음 그를 만났을 때, 이제는 너무나 먼 일처럼 생각되는 그때, '외계인'의 말을 들은 나는 그에게 이름을 물었고, 그는 밤을 가로지르며 인간의 목구멍을 통해 고통의 울음소리로 대답했다. 이제 그는 잔다. 근육의 피로 때문에 그의 팔이 경련을 일으킨다. 우리를 둘러싼 얼음과 바위, 재와 눈, 불과 어둠도 경련하며 중얼거린다. 좀 전에 밖을 내다보니 어둠을 덮은 거대한 구름의 배꼽에서 검붉은 꽃송이처럼 화산이 이글거리는 모습이 보였다.

사네른 오르니. 운이 없다. 여행을 떠난 지 22일이 되었지만 열홀 이후부터는 동쪽으로 전혀 나아가지 못했다. 사실, 서쪽으로 가는 바람에 20~25마일을 손해 봤다. 18일 이후 우리는 전혀 전진하지 못했으며, 그냥 가만히 앉아 있던 것과 다를 바 없다. 우리가 빙벽을 오른다 해도, 남은 일정 동안 식량이 충분할까? 아무래도 이 생각을 떨쳐버리기 어렵다. 분화구에서 나온 안개와 짙은 연기 때문에 아주 가까운 곳만 보여서 어느 쪽으로 가야 할지 방향을 잡을 수가 없다. 아이는 가능성이 있는 경사면은 그게 얼마나 가파르든 상관없이 직각만 아니라면 모두 시도해보고 싶어한다. 아이는 내 조심성을 답답해한다. 우리는 이제 서로 성질을 부리지 않도록 조심해야만 한다. 하루 이틀 뒤면 나는 케메르기에 들 것이고, 그러면 온몸이 극도로 긴장에 휩싸이게 될 터이다. 이럭저럭하는 동안 우리는 화산재가 가득한 차가운 황혼 속에서 빙벽에 머리를 들이받고 있다. 만약 내가 요메시 경전을 새로 쓴다면 도둑이 죽으면 여기로 보내진다고 쓸 것이다. 투루프에서 밤중에 음식 보따리를 훔친 도둑들, 한 사람의 화로와 이름을 훔치고도 부족해 그에게 창피를 주고 추방시킨 도둑들. 머리가 무겁다. 이 부분은 나중에 지워야겠다. 지금은 너무 피곤해 다시 읽을 기운이 없다.

사네른 하르하하드. 고브린 위에서. 여행을 시작하고 23일 만이다. 우리는 고브린 빙원 위에 올라섰다. 오늘 아침에 출발하자마자 간밤에 텐트를 친 곳으로부터 불과 수백 야드 앞쪽에 빙원으로 올라가는 길이 있는 것을 발견했다. 빙원까지 연결된 넓고 만곡한 길로, 잡석과 빙하의 갈라진 틈을 넘어 빙벽까지 곧장 연결된, 화산재로 포장된 고속도로라 할 만한 곳이었다. 우리는 마치 세스 강둑을 따라 산보하듯이 그 길을 따라 올라갔다. 우리는 고브린 빙원 위에 올라섰다. 우리는 다시 집이 있는 동쪽으로 나아간다.

아이는 우리가 해냈다는 데 무척 기뻐했고, 나 역시 덩달아 기뻤다. 그러나 냉정하게 보면 여기도 전과 마찬가지로 상황이 아주 안 좋다. 우리는 평원의 가장자리에 있고, 크레바스들—어떤 건 집 한 채씩이 아닌, 마을 하나를 통째로 삼킬 듯이 커다랗다—이 북쪽 오지로 시야가 닿는 끝까지 이어져 있다. 크레바스 대부분은 우리 길을 가로막고 있고, 그래서 우리 역시 동쪽이 아닌 북쪽으로 가야만 한다. 바닥의 상황도 나쁘다. 우리는 불의 언덕들 사이에 낀, 또는 그곳을 밀던 거대한 소성 얼음판이 힘을 받으며 밀쳐낸 커다란 얼음덩어리와 얼음 조각들 사이를 누비며 썰매를 끈다. 압력을 받은 능선들은 이상한 모양이 되어, 거꾸로 선 탑 같은 것도 있고, 다리 없는 거인같이 생긴 것도 있으며, 투석기처럼 생긴 것도 있다. 시작은 두께 1마일은 될 듯한 얼음덩어리가 위로 솟으며 더욱 두꺼워지고, 산 위로 쏟아져서 산의 불아가리를 틀어막아 조용히 시킬 것만 같은 모습을 하고 있다. 북쪽으로 몇 마일 떨어진 곳에는 산 하나가 빙원 위로 솟아 있는데, 젊은 화산이 만든 뾰족하고 우아한 원추형 불모지로, 빙판보다 수천 년은 젊다. 빙판은 우리가 볼 수 없는 아래쪽 6000피트의 비탈에서 서로 으깨고 밀쳐대며 산산이 부서져 깊이 갈라진 틈을 만들고, 또한 눌러 찌그러져 거대한 덩어리와 산마루로 솟아오른다.

낮 동안에 뒤돌아보니 드룸네르의 분화구가 뿜은 연기가 우리 뒤쪽 빙원을 회갈색으로 연장한 판처럼 보인다. 북동쪽에서 지표면을 따라 바람이 꾸준히 불어왔고, 이 바람은 지난 며칠 동안 우리가 호흡하던 행성의 내장이 토해낸 검댕과 악취로 가득한 이 높은 쪽 공기를 날려버렸으며, 빙하와 낮은 산들과 돌 계곡 등 지상의 다른 부분을 검은 뚜껑처럼 덮어오던 뒤편의 연기도 걷어갔다. 빙원은 말한다. 이곳은 얼음뿐이라고. 하지만 북쪽에 있는 젊은 화산은 뭔가 할 말을 찾는 듯하다.

눈은 내리지 않았고, 옅은 구름이 높게 떠 있는 날이었다. 황혼 무렵 평원은 영하 4도였다. 만년설과 새로 생긴 얼음, 묵은 얼음 층이 발밑에 있었다. 새로 생긴 얼음은 푸른 빛이 돌며, 하얀 윤기 아래 미끄러운 몸을 감추고 있기에 까다롭다. 우린 둘 다 여러 번 넘어졌다. 나는 넘어지며 얼음에 배를 대고 15피트 정도를 미끄러졌다. 견인줄을 끌던 아이가 배꼽이 빠져라 웃어댔다. 아이는 사과를 했고, 게센에서 얼음에 미끄러져 넘어지는 사람은 자기 혼자라고 생각했기 때문이라고 설명했다.

오늘은 13마일을 이동했다. 하지만 이렇게 험하고 크레바스가 잔뜩 있는 단층 지역을 계속 이런 속도로 가야 한다면 우리는 완전히 지치거나 얼음판에서 배를 대고 미끄러지는 것 이상의 슬픈 일을 당하게 될 것이다.

차가운 달이 낮게 떴으며 말라붙은 피처럼 침침하다. 갈색이 도는 무지개 빛 커다란 달무리가 져 있다.

사네른 구이르니. 눈이 약간 내렸고, 바람이 세지고, 온도가 떨어졌다. 오늘도 다시 13마일을 갔으며, 이로써 우리가 첫 번째 야영지를 떠난 뒤 약 254마일을 왔다. 하루 평균 10.5마일을 왔다. 눈보라 때문에 허비한 이틀을 빼면 평균 11.5마일이다. 하지만 그 가운데 75~100마일은 앞으로 전진한 거리가 아니다.

우리는 출발했을 때보다 카르히데에 그리 많이 가까워지지 않았다. 하지만 그곳에 도착할 확률은 높아지고 있다고 생각한다.

화산 연기 자욱한 곳을 빠져나오자 우리 영혼은 고된 일과 걱정으로부터 어느 정도 해방되었고, 저녁 식사 뒤 다시 텐트에서 이야기를 나눈다. 내가 케메르에 있기 때문에 아이의 존재를 무시하는 게 더 나으리라고 생각하지만, 두 명이 쓰는 텐트에서 그러긴 쉽지 않다. 문제는 아이 역시, 그만의 독특한 형태로 케메르 상태라는 점, 늘 케메르 상태에 있다는 점이다. 1년 내내 케메르 상태이면서도 한 가지 성만을 유지해야 하다니, 그 욕망은 매우 낯설고 저급할 게 분명하지만, 그래도 케메르 상태인 것은 맞다. 그리고 나 역시 케메르 상태이다. 오늘 밤은 아이의 육체적 존재감이 극도로 강렬하게 다가왔고, 그래서 아이를 무시하는 게 어려웠다. 그리고 너무나 피곤해서 비황홀경이나 다른 수련 상태로 정신을 집중할 수가 없었다. 마침내 아이가 자신이 내 기분을 상하게 했느냐고 물었다. 나는 당황해서 내가 침묵을 한 이유를 설명했다. 아이가 나를 비웃을까 걱정이 되었다. 하지만 어쨌든, 내가 변태성욕자가 아니듯 아이 역시 마찬가지다. 여기 빙원에서 우리는 외톨이이고 격리되어 있으며, 나는 나와 같은 이로부터, 내 사회와 규범으로부터 단절되어 있고, 아이 역시 자신의 동료, 사회, 규범으로부터 단절되어 있다. 내 존재를 설명하고 지지해줄 게센인이 충만한 세계는 이곳에 없다. 우리는 마침내 평등해졌다. 동등하고, 외계인이고, 혼자다. 물론 아이는 웃지 않았다. 오히려 부드럽게 말했다. 아이에게 그런 면이 있다는 것은 처음 알았다. 잠시 뒤, 아이 역시 고립과 고독에 대해 이야기했다.

"당신 종족은 이 세계에서 섬뜩하리만큼 외로운 존재입니다. 다른 포유류도 없고, 양성을 가진 종도 없지요. 심지어 애완동물로 길들일 만한 지능을 가진 동물도 없습니다. 이러한 독특함이 당신들의 사고에 영향을 끼치는 게 분명합니다. 단순히 과학적 사고만을 말하는 게 아닙니다. 물론 당신들은 뛰어난 지성의 소유자들입니다. 당신들이 자신과 하등동물 사이의 단절을 뛰어넘어 진화론의 개념에 도달했다는 것은 정말로 놀라운 일입니다. 하지만 철학적으로, 정서적으로 보면 당신들은 너무나도 고독하고 너무나도 적의에 찬 세계에서 살고 있습니다. 그게 당신들 사고방식 전체에 영향을 끼치는 게 분명합니다."

"요메시교는 인간의 특성이 바로 그 신성함에 있다고 말하곤 하지요."

"지구의 신들도 그렇게 말합니다. 다른 세계의 다른 교단들도 같은 결론에 도달했습니다. 그리고 그 교단들은 역동적이고 공격적이며 생태계를 파괴하는 경향이 있지요. 그 점에서는 오르고레인도 같은 패턴입니다. 적어도 사태를 그런 쪽으로 몰고 가는 듯합니다. 한다라에서는 뭐라고 하나요?"

"음, 한다라에서는…… 아시다시피, 이론이나 교의 같은 것이 없습니다……. 아마 인간과 동물의 차이에 대한 생각도 없을 겁니다. 그보다는 살아 있는 생명이 그 일부를 이루는 전체와의 유사성, 상관성에 더 주의를 기울이지요." 〈토르메르의 시〉가 하루 종일 머릿속에서 떠나지를 않아 나는 그 시를 읊었다.

빛은 어둠의 왼손
그리고 어둠은 빛의 오른손
둘은 하나, 삶과 죽음은 함께 있다.
케메르를 맹세한 연인처럼,
마주 잡은 두 손처럼,
목적과 과정처럼.

시를 읊는 내 목소리가 떨렸다. 형이 죽기 전에 내게 쓴 편지 속에 바로 이 시가 적혀 있던 것이 기억났기 때문이다.

아이가 한동안 생각에 잠겼다가 말했다. "당신은 고립되어 있지만 단절되어 있진 않군요. 아마도 당신은 우리가 이원론에 사로잡혀 있는 것 못지않게 전체성에 빠져 있는 듯합니다."

"우리도 이원론자입니다. 이원론은 본질적이지 않나요? '나'와 '타인'이 있는 한 말입니다."

아이가 말했다. "나와 당신. 네, 결국 그게 성보다 더 넓은 걸 포함하니까요……."

"당신 종족에서는 당신의 성과 이성이 어떻게 다른지 말해주시겠습니까?"

아이는 놀란 표정을 지었고, 사실 나도 내 질문에 놀랐다. 케메르 상태가 나도 모르는 사이에 그 같은 질문을 하게 한 것이다. 우리 모두는 내성적이었다. 아이가 말했다. "생각해본 적이

한 번도 없습니다. 당신은 여자를 한 번도 본 적이 없지요." 아이는 내가 아는 테라 단어를 사용했다.

"당신이 가져온 사진들에서 봤습니다. 여자는 임신한 게센인을 닮았지만 젖가슴이 더 크더군요. 정신 면에서는 당신 성과 많이 다릅니까? 다른 종족입니까?"

"아니요. 네. 아니요, 물론 그렇지 않습니다. 하지만 차이는 아주 중요하지요. 제 생각에 가장 중요한 것은, 한 사람의 인생에서 가장 큰 요인은, 그 사람이 남자로 태어났는가 여자로 태어났는가입니다. 대부분의 사회에서 그것은 그 사람의 기대, 행동, 사고방식, 윤리성, 태도 등 거의 모든 것을 결정합니다. 단어. 기호 사용. 의복. 심지어 음식까지도요. 여자는…… 여자는 적게 먹는 편입니다. 하지만 선척적인 차이와 후천적인 차이를 구별하기는 아주 어렵습니다. 심지어 여자가 남자와 똑같이 사회 활동에 참여하는 곳에서도 아기를 낳고 기르는 일은 여전히 여자들이 맡아 합니다……."

"그러면 평등은 보편적 규칙이 아닙니까? 여자들이 정신적으로 열등한가요?"

"모르겠습니다. 여자들이 수학자나 작곡가, 발명가나 철학가가 되는 건 드문 일인 듯합니다. 하지만 그건 여자들이 멍청해서가 아닙니다. 여자의 몸은 남자보다 근육은 적지만 인내력이 강합니다. 심리적으로는……."

아이는 이글거리는 스토브를 한참 동안 물끄러미 바라보더니 고개를 저었다. 아이가 말했다. "하르스, 여자가 어떤 존재인지 당신에게 설명할 수가 없습니다. 추상적인 개념으로 여자에 대해 생각해본 적이 없고, 게다가, 맙소사!, 저는 사실상 여자란 존재 자체를 잊어버렸습니다. 저는 여기에 2년 동안 있었습니다……. 그게 어떤 건지 당신은 모릅니다. 어떤 면에서 제게 여자는 게센인보다 더 낯설게 다가옵니다. 어쨌든 당신과 저는 한 가지 성을 공유하잖습니까…….” 아이는 고개를 돌리더니 슬프고 불편한 듯 소리 내어 웃었다. 나는 감정이 복잡했고, 우리는 더는 그 주제에 대해 아무 말도 하지 않았다.

사네른 이르니. 오늘은 18마일을 갔다. 나침반에 따르면 동북쪽으로, 스키를 타고 갔다. 한 시간쯤 썰매를 끌자 기압마루와 크레바스가 없는 곳에 도착했다. 우리 둘 다 견인줄을 했으며, 내가 지팡이를 들고 앞장을 섰지만 이제 더는 얼음을 확인해볼 필요가 없다. 단단한 얼음 위에 만년설이 2피트 정도 쌓여 있고, 만년설 위에는 다시 지난가을 이래 새로 내린 눈이 몇 인치 정도 쌓여 단단한 표면을 이루었다. 우리와 썰매 둘 다 아무 문제가 없었고, 썰매가 너무나도 가볍게 미끄러졌기에 우리가 100파운드를 끌고 있다는 게 믿기지 않을 정도였다. 오후에는 교대로 썰매를 끌었다. 이렇게 매끄러운 표면에서는 혼자서도 쉽사리 썰매를 끌 수 있기 때문이다. 언덕을 오르고 바위를 넘어야 했던 게 하필이면 짐이 무거울 때라는 게 안타까울 뿐이다. 이제 우리는 가볍게 간다. 너무 가볍게. 나는 계속해서 식량이 걱정된다. 아이가 말하듯, 우리는 아주 가볍게 먹는다. 뒤쪽으로 검은 돌출 봉우리들 몇 개와 드룸네르가 토해낸 얼룩만 있을 뿐인 깨끗한 회청색 하늘 아래 죽은 듯 창백하게 펼쳐진 얼음 평원을 우리는 하루 종일 가볍고 빠르게 나아갔다. 다른 것은 아무것도 없었다. 오직 구름 뒤에 가려진 태양과 얼음만이 있을 뿐이었다.

17. 오르고레인의 창조 신화

이 신화의 기원은 선사시대로, 다양한 형태로 기록되어 있다. 이 초기 판본은 고브린 오지의 이센페스 동굴 사원에서 발견된 초기 요메시 경전에 포함되어 있었다.

태초에는 얼음과 태양만이 있었다. 오랜 시간 동안 태양이 빛나며 얼음의 거대한 크레바스를 녹였다. 이 크레바스 주위에는 커다란 얼음덩어리들이 있었으며, 그 얼음들은 바닥이 보이지 않았다. 크레바스 주위의 얼음덩어리들이 녹아 물방울들이 생겼고, 그 물방울들이 아래로 아래로 떨어졌다. 얼음덩어리 하나가 말했다. "나는 피를 흘리고 있어." 다른 얼음덩어리가 말했다. "나는 눈물을 흘리고 있어." 세 번째 덩어리가 말했다. "나는 땀을 흘리고 있어."

얼음덩어리들은 심연으로부터 기어 올라와 얼음 평원에 섰다. 피를 흘린다고 말했던 이는 태양으로 가 태양의 창자에서 똥을 한 움큼 꺼냈고, 그 똥으로 지상에 언덕과 계곡들을 만들었다. 눈물을 흘린다고 말했던 이는 얼음에 숨을 불어 녹인 걸로 바다와 강을 만들었다. 땀을 흘린다고 말했던 이는 흙과 바닷물을 모아 그것으로 들판의 나무와 식물, 풀과 곡류를 만들었고, 동물과 인간을 만들었다. 땅과 바다에서 식물들이 자랐고, 동물들은 육지를 뛰어다니고 바닷속에서 헤엄을 쳤지만 인간들은 깨어나지 않았다. 39명의 인간들이었다. 그들은 얼음 위에 잠들어 꼼짝도 하지 않았다.

이윽고 세 얼음덩어리들은 무릎을 구부리고 앉아 태양이 자기들을 녹이게 했다. 그들은 녹아 젖이 되었고, 젖은 잠자는 인간들의 입으로 흘러 들어갔다. 그러자 잠자던 인간들이 깨어났다. 인간의 아이들은 젖을 마시고, 그 젖이 없으면 깨어나지 못할 터다.

첫 번째로 깨어난 이는 에돈두라스였다. 에돈두라스는 키가 아주 커서 일어서면서 머리로 하늘을 찢었고, 그래서 눈이 내렸다. 그는 다른 인간들이 뒤척이며 잠에서 깨어나는 것을 보았고, 그들이 움직이는 것을 두려워하여 한 명씩 주먹으로 쳐서 죽였다. 그는 26명을 죽였다. 그런데 마지막으로 남아 있던 두 명 가운데 한 명이 도망쳤다. 그의 이름은 하하라스였다. 그는 얼음 평원과 육지를 넘어 멀리 달아났다. 에돈두라스는 하하라스를 뒤쫓아갔고, 마침내 잡아 때려 죽였다. 그리고 다른 이들이 죽어 있는, 자신이 태어난 고브린 빙원으로 돌아왔지만 마지막 한 명이 보이지 않았다. 에돈두라스가 하하라스를 뒤쫓는 동안 도망친 것이다.

에돈두라스는 형제들의 꽁꽁 언 시체로 집을 지었다. 그리고 그 속에 들어가 달아난 막내가 돌아오기를 기다렸다. 날마다, 시체 가운데 하나가 이렇게 말했다. "그자가 불타고 있어? 그자가 불타고 있어?" 그러면 다른 모든 시체가 얼어붙은 혀로 이렇게 말했다. "아니, 아니." 이윽고 에돈두라스는 잠든 사이에 케메르에 들었다. 에돈두라스는 꿈속에서 큰 소리로 혼자 말하며 몸을 뒤척였고, 그가 깨어나자 시체들이 한목소리로 말했다. "그자가 불타고 있어! 그자가 불타고 있어!" 그리고 도망친 막내는 그 소리를 듣고 시체들로 지은 집에 들어와 에돈두라스와 짝이 되었다. 이렇게 둘에 의해, 에돈두라스의 육신과 에돈두라스의 자궁에서 인간 종족이 태어났다. 다른 한 명, 아버지가 된 막내의 이름은 알려지지 않았다.

태어난 아이들은 모두 햇빛 속을 걸을 때 그 뒤를 따르는 어둠 조각을 가지고 있었다. 에돈두라스가 말했다. "왜 어둠이 내 아이들을 따라다니지?" 에돈두라스의 케메르 상대가 말했다. "그건 아이들이 시체로 지은 집에서 태어났기 때문이야. 그래서 죽음이 아이들의 뒤를 쫓아가는 거야. 아이들은 시간 속에 있어. 태초에는 태양과 얼음만이 있었기 때문에 그림자는 없었어. 우리 수명이 다하는 최후의 순간이 되면 태양은 자신을 잡아먹을 거고 그림자는 빛을 먹을 거고, 그러면 얼음과 어둠 밖에는 아무것도 남지 않게 될 거야."

18. 빙원 위에서

어둡고 조용한 방에서 잠이 들 때면 이따금 위대하고 소중한 과거의 환상을 보곤 한다. 텐트 벽은 내 얼굴 위로 기울어져 있고, 보이지는 않지만 기울어진 면에서 희미한 소리가 들린다. 바람에 날린 눈이 부드럽게 속삭이는 소리다. 아무것도 보이지 않는다. 차베 스토브의 불빛은 꺼졌고, 그 존재는 오로지 둥그런 열기로만, 따뜻함의 심장부로서만 존재한다. 살짝 눅눅하고 내 몸에 달라붙어 움직임을 제한하는 침낭, 눈 소리, 잠든 에스트라벤의 들릴락 말락 한 숨소리, 어둠. 그것만이 존재한다. 우리는, 우리 둘은 은신처에서 이 모든 것의 중심에 자리 잡고 휴식을 취하고 있다. 밖에는 언제나처럼 거대한 어둠과 차가움과 죽음의 고독이 펼쳐져 있다.

막 잠이 드려는 그러한 복 받은 순간들에, 나는 내 생활의 참된 중심이 무엇인지 또렷이 깨닫는다. 그것은 이미 지난 과거이고 잃어버린 시간이지만, 그럼에도 영원히 언제까지나 지속되는 따뜻함의 근원이다.

혹독한 겨울의 대빙원에서 썰매를 끌고 헤맨 저 몇 주일이 행복했다고 말하려는 것이 아니다. 나는 굶주렸고, 너무도 지쳤고, 때로는 예민했고, 시간이 갈수록 그 정도가 심해졌다. 나는 절대로 행복하지 않았다. 행복은 이성의 것이고, 오직 이성만이 행복을 얻을 수 있다. 내가 여행에서 얻은 것은 결코 그 누구도 얻지 못하고, 간직하지도 못하고, 종종 그 당시에는 인식조차 하지 못한다. 내가 얻은 것은 기쁨이다.

나는 늘 먼저 일어났다. 대개는 동트기 전이다. 내 신진대사율은 내 키와 몸무게처럼 게센인 표준보다 약간 높은 편이다. 에스트라벤은 식량 배당 계산을 할 때 이 차이를 가정주부나 과학자처럼 아주 신중하게 고려했고, 여행을 시작할 때부터 나는 그보다 하루에 2온스 정도 더 배당을 받았다. 이렇게 불공평하게 분배하는 것은 부당하다고 항의하고 싶었지만 자명한 정당함 앞에 입을 다물 수밖에 없었다. 어떻게 분배를 하더라도 내 몫은 적었다. 나는 배가 고팠다. 계속 배가 고팠고, 날이 갈수록 더 고팠다. 내가 일찍 깬 것은 배가 고팠기 때문이다.

아직 어두웠고, 나는 차베 스토브의 조명을 켜고, 전날 밤에 냄비에 담아두어 밤새 녹은 얼음물을 스토브에 올리고 끓였다. 그동안 에스트라벤은 천사와 씨름이라도 하듯, 침묵 속에서도 역시 몸을 이리저리 뒤척였다. 씨름에서 이긴 그가 일어나 멍한 눈으로 나를 바라보고, 머리를 흔들어 잠을 쫓았다. 우리가 옷을 입고 부츠를 신고 침낭을 말았을 즈음에는 아침 식사가 준비되어 있다. 머그에 담긴 뜨거운 오르시, 기치미치를 뜨거운 물에 넣고 부풀린 일종의 작고 설익은 빵 하나. 우리는 천천히, 엄숙하게 꼭꼭 씹었고, 흘린 부스러기마저 모두 주워 먹었다. 우리가 식사를 하는 동안 스토브가 식었다. 우리는 냄비와 머그, 스토브를 챙기고, 두건 달린 외투와 벙어리 장갑을 끼고 기어서 밖으로 나왔다. 바깥 공기는 언제나 믿을 수 없을 정도로 차가웠다. 나는 그 믿을 수 없는 추위를 매일 다시 믿어야만 했다. 오줌을 누러 이미 밖에 나갔다 왔다면 두 번째로 나갈 때는 더욱더 힘들었다.

눈이 내릴 때도 있었다. 때로는 이른 아침의 긴 햇빛이 수 마일에 이르는 주위 얼음을 황금색과 푸른색으로 아름답게 물들이기도 했다. 하지만 대부분은 잿빛이었다.

우리는 밤에는 온도계를 텐트 안으로 가지고 들어갔고, 밖으로 가지고 나와 바늘이 거의 눈이 따라갈 수 없을 정도로 빠르게 오른쪽(게센인들의 눈금 바늘은 반시계 방향으로 움직인다)으로 움직이며 눈금이 20, 50, 80도씩 떨어져 마침내 0과 −60도 사이 어딘가에서 멈추는 모습을 흥미진진한 눈으로 지켜본다.

한 사람이 스토브와 침낭 등을 썰매에 싣는 동안 다른 한 사람은 텐트를 거두어 접었다. 텐트를 여밈줄로 단단히 묶은 뒤 스키와 견인줄을 했다. 여밈줄과 부품들에는 금속으로 된 것이 거의 없었지만, 견인줄에는 알루미늄 합금 버클이 달려 있었는데, 벙어리장갑을 끼고 잠그기에는 너무 작았다. 장갑을 벗고 맨손으로 만지면 불에 데기라도 한 것처럼 한기에 화상을 입었다. 기온이 영하 20도 이하로 내려가면, 특히 바람이 부는 날에는 손가락을 아주 조심해야만 했다. 놀랄 만큼 빠르게 동상에 걸리기 때문이다. 발은 한 번도 동상에 걸리지 않았다. 한 시간만 노출이 되어도 일주일 또는 평생을 절름거릴 수 있는 겨울 여행에선 동상에 걸리지 않는 것이 가장 중요하다. 에스트라벤이 내 발 크기를 몰라 눈신발이 약간 컸지만, 나는 양말을 더 신어 발을 맞추었다. 우리는 최대한 빠르게 스키를 신고 견인줄을 했으며, 썰매의 활주부가 얼어붙어 움직이지 않을 때는 밀거나 지레로 들어올리거나 흔들어서 활주부를 얼음에서 뗀 뒤에 출발했다.

폭설이 내린 날 아침이면 출발하기에 앞서 한참 동안이나 텐트와 썰매를 파내야 했다. 새로 내린 눈은 쓸어내리기가 어렵진 않았지만, 우리 주위로 무시무시하게 날려 쌓이고, 결국 수백 마일에 이르는 얼음 위에 유일하게 솟아오른 물체가 되어 우리에게 방해가 되곤 했다.

우리는 나침반에 의지해 동쪽으로 썰매를 끌고 갔다. 바람은 대개 빙하가 있는 북쪽에서 남쪽으로 불어 우리가 가는 동안 날마다 바람이 왼쪽에서 불어왔다. 두건은 그 바람을 막기에 충분하지 않았고, 나는 코와 왼쪽 뺨을 보호하기 위해 안면 보호용 마스크를 했다. 그렇게 했음에도 하루는 왼쪽 눈이 얼어붙어, 영영 쓸 수 없게 되는 게 아닌가 하고 걱정했다. 에스트라벤이 입김과 혀로 눈을 녹여주었지만 그래도 한동안 눈이 보이지 않았다. 아마도 속눈썹만이 아니라 그 안쪽까지 얼었던 모양이다.

해가 나는 날에는 게센인들이 쓰는 슬릿-스크린 선글래스를 썼으며, 덕분에 둘 다 설맹을 면했다. 선택의 여지가 별로 없었다. 에스트라벤이 말한 대로, 빙원 중심부, 햇빛을 반사하는 순백의 수천 제곱마일 위로는 고기압이 형성되었다. 하지만 우리는 빙원의 중심부가 아니라, 잘해 봐야 그 가장자리, 즉 빙원의 중심부와 비를 잔뜩 품은 사나운 편향성 폭풍을 일으켜 아빙하의 땅을 끊임없이 괴롭히는 지역 사이를 통과하고 있었다. 정북풍이 불어올 때는 날씨가 화창했지만, 북동풍이나 북서풍이 불 때면 눈을 동반하거나 바닥에 쌓인 마른 눈을 공중에 쓸어 올렸고, 모래나 모래 폭풍처럼 따끔거리는 눈구름을 만들어 시야를 가리거나 모든 걸 다 가라앉혀, 하늘에 구불구불한 물결 무늬를 만들었다. 하늘은 눈으로 하얗게 뒤덮이고 공기는 하얗고 태양은 보이지 않았으며 그림자도 생기지 않았다. 발밑의 눈과 얼음이 보이지 않을 때도 있었다. 정오 무렵 우리는 휴식을 취했고, 바람이 강할 땐 얼음을 잘라 보호벽을 쌓았다. 우리는 물을 끓여 기치미치 조각을 적셔 먹고 뜨거운 물을 마셨는데, 가끔은 설탕을 탔다. 식사를 마치면 다시 견인줄을 하고 길을 나섰다. 길을 갈 때나 점심 식사 도중에는 거의 대화를 하지 않았다. 입술이 아팠고, 입을 열면 차가운 공기가 입안으로 들어와 치아와 목구멍과 허파가 아팠기 때문이다. 입을 다물고 코로 숨을 쉬어야만 했다. 기온이 영하 40~50도 되는 곳에서만큼은 그래야 했다. 기온이 그보다 더 내려갈 때는 숨을 쉬는 과정이 훨씬 더 복잡해진다. 숨을 내쉬자마자 얼어붙기 때문이다. 조심하지 않으면 콧구

멍이 얼어붙고, 그럴 때 숨이 막혀 죽지 않으려면 면도칼을 들이마시는 느낌으로 헉헉거려야만 한다.

어떤 때는 우리가 내쉬는 숨이 순식간에 얼어붙어 마치 저 멀리서 불꽃놀이를 하듯 작게 파삭하는 소리를 내며 수정들이 우수수 떨어졌다. 숨 하나하나가 눈보라인 셈이었다.

우리는 지칠 때까지, 또는 날이 어두워질 때까지 계속 나아가다가 썰매를 멈추고, 텐트를 쳤고, 바람이 강해질 위험이 있으면 썰매를 단단히 고정시키고 밤을 났다. 대개 낮 시간 동안은 11시간에서 12시간 동안 썰매를 끌었고, 12~18마일을 나아갔다.

아주 빠른 속력이라고 할 수는 없었지만, 상황이 우리를 돕지 않았다. 스키와 썰매 활주부 모두에 좋은 설질은 드물었다. 새로 내린 가벼운 눈 위에서 썰매는 미끄러지는 게 아니라 푹푹 빠졌다. 어지간히 단단하면 썰매는 눈에 달라붙지만 스키는 그렇지 않아서 계속해 덜컥 하며 뒤로 당겨지곤 했다. 오랜 기간 동안 바람을 맞은 눈은 단단해져 '사스트루기'* 가 되는데 어떤 곳에서는 높이가 4피트가 넘었다. 우리는 가장자리가 칼날처럼 뾰족하고 꼭대기는 환상적인 배내기 장식이 된 사스트루기 하나하나를 썰매를 끌고 넘어가 다시 미끄러져 내려가고 다시 다음 것을 넘어가고는 했다. 무슨 영문에서인지 사스트루기는 우리의 진행 방향과 평행하게 있은 적이 단 한 번도 없었기 때문이다. 나는 이곳에 오기 전, 고브린 빙원이 얼어버린 연못의 수면

*강한 바람에 의해 홈통 모양으로 깎인 눈.

처럼 평평할 거라고 상상했었지만, 이곳은 태풍이 휘몰아치던 바다가 갑자기 얼어붙은 듯 울퉁불퉁한 면이 수백 마일에 걸쳐 놓여 있다.

텐트를 치고 모든 걸 단단히 잡아매고 외투에 붙은 눈과 얼음 조각들을 완전히 털어내는 일은 언제나 성가신 작업이었다. 어떤 때는 이런 일을 굳이 해야 할까 싶었다. 너무 늦고 춥고 피곤할 때면, 텐트 치는 수고를 할 필요 없이 침낭 속에 누워 썰매에 기대어 있는 것이 훨씬 더 편할 듯했다. 몇몇 저녁에는 그렇게 하고 싶은 마음이 날 훨씬 더 크게 유혹했고, 그래서 모든 것을 원리 원칙대로 해야 한다고 논리 정연하면서도 독재자처럼 주장하는 동행의 고집에 분통을 터뜨렸던 기억이 난다. 당시 나는 그런 내 영혼 안에 자리 잡은, 죽음으로부터 솟아오르는 적개심으로 그를 증오했다. 그리고 생명의 이름으로 내게 엄격하고도 고집불통의 명령을 할 때도 그를 증오했다. 모든 것을 끝마치고 나서야 텐트 안에 들어갈 수 있었고, 그러면 차베 스토브의 열기가 우리를 감싸고 보호해주듯 우리를 맞이했다. 경이로운 것이 우리를 감쌌다. 따뜻함이었다. 죽음과 추위는 다른 곳, 밖에 있었다. 증오도 밖에 두고 왔다. 우리는 먹고 마셨다. 먹은 뒤에는 대화를 했다. 추위가 극에 달한 날은 단열이 잘 되는 이 텐트조차 추위를 막지 못해, 침낭 안에 누워 최대한 스토브 가까이에서 잠을 청했다. 아침에 일어나면 텐트 안쪽 표면에 서리가 작은 짐승털처럼 서려 있다. 밸브를 열면 차가운 공기가 들어와 순식간에 응결하고, 텐트 안 가득히 옅은 눈안개가 소용돌이친다. 눈보라 치는 날에는 아무리 잘 막아도 통기구들을 통해 바늘처럼 날카로운 찬 공기가 들어왔고, 미세한 눈먼지가 공기 중에 안개가 되어 맺혔다.

태풍이 무섭게 몰아치는 밤엔 머리를 맞대고 소리치지 않으면 아무 대화도 할 수 없었다. 태풍이 불지 않는 밤엔 별이 형성되기 전에 존재했을 법한, 혹은 모든 것이 사멸하고 난 뒤에나 있음직한 정적이 흘렀다.

저녁 식사를 마치고 한 시간쯤 뒤, 에스트라벤은 그래도 될 것 같으면 스토브 열기를 낮췄고, 스토브의 조명을 껐다. 에스트라벤은 그러면서 짧고 아름답고 우아한 기도문을 암송했다. 내가 한다라에서 유일하게 배운 기도문이었다. "그리고 어둠을 찬미하고, 끝나지 않은 창조를 찬미하라." 에스트라벤이 말했고, 어둠이 찾아왔다. 우리는 잠을 잤다. 아침이 되면 같은 일과가 반복되었다.

50일 동안 그런 생활을 했다.

에스트라벤은 빙원을 지나던 시기에는 날씨와 그날 이동한 거리 말고 다른 것은 거의 적지 않았지만 그래도 날마다 일기를 썼다. 이러한 기록 가운데에는 자신의 생각이나 우리가 나눈 대화에 대한 언급이 종종 있었지만 우리가 빙원에서 지낸 첫 달, 이야기할 힘이 충분했으며, 며칠 동안 폭풍 때문에 텐트에서 지내야 했던 당시 거의 밤마다 저녁 식사를 마치고 잠잘 때까지 나눈 심도 깊은 대화에 대해서는 한 마디도 쓰지 않았다. 나는 에스트라벤에게 비동맹 행성에서 마음의 언어 사용이 금지되어 있는 것은 아니지만 쓰지 않는 걸 기본으로 한다고 설명했고, 최소한 우주선에 있는 동료들과 그 문제에 대해 상의할 때까지 그것을 게센인들에게 비밀로 해달라고 부탁했다. 에스트라벤은 흔쾌히 동의하고 약속을 지켰다. 뿐만 아니라 우리의 침묵의 대화에 대해서 절대 말하거나 글로 쓰지 않았다.

에스트라벤은 우리 세계의 문명과 외계의 존재에 대해 깊은 관심을 보였으며, 마음의 언어는 그런 그에게 내가 알려줄 수 있는 유일한 것이었다. 나는 끝없이 이야기하고 설명할 수 있었다. 하지만 내가 줄 수 있는 것은 그것뿐이었다. 사실, 어쩌면 우리가 겨울 행성에 꼭 주어야 할 것도 그것뿐인지 몰랐다. 하지만 나는 내가 문화 수출 금지령을 어긴 동기가 그에 대한 고마운 마음 때문이라고는 생각하지 않는다. 나는 에스트라벤에게 진 빚을 갚은 게 아니었다. 그러한 빚은 언제까지고 남아 있는 법이다. 에스트라벤과 나는 단지 우리가 나누어 가질 만한 가치가 있는 것을 나누는 단계에 이른 것뿐이다.

나는 양성인 게센인들과 단성인 헤인인들 사이에도 섹스가 가능하리라고 생각한다. 그 경우에 필연적으로 임신은 안 될 것이다. 물론 그건 여전히 검증이 필요한 문제로 남아 있다. 에스트라벤과 나는 다소 미묘한 부분이라 할 수 있는 걸 제외하고는 아무것도 증명하지 못했다. 성적 욕망으로 인해 겪은 위기라고 할 만한 것에 가장 가까운 사건은 우리가 빙원에서 보낸 이틀째 이른 밤에 벌어졌다. 그날 우리는 불의 언덕들 동쪽에 있는 크레바스 지대를 하루 종일 헤맸다. 그날 저녁은 몹시 지쳐 있었지만 기분은 들떠 있었다. 좀 더 곧은 길이 우리 앞에 곧 나타나리라고 확신했기 때문이다. 하지만 저녁 식사 뒤 에스트라벤은 점점 말이 없어졌고, 내 말을 툭툭 잘랐다. 마침내 내가 대놓고 말했다. "하르스, 제가 뭔가 또 잘못한 모양인데, 그게 뭔지 말해주십시오."

에스트라벤은 아무런 말도 하지 않았다.

"제가 뭔가 시프그레소에 어긋나는 일을 했군요. 미안합니다. 아무래도 익숙해지지가 않네요. 사실, 그 단어의 뜻이 뭔지조차 모르겠습니다."

"시프그레소 말입니까? 그건 '그림자'를 뜻하는 옛 단어에서 유래했습니다."

우리는 둘 다 잠시 침묵에 잠겼고, 이윽고 에스트라벤이 부드러운 눈빛으로 나를 똑바로 바라보았다. 붉은빛을 받은 에스트라벤의 얼굴은 부드럽고 연약해 보였으며, 생각을 숨긴 채 말없이 상대를 바라보는 여성의 얼굴처럼 서먹서먹했다.

그리고 나는 그토록 보게 될까 두려워했던 것, 에스트라벤에게서 보고도 애써 못 본 척해 왔던 것을 다시금 보고야 말았다. 그가 남자인 동시에 여자라는 사실이었다. 그 두려움의 근원에 대해 설명해야 할 필요성은 두려움과 함께 사라졌다. 이제 남은 것은 마침내 그를 있는 그대로 받아들이는 것이었다. 그전까지 나는 에스트라벤을, 그의 진정한 실체를 인정하지 않았다. 자신은 게센에서 나를 믿는 유일한 사람이며 또한 내가 불신하는 유일한 게센인이라던 에스트라벤의 말이 옳았다. 에스트라벤은 나를 인간으로 완전히 받아들여준 유일한 이였던 것이다. 그는 나를 개인적으로 좋아했으며 내게 개인적으로 충실했다. 따라서 내게도 같은 정도의 인정과 받아들임을 원했다. 하지만 나는 그러려하지 않았다. 그렇게 하기가 두려웠던 것이다. 나는 여자인 남자, 남자인 여자 에스트라벤에게 신뢰와 우정을 주고 싶지 않았었다.

에스트라벤은 뻣뻣한 목소리로 간단하게 자신이 케메르 상태에 있으며, 때문에 나를 가능한 한 피하려 애쓴다고 설명했다. "전 당신을 만지면 안 됩니다." 에스트라벤이 극도로 조심하며 말했고, 말을 하며 시선을 다른 쪽으로 돌렸다.

내가 말했다. "이해합니다. 전적으로 동의합니다."

내 생각에, 그리고 에스트라벤도 같은 생각을 했으리라고 생각하는데, 우리 사이에 이렇게 우정을 확신하게 된 것은 조금 전에 우리 사이의 성적 긴장을 진정시키는 대신 그것을 인정하고 이해한 덕분인 듯했다. 추방된 우리에게 우정은 절실했으며, 그간의 험난한 여행의 밤과 낮을 견디며 잘 확인된 우정을 이제는 사랑이라 불러도 좋았다. 하지만 사랑은 우리 사이의 차이점에서 생긴 것이지 유사점이나 닮음에서 싹튼 것이 아니었다. 그리고 사랑은 갈라진 우리를 이어주는 다리, 유일한 다리였다. 성적으로 만난다는 것은 우리가 다시 한 번 서로에게 외계인으로서 만나야 한다는 뜻이기 때문이다. 우리는 우리가 접촉할 수 있는 유일한 방법으로 접촉을 했다. 그리고 거기에서 멈췄다. 우리가 옳았는지는 모르겠다.

우리는 그날 밤 좀 더 이야기를 나누었고, 여자가 어떤 존재냐는 그의 질문에 명확하게 답하기가 굉장히 어려웠던 기억이 난다. 그리고 이틀 정도 서로 어색하고 조심스럽게 행동했다. 두 사람 사이의 깊은 사랑은 결국 깊은 상처를 입힐 가능성과 힘을 동반하는 법이니까. 그날 밤이 있기 전까지 나는 에스트라벤에게 상처를 입힐 수 있으리라고는 상상도 하지 못했다.

두 사람 사이의 장애가 사라지자, 우리가 대화할 때 내가 쓰는 용어와 이해의 한계가 견딜 수 없는 고통이 되었다. 얼마 후, 이삼 일이 지난 밤에, 나는 저녁 식사—20마일을 이동한 특별식으로, 설탕을 탄 카디크 죽이었다—를 마치고 동행에게 말했다. "지난 봄, 붉은 모퉁이 저택에서 당신은 마음으로 하는 말에 대해 좀 더 많은 것을 알고 싶다고 했지요."

"네, 그랬지요."

"제가 당신에게 가르쳐줄 수 있을지 시험해볼까요?"

그가 소리 내어 웃었다. "제가 거짓말을 하는지 알고 싶은 거로군요."

"만약 당신이 제게 거짓말을 했다 해도 그건 이미 오래전 일이고 또 다른 나라에서 있던 일입니다."

에스트라벤은 정직했지만 또한 드물게 고지식했다. 그는 내 말에 재미있어하며 말했다. "다른 나라에서는 당신에게 또 다른 거짓말을 할지도 모릅니다. 그런데 마음의 과학을 원주민에게 가르쳐주는 것은 금지되어 있다고 생각했는데요. 우리가 에큐멘에 가입하기 전까지는 말입니다."

"금지되어 있진 않습니다. 그런 적이 없을 뿐입니다. 하지만 원한다면 가르쳐드리겠습니다. 그리고 제가 할 수 있다면요. 저는 계발자가 아니라서요."

"그 기술을 가르치는 교사가 따로 있습니까?"

"네. 하지만 자연 감성이 고도로 발달한 알테라에는 없습니다. 그곳 사람들은, 어머니가 태어나지 않은 태아와 마음으로 대화를 한다고 하니까요. 아기들이 뭐라고 대답을 하는지는 모르겠습니다. 하지만 우리들 대부분은 외국어를 배우듯 마음의 언어를 배웁니다. 아니, 모국어이기는 하지만 아주 늦게 배운다고 하는 편이 더 맞겠군요."

내가 이 기술을 가르쳐주겠노라고 제안한 동기를 그는 이해했으리라. 그 또한 몹시 배우고 싶어했다. 우리는 시험을 해보았다. 나는 열두 살에 처음으로 마음의 언어를 배울 때의 방법을 기억해냈고, 그에게 마음을 비우고 잡념을 제거하고 어둡게 하라고 말했다. 당연히 그는 내가 열두 살 때 했던 것보다 더 빠르고 완전하게 그렇게 했다. 어쨌든, 에스트라벤은 한다라의 숙련자였던 것이다. 이윽고 나는 되도록 명료하게 마음으로 말을 걸어보았다. 반응이 없었다. 우리는 다시 시도했다. 상대방의 생각을 듣기 전까지는, 확실하게 텔레파시를 받을 수 있을 정도로 그 감각이 예민하지 못하면 자신의 생각을 남에게 들려줄 수 없었으므로, 내가 먼저 에스트라벤에게 생각을 전달해야만 했다. 30분 정도 계속해보고, 마침내 나는 정신이 피곤해졌다. 에스트라벤은 풀이 죽어 보였다. "전 이게 쉬울 거라고 생각했습니다."

에스트라벤이 고백했다. 우리는 둘 다 피곤했으므로 오늘 밤은 그만하자고 말했다.

다음에도 잘 되지 않았다. 나는 에스트라벤이 잠든 동안 시도해보았다. 기본적으로 텔레파시 능력이 있는 사람에게는 꿈의 전달이 이루어지는 수도 있다고 한 내 계발자의 말이 생각났기 때문이다. 하지만 성공하지 못했다.

에스트라벤이 말했다. "어쩌면 우리 종족은 그런 능력이 없는 모양입니다. 그런 능력에 대한 단어를 만들어낼 정도의 소문과 암시들이 있기는 하지만 제가 아는 한 우리 가운데 텔레파시에 뚜렷한 증거를 보인 이는 없습니다."

"수천 년 동안 우리 종족도 그랬습니다. 그런 능력을 타고난 몇몇이 있었습니다만 자신의 능력을 알지 못했고, 또 텔레파시를 보내거나 받을 사람도 없었죠. 그리고 나머지들은 설사 그런 능력이 있다 할지라도 잠재적인 것이었습니다. 전에 말했듯이, 타고난 감각자들을 제외하면 그 능력의 세기는 심리적인 것이며, 문화의 산물입니다. 마음을 사용하는 데 따른 부수적인 것이지요. 비록 그 바탕은 생리적인 것이지만 말입니다. 어린아이나 정신 장애자, 발달하지 않았거나 퇴행 사회에 속한 사람들은 마음의 언어를 쓸 수 없습니다. 마음의 언어는 마음이 일정 수준의 복잡성 위에 있을 때만 존재하기 때문입니다. 예로, 수소 원자로 아미노산을 만들 수는 없습니다. 우선 복잡한 화학적 합성 과정을 거쳐야 합니다. 그것과 같은 거죠. 추상적 개념, 갖가지 사회적 상호 관계, 복잡한 문화적 적응, 미학적·윤리적 인식. 연결이 이루어지기 전에, 잠재 능력이 일깨워지기 전에 이 모든 것이 일정 수준에 이르러야만 합니다."

"어쩌면 우리 게센인은 그 수준까지 이르지 못한 모양입니다."

"당신들은 이미 그 수준을 훨씬 넘어서 있습니다. 하지만 운도 중요하지요. 아미노산을 만드는 것과 마찬가지로 말입니다……. 또는 조금 전의 문화의 발단 수준에서 비슷한 것을 찾아본다면—비슷한 것일 뿐이지만 설명에 도움이 되니까요—과학적 방법, 그러니까 과학에서 사용되는 구체적인 실험 기법들 같은 겁니다. 에큐멘에는 고도로 발달된 문화, 복잡한 사회, 철학, 예술, 윤리 등의 방면에서 세련된 형식과 훌륭한 업적을 이루어낸 사람들이 있습니다. 하지만 그러면서 돌 하나의 무게도 정확히 재는 법을 모르지요. 물론 어떻게 재는지 배울 수는 있습니다. 단지 지난 50만 년 동안 그렇게 하지 못했을 뿐입니다……. 또한 고등수학에 대해서는 아무것도 모르며 가장 단순한 산술의 응용밖에 모르는 사람들도 있습니다. 그 사람들은 미적분학을 이해할 능력이 있지만 그 누구도 이해하지 못하며 이해한 적도 없습니다. 사실, 제 종족인 테라인들도 3천 년 전까지는 0의 사용법에 대해 무지했습니다." 그 말에 에스트라벤이 놀라 눈을 끔벅였다. "게센에게서 제가 흥미를 느끼는 것은 우리가 예언의 능력을 갖출 수 있는가, 이것 역시 정신 진화의 일부분인가, 당신들이 그 기술을 우리에게 가르쳐줄 수 있는가 하는 점입니다."

"당신은 그게 유용한 능력이라고 생각합니까?"

"정확한 예언 말입니까? 음, 물론입니다!"

"그것을 연습하다보면 그게 소용없다는 것을 알게 될 겁니다."

"저는 당신네 한다라에 매혹되었습니다, 하르스. 하지만 한편으로 한다라는 하나의 생활 방식으로 발전해나간 단순한 역설이 아닐까 하는 생각이 종종 들기도 합니다……."

우리는 다시 한 번 마음으로 말하려 해보았다. 지금까지 나는 수용 능력이 없는 사람에게 이처럼 반복해서 마음으로 말을 걸어본 적이 없었다. 유쾌한 경험은 아니었다. 무신론자가 기도하는 느낌이 들기 시작했다. 결국 에스트라벤이 하품을 하며 말했다. "저는 바위처럼 귀가 먹었군요. 자는 게 낫겠습니다." 나도 동의했다. 에스트라벤은 예의 그 어둠의 기도문을 중얼거리고 불을 껐다. 우리는 각자의 침낭 속으로 파고들었고, 1~2분 뒤 에스트라벤은 마치 헤엄치는 이가 어두운 물속으로 미끄러져 들어가듯 잠으로 미끄러져 들어갔다. 나는 그 잠이 내 것처럼 느껴졌다. 그건 감정이입의 연결이 존재한다는 것이었고, 나는 졸린 가운데에도 다시 한 번 그의 이름을 부르며 마음으로 말을 걸었다. 〈세렘!〉

에스트라벤이 벌떡 일어났고, 그의 목소리가 어둠 속에서 크게 울렸다. "아렉! 형이야?"

〈아니, 겐리 아이입니다. 전 마음으로 당신에게 말을 하고 있습니다.〉

에스트라벤이 숨을 멈췄다. 침묵. 그는 더듬더듬 차베 스토브를 찾아 조명을 켜고는 공포에 질린 검은 눈으로 나를 바라보았다. "꿈을 꾸었습니다. 저는 제가 집에 있다고 생각했습니다……."

"당신은 제가 마음으로 말하는 것을 들었습니다."

"당신이 저를 부른 이름은…… 그건 제 형이었습니다. 제가 들은 건 형 목소리였습니다. 형은 죽었습니다. 당신은 저를…… 저를 세렘이라고 불렀지요? 이건 제가 생각했던 것보다 더 끔찍하군요." 에스트라벤은 악몽을 떨어내려는 듯 머리를 흔들었다. 그리고 두 손으로 얼굴을 가렸다.

"하르스, 정말 미안합니다……."

"아니, 아까 그 이름으로 부르십시오. 만약 죽은 이의 목소리로 제 머리 안에서 말을 할 수 있다면 그 이름으로 불러도 됩니다! 아렉이 저를 '하르스'라고 부를 리가 있겠습니까? 아, 마음으로 말할 때에는 왜 거짓말이 끼어들 수 없는지 알겠습니다. 이건 끔찍하군요……. 좋습니다, 좋아요. 다시 제게 말을 해보십시오."

"잠깐만요."

"아니, 해보십시오."

에스트라벤의 겁먹은 시선을 보며 나는 다시 말을 걸었다. 〈세렘, 내 친구여, 우리 사이에는 두려워할 것이 없습니다.〉

에스트라벤은 계속 나를 물끄러미 바라보았고, 그래서 나는 그가 이해하지 못했다고 생각했다. 하지만 그는 이해했다. "아, 들립니다." 그가 말했다.

잠시 뒤, 마음을 가라앉힌 에스트라벤이 침착하게 말했다.

"당신은 제 언어로 말했습니다."

"당신이 우리 말을 모르니까요."

"당신이 그게 단어로 이루어져 있을 거라고 말했을 때, 저는 생각하기를…… 하지만 제가 느끼기에 그건 이해에 가까운 듯 합니다……."

"감정이입은 또 다른 이야기죠. 관계가 없는 것은 아니지만요. 그것이 오늘 밤 우리를 연결해주었습니다. 마음으로 말하기 자체에는 뇌의 언어중추가 작용합니다."

"아니, 아니, 됐습니다. 그건 나중에 말해주십시오. 당신은 왜 제 형 목소리로 말을 하는 겁니까?" 그의 목소리에 긴장이 배어 있었다.

"그건 제가 대답할 수 없습니다. 저도 모르니까요. 당신의 형에 대해 말해주십시오."

"누수스…… 제 형은 아렉 하르스 렘 이르 에스트라벤입니다. 살아 있다면 저보다 한 살 많습니다. 에스트레의 영주가 되었을 겁니다……. 우리는……. 저는 형을 위해 고향을 떠났습니다. 형은 14년 전에 죽었습니다."

우리는 잠시 아무 말도 하지 않았다. 에스트라벤의 말 뒤에 무엇이 있는지 알 수 없었고, 물을 수도 없었다. 이 정도 털어놓는 것도 그에게는 엄청난 고통일 게 분명했기 때문이다.

마침내 내가 말했다. "제게 말을 걸어보십시오, 세렘. 제 이름을 불러보세요." 나는 그가 할 수 있다는 것을 알았다. 둘 사이 소통이 존재했다, 또는 전문가들 표현대로 하자면 위상이 조화를 이루었다. 물론 그는 아직 어떻게 하면 자발적으로 장벽을 올릴 수 있는지 알지 못했다. 만약 내가 '듣는 이'였다면 에스트라벤의 생각을 들을 수 있을 터였다.

그가 말했다. "아니요. 안 됩니다. 아직은……."

하지만 제아무리 큰 충격도, 두려움도, 공포도 탐욕스러운 지식욕을 가두어둘 수는 없었다. 그가 조명을 다시 끄고 나서 갑자기 나는 그가 더듬거리며 말하는 것을 내면에서 들었다. 〈겐리…….〉 마음으로 말할 때조차 에스트라벤은 L 발음을 제대로 하지 못했다.

나는 즉시 대답했다. 어둠 속에서, 에스트라벤은 두려움이 담긴 부정확한 소리를 냈는데, 그 안에는 희미한 만족의 기색이 담겨 있었다. "더는 안 되겠습니다." 에스트라벤이 크게 소리 내어 말했다. 잠시 뒤, 우리는 마침내 잠이 들었다.

에스트라벤에게 그건 결코 쉬운 일이 아니었다. 능력이나 기술을 익히지 못해서가 아니라 그것이 그의 마음을 몹시 어지럽혔고, 때문에 자연스레 받아들일 수가 없었던 것이다. 에스트라벤은 마음의 장벽을 치는 법을 빠르게 배웠지만, 그걸 의지할 만하다고 여겼는지는 모르겠다. 아마 우리 모두가 처음에는 그랬을 것이다. 수 세기 전, 로캐넌의 세계에서 온 최초의 계발자들이 우리에게 '마지막 기술'을 가르쳤을 때 말이다. 개인으로서 완전한 게센인에게는 텔레파시 대화가 완전성의 침해로 느껴질 수도 있고 일종의 완전성의 훼손으로서 견디기 힘든 것인지도 모른다. 솔직하면서도 신중함이 두드러지는 것은 에스트라벤

본인의 성격일 수도 있었다. 그가 하는 모든 말은 깊은 침묵 속에서 나왔다. 내가 말을 걸었을 때 그에게 내 목소리는 죽은 형의 목소리로 들렸다. 사랑과 죽음 외에 그와 형 사이에 무슨 일이 있었는지 모르지만, 형에 대해 이야기할 때면 그는 내가 상처를 건드리기라도 한 듯이 움츠러들었다. 그래서 우리 마음의 교제는 이루어지기는 했으나 애매하고 어색한 관계였으며, 내가 기대했던 것과는 달리 어둠의 존재를 밝히는 빛으로 그리 크게 작용하지 못했다.

하루 또 하루, 우리는 동쪽으로 빙원을 기어갔다. 예정했던 여정의 중간으로 35일째 되던 날인 안네르 오드오르니에 우리는 절반에 훨씬 더 못 미치게 왔다는 사실을 알게 되었다. 썰매의 계량기에 따르면 우리는 지금까지 약 400마일을 왔지만, 사실 그중의 4분의 3만이 실제로 온 거리라고 치면 앞으로 가야 할 거리가 얼마나 남았는지 대충 짐작할 수 있었다. 빙원에 오르느라 고생하며 너무 많은 날과 거리와 식량을 소비한 것이다. 아직도 수백 마일이나 더 남아 있었지만 나와 달리 에스트라벤은 별로 걱정을 하지 않았다. 에스트라벤이 말했다. "썰매는 점점 더 가벼워질 겁니다. 목적지에 가까워지면 더 가벼워지겠죠. 그리고 필요하다면 식량을 줄여야 할 겁니다. 아시다시피 그동안 아주 잘 먹어왔으니까요."

나는 에스트라벤이 비꼬는 투로 이야기한다고 생각했지만 후에 내 생각이 짧았다는 걸 깨닫게 되었다.

40일째 되는 날부터 이틀 동안, 우리는 눈보라를 만나 갇혀 지냈다. 텐트 안에 멍하니 누워 있는 긴 시간 동안 에스트라벤은 거의 계속해서 잠을 잤고, 식사 시간에는 오르시나 설탕물만 마실 뿐 다른 것은 먹지 않았다. 하지만 나에게는 비록 반으로 줄어든 배급량이긴 하지만 꼬박꼬박 식사를 하라고 강요했다. "당신은 굶주린 경험이 없습니다." 에스트라벤이 말했다.

나는 부끄러움을 느꼈다. "그러는 당신은, 영주이자 수상인 당신은 얼마나……?"

"겐리, 우리는 그 방면에 전문가가 될 때까지 결핍에 대한 수련을 쌓습니다. 저는 어렸을 때 에스트레의 집에서 굶는 법을 배웠습니다. 로세레르 성채의 한다라에서도요. 에르헨랑에서는 그 수련을 하지 않았습니다. 풍족했으니까요. 하지만 미시노리에서는 다시 수련을 했습니다……. 제발 제 말대로 하십시오, 친구여. 저는 제가 뭘 하는지 압니다."

그의 말이 맞았고, 나는 그가 시킨 대로 했다.

영하 25도 이상으로 절대로 올라가지 않는 아주 혹독한 추위가 계속된 나흘 동안 우리는 계속 앞으로 나아갔다. 그리고 동쪽으로부터 눈보라를 동반한 강풍이 우리 쪽으로 불어왔다. 강풍이 불기 시작한 지 2분도 되지 않아 눈보라가 거세지더니 내게서 6피트 떨어진 곳에 있던 에스트라벤이 보이지 않았다. 나는 회반죽처럼 짙어 앞이 보이지 않고 숨이 막히는 눈보라 때문에 숨을 쉴 수가 없어서 썰매와 그에게서 등을 돌리고 있던 상태였고, 1분쯤 뒤 다시 등을 돌렸을 때는 에스트라벤이 보이지 않았다. 썰매도 보이지 않았다. 아무것도 보이지 않았다. 그와 썰매가 있던 곳에서 몇 걸음을 디디며 손으로 더듬거렸다. 큰 소리로 불러보았지만 내 목소리조차 들리지 않았다. 따끔거리는 회색 눈 줄기로 가득 찬 우주에 귀머거리가 되어 홀로 남겨진 것이다. 나는 공포에 사로잡혀, 허둥지둥 앞으로 걸어가며 마음으로 미친듯이 외쳐댔다. 〈세렘!〉

내 손 바로 아래 꿇어 앉아 있던 에스트라벤이 말했다. "여깁니다. 여기요. 텐트 치는 것을 도와주십시오."

나는 그렇게 했고, 공포에 질려 있던 지난 몇 분에 대해서는 아무 말도 하지 않았다. 그럴 필요가 없었다.

눈보라는 이틀 동안 계속되었다. 우리는 닷새를 허비했고, 이런 일은 더 생길 터였다. 님메르와 안네르는 큰 폭풍의 달이기 때문이다.

"우리는 식량 배급을 꽤 바짝 줄이기 시작한 거죠, 안 그런가요?" 어느 날 밤, 기치미치의 양을 재 뜨거운 물에 담그며 내가 말했다.

에스트라벤은 나를 바라보았다. 그의 야무지고 넓대대한 얼굴은 살이 빠지면서 광대뼈 아래 짙은 그늘이 드리웠다. 눈은 움푹 들어갔고 입술은 심하게 터지고 갈라져 있었다. 그가 저런 모습이니 내 꼴은 오죽할까. 에스트라벤이 싱긋 웃었다. "운이 좋으면 목적지에 도착할 거고, 운이 없으면 그러지 못하겠지요."

그것은 우리가 출발할 때 에스트라벤이 한 말이었다. 나 역시 걱정이 안 되는 것은 아니었지만, 내게는 그 말이 마지막 필사의 도박이라는 느낌으로 다가왔고, 그래서 당시 그의 말이 실감나

게 들리지 않았다. 심지어 지금도 드는 생각은, 우리가 이렇게 열심히 하는 한 분명히…….

하지만 얼음은 우리가 얼마나 열심히 하는지 모른다. 그래야 할 이유가 무엇인가? 자연의 생각에는 변함이 없다.

"당신의 운은 어떻게 된 겁니까, 세렘?" 마침내 내가 말했다.

에스트라벤은 내 말에 웃지 않았다. 대답도 하지 않았다. 다만 잠시 뒤 이렇게 말했다. "저는 저 아래 세계의 사람을 생각하고 있었습니다." 우리에게 '저 아래'란 남쪽, 즉 빙원 아래 세계, 땅과 사람과 길과 도시가 있는 지역, 실제로 존재한다고 상상하기 어려워진 곳을 의미했다. "아시겠지만, 제가 미시노리를 떠나던 날, 저는 당신에 대한 정보를 아르가벤 왕에게 전했습니다. 당신이 풀레펜 농장으로 보내질 것이라던 슈스기스의 경고도 그대로 전했습니다. 저는 그때 생각이 정리되어 있지 않은 상태였고, 단지 충동에 따랐습니다. 그러나 그 이후 저는 그 충동에 대해 계속 생각했습니다. 어쩌면 다음과 같은 일이 일어날지도 모릅니다. 왕은 시프그레소를 쓸 기회를 찾을 것이고 티베는 그와 반대되는 충고를 하겠지요. 하지만 지금쯤 아르가벤은 티베에게 약간 싫증이 나 있을 것이고 티베의 충고를 무시할 겁니다. 아르가벤이 묻겠지요. 카르히데의 손님인 특사는 어디에 있는가? —미시노리는 거짓말을 할 것입니다. 애석하게도 지난가을에 홈 열병으로 죽었습니다. —우리 대사관으로부터 특사가 풀레펜 농장에 있다는 보고를 받았는데 그게 무슨 말인가? —특사는 그곳에 없습니다. 직접 찾아보시지요. —아니, 됐네. 우리는 오르고레인 친교인들의 말을 믿겠네……. 하지만 이러한 대화가 오고간 몇 주 뒤, 풀레펜의 농장에서 도망친 특사가 북부 카르히데에 갑자기 나타나는 겁니다. 미시노리는 당황하고 에르헨랑은 분노할 겁니다. 그리고 친교인들은 거짓말이 탄로나 체면을 잃게 되겠지요. 그러면 당신은 아르가벤 왕에게 보물과 같은 존재가, 오랫동안 행방을 모르고 지내던 화로 형제와 같은 존재가 될 겁니다, 겐리. 한동안은 말입니다. 당신은 기회를 잡자마자 곧바로 우주선에 연락을 해야 합니다. 그렇게 당신 동료들을 카르히데에 데려와 당신 임무를 완수하십시오. 즉시, 아르가벤이 당신이 위험한 존재일 수도 있다고 생각하기 전에, 티베나 다른 참의원이 아르가벤 왕을 다시 겁주어 그 광기를 이용하기 전에 말입니다. 만약 왕이 당신과 약속을 하면 왕은 그 약속을 지킬 겁니다. 약속을 어기는 것은 시프그레소를 깨는 행동이 되니까요. 하르게 왕들은 자신이 한 약속을 지킵니다. 하지만 서둘러 행동해야 합니다. 재빨리 우주선을 데려와야 합니다."

"만일 그 사람들이 저를 조금이라도 환영한다면 그렇게 하지요."

"안 됩니다. 주제넘게 충고를 하는 저를 용서해주십시오. 하지만 환영받을 때까지 기다려서는 안 됩니다. 물론 당신은 환영받을 겁니다. 우주선도요. 카르히데는 지난 반년 동안 매우 비참한 상황에 처해 있었습니다. 당신은 결국 아르가벤에게 형세를 역전할 기회를 주겠지요. 아르가벤은 분명히 그 기회를 잡을 겁니다."

"잘 알았습니다. 하지만 그동안 당신은……."

"저는 반역자 에스트라벤입니다. 당신과 그 무엇도 함께할 수가 없습니다."

"당장은요."

"당장은요." 에스트라벤이 동의했다.

"위험이 사라질 때까지 한동안 숨어 있을 수 있겠지요?"

"아, 그럼요. 물론입니다."

음식이 준비되자, 우리는 먹는 데 몰두했다. 먹는 것은 아주 중요했으며, 우리는 먹는 동안에는 더는 아무 말도 하지 않고 식사에 몰두했다. 이제 금기는 완벽한, 그리고 필시 그 원형이었을 모습으로 존재했고, 마지막 부스러기까지 다 먹는 동안 단 한 마디 말도 오가지 않았다. 식사를 마치자 에스트라벤이 말했다. "음, 제 추측이 옳았기를 바랍니다. 당신은…… 당신은 용서하리라 생각합니다."

"당신이 제게 단도직입적으로 충고한 것 말입니까?" 내가 말했다. 마침내 내가 이해하게 된 것이 있었기 때문이다. "물론 이해합니다, 세렘. 솔직히, 왜 그걸 의심하십니까? 저에게는 버리고 말고 할 시프그레소가 없다는 걸 잘 알잖습니까." 그 말에 에스트라벤은 기뻐했지만 잠시 생각에 잠겼다.

마침내 에스트라벤이 말했다. "왜 당신은 혼자 왔습니까? 왜 혼자 보내졌습니까? 여전히 모든 것은 그 우주선이 오느냐 아니냐에 달려 있습니다. 왜 당신을, 우리를 어려운 상황으로 몬 겁니까?"

"그건 에큐멘의 관습입니다. 그리고 그럴 만한 이유가 있지요. 하지만 솔직히 말해, 저는 그 이유를 제대로 이해하지 못하는 게 아닐까 하는 생각이 듭니다. 저는 제가 혼자 온 게 여러분을 위해서라고 생각했습니다. 홀몸에 무방비 상태로 나타남으로서 당신들에게 나라는 존재가 위험도 아니고 어떤 균형을 깨뜨릴 수도 없다는 것을 보여주려, 침략이 아니라 단순한 사신이라는 것을 보여주려고 말입니다. 하지만 여기에는 그 이상의 의미가 있습니다. 즉, 저 혼자서는 여러분을, 여러분의 세계를 바꿀 수가 없습니다. 하지만 저는 바뀔 수 있지요. 혼자이기에, 저는 제 주장을 펼침과 동시에 여러분의 주장에 귀를 기울여야 합니다. 혼자이기에, 만약 제가 누군가와 관계를 맺는다면 그 관계는 단지 정치적이고 비인간적인 관계가 아니라, 개인 대 개인의 관계가 됩니다. 그 관계는 정치적인 관계 이상이기도 하고 그 이하이기도 하지요. 우리와 그 사람들이 아닙니다. 나와 그것이 아닙니다. 나와 너의 관계인 것입니다. 정치적인 것도 아니고, 실용적인 것도 아닌, 영적인 것이지요. 어떤 의미에서, 에큐멘은 정치 집단이 아니라 영적 집단이라 할 수 있습니다. 그곳에서는 시작을 매우 중요하게 여깁니다. 시작과 방법이 중요합니다. 에큐멘의 정식 정책은 목적이 수단을 정당화한다와는 정반대입니다. 그러므로 에큐멘은 미묘한 방법으로, 느리고 이상하고 위험한 방법으로 일을 진행합니다. 마치 진화의 과정처럼 말이죠. 어떤 의미에서 보자면 에큐멘은 그걸 모델로 했습니다……. 그래서 저는 여기에 홀로 보내졌습니다. 당신들을 위해서? 아니면 저를 위해서? 그건 저도 모릅니다. 그렇습니다. 그 때문에 사태가 어렵게 되었지요. 하지만 저는 묻고 싶습니다. 왜 당신들은 하늘을 나는 비행기를 만들 생각을 하지 않았습니까? 작은 비행기 한 대만 훔칠 수 있었어도 당신과 저는 이렇게 큰 곤란을 당하지는 않았을 겁니다!"

"제정신이 박힌 사람이라면 어떻게 난다는 생각을 할 수 있겠습니까?" 에스트라벤이 엄숙하게 말했다. 날짐승이 없는 세계에 사는 사람으로서 당연한 반응이었다. 요메시의 신성 계급인 천사들은 날개가 없으며, 날지 않고 단지 하늘에서 눈이 떨어지듯, 꽃이 없는 세계에서 바람에 운반되는 씨앗처럼 사뿐히 땅 위로 내려온다.

님메르 중순이 되면서 거센 바람과 매서운 추위가 물러가고 조용한 날씨가 여러 날 동안 계속되었다. 태풍이 있다 할지라도 그것은 저 먼 남쪽, '아래'의 일이었다. 눈보라 이쪽 지역은 바람 한 점 없이 잔뜩 흐릴 뿐이었다. 처음에는 심하게 흐리지 않았고, 비록 태양은 보이지 않았지만 위와 아래에서 햇빛이 구름과 눈에 반사되어 주위를 적당히 밝혀주었다. 하지만 하룻밤 사이에 구름이 두꺼워졌다. 밝음은 사라지고 아무것도 남지 않았다. 우리는 텐트에서 나와 아무것도 없는 세계에 발을 디뎠다. 썰매와 텐트는 그 자리에 있었다. 에스트라벤은 내 곁에 서 있었지만 그에게도 나에게도 그림자가 생기지 않았다. 사방이 어두침침했다. 바삭거리는 눈 위를 걸어가도 발자국에는 그림자가 보이지 않았다. 우리는 아무런 흔적도 남기지 않았다. 썰매, 텐트, 에스트라벤, 나, 그게 전부였다. 태양도, 하늘도, 지평선도, 세상도 없었다. 텅 빈 희끄무레한 하늘에 덩그라니 매달려 있는 듯했다. 그 환영은 너무나도 완벽했기에 나는 몸의 균형 감각을 잃지 않기 위해 애를 써야 했다. 내 내이內耳는 내가 서 있는 것을 눈을 통해 확인하는 데 익숙해져 있다. 하지만 이제 그 느낌이 사라진 것이다. 나는 눈이 먼 거나 마찬가지였다. 우리가 썰매에 짐을 싣는 동안에는 괜찮았지만, 앞쪽에 아무것도 보이지 않고, 눈을 고정시킬 그 무엇도 없는 상황에서 썰매를 끌어야 하자 처음에는 그냥 불쾌한 정도였지만 이내 지치고 말았다. 우리는 사스트루기가 없는 만년설의 좋은 표면 위에서 스키를 타고 있었다. 5~6천 피트 두께의 단단한—그건 확실했다—눈이었다. 날씨만 괜찮았다면 꽤 좋은 시간을 보낼 수 있을 터였다. 하지만 계속 느려졌고, 아무 장애물도 없는 평원을 더듬어 나아갔으며, 평소대로 속력을 내기가 무척 어려웠다. 표면이 조금만 달라져도 갑작스레 계단을 만난 듯이, 또는 계단이 있으리라 생각했지만 사실은 없는 경우처럼 몸이 덜컥 하는 충격을 받았다. 앞을 볼 수가 없었기 때문이다. 뭔가 보여줄 그림자가 없었기 때문이다. 우리는 눈뜬 장님이 되어 스키를 탔다. 그런 날들이 이어졌고, 우리는 하루에 나아가는 거리를 줄이기 시작했다. 오후 중반이 되면 둘 다 온몸이 땀에 젖고 긴장과 피곤으로 비틀거렸다. 나는 차라리 눈이, 눈보라가 그리웠다. 하지만 매일 아침 텐트에서 나와보면 희뿌연 날씨 아래 텅 빈 공간이 펼쳐져 있었다. 에스트라벤은 그것을 '그림자 없는 세계'라 불렀다.

어느 날 정오, 우리가 여행을 떠난 지 61일째 되는 오드오르니님메르에, 그 광막한 무의 세계에서 무엇인가 솟아오르며 흔들리기 시작했다. 그런 경험이 종종 있었기에 나는 잘못 본 것이려니 여기고 공기의 의미 없는 움직임에 별다른 주의를 기울이지 않았다. 하지만 갑자기 빛바랜 작고 핼쑥한 태양이 머리 위에서 얼굴을 내밀었다. 그리고 그 태양 아래 저 앞쪽으로 거대한 검은 물체가 텅 빈 공간에 버티고 서 있는 게 보였다. 그 괴물은 검은 촉수로 위를 더듬어댔다. 나는 깜짝 놀라 걸음을 멈추었고 스키를 신은 에스트라벤을 돌아보았다. 우리 둘 다 견인줄을 하고 있었기 때문이다. "저게 뭐지요?"

에스트라벤은 안개에 가린 거대한 물체를 잠시 바라본 뒤 말했다. "바위산이군요…… 에셰르호스 바위산이 분명합니다." 그리고 그는 썰매를 끌었다. 나는 그게 엎어지면 코 닿을 거리라고 생각했지만, 사실은 몇 마일이나 떨어져 있었다. 희끄무레하던 하늘은 짙고 낮은 안개로 바뀌었고, 다시 그 안개가 걷히자 석양 아래에서 그곳을 또렷이 볼 수 있었다. 여기저기 할퀴고 팬 거대한 암석 봉우리들, 누나탁들이 얼음 평원 위에 뾰족하게 솟아 있었다. 영겁의 세월 동안 추위에 동사한 산의 일부가 바다 위에 떠 있는 빙산처럼 수면 위로 솟아오른 것이었다.

우리가 가진 유일한, 엉망으로 그려진 지도를 믿을 수 있다면, 그것들은 우리가 예정했던 최단 코스보다 약간 북쪽에 와 있음을 가르쳐주는 지표였다. 이튿날 우리는 처음으로 약간 동남쪽으로 진로를 바꾸었다.

19. 귀향

어둡고 바람 부는 날씨 속에서, 우리는 에셰르호스 바위산을 만난 것을 위안으로 삼으려 애쓰며 꾸준히 나아갔다. 그곳은 지난 7주 동안 우리가 본, 얼음이나 눈이 아닌 최초의 물체였다. 지도에는 남쪽 센세이 습지대와 동쪽 구센 만으로부터 그다지 멀지 않은 것으로 표시되어 있었다. 하지만 고브린 지역에 대해 이 지도는 신뢰할 수가 없었다. 그리고 우리는 아주 지쳐 있었다.

우리는 지도에 표시된 것보다도 고브린 빙원의 남쪽 끝에 더 가까이 와 있었다. 남쪽으로 방향을 바꾼 이튿날부터 융기한 얼음들과 크레바스들을 만나기 시작했던 것이다. 얼음은 불의 언덕들처럼 높지도 않고 고통스럽지도 않았지만 쉽게 부서졌다. 아마도 여름에는 호수였던 듯 푹 꺼진 웅덩이들이 여기저기 보였다. 그 위에 눈이 살짝 덮여 있어서, 모르고 밟으면 한 발이 쑥 들어가면서 깜짝 놀라 숨을 들이킬 게 분명했다. 땅은 여기저기 찢기고 작은 구멍과 크레바스들이 널려 있었다. 그리고 점점 더 커다란 크레바스가, 얼음을 가르는 오래된 협곡들이 더 많이 나타났다. 어떤 곳은 골짜기만큼이나 넓게 갈라져 있었고, 어떤 곳은 폭이 2~3피트 정도밖에 안 되었지만 깊었다. 님메르 오드 이르니(에스트라벤의 일기에 따른 날짜이다. 나는 아무 기록도 하지 않았기 때문이다), 태양이 밝게 빛났고 강한 북풍이 불었다. 썰매를 끌고 좁은 크레바스에 걸쳐진 눈다리를 건널 때는 크레바스 양쪽의 갈라진 푸른 벽과 심연을 볼 수 있었다. 썰매 활주부에서 떨어진 얼음 조각들은 마치 은줄이 얇은 수정 결정을 건드릴 때처럼 넓게 퍼지는 희미하고 섬세한 소리를 냈다. 나는 그날 아침 햇볕을 듬뿍 받으며 심연을 건너던 그 활기차고 꿈 같은 그리고 조금은 어질어질한 기쁨을 기억한다. 하지만 하늘이 창백해지고 대기가 짙어지기 시작했다. 그림자가 옅어졌고, 하늘에서는 푸른빛이 사라지고 눈이 내렸다. 우리는 그런 표면 위에서 맞는 온통 하얀 날씨가 가져오는 위험에 주의를 기울이지 않고 있었다. 얼음이 심하게 울퉁불퉁했기 때문에 에스트라벤이 썰매를 끌고 내가 밀고 있었다. 나는 썰매에 시선을 고정하고 눈을 헤치고 나아갔으며, 오로지 그 일에 여념이 없었다. 그런데 갑자기 손잡이가 내 손에서 미끄러지며 썰매가 무서운 속력으로 돌진하기 시작했다. 나는 본능적으로 손잡이를 잡으며 에스트라벤에게 속력을 늦추라고 소리쳤다. 매끄러운 표면에 들어서면서 에스트라벤이 속력을 내는 거라고 생각했기 때문이다. 하지만 썰매는 앞쪽이 기울어진 상태에서 갑자기 멈췄고, 에스트라벤은 보이지 않았다.

에스트라벤을 찾기 위해 돌아서는 순간, 나는 하마터면 썰매 손잡이를 놓칠 뻔했다. 내가 그러지 않은 건 순전히 행운이었다. 나는 손잡이를 잡고, 에스트라벤을 찾기 위해 멍하니 주위를 둘러보았고, 크레바스 가장자리가 보였다. 크레바스를 가로질렀던 눈다리의 한쪽이 떨어져나가 있었다. 에스트라벤은 그곳에 발부터 빠져버렸고, 썰매가 함께 떨어지지 않은 것은 내 몸의 무게 덕분이었다. 썰매의 활주부 뒤쪽 3분의 1정도는 단단한 얼음 위에 있었지만 견인줄에 매달려 공중에 떠 있는 에스트라벤의 몸무게 때문에 썰매가 조금씩 아래로 끌려 들어가고 있었다.

나는 무게중심을 뒤쪽 손잡이로 옮기며 썰매를 끌어당겼고, 마침내 썰매를 크레바스 가장자리에서 끌어 올리는 데 성공했다. 쉽지는 않았다. 하지만 손잡이에 온 체중을 실어 잡아당겼고, 이윽고 썰매는 갑자기 크레바스 위로 미끄러져 올라왔다. 에스트라벤은 크레바스 가장자리를 붙잡고 있었고, 그의 체중이 도움이 되어주었다. 견인줄에 끌려 가장자리에서 기어 올라온 에스트라벤은 얼음에 얼굴을 대고 쓰러졌다.

나는 그의 곁에 무릎을 꿇고 앉아 견인줄 여밈을 풀어주었다. 그는 큰 대자로 뻗었고, 가슴이 오르락내리락하며 심하게 헐떡이는 걸 제외하고는 꼼짝도 하지 않았다. 입술이 새파래져 있었고, 얼굴 한쪽은 긁히고 멍이 들어 있었다.

에스트라벤은 불안정하게 앉으며 떨리는 목소리로 속삭였다.
"파랗군요. 온통 파래요. 저 심연의 탑들……."

"뭐가요?"

"크레바스 안쪽 말입니다. 온통 파랗고 빛으로 가득합니다."

"어디 다치진 않은 거죠?"

에스트라벤은 견인줄을 다시 매기 시작했다.

"당신이 앞장서십시오. 로프를 매고 지팡이를 들고요. 길을 잡으십시오." 에스트라벤이 헐떡이며 말했다.

몇 시간 동안, 한 사람은 끌고 한 사람은 길을 안내하며 매 걸음에 앞서 지팡이로 표면을 찔러보면서 마치 달걀 위를 걸어가는 고양이처럼 조심스레 나아갔다. 허연 날씨 속에서는 바로 코앞에 이르기 전까지는 크레바스가 보이지 않기 때문이다. 그리고 그때는 너무 늦는다. 가장자리는 그 아래로 아무것도 받치는 것이 없이 툭 튀어나와 있으며 늘 단단하지만은 않기 때문이다. 한 걸음 한 걸음이 놀라움의 연속이었다. 푹 빠지고 덜컥 몸이 흔들렸다. 그림자는 없었다. 매끄럽고 하얗고 소리 없는 공, 우리는 서리 낀 거대한 유리공 안쪽을 따라 이동했다. 공 안에는 아무것도 없었고 공 밖에도 아무것도 없었다. 그러나 유리에 갈라진 틈은 있었다. 확인하고 한 걸음 내디디고, 확인하고 한 걸음 내디디고. 눈에 보이지 않는 틈을 그런 식으로 찾아내야만 했다. 만약 그 틈으로 발을 디디면 하얀 유리공 밖으로 떨어지고 떨어지고 떨어지고……. 한순간도 긴장을 늦출 수 없는 상황 속에서 근육이 조금씩 굳어갔다. 그리고 마침내 단 한 걸음도 더 뗄 수 없을 정도로 긴장이 심해졌다.

"무슨 일입니까, 겐리?"

나는 무의 한가운데에 멈추어 섰다. 눈물이 흘러 눈가에 얼어 붙었다. 내가 말했다. "떨어질까 두렵습니다."

"하지만 로프로 몸을 묶었잖습니까." 에스트라벤이 말했다. 이윽고 그는 내게 다가와 근처에 크레바스가 없는 걸 확인하고, 상황을 알아차리고는 말했다. "여기에 텐트를 설치하지요."

"아직 이릅니다. 더 가야 합니다."

하지만 에스트라벤은 이미 텐트의 줄을 풀고 있었다.

식사를 마친 뒤 에스트라벤이 말했다. "이제 멈출 때가 된 듯합니다. 더는 이 길을 갈 수 없습니다. 얼음이 서서히 무너져 내리는 모양입니다. 이제부터는 부서지기 쉬운 얼음과 크레바스들이 계속될 겁니다. 눈으로 식별할 수 있다면 어떻게든 헤쳐나갈 수 있겠지요. 하지만 그림자 없는 곳에서는 안 됩니다."

"하지만 그러면 어떻게 센세이 습지대로 가지요?"

"그게, 남쪽으로 가는 대신 다시 동쪽으로 계속 가면 구센 만까지 연결된 단단한 얼음이 나올 겁니다. 언젠가 여름에 구센 만에서 배를 탔을 때 그 얼음을 본 적이 있습니다. 얼음은 붉은 언덕 쪽으로 나와 얼음 강을 내려가 만과 통합니다. 저기 보이는 빙하들 가운데 하나를 따라가면 바다얼음들이 있는 정남으로 가 카르히데에 도착할 겁니다. 국경이 아닌 해안으로 들어갈 수 있겠지요. 그게 더 안전할 겁니다. 하지만 좀 돌아가게 됩니다. 20~50마일 정도일 거라고 생각합니다. 당신 생각은 어떻습니까, 겐리?"

"이처럼 희뿌연 날씨가 계속되면 앞으로 20피트도 나아갈 수 없을 것 같군요."

"하지만 우리가 이 크레바스 지역을 벗어나기만 하면……."

"아, 크레바스 지역을 벗어나기만 하면 전 괜찮을 겁니다. 그리고 태양이 다시 나타나기만 한다면 당신을 썰매에 태워 단숨에 카르히데까지 공짜로 태워드리지요." 이 말은 여행의 이 즈음 우리끼리 하던 농담이었다. 늘 아주 썰렁한 느낌이었지만, 어떤 때는 상대를 웃게 만들곤 했다. 나는 말을 계속했다. "전 괜찮습니다. 계속되는 이 비수 같은 두려움만 제외하면 말입니다."

"두려움은 매우 유용한 것입니다. 어둠처럼, 그림자처럼요." 텁수룩한 검은 머리털 아래 까만 돌 두 개가 얼룩처럼 박힌, 터지고 벗겨진 갈색 가면 같은 얼굴에 에스트라벤의 웃음이 보기 흉한 균열을 만들었다. "햇빛만으로는 충분치 않다니 신기한 일이지요. 우리가 걷기 위해서는 그림자가 있어야 합니다."

"잠시 당신 공책을 줘보시겠습니까?"

에스트라벤은 그날의 일기를 막 다 쓰고 거리와 식량에 대한 계산을 마친 참이었다. 그는 작은 차베 스토브 옆으로 노트와 탄소 연필을 내게 건넸다. 나는 안쪽 검은 표지에 접착된 빈 쪽에 원을 그리고 태극 문양을 그려 넣은 다음 한쪽을 까맣게 칠해 음으로 표시한 뒤 나의 동행에게 노트를 돌려주었다. "이게 무슨 문양인지 아십니까?"

에스트라벤은 묘한 표정으로 한참 동안 그것을 바라보더니 말했다. "아니요."

"이것은 지구에서, 그리고 헤인-다베낭과 치페와르에서 발견되었습니다. 음과 양입니다. '빛은 어둠의 왼손……' 그다음이 뭐였지요? 빛-어둠. 공포-용기. 차가움-따뜻함. 여성-남성. 바로 당신 자신입니다, 세렘. 둘이자 하나이지요. 눈 위의 그림자입니다."

이튿날, 우리는 모든 것을 삼킨 백색을 헤치며 북동쪽으로 계속 걸어가 마침내 무의 바닥에 갈라진 틈이 더는 없는 곳에 도착했다. 꼬박 하루가 걸렸다. 우리는 식량이 떨어지기 전에 좀 더 멀리 갈 수 있기를 바라며 하루치 식량을 3분의 2로 줄였다. 하지만 내게는 그런 것이 그다지 중요하게 생각되지 않았다. 조금 있는 거나 전혀 없는 거나 별 차이가 없어 보였기 때문이다. 하지만 에스트라벤은 자신의 행운의 길을 따라가고 있었다. 그것은 예감이나 육감처럼 보이지만 사실은 경험과 이성에서 비롯된 것일 터였다. 우리는 나흘 동안 계속 동쪽으로 날마다 18~20마일 정도 나아갔다. 지금까지 그 어느 때보다 가장 많은 거리를 이동한 나흘이었다. 그런데 바람 한 점 없이 조용하던 날씨가 바뀌어, 저녁 무렵에는 사방에서 작은 눈가루가 날려 눈으로 들어왔고, 빛이 사라지며 폭풍이 시작되었다. 눈보라가 숨쉬지 않는 허파로 의미 없는 증오의 고함을 사흘 내내 질러대는 동안, 우리는 텐트 속에 꼬박 사흘을 갇혀 있었다.

〈맞받아 고함이라도 치고 싶은 심정이군요.〉 나는 에스트라벤에게 마음으로 말을 걸었다. 그러자 에스트라벤은 친밀함 속에

망설이는 듯한 격식이 담긴 어투로 말했다. 〈소용없습니다. 듣지 않을 테니까요.〉

우리는 자고 또 자고, 조금 먹고, 동상과 염증과 멍든 곳을 돌보고, 마음으로 이야기하고, 다시 잤다. 사흘 동안 계속된 비명과 고함이 수다로 바뀌었고, 이윽고 흐느낌이 되었다가 이윽고 침묵이 되었다. 날이 밝았다. 열린 문-밸브 사이로 하늘의 환한 빛이 비쳐 들어왔다. 덕분에 마음이 가벼워졌지만, 너무 지쳐 있었기에 가벼운 마음에 맞춰 재빨리 움직일 수가 없었다. 우리는 텐트를 접고—그러는 데 거의 두 시간이 걸렸다. 두 사람 모두 노인처럼 꾸물거렸기 때문이다—출발했다. 내리막길이었으며, 가파르지 않았다. 설질은 스키를 타기에 딱 좋았다. 태양이 빛났다. 아침 중반, 온도계는 화씨 영하 10도를 가리켰다. 움직이기 시작하자 힘이 나는 듯했으며, 빠르고 쉽게 앞으로 나아갔다. 우리는 그날 별이 뜰 때까지 이동했다.

저녁 식사 때 에스트라벤은 정량대로 식사를 내놓았다. 이런 비율로 먹는다면 식량은 일주일치밖에 남지 않을 것이었다.

에스트라벤이 엄숙하게 말했다. "운명의 바퀴가 돌고 있습니다. 열심히 가려면 잘 먹어야 합니다."

"먹고, 마시고, 즐겨볼까요." 내가 말했다. 음식을 먹은 덕분에 기분이 좋았다. 나는 내 말에 요란하게 웃어댔다. "먹고-마시고-즐기는 건 하나입니다. 먹지 않고 어떻게 즐겁게 놀 수 있겠습니까?" 이런 기분은 음양의 원처럼 신비로워 보였지만, 오래가지 않았다. 에스트라벤의 표정에 서린 뭔가 때문에 그 기분이 사라진 것이다. 이윽고 나는 울고 싶었지만 꾹 참았다. 에스트라벤은 나만큼 강하지 않았고, 그러니 내가 운다면 불공평한 일이 될 것이며, 그까지 울게 만들 수도 있었다. 에스트라벤은 이미 잠들어 있었다. 그릇을 무릎에 올려놓은 채 앉아서 잠이 들었다. 그렇게 풀린 모습을 보이다니, 평소의 에스트라벤 답지 않았다. 하지만 잔다는 건 나쁜 생각이 아니었다.

이튿날 아침, 우리는 평소보다 다소 늦게 일어났다. 그리고 아침 식사를 두 배로 한 뒤, 견인줄을 하고 한층 가벼워진 썰매를 끌고 세상의 가장자리를 떠났다.

창백한 오후의 햇빛을 받아 빨갛고 하얗게 빛나는 조약돌들이 널린 가파른 경사의 세상의 가장자리 아래로 얼어붙은 바다가 보였다. 구센 만이었다. 구센 만은 이쪽 해안에서부터 저쪽 해안까지, 카르히데부터 북극점까지 꽁꽁 얼어붙어 있었다.

붉은 언덕 주위의 얼음덩어리들로 이루어진 깨진 가장자리와 돌출부, 도랑을 통과해 바다얼음으로 내려가는 데는 그날 오후 그리고 이튿날 하루가 꼬박 걸렸다. 이틀째 되는 날, 우리는 썰매를 버리고 배낭을 꾸렸다. 텐트를 배낭 하나로 쌌고, 다른 짐들과 음식을 공평하게 나누어 자루들에 담았다. 각자 지고 갈 짐은 25파운드가 안 되었다. 나는 내 짐에 차베 스토브를 더했지만, 그래도 30파운드가 채 안 되었다. 썰매를 끌고 잡아당기고 밀고 들어 올리던 끝없는 노동에서 해방되니 여간 홀가분하지 않았고, 걸어가며 에스트라벤에게 그렇게 말했다. 에스트라벤은 얼음과 붉은 바위가 이루는 광대한 고통 속에 버려진 썰매를 힐긋 뒤돌아보았다. "참 잘해주었는데." 에스트라벤이 말했다. 그의 충절은 사물에게도, 우리가 사용하고 익숙해지고 목숨을 의탁했던, 참을성 있고 고집 세고 믿음직한 물건에게까지도 변함이 없었다. 에스트라벤은 썰매를 그리워했다. 그날 저녁, 여행을 시작한 지 75일째 되던 날이자, 평원에서 51일이 되는 하르하하드 아네르, 우리는 고브린 빙원을 떠나 구센 만의 바다얼음에 들어섰다. 이날도 우리는 오랫동안, 늦게까지, 어두워질 때까지 이동을 했다. 공기는 아주 차가웠지만 맑고 고요했고, 끌어야 할 썰매가 없는 우리에게 깨끗한 얼음판은 스키를 타기에 딱 좋았다. 그날 밤 텐트를 친 뒤, 우리가 1마일 두께의 얼음이 아닌 몇 피트 두께의 얼음 위에 누워 있으며 그 아래에 소금물이 있다고 생각하니 이상한 느낌이 들었다. 하지만 생각을 하느라 긴 시간을 보내지는 않았다. 우리는 먹고 곧 잠이 들었다.

동틀 무렵, 기온은 영하 40도까지 떨어져 끔찍히 추웠지만 하늘은 여전히 맑았다. 남쪽으로 해안선이 보였다. 바다를 향해 여기저기서 혀를 내민 빙하가 남쪽으로 거의 일직선으로 뻗어 있었다. 우리는 우선 그 길을 따라 해안 가까이로 갔다. 우리가 높다란 오렌지색 언덕 사이의 골짜기를 나란히 스키를 타고 오르는 동안 북풍이 우리를 도와주었다. 하지만 골짜기에서 돌풍이 불어와 하마터면 날려갈 뻔했다. 우리는 서둘러 훨씬 동쪽으로 가 평평한 해식평탄지로 나왔고, 그곳에서야 마침내 제대로 서서 계속 나아갈 수 있었다. "고브린 빙원이 마침내 우리를 토해냈군요." 내가 말했다. 이튿날에는 평탄한 동쪽 해안선이 우리 앞에 쫙 펼쳐져 있었다. 우리 오른쪽은 오르고레인이었지만, 앞쪽의 푸른 곡선은 카르히데였다. 그날 우리는 마지막 남은 오르시와 몇 온스 남은 카디크 싹을 다 먹었다. 이제 남은 식량은 2파운드짜리 기치미치 덩어리 하나와 설탕 6온스가 전부였다.

나는 이 마지막 며칠 동안의 여정을 자세히 설명할 수가 없다. 별다른 이유가 있어서가 아니라, 사실 잘 기억이 나지 않기 때문이다. 굶주림은 지각을 날카롭게 하지만, 극도의 피곤함과 겹쳐졌을 때는 그렇지 않다. 당시에는 내 모든 감각이 아주 둔해졌던 것 같다. 굶주림 때문에 경련이 일어난 기억이 나지만 그 때문에 고통스러웠는지 어땠는지는 생각나지 않는다. 하지만 해방감과 황홀감이랄까, 그 너머의 감정이랄까를 몽롱한 속에서 계속 느꼈으며, 또한 끔찍하게 졸렸던 기억도 난다. 우리는 안네르 포스세, 즉 12일에 육지에 도착했고, 마침내 얼어붙은 해안을 넘어, 바위와 눈투성이인 황량한 구센 만 해안에 발을 들여놓았다.

우리는 카르히데에 있었다. 목적을 달성한 것이다. 하지만 그것은 배고픈 성취감에 가까웠다. 배낭이 텅 비어 있었기 때문이다. 우리는 도착을 축하하기 위해 뜨거운 물로 건배를 했다. 이튿날 아침, 도로와 마을을 찾아 출발했다. 이곳은 황량한 지역으로, 우리는 지도도 가지고 있지 않았다. 한때 길이었던 곳은 눈에 5~10피트 정도 파묻혀 있었기에 아마도 모르고 그냥 지나쳤을 터였다. 문명의 흔적은 보이지 않았다. 우리는 남쪽과 서쪽을 헤메다가 이튿날, 그것도 저녁 무렵이 다 되어서야 가늘게 내리는 눈발 사이 황혼 너머로 저 멀리 언덕가에서 불빛을 발견했다. 당시 우리는 둘 다 아무 말도 하지 못했다. 그냥 서서 멍하니 불빛만 바라보았다. 마침내 내 동행이 쉰 목소리로 말했다. "저게 불빛 맞지요?"

우리가 비틀거리며 카르히데의 마을에 도착한 때는 이미 어두워지고 한참이 지난 뒤였다. 지붕이 높은 검은 집들 사이로 난 길에는 눈이 겨울문 높이까지 쌓여 있었다. 우리는 온식 가게 앞에서 걸음을 멈추었다. 좁은 덧문 사이로 우리가 겨울의 언덕 너머에서 보았던 노란 빛 조각들이 흘러나오고 있었다. 우리는 문을 열고 안으로 들어갔다.

그날은 안네르 오드오르니로, 여행을 시작하고 81일째 되는 날이었다. 우리는 에스트라벤이 짠 일정보다 열하루 늦었다. 에스트라벤은 날짜에 정확히 맞춰 식량을 준비했다. 많아야 78일치였다. 썰매 계량기에 표시된 거리에 마지막 며칠 동안 이동한 거리를 어림짐작한다면 840마일을 온 것이다. 그 거리 가운데 상당 부분은 헤매며 낭비한 거리였으므로, 만약 우리가 정말로 이동해야 할 거리가 800마일이었다면 절대로 해내지 못했을 것이다. 제대로 된 지도를 손에 넣었을 때, 우리는 풀레펜 농장과 이 마을 사이 거리가 730마일이 안 된다는 사실을 알게 되었다. 그 긴 거리와 시간 동안 우리는 집도 없고 사람도 없는 황량한 곳을 가로질러 왔다. 바위와 얼음과 하늘과 침묵만이 존재하는 곳, 81일 동안 우리 둘 말고는 아무도 없는 곳을 가로지른 것이다.

우리는 음식과 음식 냄새, 사람과 사람들 목소리로 가득한, 김이 모락모락 나고 따뜻한, 밝고 큰 방으로 들어섰다. 나는 에스트라벤의 어깨를 붙잡았다. 낯선 얼굴과 낯선 눈들이 우리를 향했다. 나는 에스트라벤과 닮지 않은 사람이 존재한다는 사실을 잊고 살아온 것이다. 무서웠다.

알고 보니 그곳은 작은 방이었고, 낯선 사람들 무리라고 해봐야 일고여덟 명 정도였으며, 그 사람들 역시 잠시 나처럼 움찔했다. 한겨울 늦은 밤에 북쪽의 쿠르쿠라스트 영지에서 누군가 온 적이 없었기 때문이다. 사람들은 나를 물끄러미 바라보거나 꼼꼼히 뜯어보았고, 모두 갑자기 입을 다물었다.

에스트라벤이 간신히 들리는 목소리로 말했다. "이 영지의 환대를 부탁드립니다."

소란, 웅성거림, 혼란, 놀람, 환영.

"저희는 고브린 빙원을 넘어왔습니다."

더 큰 소란, 더 많은 목소리들. 질문들. 그들이 우리 앞으로 몰려왔다.

"제 친구를 돌봐주시겠습니까?"

나는 내가 그렇게 말했다고 생각했지만, 사실은 에스트라벤이 한 말이었다. 누군가 나를 앉혔다. 그들은 우리에게 음식을 내주었다. 우리를 돌보아주었고, 받아들였으며, 환영했다.

그들은 가난한 땅에 사는 아는 것 없고, 토론하기 좋아하고, 열정적이며, 무식한 시골 사람들이었지만, 그들의 호의 덕분에 우리는 힘든 여행을 멋지게 끝맺을 수 있었다. 그 사람들은 우리에게 아낌없이 나누어주었다. 아까워하거나 계산을 따지지 않았다. 그리고 에스트라벤은 그들이 우리에게 주는 것을 영주 무리 속의 영주처럼, 거지 무리 속의 거지처럼, 자기 동포 속에 있는 사람처럼 편안히 받아들였다.

오지 중의 오지인 이곳 마을, 인간이 간신히 살아갈 수 있는 이 대륙의 거주 한계점에 사는 어부들에게 정직은 음식과 마찬가지로 필수적인 것이었다. 그들은 서로 정직하게 행동해야만 했다. 서로 속일 만큼 풍족하지 않았다. 에스트라벤은 이를 알고 있었고, 하루 이틀이 지나자 그들은 우리 주위에 몰려와 시프그레소를 갖춘 조심스럽고 신중한 태도로, 왜 한겨울에 고브린 빙원을 헤맸는지 물었다. 에스트라벤이 즉시 대답했다. "침묵을 지켜서는 안 되겠지만 거짓말보다는 낫겠지요."

"고귀한 분들은 추방당하기 마련이라는 사실은 잘 알려져 있지만, 그렇다고 그런 분들의 그림자가 줄어들지는 않습니다." 온식 가게 요리사가 말했다. 그는 이 마을에서 촌장 다음의 서열이었으며, 그의 가게는 겨울 동안 영지 사람들에게 일종의 사랑방 구실을 했다.

"한 명은 카르히데에서 추방당하고 다른 한 명은 오르고레인에서 추방당했다고 할 수 있겠군요." 에스트라벤이 말했다.

"사실입니다. 한 명은 자기 부족에 의해, 다른 한 명은 에르헨랑에 있는 왕에 의해."

"왕은 누구의 그림자도 줄어들게 하지 못합니다. 시도는 할 수 있겠지만요." 에스트라벤이 의견을 말했고, 요리사는 만족한 듯 보였다. 만약 에스트라벤이 그 자신의 부족에 의해 추방되었다면 의심스러운 인물이 되었겠지만 왕에게 비난을 받은 건 중요하지 않았다. 한편 나로 말하면, 외국인이자 오르고레인에서 추방된 자가 분명했지만, 그건 기껏해야 내 신망과 관련이 있을 뿐이었다. 우리는 쿠르쿠라스트에서 우리 이름을 아무에게도 말하지 않았다. 에스트라벤은 가명을 쓰는 걸 무척 꺼려했지만 진짜 이름을 밝힐 수는 없었다. 어찌되었든, 이들이 했던 것처럼 에스트라벤에게 먹을 것과 옷가지를 주고 묵을 곳을 제공해주는 건 고사하고 말만 걸어도 범죄였기 때문이다. 구센 해안의 벽촌에도 라디오는 있었으므로 추방령을 몰랐다고 시치미를 뗄 순 없었다. 하지만 손님의 정체를 정말로 몰랐다고 한다면 변명의 여지가 있었다. 내가 미처 생각하기 전부터 에스트라벤은 이들이 해를 입을 수도 있다는 생각에 마음이 무거운 듯 보였다. 사흘째 되는 날, 에스트라벤이 우리의 다음 여정을 의논하기 위해 내 방에 왔다. 카르히데 마을은 지구의 고대 성 같아서, 개인의 독립된 주거지가 거의 없었다. 하지만 화로, 상업지역, 공동영지(쿠르쿠라스트에는 영주가 없었다), 바깥-집에는 500명이 되는 주민 각각이 낡은 복도를 사이에 두고 두께 3피트 벽으로 둘러싸인 방에서 사생활을 누릴 수 있었으며, 원한다면 은둔할 수도 있었다. 우리는 화로의 꼭대기 층에 있는 방을 배정받았다. 에스트라벤이 들어왔을 때, 나는 센세이 습지대에서 캔 토탄을 피워 작고 뜨겁고 향이 짙은 불이 이글거리는 화로 옆에 앉아 있었다.

에스트라벤이 말했다. "곧 이곳에서 떠나야 합니다, 겐리."

맨발에 촌장이 준 헐렁한 모피 바지만을 걸치고 화로를 등지고 서 있던 그의 모습이 생생하다. 카르히데인들은 날씨가 따뜻할 때는 집에서 옷을 반쯤만 걸치거나 아예 전라로 있는 경우가 흔했다. 우리가 여행을 하는 동안 에스트라벤은 게센인의 신체적 특징인 부드러우면서도 꽉 찬 체형이 거의 사라져 있었다. 수척했고 상처투성이였으며, 얼굴은 불에 탄 듯 추위에 그을려 있었다. 빠르고 쉼 없이 움직이는 불빛 속에서 그는 까맣고 냉철하면서 여전히 속을 알 수 없는 표정을 짓고 있었다.

"어디로 가지요?"

"남서쪽입니다. 국경을 향해서요. 우리가 첫 번째로 할 일은 당신이 우주선과 교신할 수 있을 정도로 강한 무선을 보낼 수 있는 송신소를 찾는 겁니다. 그다음 저는 우리를 도운 이곳 사람들이 벌을 받지 않도록 숨어 있거나 오르고레인으로 돌아가야 합니다."

"어떻게 오르고레인으로 돌아갈 생각입니까?"

"전처럼요. 국경을 넘는 거죠. 오르고레인 사람들은 제게 적의를 품고 있지 않습니다."

"송신기는 어디에서 찾을 수 있을까요?"

"가장 가까운 곳이 사시노스입니다."

나는 움찔했다. 에스트라벤이 이를 드러내고 씩 웃었다.

"더 가까운 곳은 없습니까?"

"150마일 정도 떨어져 있을 겁니다. 우리는 그보다 훨씬 더 멀고 나쁜 조건도 견뎌냈습니다. 여기는 사방이 길입니다. 사람들은 우리를 따뜻하게 맞이해줄 겁니다. 어쩌면 누군가가 동력 썰매에 태워줄 수도 있습니다."

나는 동의했지만 겨울 여행을 더 해야 한다는 생각, 그리고 이번에는 피난처를 찾아 가는 게 아니라 그 저주받을 국경으로 가는 것이며, 그곳에서 에스트라벤은 나를 두고 다시 추방될 거라는 생각에 우울해졌다.

나는 생각에 잠겼다가 마침내 말했다. "카르히데가 에큐멘에 합류하기 전에 충족해야 할 조건이 하나 있습니다. 아르가벤 왕은 당신의 추방을 철회해야 합니다."

에스트라벤은 아무 말도 하지 않고 화로를 물끄러미 바라보았다.

내가 말했다. "진심입니다. 일에는 순서가 있다는 겁니다."

"고맙습니다, 겐리." 에스트라벤이 말했다. 에스트라벤이 지금처럼 아주 부드럽게 말할 때면 허스키하고 울림이 없는 여자 목소리가 된다. 에스트라벤은 부드럽지만 웃음기 없는 표정으로 나를 보았다. "하지만 전 오랫동안 고향을 보지 못할 거라고 생각했습니다. 아시다시피, 20년 동안 고향을 떠나 있었으니까요. 이번 추방도 제게는 별 차이가 없습니다. 제 일은 제가 알아서 하겠습니다. 당신은 자신과 에큐멘의 일을 잘 하시면 됩니다. 이제부터 당신은 혼자 해나가야 합니다. 하지만 벌써부터 이런 말을 할 필요는 없겠군요. 당신 우주선에게 착륙하라고 말하십시오! 그 일을 마치고 나면 이후 일을 생각해보겠습니다."

우리는 쿠르쿠라스트에서 이틀 더 머물렀다. 잘 먹고 충분히 쉬면서 남쪽에서 오기로 되어 있는 길다지기 차를 기다렸다. 그 차가 돌아갈 때 얻어 타고 갈 생각이었다. 우리를 맞이해준 사람들은 에스트라벤에게 고브린 빙원을 넘어온 이야기를 해달라고 했다. 에스트라벤은 구전문학의 전통 속에서 산 사람만이 할 수 있는 방식으로 그 이야기를 해주었다. 그래서 이야기는 전통적인 어법과 균형 잡힌 에피소드들로 가득하면서 동시에 드룸네르와 드레메골레 사이 협곡의 유황불과 어둠부터, 산골짜기에서 불어와 구센 만을 휩쓸던 요란한 돌풍에 이르기까지 모두를 아우르는 정확하고 생생한 모험담이 되었다. 또한 크레바스 속으로 떨어진 일 같은 것은 웃기게 묘사해 끼워 넣었고, 빙원 지대의 바람 소리와 침묵이나 그림자 없는 날씨, 밤의 어둠을 말할 때는 신비로운 분위기를 자아냈다. 나도 다른 사람들과 마찬가지로 그의 이야기에 귀 기울였고, 내 친구의 검은 얼굴에서 눈을 떼지 못했다.

우리는 길다지기 차의 비좁은 운전실에 끼여 쿠르쿠라스트를 떠났다. 길다지기 차는 커다란 동력차로, 겨울에 카르히데의 도로에 쌓인 눈을 다져 길을 뚫는 주요한 수단이었다. 도로의 눈을 제거하는 것은 왕국의 시간과 돈이 절반은 들어갈 만큼 큰일이었으며, 어차피 겨울에는 모든 차들이 활주부를 달고 다녔다. 길다지기 차는 한 시간에 2마일씩 다졌고, 우리는 해가 지고서야 쿠르쿠라스트의 남쪽에 있는 마을에 떨어졌다. 그곳에서도 환영을 받았고, 식사와 숙소를 제공받았다. 이튿날은 걸어갔다. 이제 우리가 있는 곳은 구센 만에서 불어오던 북풍의 예봉을 받았던 해안 언덕의 육지 쪽으로, 사람들이 더 밀집해 살아서 밤에 야영을 하는 대신 마을에서 보낼 수 있었다. 동력 썰매를 두 번이나 얻어 탔으며, 한 번은 30마일을 갔다. 종종 큰 눈이 내리기는 했지만 길은 단단히 다져져 있었고 이정표도 충실했다. 우리 배낭에는 늘 음식이 있었는데, 전날 우리를 재워준 사람들이 넣어준 것이었다. 하루가 끝나면 늘 지붕과 화로가 우리를 기다렸다.

하지만 호의적인 지역을 가로질러 쉽사리 걷고 스키를 타고 가던 그 여드레인가 아흐레인가는 우리의 전 여행 기간 동안 가장 힘들고 울적한 시기였다. 그것은 빙하를 올라갈 때보다도, 마지막 며칠 동안 굶주림에 시달렸을 때보다도 더 나빴다. 무용담은 끝났다. 그것은 저 얼음 지대에 속하는 이야기였다. 우리는 매우 지쳐 있었다. 잘못된 방향으로 가고 있었다. 더는 즐거움이 없었다.

"때로는 바퀴의 회전을 거슬러가야 할 때도 있는 법입니다." 에스트라벤이 말했다. 에스트라벤은 전과 마찬가지로 침착했지만, 걸음걸이와 목소리, 태도에 활기가 사라졌고, 인내와 완고함이 바뀌어 생긴 굳은 결의가 그 자리를 대신하고 있었다. 그는 아주 조용했고 나와 마음의 대화는 별로 하지 않았다.

우리는 사시노스에 도착했다. 얼어붙은 에이 강 위쪽 구릉지대에는 수천 채의 집이 있는 마을이 있었다. 하얀 지붕과 회색 담장, 숲이며 노출된 바위들이 군데군데 보이는 언덕, 하얀 들판과 강. 그리고 강을 가로질러 있는 분쟁지 시노스 계곡 역시 백색 일색이었다.

우리는 완전히 빈손으로 그곳에 도착했다. 지니고 있던 여행 장비는 그동안 신세 진 여러 친절한 집주인들에게 나누어주어, 우리가 가진 것이라고는 차베 스토브, 스키, 입고 있는 옷이 전부였다. 우리는 그렇게 가벼운 몸으로 몇 번 정도 길을 물으며, 마을로 들어가는 대신 외곽의 농장으로 갔다. 그곳은 허름했으며, 영지의 일부가 아닌 시노스 계곡 행정구에 속한 단독 농장이었다. 에스트라벤은 젊은 시절 이곳 행정기관의 비서관으로 있으면서 농장 주인과 친구로 지냈고, 사실 이 농장도 1년인가 2년 전 시노스 계곡의 소유권 분쟁을 피할 생각으로 그곳 주민들을 에이 강 동쪽에 정착하도록 돕는 과정에서 그가 친구에게 사준 것이다. 농장 주인은 우리에게 문을 열어주었다. 에스트라벤과 비슷한 나이였고 땅딸막했으며 말투가 부드러웠다. 이름은 세시커였다.

이 지역에 들어섰을 때 에스트라벤은 자신의 얼굴을 숨기기 위해 두건을 깊숙이 눌러쓰고 다녔다. 에스트라벤은 이곳에서 자신을 알아보는 사람이 있을까 두려워했다. 하지만 그럴 필요가 없었다. 어지간히 눈이 예리한 사람이 아니고서는 비바람에 상하고 여윈 하르스 렘 이르 에스트라벤을 알아보기란 어려웠다. 사실 세시커조차도 에스트라벤이 정말로 에스트라벤인지 믿을 수 없어했고, 계속해서 은밀히 그를 꼼꼼하게 뜯어보았다.

세시커는 우리를 데리고 안으로 들어갔고, 농장 규모는 작았지만 환대의 규모는 평균에 뒤지지 않았다. 하지만 그는 우리를 불편해했고, 우리가 자신을 찾아오지 않았더라면 하는 눈치였다. 그건 이해할 만했다. 우리에게 쉴 곳을 제공함으로써 자신의 재산을 몰수당할 위험을 감수해야 하기 때문이다. 하지만 지금의 재산은 에스트라벤 덕분에 마련한 것으로, 에스트라벤이 없었더라면 그는 지금도 빈곤한 상태에 있었을 것이므로 그에게 그 답례로 어느 정도의 위험을 감수하라고 요구하는 게 부당해 보이진 않았다. 하지만 내 친구는 그에 대한 답례가 아닌 우정의 표시로서, 채무 관계가 아닌 애정의 표시로 도와주기를 요청했다. 그리고 사실, 세시커도 처음의 놀라움이 사라지자 카르히데인 특유의 변덕과 함께 경계를 풀었으며, 감정이 넘치고 향수에 젖어 에스트라벤과 밤이 늦도록 옛날을 회상하며 친지들에 대한 이야기를 나누었다. 에스트라벤이 추방령이 철회되길 기다리며 한두 달 동안 숨어 있을 수 있는 버려지거나 외딴 농장이 있는지 묻자, 세시커가 즉시 대답했다. "나와 함께 있도록 해."

에스트라벤의 눈이 반짝였지만 그는 곧 그 제안을 물리쳤다. 그리고 세시커도 사시노스 근처는 안전하지 않으리라는 에스트라벤의 말에 동의하고는 숨을 곳을 찾아보겠노라고 했다. 세시커는 에스트라벤이 가명을 쓰고 요리사나 농장 일꾼으로 숨어 지낸다면 어렵지 않을 거라면서 비록 편안한 생활은 아니겠지만 오르고레인으로 돌아가는 것보다는 나을 거라고 했다. "대체 오르고레인에서는 무엇을 했지? 어떻게 생활을 꾸려나간 거야? 응?"

"친교그룹에 있었어." 내 친구가 수달 같은 웃음을 옅게 지으며 말했다. "그곳에서는 일자리와 모든 것을 제공하니까. 아무 불편도 없었어. 하지만 난 카르히데에 있는 게 더 좋아……. 만약 네가 정말로 그게 가능하다고 생각한다면 말이야……."

우리에게 돈이 될 만한 물건은 차베 스토브뿐이었다. 그건 이런저런 식으로 여행의 마지막까지 쓸모가 있었다. 세시커의 농장에 도착한 이튿날 아침, 나는 그 스토브를 챙겨 스키를 타고 마을로 갔다. 에스트라벤은 물론 함께 가지 않았다. 하지만 그는 내가 무엇을 해야 하는지 설명해주었고, 모든 것이 잘되었다. 나는 마을 상점에 스토브를 팔았고, 그 돈을 가지고 무선 송신국이 설치된 언덕의 작은 상과대학에 가서 10분짜리 '개인 수신을 위한 개인 송신권'을 샀다. 모든 송신국은 매일 일정한 시간을 이러한 단파 송신에 할애했다. 대부분은 상인들이 군도, 시스, 페룬테르 등 바다 너머의 고객에게 보내는 것이었고, 요금이 좀 비싸기는 했지만 터무니없을 정도는 아니었다. 어쨌든 중고 차베 스토브 값보다는 쌌다. 내가 예약한 10분은 늦은 오후인 제3시 초반대였다. 나는 스키를 타고 세시커 농장으로 돌아갔다가 다시 오는 게 귀찮아 사시노스를 어슬렁거렸고, 점심 때 온식 가게 가운데 한 곳에서 크고 맛있고 싼 음식을 사먹었다. 카르히데 사람들이 오르고레인 사람들보다 요리를 잘한다는 건 의심할 여지가 없었다. 먹는 동안 오르고레인을 미워하느냐고 내가 물었을 때 에스트라벤이 한 말이 떠올랐다. 그리고 그가 지난밤 한없이 부드러운 목소리로 '카르히데에 있는 게 더 좋아……'라고 말하던 게 떠올랐다. 나는 생각했다. 애국심이란 무엇일까, 나라를 사랑하는 마음은 무엇으로 이루어져 있을까,

내 친구의 목소리를 떨리게 하는 그러한 충성심은 어디서 나오는 걸까? 그리고 그런 사랑이 어째서 너무나도 자주 그토록 바보 같고 편협해지는 걸까, 어디서부터 잘못된 걸까. 이런 생각을 한 게 이번이 처음은 아니었다.

점심 식사를 한 뒤 나는 사시노스를 어슬렁거렸다. 상점과 시장과 거리는 눈발이 날리는 영하의 날씨에도 불구하고 오가는 사람들로 매우 활기차 보였지만 왠지 연극같이 비현실적이고 환상적이며 어리둥절한 느낌을 주었다. 아직도 나는 빙원의 고독감으로부터 완전히 벗어나지 못한 것이다. 나는 낯선 이들 속에 있는 것이 불편했고 에스트라벤이 곁에 없어 계속 허전했다.

황혼 무렵, 나는 대학으로 이어진 가파르고 눈이 다져진 길을 올라갔고, 안에 들어가 공용 송신기 사용법에 대한 설명을 들었다. 예약한 시간이 되자 나는 남부 카르히데 300마일 상공에서 정지 궤도를 도는 중계 위성에 '깨어나라'는 신호를 보냈다. 그것은 지금 같은 경우, 즉 내가 앤서블을 분실해 우주선에 신호를 보내도록 올룰에 요구할 수 없을 때, 내가 태양계의 궤도를 도는 우주선과 직접 교신할 시간이나 장비가 없을 때를 위한 대비책이었다. 사시노스 송신기는 출력이 충분하고도 남았지만, 인공위성에는 우주선에 신호를 보내는 기능만 있을 뿐이었다. 나는 인공위성에 신호가 전달되었는지, 그 신호가 우주선에 중계되었는지 알 수가 없었다. 내가 제대로 신호를 보냈는지 알 수 없었다. 나는 불안한 마음을 가라앉히며 그러한 불확실성을 받아들였다.

눈이 심하게 내렸고, 나는 그날 밤을 마을에서 보내야만 했다. 어둡고 눈이 오는 상황에서 농장으로 돌아갈 수 있을 정도로 길을 잘 알지 못했기 때문이다. 아직 돈이 남았기에 묵을 만한 여관이 있는지 물었고, 그들은 나에게 대학에서 묵고 가라고 권했다. 나는 명랑한 학생들과 저녁 식사를 같이하고 기숙사 방에서 잤다. 여행자에 대한 카르히데인들의 유별나고 변함없는 친절 속에 기분 좋은 안전함을 느끼며 잠이 들었다. 처음부터 제대로 된 나라에 발을 디뎠고, 이제 그곳에 돌아와 있었다. 그렇게 나는 잠이 들었지만 아주 일찍 깼고, 아침 식사를 하기 전에 세시커의 농장으로 출발했다. 꿈을 꾸다 깨어나길 반복하며 편히 자지 못했기 때문이다.

밝은 하늘에 떠오르는 작고 차가운 태양이 눈 쌓인 모든 둔덕과 언덕에 서쪽으로 그림자를 만들었다. 도로는 빛과 어둠의 뚜렷한 명암을 그려냈다. 사방이 눈으로 덮인 눈밭 속에서 사람은 보이지 않았다. 하지만 멀리서 조그만 물체가 내 쪽으로 스키를 타고 쏜살같이 다가왔다. 얼굴을 알아보기도 전에 나는 그 사람이 에스트라벤인 것을 알았다.

"무슨 일입니까, 세렘?"

"저는 국경으로 가야만 합니다." 에스트라벤은 내 곁에서 멈추지조차 않고 말했다. 벌써 숨이 턱까지 차 있었다. 나는 방향을 바꿔 그와 함께 서쪽으로 갔다. 에스트라벤이 너무나 서둘러 갔기에 보조를 맞추기가 어려웠다. 길이 사시노스로 꺾어지는 곳에 이르자 에스트라벤은 울타리 없는 들판을 가로질렀다. 우리는 도시에서 북쪽으로 1마일쯤 떨어진 얼어붙은 에이 강을 건넜다. 둑이 가팔랐기에 위로 올라간 우리 둘은 스키를 멈추고 쉬어야만 했다. 우리는 이렇게 빠르게 움직일 만한 체력이 안 됐다.

"무슨 일입니까? 세시커가……?"

"네, 세시커가 무선으로 통화하는 걸 들었습니다. 새벽에요." 파란 크레바스에서 기어 올라왔을 때처럼 에스트라벤이 헐떡였고, 가슴이 오르락내리락했다. "티베가 제 머리에 현상금을 건 게 분명합니다."

"은혜를 모르는 못된 배신자!" 내가 더듬거리며 말했다. 티베가 아니라 친구를 배신한 세시커를 두고 한 말이었다.

에스트라벤이 말했다. "맞는 말입니다. 하지만 제가 너무 많은 것을 요구한 겁니다. 작은 영혼이 감당하기 어려울 정도로요. 사시노스로 돌아가십시오, 겐리."

"적어도 당신이 국경을 넘는 건 보겠습니다, 세렘."

"그곳에는 오르고레인 경비원이 있을 겁니다."

"국경 이쪽에 있겠습니다. 부디……."

에스트라벤이 싱긋 웃었다. 여전히 숨을 헐떡이던 그는 일어나 다시 길을 떠났고, 나도 함께 갔다.

우리는 스키를 타고 서리 낀 작은 숲들을 지나 분쟁 중인 계곡의 작은 언덕들을 넘고 들판들을 가로질렀다. 몸을 숨길 만한 것이 하나도 없었다. 태양이 빛나는 하늘 아래 펼쳐진 눈부시게 하얀 대지 위로 그림자를 드리우며, 우리는 도망쳤다. 구릉 지역이라 8분의 1마일을 채 안 남기고서야 갑자기 국경을 표시하는 울타리가 보였다. 말뚝들은 눈 위로 겨우 2피트 정도 솟아 있었으며, 윗부분에 붉은 페인트가 칠해져 있었다. 오르고레인 쪽에는 경비원들이 보이지 않았다. 이쪽 편에는 스키 자국이 있었고, 남쪽 방향으로 몇 개의 작은 형체들이 움직였다.

"이쪽 편에 경비원들이 있습니다. 어두워질 때까지 기다려야 합니다, 세렘."

"티베의 수색대겠군요." 에스트라벤이 거칠게 숨을 헐떡이며 말하더니 몸을 옆으로 돌렸다.

우리는 방금 넘어온 작은 언덕으로 되돌아와 가장 가까운 곳에 몸을 숨겼다. 그리고 굵게 자란 헤멘나무 사이에 있는 작은 구덩이에서 낮 시간을 보냈다. 잔뜩 쌓인 눈 때문에 아래로 처진 붉은 나뭇가지들이 우리를 가려주었다. 우리는 이 위험한 곳을 빠져나가 국경을 따라 북쪽이나 남쪽으로 이동하는 문제에 대해 다각도로 의논했다. 사시노스 동쪽의 언덕으로 올라가는 방법을 검토했고, 심지어 사람이 살지 않는 북쪽 지역으로 돌아가는 것도 고려해보았지만 모두가 마땅하지 않았다. 에스트라벤의 존재가 드러났기에 우리는 전과 달리 카르히데를 공공연하게 여행할 수 없었다. 아니, 비밀리라 할지라도 이동하는 것 자체가 불가능했다. 우리에게는 텐트도, 음식도 없었고, 체력도 바닥이 났다. 국경을 향해 곧바로 달려가는 것 외에 다른 방법이 없었다.

우리는 눈 숲 우거진 나무 아래 어두운 구덩이 속에서 몸을 움츠렸다. 따뜻하게 있기 위해 몸을 가까이 붙이고 누워 있었다.

점심 무렵 에스트라벤은 잠시 졸았지만 나는 너무나 배가 고프고 추워서 잠을 잘 수가 없었다. 나는 일종의 멍한 상태가 되어 친구 옆에 누워 있으면서 그가 예전에 내게 인용해주었던 말을 떠올리려 애썼다. '둘은 하나, 삶과 죽음은 함께 있다…….' 빙원의 텐트 속에 있는 것과 약간 비슷했다. 하지만 쉴 곳도, 먹을 것도, 휴식도 없었다. 우정만이 있을 뿐이었으며, 그것도 곧 끝날 터였다.

하늘은 오후부터 흐려졌고, 기온이 내려가기 시작했다. 바람이 없는 구덩이지만 너무 추워 가만히 있을 수가 없었다. 우리는 몸을 움직여야만 했고, 아직 해가 지지 않았는데도 오르고레인을 가로지르던 교도소-트럭에 탔을 때처럼 온몸이 무섭게 떨려왔다. 어둠이 내리기까지 영원의 시간이 걸리는 듯했다. 석양이 지며 푸른색으로 변할 무렵 우리는 구덩이에서 나와 숲 뒤로 해서 살금살금 언덕을 오르기 시작했다. 창백한 눈 속에서 국경을 표시한 말뚝 몇 개가 희미한 점으로 보였다. 빛도, 움직이는 물체도, 소리도 없었다. 남서쪽 저편으로 노란 불빛이 가물거렸다. 오르고레인 친교그룹의 조그만 마을일 터였다. 일단 그곳까지만 가면 에스트라벤은 취소되긴 했지만 신분증명서가 있으니 친교그룹 감옥이든 가까운 자원농장이든 적어도 이 밤의 추위만은 피할 수 있는 곳에 갈 수 있을 터였다. 갑자기 그 마지막 순간, 나는 내 이기심과 에스트라벤의 침묵에 의해 교묘하게 감추어져 있던 것을, 그가 어디로 가려고 하는지, 무슨 생각을 하는지를 깨달았다. 내가 말했다. "세렘, 기다려요!"

하지만 에스트라벤은 언덕을 내려갔다. 에스트라벤은 스키 솜씨가 뛰어났고, 이번에는 나를 위해 속력을 늦추지 않았다. 에스트라벤은 길고 빠르게 곡선을 그리며 눈 위의 그림자들을 헤치고 쏜살같이 언덕을 내려갔다. 그는 나를 떠나 국경 경비대의 총부리를 향해 곧장 나아갔다. 아마 경비대가 경고를 하거나 멈추라고 외쳤을 것이다. 어디선가 불빛이 반짝인 듯했지만 확실하지는 않다. 어쨌든 에스트라벤은 멈추지 않고 울타리를 향해 번개처럼 나아갔고, 경비대는 에스트라벤이 그곳에 닿기 전에 총을 쏘았다. 경비대는 음파 마비총이 아닌 약탈용 총을, 금속 조각을 발사하는 고대의 총을 쏘았다. 경비대는 에스트라벤을 사살했다. 내가 도착했을 때 그는 이미 죽어가고 있었다. 뒤틀려 벗겨진 스키는 눈에 꽂혀 있었으며, 그는 큰 대자로 뻗어 있었고, 가슴은 총알에 의해 반쯤 날아간 상태였다. 나는 그의 머리를 팔에 안고 말했지만 그는 내 말에 대답하지 않았다. 다만 그에 대한 내 사랑에 대답하듯, 침묵의 잔해와 마음의 동요를 헤치고, 꺼져가는 의식 속에서 들리지 않는 목소리로 한 번, 또렷하게 외쳤을 뿐이다. 〈아렉!〉 그뿐이었다. 나는 죽은 그를 끌어안고 눈 속에 웅크리고 있었다. 경비원들은 내가 그렇게 하도록 두었다. 이윽고 그들은 나를 일으켜 어딘가로 데려갔다. 그는 다른 곳으로 데려갔다. 나는 감옥으로 끌려갔고, 그는 어둠 속으로 사라졌다.

20. 헛걸음

고브린 빙원을 건너는 동안 에스트라벤이 쓴 일기 가운데에는 자신의 동행이 왜 우는 것을 수치스럽게 여길까라고 쓴 대목이 있다. 만일 그때 내게 물었다면, 나는 수치심이 아니라 두려워서 울 수가 없었다 말했을 것이다. 이제 나는 사시노스 계곡을 지나, 그가 죽은 저녁을 지나, 두려움 저편에 누운 추운 지방으로 가고 있다. 거기서라면 마음껏 울 수 있을지도 모른다. 하지만 이제는 울어도 소용없는 일이다.

나는 다시 사시노스로 끌려와 감옥에 갇혔다. 국법을 어긴 자와 함께 있었다는 이유로. 아마도 나를 달리 어떻게 다루어야 할지 몰랐기 때문일 것이다. 하지만 처음부터, 심지어 에르헨랑으로부터 명령이 오기 전부터 그들은 나를 정중히 대해주었다. 내가 갇힌 카르히데의 감옥은 사시노스에 있는 영주들 전용 성탑에 있는 가구까지 갖춘 방이었다. 방에는 화로가 있었고, 라디오도 있었으며, 날마다 다섯 끼의 성대한 식사가 나왔다. 하지만 편안하지 않았다. 침대는 딱딱했고, 이불은 얇았으며, 바닥에는 아무것도 깔려 있지 않았고, 공기는 차가웠다. 카르히데의 여느 방과 같았다. 하지만 그들은 의사를 보내주었고, 그의 손길과 목소리는 일찍이 오르고레인에서 만났던 그 누구보다도 더 견딜 만했고 편했다. 그가 온 뒤로 문은 잠기지 않았던 것 같다. 문이 열려 있었고, 복도에서 찬 바람이 들어오니 문이 닫혀 있으면 좋겠다고 생각했던 기억이 난다. 하지만 나는 침대에서 일어나 감옥 문을 닫을 기운도, 용기도 없었다.

근엄하고 어머니 같은 젊은 의사는 평온하면서 단호한 기운을 담아 내게 말했다. "지난 5, 6개월 동안 영양부족에 과로 상태였습니다. 체력을 너무 소모했습니다. 더는 체력이 남아 있지 않아요. 누워 쉬십시오. 겨울에 계곡의 강물이 얼어 있듯이 누워 계세요. 꼼짝 말고 누워 계세요. 기다리세요."

하지만 잠이 들면 나는 언제나 트럭 안에 다른 사람들과 함께 갇혀 있었으며, 우리 모두는 알몸에 고약한 냄새가 나고 추웠고 온기를 찾아 한 덩어리가 되어 있었다. 한 명만 빼고. 그 한 명은 빗장 걸린 문에 기대어 있었으며, 입에 말라붙은 피가 가득한 차가운 시체였다. 그는 반역자였다. 그는 혼자서 가버렸다. 우리를 버리고. 나를 버리고. 나는 늘 심한 노여움 속에서 눈을 떴으며, 노여움에 힘없이 몸이 떨렸고 힘없이 눈물이 흘렀다.

나는 아마 아팠던 것 같다. 고열에 시달린 것 그리고 하루인가 이틀 밤 동안 의사가 꼬박 내 옆에 붙어 있던 것이 기억나기 때문이다. 그때에 무슨 일이 있었는지 기억할 수는 없지만, 성을 내듯 날카로운 목소리로 의사에게 이렇게 말한 건 기억이 난다. "멈추려면 멈출 수 있었어요. 경비병들을 보았으니까요. 그런데도 총을 향해 돌진했습니다."

젊은 의사는 잠시 아무 말도 하지 않았다. "그분이 자살했다는 말은 아니겠죠?"

"어쩌면요……."

"친구에 대해 그렇게 말하는 건 심하군요. 그리고 전 하르스렘 이르 에스트라벤이 그리했으리라고는 믿지 않습니다."

나는 자살이란 말을 하면서 이들 세계에서 자살이 얼마나 비열한 짓으로 간주되는지는 미처 생각하지 못했다. 이들에게 자살은 우리의 경우처럼 선택이 아니었다. 이들에게 자살은 선택의 포기이자 배신 그 자체였다. 카르히데인이 우리 경전을 읽는다면 유다의 죄가 그리스도를 배반한 데에 있는 게 아니라 절망을 봉인하고 용서와 변화와 생명의 기회를 거부한 행위, 즉 자살에 있다고 할 것이다. "그러면 당신은 에스트라벤을 반역자로 생각하지 않습니까?"

"한 번도 그런 생각을 해본 적이 없습니다. 그리고 에스트라벤에게 가해진 비난을 대수롭지 않게 여기는 이들이 많습니다, 아이 씨."

하지만 나는 그 말에서 그 어떤 위안도 얻을 수 없었으며 변함없는 고통 속에서 이렇게 외쳤을 뿐이다. "그렇다면 왜 그자들은 에스트라벤을 쏜 겁니까? 왜 에스트라벤을 죽인 겁니까?" 이 질문에 의사는 아무 대답도 하지 않았다. 아무 말도. 나는 공식적인 신문은 받지 않았다. 하지만 내가 어떻게 풀레펜 농장에서 탈출해 카르히데까지 왔는지, 그리고 내가 자기들의 무선 송신기로 보낸 암호 메시지의 목적지와 의도가 무엇인지를 물었다. 나는 사실대로 말했다. 그 정보는 에르헨랑에, 왕에게 곧장 전달되었다. 우주선 문제는 비밀로 붙여진 게 분명했지만, 내가 오르고레인의 감옥에서 탈출해 겨울에 고브린 빙원을 넘어와 지금은 사시노스에 머물고 있다는 소식은 자유롭게 보도되고 논의되었다. 하지만 이 일에 대한 에스트라벤의 역할은 라디오에서 일체 언급되지 않았고, 그의 죽음 역시 마찬가지였다. 하지만 사람들은 알았다. 카르히데에서 비밀이란 지극히 신중하고 합의되고 양해된 침묵의 영역으로, 질문의 생략일 뿐 답의 생략은 아니다. 공보는 특사 아이 씨에 대해서만 이야기했지만, 내가 지난가을 미시노리에서 갑자기 홈 열병에 걸려 사망했다는 친교그룹의 발표가 뻔뻔한 거짓임을 밝히기 위해 나를 오르고레인의 손에서 빼내 빙원을 넘어 카르히데에 데리고 온 이는 다름 아닌 하르스 렘 이르 에스트라벤임을 사람들은 모두 알았다. 에스트라벤은 내 귀환의 결과를 꽤 정확하게 예측했었다. 그러나 그 파급 효과에 대해서는 과소평가했다. 사시노스의 독방에서 병들어 누워 있던, 아무 행동도 안 하고 아무 관심도 없던 한 외계인으로 인해 두 정부가 열흘 안에 붕괴되고 만 것이다.

오르고레인 정부가 붕괴되었다는 것은 물론 33인 위원회를 주도하던 친교그룹의 일부가 다른 친교그룹으로 대체되었다는 의미일 뿐이다. 카르히데식으로 말하자면 어떤 자는 그림자가 짧아지고 어떤 자는 그림자가 길어진 것이다. 나를 풀레펜 농장에 보냈던 사르프 도당은 거짓이 드러나 전례 없는 위기를 겪으면서도 버텼지만, 카르히데에 우주선이 곧 도착한다는 아르가벤의 공표가 있던 그날 옵슬레가 속한 자유무역당이 33인 위원회를 접수했다. 그러니 결국 나는 자유무역당에게 봉사한 셈이었다.

카르히데에서 정부의 붕괴는 주로 수상의 망신과 교체, 쿄레미 의원들의 재구성을 의미한다. 비록 암살과 퇴위와 반란이 빈번히 그 자리를 대신하곤 하지만 말이다. 티베는 자리를 지키기 위한 그 어떤 노력도 하지 않았다. 국제적인 시프그레소 게임에서의 내 가치, 그리고 (암시적으로) 에스프라벤을 옹호한 것이 나에게, 말하자면 그를 압도하는 위신을 세워주었기 때문이었다. 나중에 알게 되었지만, 티베는 내가 우주선에 전파를 보낸 것을 에르헨랑 정부가 알기 전에 이미 사임했다. 세시커로부터 은밀히 보고를 받고 에스트라벤이 죽었다는 말을 듣자 바로 사임한 것이다. 그는 패배하면서 동시에 복수를 했다.

사태를 완전히 파악한 아르가벤은 내게 즉시 에르헨랑으로 오라고 호출을 했고, 경비로 쓸 수 있도록 넉넉한 돈을 함께 보냈다. 사시노스 시 역시 내게 아낌없이 베풀어, 젊은 의사를 딸려 보냈다. 아직 내 건강이 회복되지 않았기 때문이다. 우리는 동력 썰매를 타고 여행을 했다. 나는 단편적인 것만 기억이 난다. 평온하면서 조급하지 않았다는 것, 길다지기 차가 길을 내는 동안 기다렸던 오랜 시간, 여관에서 보낸 긴긴 밤들. 겨우 2, 3일이었지만 무척 길게 느껴지는 여행이었고, 에르헨랑 북문을 지나 눈과 그림자로 가득한 거리로 들어서기 전까지는 별다른 기억이 없다.

에르헨랑에 들어서는 순간 힘이 나고 정신이 맑아지는 걸 느꼈다. 그 전까지 나는 온몸이 낱낱이 흩어져 있는 느낌이었다. 편한 여행으로도 지친 몸이었지만, 이제는 생기가 도는 느낌이었다. 대부분은 습관의 힘이었으리라. 마침내 내가 아는 곳으로, 내가 1년 넘게 살고 일하던 낯익은 도시로 돌아왔기 때문이다. 거리와 탑, 궁전의 어두침침한 안뜰과 길과 외관을 알았다. 이곳에서 내 할 일이 무엇인지 알았다. 그러므로, 내 친구가 죽고 처음으로, 친구가 죽으면서까지 이루려한 일을 마무리해야 한다는 생각이 또렷이 들었다. 나는 아치에 쐐기돌을 놓아야만 했다.

궁전 문에 이르자 왕의 명령에 따라 궁 안의 영빈관으로 안내되었다. 둥근 탑 저택이자 왕궁에서 시프그레소의 정도가 높음을 알려주는 곳으로, 이미 높은 지위를 인정받아 왕의 호의가 없어도 그곳에 묵을 자격이 되는 이들이 가는 곳이었다. 그곳은 우호국의 외교 사절이 주로 묵는 곳이므로, 좋은 징조였다. 하지만 그곳으로 가려면 붉은 모퉁이 저택을 지나가야 했고, 나는 좁은 아치문 사이로 집 안을 들여다보았다. 눈이 쌓여 잿빛이 된 연못 위로 벌거벗은 나무가 있었고 집은 고요하고 텅 비어 있었다.

둥근 탑 문에는 하얀 히에브와 자주색 셔츠를 입고 어깨에 은 목걸이를 한 사람이 서 있었다. 오세르호르드 성채의 예언자 파세였다. 상냥하고 잘생긴 그의 얼굴을 보자, 여러 날 동안 아는 사람도 없이 적적하게 지내던 차에 안도감이 들며 결의로 팽팽히 긴장했던 마음이 한결 부드러워졌다. 파세는 내 손을 잡고 (카르히데에서는 보기 드문 인사법이다) 친구처럼 맞이했고, 나는 그의 다정함에 고마움을 표시했다.

파세는 초가을부터 자기 지역인 남부 레르를 대표해 쿄레미에 와 있었다. 한다라 성채의 거주인들 중에서 위원회의 위원이 선출되는 건 드문 일이 아니었다. 하지만 베 짜는 이가 공직을 수락하는 것은 흔치 않은 일이었으며, 나는 파세가 티베 내각과 그의 통치 방향을 우려하지 않았다면 그 제안을 거절했으리라 생각한다. 어쨌든 파세는 베 짜는 이의 황금 목걸이를 벗고 위원의 은 목걸이를 걸쳤다. 그가 쿄레미의 의원이 되는 데는 별 문제가 없었다. 세른 이후 파세는 수상의 견제 기관인 헤스쿄레미, 즉 중앙의회의 의원이었으며, 파세를 그 자리에 임명한 것은 바로 왕이었기 때문이다. 아마도 파세는 에스트라벤이 1년 전에 추락했던 그 성공가도를 걷고 있을 것이다. 카르히데에서 정치적 경력이란 느닷없고 가팔랐다.

내가 다른 누군가를 만나거나 공식 성명을 내거나 회견을 하기에 앞서 나와 파세는 둥근 탑, 호화롭고 작고 추운 집에서 오랫동안 이야기를 나누었다. 파세는 투명하고 밝은 눈으로 나를 바라보며 물었다. "배가 착륙한다는 거군요. 당신이 3년 전에 호르텐 섬에 타고 왔던 것보다 큰 것이요. 맞나요?"

"그렇습니다. 착륙 준비를 하라는 메시지를 보냈습니다."

"언제 오나요?"

그날이 몇 월 며칠인지 모른다는 사실을 알고, 나는 최근 내가 얼마나 상태가 안 좋았었는지 그제야 깨닫기 시작했다. 나는 에스트라벤이 죽기 전까지 날짜를 거꾸로 헤아려보아야 했다. 그리고 우주선이 행성의 궤도를 돌며 최소한의 거리를 유지한 채 내 메시지를 기다리고 있으리라는 것을 깨닫고는 다시 한 번 놀랐다.

"우주선과 교신을 해야만 합니다. 제 지시를 기다리고 있을 겁니다. 왕은 우주선이 어디에 착륙하길 원하나요? 사람이 거주하지 않는, 꽤 넓은 지역이어야 합니다. 전 송신기가 있는 곳으로 가야 합니다……."

모든 것이 신속하게 준비되었다. 이전에 있었던 에르헨랑 정부와의 끝없는 갈등과 좌절은 홍수 난 바다로 떠내려간 얼음처럼 녹아 없어졌다. 수레바퀴가 돌았다……. 이튿날, 나는 왕을 알현할 예정이었다.

에스트라벤은 6개월이 걸려 왕과의 첫 번째 알현을 성사시켰다. 그리고 남은 인생을 다 써서 두 번째 알현을 성사시킨 것이다.

이번에 나는 이런저런 생각을 하기에는 너무나도 지쳐 있었고, 거기에 갖가지 상념이 마음을 눌러대고 있었다. 나는 먼지 낀 게양대 아래로 길게 난 붉은 복도를 지나 거대한 화로가 놓인 단 앞에 멈추어 섰다. 화로에서는 밝은 불길이 탁탁거리는 소리를 냈고, 불꽃이 튀어올랐다. 왕은 중앙 화로 옆에, 탁자 옆 조각한 걸상 위에 등을 구부리고 앉아 있었다.

"앉지, 아이 특사."

나는 아르가벤과 화로를 사이에 두고 앉았고, 불빛에 비친 그의 얼굴을 보았다. 늙고 지친 모습이었다. 아기를 잃은 여인처럼, 아들을 잃은 남자처럼 보였다.

"아이 특사, 그대의 배가 착륙하는군."

"요청하신 대로 아스텐 펜에 착륙할 겁니다, 폐하. 오늘 저녁 제3시가 시작할 때입니다."

"만약 엉뚱한 곳으로 가면 어떻게 되지? 주위를 다 태워버리거나 그러지는 않나?"

"우주선은 전파 빔을 따라 곧장 올 겁니다. 모든 준비가 되었습니다. 엉뚱한 곳으로는 가지 않을 겁니다."

"전부 '몇 명'인가, 11명? 맞는가?"

"그렇습니다. 두려워할 만한 수가 아닙니다, 폐하."

아르가벤의 손이 움찔하다가 말았다. "나는 그대들을 전혀 두려워하지 않아, 아이 특사."

"다행입니다."

"그대는 내게 잘 봉사해왔지."

"저는 폐하의 신하가 아닙니다."

"알고 있어." 아르가벤이 심드렁하게 말했다. 아르가벤은 입술 안쪽을 잘근거리며 불을 물끄러미 바라보았다.

"제 앤서블 교신기는 아마 미시노리의 사르프 손에 있을 겁니다. 하지만 우주선이 도착하면 그곳에 앤서블이 있을 겁니다. 만약 폐하께서 받아들이신다면, 그때부터 저는 에큐멘의 전권대사로, 카르히데와 동맹 조약을 맺기 위한 협상과 서명에 대한 일체의 권한을 위임받게 됩니다. 이 모든 것은 앤서블로 헤인과 여러 스테빌리티에 확인하실 수 있습니다."

"좋아."

더는 말하지 않았다. 왕이 내게 집중하지 않았기 때문이다. 왕은 부츠 끝으로 화로 속의 통나무를 움직였고, 통나무에서 빨간 불꽃이 몇 개 피어올랐다. "대체 그자는 왜 나를 속였을까?" 왕은 높고 귀에 거슬리는 목소리로 다그쳐 물었으며, 처음으로 나를 똑바로 바라보았다.

"누구 말씀입니까?" 나는 왕의 시선을 마주 보며 말했다.

"에스트라벤."

"에스트라벤은 폐하께서 스스로 손해날 행동을 하지 않도록 미리 조치를 취해둔 겁니다. 제게 적의를 품은 이들을 폐하께서 총애하기 시작하자 에스트라벤은 저를 폐하의 시야에서 떼어놓았습니다. 그리고 저의 귀환으로 인해 폐하가 마음을 바꿔 에큐멘의 사명을 받아들이고 그로 인한 영예를 차지할 수 있을 때가 되자, 저를 폐하 곁으로 다시 데려온 겁니다."

"왜 에스트라벤은 지금 온다는 더 큰 배에 대해서는 내게 한 마디도 안 했지?"

"몰랐기 때문입니다. 오르고레인에 가기 전까지 저는 아무에게도 그 사실을 말하지 않았습니다."

"그리고 자네 두 사람은 거기서 아주 작정하고 떠들었더군. 그자는 오르고레인이 그대의 동맹 권유를 받아들이게 하려 애썼지. 그리고 자유무역당 사람들과 함께 공작을 했고. 그래도 그것이 배신이 아니라고 할 생각인가?"

"배신이 아닙니다. 에스트라벤은 어느 한 국가가 먼저 에큐멘과 동맹을 맺으면 다른 곳이 자연히 그 뒤를 따르리라는 것을 알았습니다. 시스, 페룬테르, 다도해 역시 뒤를 따를 겁니다. 그리고 통일이 이루어질 겁니다. 에스트라벤은 자기 나라를 무척 사랑했습니다, 폐하. 하지만 카르히데나 폐하를 위해 봉사한 게 아닙니다. 에스트라벤은 제가 섬기는 주인을 섬겼습니다."

"에큐멘?" 아르가벤이 놀라 말했다.

"아닙니다, 인류입니다."

말을 하면서도 나는 내가 진실을 말하는지 확신하지 못했다. 어느 정도는 사실이었고, 진실인 면이 있었다. 에스트라벤의 행동은 그의 개인적인 성실성과 한 인간에 대한 책임과 우정에서 우러나왔다고 말하는 것 또한 진실이었다. 그러나 그 역시 완전한 진실이라고는 할 수 없을 터다.

왕은 대답이 없었다. 그는 주름지고 눈 아래가 처진 우울한 얼굴을 다시 화로 쪽으로 돌렸다.

"왜 카르히데에 돌아온 사실을 내게 알리기 전에 배에 연락을 했지?"

"폐하에게 압박을 가하기 위해서였습니다. 폐하에게 보내는 서한은 분명 티베 경에게 들어갈 터였고, 그러면 티베 경은 저를 오르고레인으로 넘기거나 총살했을 겁니다. 제 친구를 쏴 죽였듯이요."

왕은 아무 말도 하지 않았다.

"제 개인의 안전은 그리 중요하지 않지만 저는 게센과 에큐멘에 대한 의무, 임무가 있었고 지금도 그러합니다. 그 임무를 달성할 기회를 저 자신에게 보장하기 위해 먼저 배에 신호를 보낸 겁니다. 이것은 에스트라벤의 충고였으며, 그 충고가 옳았습니다."

"뭐, 틀린 건 아니지. 여하튼 그자들은 이곳에 착륙할 테니까. 그리고 우리가 첫 번째가 될 테고……. 그런데 그 사람들은 모두 그대를 닮았나? 모두 성도착자에 늘 케메르 상태? 야릇한 무리들을 놓고 영접의 영광을 얻으려 싸우다니……. 의전 장관인 고르세른 경에게 어떻게 맞이하면 되는지 알려주도록. 결례나 실수가 있으면 안 되니까. 그 사람들을 궁내에 머물도록 할 테니 그대가 적당하다고 생각하는 곳을 골라봐. 그 사람들을 정중하게 맞이하고 싶어. 그대는 나를 위해 두 가지 좋은 일을 해주었어, 아이 특사. 친교그룹 사람들을 거짓말쟁이로 만들었고, 그 다음에는 바보로 만들었지."

"이제 모두 동맹입니다, 폐하."

"나도 알아!" 아르가벤이 날카로운 목소리로 말했다. "하지만 카르히데가 먼저야, 카르히데가 먼저!"

나는 고개를 끄덕였다.

잠시 침묵이 흐른 뒤에 아르가벤이 말했다. "빙원을 넘어오는 건 어땠지?"

"쉽지 않았습니다."

"에스트라벤은 그런 미친 여행에 적격인 사람이지. 그자는 쇠처럼 강했어. 절대 화를 내는 법이 없었고. 에스트라벤이 죽어서 유감이야."

나는 대답할 말이 없었다.

"내일 오후 제2시에 당신네…… 나라 사람들을 맞이할 계획이야. 지금 더 할 말이 있나?"

"폐하, 에스트라벤의 명예를 위해 추방령을 철회해주시겠습니까?"

"아직은 안 돼, 아이 특사. 너무 서두르지 마. 그 밖에 다른 것은?"

"없습니다."

"그럼 가보도록 해."

결국 나는 에스트라벤을 배신했다. 추방령이 끝나고 명예가 회복될 때까지는 우주선을 부르지 않겠노라고 말했었다. 하지만 그 약속을 지킨다는 명목으로 그가 목숨을 걸고 이루려한 걸 포기할 수는 없었다. 약속을 지킨다고 해서 그가 이번 추방에서 풀려나는 것도 아닐 터였다.

그날 나는 고르세른 경과 다른 사람들을 만나 우주선 승무원들 맞이와 숙박에 대해 의논했다. 우리는 제2시에 에르헨랑에서 북동쪽으로 30마일 정도 떨어진 아스텐 펜으로 동력 썰매를 타고 출발했다. 착륙 장소는 드넓은 황무지 가장자리에 있는 토탄늪지대로, 농사를 짓거나 사람이 살기에는 너무 늪이 많은 곳이었으며, 이렘 중순인 지금은 엄청나게 눈이 쌓여 평평하고 꽁꽁 얼어붙어 있었다. 무선 신호기는 하루 종일 작동했고, 우주선에서 보낸 확인 신호도 정상적으로 수신되었다.

승무원들은 지상으로 내려오며 화면을 통해 구센 만부터 차리수네 만에 이르는, 국경을 따라 거대 대륙을 가로지르는 명암 경계선을 보았을 것이다. 또한 아직도 햇빛이 비치는 불타는 카르가프 산정과 별들을 보았을 것이다. 우리가 하늘에서 별 하나가 떨어지는 것을 보았을 때는 이미 해질 무렵이었기 때문이다.

우주선은 굉음과 화려한 불길을 내며 내려왔고, 역추진 엔진의 화염으로 생긴 거대한 진흙탕 호수에 우주선의 안정판이 들어가자 증기가 으르렁거리며 하얗게 피어올랐다. 늪지 아래는 화강암과 같은 영구 동토층으로, 우주선은 멋지게 균형을 잡으며 재빨리 다시 얼어붙는 호수 위에 사뿐히 내려앉았다. 우주선은 꼬리로 버티고 선 거대하고 우아한 물고기가 되어 겨울 행성의 황혼 속에서 거무스름한 은빛으로 반짝였다.

내 곁에서 우주선이 내려오며 일으킨 굉음과 장관을 지켜보던 오세르호르드의 파세가 처음으로 입을 열었다. "살아서 이렇게 멋진 광경을 보게 되다니 정말 기쁩니다!" 에스트라벤도 빙원을 바라보며 그렇게 말했었다. 그가 살아 있었다면 오늘 밤에도 똑같이 말했을 것이다. 순간 가슴에 밀려오는 씁쓸한 슬픔을 쫓아내기 위해, 나는 우주선을 향해 눈 위를 걸어가기 시작했다. 우주선은 선체 안의 냉각제 때문에 벌써 서리가 끼어 있었고, 내가 다가가자 높다란 문이 매끄럽게 열리더니 사다리가 우아한 곡선을 그리며 얼음 위로 내려왔다. 처음 나온 이는 랭 헤오휴였다. 그리고 당연하겠지만, 내가 마지막으로 보았을 때와 조금도 달라지지 않았다. 내게는 3년 전이었지만 그녀에게는 2주 전이었다. 랭은 나를, 이옥고 파세를, 그리고 우리를 따라 환영을 나온 다른 사람들을 둘러보더니 트랩 끝에서 걸음을 멈췄다. 그녀가 카르히데어로 진지하게 말했다. "저는 우정을 찾아 왔습니다." 랭의 눈에 우리는 모두 외계인이었다. 나는 파세가 먼저 그녀를 맞이하게 했다.

파세가 나를 가리키자 랭은 다가와 내 세계 사람들이 하듯이 내 오른손을 잡고 얼굴을 바라보았다. 랭이 말했다. "아, 겐리! 당신인 줄 몰랐어!" 오랜만에 여자 목소리를 들으니 이상했다. 다른 사람들도 내 제안에 따라 우주선에서 나왔다. 이 시점에서는 조그마한 불신이라도 카르히데 환영인들에게는 모욕이며 시프그레소를 비난하는 것이기 때문이다. 승무원들은 나와서 카르히데인들에게 예의 바르게 인사를 했다. 하지만 이들을 이전부터 잘 알고 있었음에도 남자와 여자로 나뉜 이들은 내게 너무도 낯설었다. 이들의 목소리는 지나치게 낮거나 너무 높았다. 확연히 구별되는 두 개 종으로 된, 커다랗고 낯선 동물들로 이루어진 곡예단 같았다. 지적인 눈이 있는 유인원, 모두가 발정이 나고 케메르에 든 거대한 유인원이었다. 그들은 내 손을 잡고 만지고 끌어안았다.

썰매를 타고 에르헨랑으로 가는 동안, 나는 간신히 나 자신을 억제하며, 휴와 툭리에르에게 현재 상황에서 그들이 가장 서둘러 알아야 할 점들에 대해 말해주었다. 하지만 왕궁에 도착했을 때 나는 곧바로 내 방으로 돌아가야만 했다.

사시노스에서 동행한 의사가 들어왔다. 그의 조용한 목소리와 젊고 진지한 얼굴, 남자도 여자도 아닌 인간의 얼굴을 보자 안심이 되었다. 낯익고 올바른 얼굴을 보고 나서야……. 그는 나를 침대에 누인 뒤 약한 진정제를 주고 말했다. "당신의 동료 특사들을 보았습니다. 놀라운 일입니다. 별에서 사람들이 오다니. 그것도 제 살아 생전에 말입니다!"

그 말에서 나는 다시 기쁨과 용기를 보았다. 이것이야말로 카르히데인의 정신에서 그리고 인간의 정신에서 가장 훌륭한 요소였다. 비록 그것을 그와 함께 나눌 수는 없었지만 그것을 부정한다는 것은 혐오받을 짓이었다. 나는 진심은 아니었지만 절대적인 진실을 말했다. "새로운 세계로 새로운 인류를 만나러 온다는 건 그 사람들에게도 역시 놀라운 일입니다."

그해 봄이 끝날 무렵, 해빙으로 인한 홍수가 물러가고 다시 여행이 가능해진 투와 말, 나는 에르헨랑의 조그만 대사관으로부터 휴가를 받아 동쪽으로 갔다. 이제 내 세계 사람들은 행성 전체에 퍼져 있었다. 공중 자동차를 사용해도 좋다는 허락을 받았기에, 헤오 휴와 다른 셋은 내가 거들떠보지도 않았던 바다 쪽 반구에 있는 나라들, 즉 시스와 다도해로 공중 자동차를 타고 날아갔다. 다른 이들은 오르고레인으로 갔고, 두 명은 마지못해 페룬테르로 갔다. 그곳은 투와 전에는 해빙이 시작되지조차 않는 곳이며 (그 둘에 따르면) 해빙 후 일주일 만에 다시 모든 게 얼어붙는 곳이다. 틀리에르와 케'스타는 에르헨랑에서 아주 잘 해나가고 있었으며, 앞으로 일어날 일들을 잘 처리할 수 있었다. 급한 건 아무것도 없었다. 어쨌든, 새로운 동맹인 겨울 행성과 가장 가까운 곳에서 즉시 출발한 우주선이 도착하려면 앞으로 행성 시간으로 17년이 지나야 했다. 이곳은 가장자리, 끝머리에 있는 세계이다. 이곳 너머 남쪽 오리온 팔 부분으로는 인간이 사는 곳이 발견되지 않았다. 그리고 겨울 행성에서 에큐멘의 중심 세계, 우리 종족이 사는 문명의 중심지까지는 아주 먼 거리이다. 헤인-다베낭까지 50년, 지구까지는 한 인간의 수명에 달하는 시간이 걸린다. 그러니 서두를 필요가 없다.

나는 카르가프를 가로질렀다. 이번에는 아래쪽 길로, 남해 해안 위쪽으로 구불구불 이어지는 길로 갔다. 나는 3년 전 호르덴 섬에 착륙한 나를 데려다주었던 어부가 있는 맨 처음 묵었던 마을을 방문했다. 그 화로 주민들은 그때와 마찬가지로 전혀 놀라움 없이 나를 반갑게 맞이했다. 나는 엔스 강 어귀에 있는 커다란 항구 도시인 사세르에서 일주일을 보낸 뒤, 초여름에 케름 랜드를 향해 도보 여행을 떠났다.

나는 동남쪽으로 걸어, 울퉁불퉁한 바위산과 녹색 언덕들이 들어차 있고 큰 강과 외딴 가옥들이 있는 험한 시골을 지나 얼음발 호수로 갔다. 호숫가에서 남쪽 언덕을 바라보니 낯익은 빛이 보였다. 깜박이는 빛, 하늘에 넘쳐흐르는 하얀 빛, 언덕 위에 길게 누워 있는 빙하의 광채. 얼음이 거기 있었다.

에스트레는 아주 오래된 지역이었다. 마을의 건물들은 모두 마을이 있는 가파른 산비탈에서 잘라온 회색 돌로 지어져 있었다. 그곳은 쓸쓸했으며 세찬 바람이 불었다.

노크를 하자 문이 열렸다. 내가 말했다. "영지의 환대를 요청합니다. 저는 에스트레의 세렘의 친구였습니다."

문을 열어준 이는 열아홉 내지 스무 살 정도 되어 보이는 약간 어두운 표정의 청년으로 침묵으로 내 말을 받아들이고는 조용히 화로로 나를 맞아들였다. 그는 세탁소, 의상실, 넓은 부엌 순으로 안내했고, 낯선 손님이 씻고 옷을 입고 식사를 마치자 침실로 안내했다. 침실에서는 두꺼운 슬릿창을 통해 에스트레와 스톡 사이에 자리 잡은 잿빛 호수와 잿빛 소레 숲이 내려다보였다. 이곳은 쓸쓸한 땅에 자리 잡은 쓸쓸한 집이었다.

깊숙한 화로에서는 불꽃이 탁탁 소리를 내며 타올랐지만 언제나처럼 몸보다는 눈과 정신을 따스하게 해주는 편이었다. 바닥과 벽이 돌로 되어 있는 데다 산과 얼음 지대에서 불어오는 바람이 불의 열기 대부분을 빼앗아가기 때문이었다. 하지만 겨울행성에서의 처음 두 해만큼 추위를 느끼지는 않았다. 나도 이제는 추운 땅에서 꽤 오래 산 것이다.

한 시간쯤 지났을 때, 그 청년(그는 외모나 행동이 여자처럼 민첩하고 우아했지만 여자가 그렇게 무시무시하게 침묵을 지킬 수는 없었다)이 오더니 만약 나만 괜찮다면 에스트레 영주가 나를 만나고 싶어한다고 전했다. 나는 그를 따라 일종의 술래잡기 놀이가 진행 중인 기다란 복도를 지나 아래층으로 내려갔다. 아이들이 우리 옆을 마구 뛰어다녔고, 꼬마들은 흥분해 소리를 질렀으며, 젊은이들은 입에 손을 대고 터져나오는 웃음을 삼키며 문에서 문으로 그림자처럼 살금살금 숨어 다녔다. 대여섯 살쯤 된 통통한 아이가 내 다리에 부딪혀 튕기더니 나를 안내하던 이에게 달려가 그의 손에 매달렸다. "소르베! 소르베, 나 양조장에 숨을 테야!" 아이는 말하는 내내 눈을 동그랗게 뜨고 나를 물끄러미 바라보았다. 그러고는 새총에서 발사된 둥근 조약돌처럼 달려나갔다. 소르베라 불린 젊은이는 조금도 당황하지 않고 나를 계속 안내했고, 에스트레 영주가 있는 안쪽 화로로 나를 데려갔다.

에스반스 하르스 렘 이르 에스트라벤은 70세가 넘은 노인이었고, 엉덩이 관절염으로 다리를 절었다. 그는 화롯가의 휠체어에 꼿꼿이 앉아 있었다. 시간의 풍상에 시달린 넓적한 얼굴은 마치 급류 속의 자갈처럼 닳아 있었다. 침착한 얼굴이었다. 무섭도록 침착한 얼굴이었다.

"당신이 그 특사인가, 겐리 아이?"

"그렇습니다."

그는 나를 바라보았고, 나는 그를 바라보았다. 세렘은 이 늙은 영주가 낳은 아들이었다. 세렘은 둘째였고, 아렉이 큰아들로, 내가 세렘에게 마음으로 말을 걸었을 때 들었다는 목소리의 주인공이었다. 이제 둘 다 죽었다. 나를 바라보는 노쇠하고 침착한 노인의 얼굴에서 친구의 모습은 전혀 찾아볼 수 없었다. 세렘이 죽었다는 분명한 사실 말고는 아무것도 볼 수 없었다.

나는 위안을 찾을 요량으로 이곳에 왔지만 헛걸음이었다. 위안은 없었다. 친구가 어린 시절을 보낸 곳을 와본다고 해서 뭐가 달라지겠는가? 어떻게 공허함이 메워지고 회한이 달래지겠는가? 이제 와서 바꿀 수 있는 것은 아무것도 없었다. 하지만 내가 에스트레에 온 것은 또 다른 목적이 있어서였다. 그리고 그것은 이룰 수 있었다.

"아드님이 숨질 때까지 저는 몇 달 동안 함께 있었습니다. 아드님이 숨을 거둘 때도 저는 함께 있었습니다. 아드님이 적은 일기를 가지고 왔습니다. 그리고 같이 있던 당시에 대해 뭐든 궁금하신 게 있으시면……."

노인의 얼굴에는 이렇다 할 표정이 나타나지 않았다. 평온함이 조금도 흩어지지 않았다. 하지만 그때 아까의 젊은이가 어둠을 뚫고 창문과 화롯불 사이의 쓸쓸하고 거북한 빛 속으로 튀어나와 쉰 목소리로 말했다. "에르헨랑에서는 아직도 사람들이 그분을 반역자 에스트라벤이라 부릅니다."

노영주는 그를, 이윽고 나를 바라보았다.

노영주가 말했다. "이 아이는 소르베 하르스일세. 에스트레의 상속자이자 내 아들의 아들이지."

이곳에선 근친상간이 금기가 아니며, 나는 그것을 잘 알았다. 다만 테라인인 내게는 그것이 낯설 뿐이었으며, 어둡고 험상궂고 소박한 시골 젊은이에게서 친구의 영혼을 힐긋 보았을 때 그 묘한 느낌 때문에 한동안 아무 말도 할 수 없었다. 마침내 내가 떨리는 목소리로 말했다. "왕은 그 명령을 철회할 겁니다. 세렘은 반역자가 아닙니다. 바보들이 에스트라벤을 뭐라고 부르든 그게 무슨 상관이 있겠습니까?"

노영주는 천천히 가볍게 고개를 저었다. "그렇지는 않아."

"고브린 빙원을 함께 건너오셨죠? 그분하고 같이요." 소르베가 물었다.

"그랬지요."

"그 이야기를 듣고 싶군, 아이 특사." 에스반스 노인이 아주 온화하게 말했다. 하지만 그 소년, 세렘의 아들이 더듬거리며 말했다. "그분이 어떻게 돌아가셨는지 말해주시겠어요? 그리고 별들 사이에 있는 다른 세계와…… 다른 종류의 사람들과 그 사람들의 삶에 대해 말씀해주시겠어요?"

| 작가 노트 |

게센인의 역법과 시간

년

게센의 공전 주기는 테라 표준 시간으로 8401시간, 테라 표준 년으로 0.96년이다.

자전 주기는 테라 표준 시간으로 23.08시간이며 게센의 1년은 364일로 이루어져 있다.

카르히데/오르고레인에서 1년은 기본 년도부터 현재까지 연속적으로 수를 매기지 않는다. 기본 년은 현재 년이다. 신년 초하루(게센의 세른)가 되면 방금 지나간 년은 '1년' 전이 되고 모든 과거 날짜는 1씩 증가한다. 미래 역시 비슷한 방식으로 세어 나가서, 내년은 그해가 '원년'이 되기 전까지는 '1년 후'가 된다.

다양한 기록 시스템과 여러 가지 장치들이 이 역법의 불편함을 보완한다. 예를 들어, 잘 알려진 사건이나 왕의 통치 기간, 왕조, 지방 영주들을 언급함으로써 그 불편이 어느 정도 상쇄

된다. 요메시 교인들은 메시의 탄생(2022년 전, 에큐멘력으로 1492년)을 기준으로 144년 주기로 계산하며 12년마다 종교 축제를 연다. 그러나 이 역법은 오로지 이쪽 종파에서만 쓰일 뿐이며, 요메시교를 지원하는 오르고레인 정부에서조차 공식적으로 채택하지 않았다.

달

게센의 달의 공전 주기는 26게센일이다. 자전을 하지 않기 때문에 달은 늘 같은 면을 게센에 향한다. 1년은 14개월로, 태양력과 태음력은 거의 일치하며 200년에 한 번 정도만 조정을 하면 된다. 달의 위상이 변하는 날이 일정하기 때문에 한 달에 포함된 날도 일정하다. 카르히데에서 각 달의 이름은 다음과 같다.

겨울
1. 세른
2. 사네른
3. 님메르
4. 안네르

봄
5. 이렘
6. 모스
7. 투와

여름
8. 오스메

9. 옥크레
10. 쿠스
11. 하칸나

가을 12. 고르
13. 수스미
14. 그렌데

한 달은 26일이며 13일짜리 반달 두 개로 나뉜다.

일

하루(지구 표준 시간으로 23.08시간)는 10시간으로 나뉜다(아래를 보라). 한 달에 포함된 날짜는 매달 같기 때문에 일반적으로 그날의 이름을 부른다. 이는 우리가 한 주에서 그날의 숫자가 아닌 요일을 부르는 것과 비슷하다(그 이름 상당수는 달의 위상을 뜻한다. 예를 들어, 게세니는 '어둠', 아르하드는 '초승'이라는 뜻이다. 두 번째 반달에 붙은 접두어 '오드'는 반대의 뜻을 나타낸다. 따라서 오드게세니를 번역하면 '안 어두움'이 된다). 카르히데에서 날의 이름은 다음과 같다.

1. 게세니
2. 소르드니
3. 엡스

14. 오드게세니
15. 오드소르드니
16. 오드엡스

4. 아르하드
5. 네세르하드
6. 스트레스
7. 베르니
8. 오르니
9. 하르하하드
10. 구이르니
11. 이르니
12. 포스세
13. 토르멘보드
17. 오드아르하드
18. 오네세르하드
19. 오드스트레스
20. 오베르니
21. 오드오르니
22. 오드하르하하드
23. 오드구이르니
24. 오드이르니
25. 오포스세
26. 오토르멘보드

시

모든 게센인의 문화에서 사용되는 십진법 시간은 지구인들이 쓰는 오전/오후 12시간으로 아주 대충 변환하면 다음과 같다(주의: 이것은 게센인들의 '시'가 하루 중 언제를 의미하는지 개략적으로 나타냈을 뿐이다. 실제로 게센인들의 하루는 지구 표준 시간으로 23.08시간이지만 여기서 그 부분까지 자세히 환산하는 것은 내 목적에서 벗어난다).

제1시: 정오부터 오후 2시 30분까지
제2시: 오후 2시 30분부터 오후 5시까지
제3시: 오후 5시부터 오후 7시까지
제4시: 오후 7시부터 오후 9시 30분까지

제5시: 오후 9시 30분부터 자정까지

제6시: 자정부터 오전 2시 30분까지

제7시: 오전 2시 30분부터 오전 5시까지

제9시: 오전 7시부터 오전 9시 30분까지

제10시: 오전 9시 30분부터 정오까지

카르히데어 주요 어휘와 에스트레의 노래

네세렘: 강풍을 동반한 거센 눈, 가벼운 눈보라.

누수스: 상관없다, 그럴 수도 있겠다, 일어날 일은 일어나고야 만다 등. 의구심이나 가볍게 부정하는 기색을 가지고 동의하거나 인정하는 표현.

도스: 병적 흥분 상태에서 나타나는 고도의 신체 능력을 자유로이 조절해 사용하는 것. 케메르의 자가 억제와도 관련이 있으며, 둘 다 한다라교의 수련 과정을 통해 습득된다.

루시: 토착생물. 항온동물, 난생, 비포유류. 다리는 거의 퇴화되어 있으며, 육식동물로 죽은 동물을 먹기도 한다. 다 자란 루시는 1파운드 정도로, 촘촘한 털로 된 비늘이 몸을 덮고 있다.

바테(오데바테): 15~50피트 높이로 자라는 통통한 흑록색 바늘잎의 자생수목. 원뿔 모양의 꼬투리에 식용 가능한 씨가 맺힌다.

베사: 다지거나 으깨지기 전의, 새로 내린 부드러운 눈.

상겐: 도스 시행에 뒤따르는 무기력 상태, 철저한 휴식이나 깊은 수면.

세렘나무: 아래로 길게 늘어지는 잿빛 바늘잎을 가진 자생수목. 15~60피트 높이로 자라며 먼지버섯처럼 생긴 열매에서 포자를 바람에 날려 번식한다.

세스웨헨: 설원에 분 바람으로 인해 눈이 굽이져 생긴 형태. 사스트루기.

소레: 밝은 회색 바늘잎이 나는 자생수목 혹은 관목. 4~12피트까지 자라며 원뿔 모양 꼬투리에 든 씨앗은 익혀서 먹을 수 있다.

소메르: 게센인의 성 주기 중 성이 잠재 상태에 들어가는 시기. 보통 25일에서 30일 동안 지속되며 이 시기에는 임신이 되지 않는다.

소베: 바람이 거세지 않은 화씨 10~30도의 날씨에 내리는 함박눈.

시프그레소: 아주 거칠게 번역하면 명예라고 옮길 수 있다. 기본적인 원칙은 다른 사람의 자존심을 지켜줌으로써 자신의 자존심을 지키는 것이다. '나를 존경하는 사람이 존경받지 못한다면 나 역시 존경받을 수 없다.' 이 같은 미묘한 균형은 상호협약이 아니라 더 높은 위신을 차지하기 위한 경쟁에 희생되기 쉬운데, 이처럼 타락한 경쟁 속에서 한 개인의 자존심은 다른 이의 자존심을 희생시킴으로써 지켜진다. 시프그레소에 의해 조율되는 행동의 원칙들은 복잡하고 정교하며 말로 표현되지 않는다.

시프그레소라는 말 자체는 '그림자'라는 의미의 고어 이페그레에서 나왔다.

아라크(아이): 얼음판을 뚫고 나온 바위나 땅. 누나탁.

에스요트: 가루눈. 만년설, 빙설

오데고메(검은생선): 토착생물. 항온동물, 수생, 난생, 비포유류. 4~50파운드 가량의 육식동물로 게센 행성 전체에서 주식으로 사용된다. 날 것으로 먹거나 훈제 또는 말려서 먹는다.

오르그레비: 식물에서 추출한 약물. 다양한 형태로 진정제나 안정제, 환각제로 사용된다. 어떤 경우이건 중독성이 강하며 신경 조직의 손상을 가져온다.

오르시: 볶은 페름을 갈아서 양조한 음료.

오트(오타): 영주, 세습에 의해 직위를 물려받은 지역 영주. 한편, 국왕의 임명장에 의해 공인되는 제후 직위는 다시 박탈될 수 있고 세습도 되지 않는다.

카디크: 외래 곡물. 페름, 가람과 함께 헤인의 개척민들에 의해 수입된 변종 밀. 페름과 가람 모두 헤인이 원산지로, 페름은 테라의 호밀과 같은 품종으로 보인다. 그 외에도 꺾꽂이나 바람에 의한 수분으로 번식하는 덩이줄기 1종, 과실을 맺는 덩굴식물 1종, 과실수 3종의 식용식물이 수입되었다. 이 식물들은 전적으로 인공수정에 의해 번식되며 바다 반구의 비교적 온화한 기후에서만 자란다.

케메르: 게센인의 성 주기 중 성 행위와 임신이 가능해지는 시기. 보통 3일에서 5일 동안 지속되며 25~30일마다 돌아온다.

쿄레미: 카르히데의 의회 혹은 상원. 쿄레미의 위원(케르모)은 영지에서 지명되거나 지역에서 선출되거나 왕이 제후들의 동의를 얻어 임명한다. 통상 134인의 지명 위원과 62인의 선출 위원, 13인의 임명 위원이 219인의 전체 의회를 구성하며, 이들 중 국왕의 임명을 받은 4인, 교레미에서 선출된 9인이 중앙의회, 즉 헤스쿄레미를 구성한다. 이러한 의회의 영향력은 강력한 왕권 하에서도 상당한 수준으로, 힘이 약한 왕들은 쿄레미나 헤스쿄레미에 휘둘리는 일이 많다.

크로세트: 화씨 0~20도 사이의 바람 없는 맑은 날씨. 가볍게 구름이 끼는 경우도 있다.

페디티아(오르고레인어에서 카르히데어로 차용된 말): 화씨 10~25도에서 내리는 함박눈.

페름: 카디크 참조.

페스리: 토착생물. 항온동물, 네발짐승, 난생, 비포유류, 초식동물. 다 자라면 3~7파운드 정도 나가며, 털이 무성하고 두터운 피하지방을 가지고 있다. 거대 대륙의 추운 지역에서 대규모로 이동하는 페스리 떼를 볼 수 있으며, 주로 사냥을 통해 털가죽이나 고기를 취한다. 가축으로 길러 알과 고기, 털가죽을 얻는 경우도 있는데, 페스리를 주식으로 하는 페룬테르 지역에서 특히 많이 기른다.

헤멘나무: 검붉은 바늘잎이 나는 게센의 자생수목. 8~50피트까지 자라며, 가시가 돋아 있는 원뿔 모양의 꼬투리 안의 씨앗은 식용으로 쓰인다. 게센 숲 5분의 4가 이 헤멘나무 수종으로 이

루어져 있다.

히에브: 느슨하게 허리를 묶어 입는 소매 없는 두툼한 튜닉, 혹은 품이 넉넉한 외투. 카르히데와 오르고레인에서는 보통 셔츠와 반바지 위에 겉옷으로 입는다. 날이 추울 때는 여기에 레깅스와 발목까지 오는 외투를 덧입기도 한다.

| 에스트레의 노래 |

카르히데 자장가 혹은 하모헤이

하모, 하모, 헤수와도,
암하'르 아사브 에수와센
엔세르 상겐, 상겐, 상겐
쿄르하 하모, 하모, 헤이.

세렘의 시

에레스티오르헤 케메르(이른 저녁, 사랑에 잠겨),
오스쿄메링 엔베레스트(나의 죽어버린 연인을 찾아)
쿄모르헨. 오 베레센(두리번거리네. 오 세월은 흐르고),
베스테레, 베기르헨(형제여, 우리의 언약은 깨어졌구나)!

초기 작업 지도

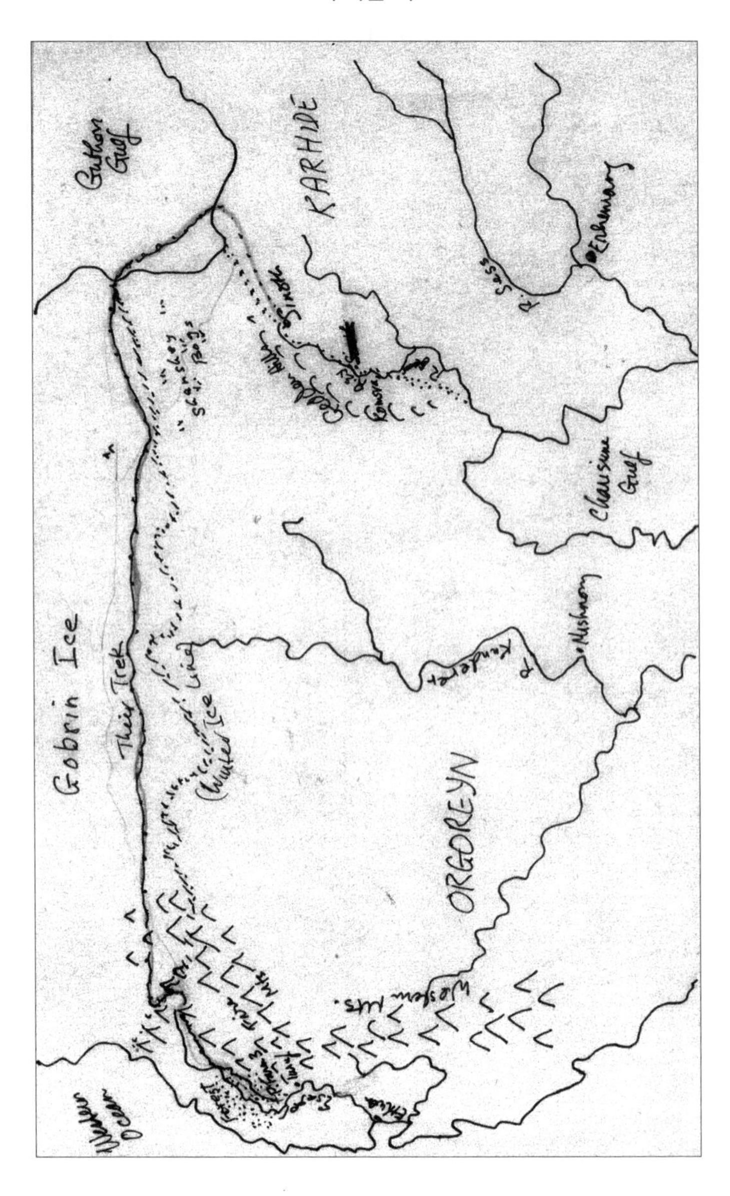
Gobrin Ice
Their Trek
(Winter Ice Line)
KARHIDE
ORGOREYN
Guthen Gulf
Charisune Gulf
Erhenrang
Mishnory
Western Ocean

게센 행성 지도

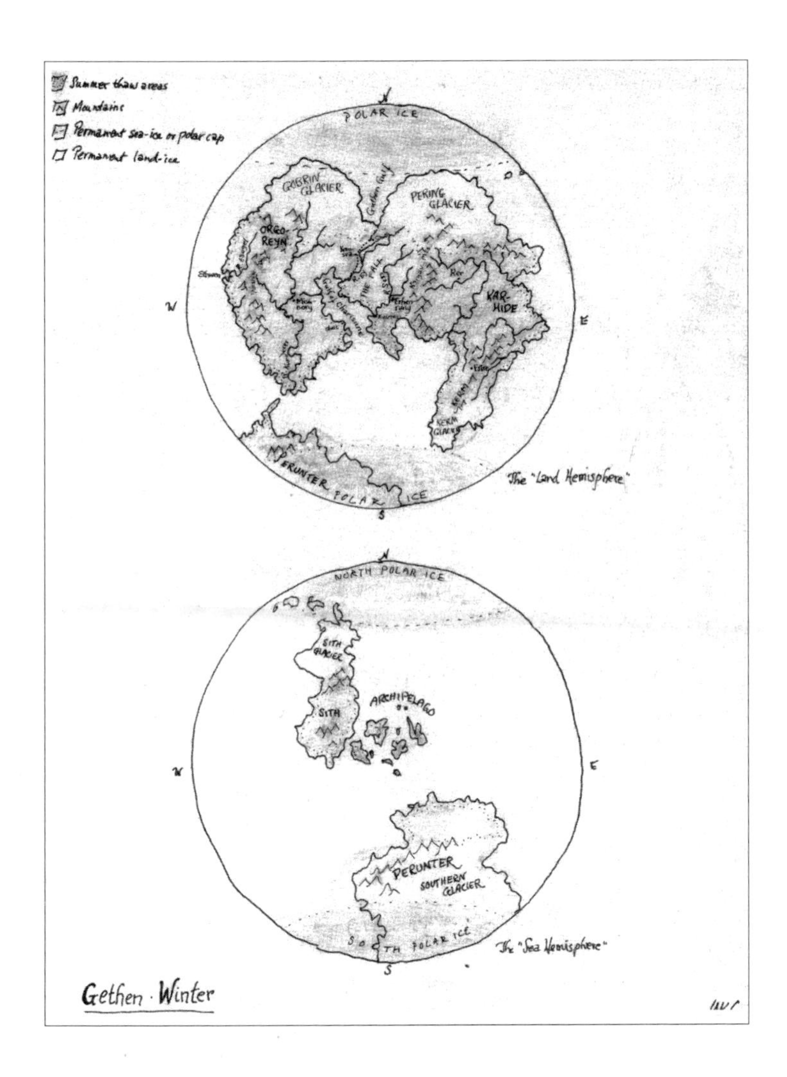
Summer thaw areas
Mountains
Permanent sea-ice or polar cap
Permanent land-ice
N
POLAR ICE
GOBRIN GLACIER
PERING GLACIER
ORGO-REYN
KAR-HIDE
W
E
PERUNTER
POLAR ICE
S
The "Land Hemisphere"
N
NORTH POLAR ICE
SITH GLACIER
SITH
ARCHIPELAGO
W
E
PERUNTER
SOUTHERN GLACIER
SO TH POLAR ICE
S
The "Sea Hemisphere"
Gethen · Winter

옮긴이 **최용준**

서울대학교 천문학과를 졸업했으며 미국 미시간 대학에서 이온추진 엔진에 대한 연구로 비(飛)천문학 박사 학위를 받았다. 저온 플라스마 현상을 연구한다. 옮긴 책으로는 《이 사람을 보라》《넘버 나인 드림》《래그타임》《끌림》《3등급 슈퍼 영웅》《아메리칸 러스트》 등이 있다.《이 세상을 다시 만들자》로 제17회 과학기술 도서상 번역 부문을 수상했다. 시공사의 '그리폰 북스', 열린책들의 '경계 소설선', 샘터사의 '외국 소설선'을 기획했다.

어슐러 K. 르 귄 걸작선 01

어둠의 왼손

초판　　1쇄 발행일 1995년 5월　1일
개정판　 1쇄 발행일 2002년 9월　9일
개역신판 1쇄 발행일 2014년 9월　5일
개역신판 7쇄 발행일 2024년 12월 1일

지은이 어슐러 K. 르 귄
옮긴이 최용준

발행인 조윤성

발행처 ㈜SIGONGSA **주소** 서울시 성동구 광나루로 172 린하우스 4층(우편번호 04791)
대표전화 02-3486-6877 **팩스(주문)** 02-598-4245
홈페이지 www.sigongsa.com / www.sigongjunior.com

ISBN 978-89-527-7182-7 04840
ISBN 978-89-527-7181-0 (세트)